ro
ro
ro

ro
ro
ro

TILL RAETHER

FALLWIND

KRIMINALROMAN

ROWOHLT POLARIS

2. Auflage September 2016

Originalausgabe
Veröffentlicht im Rowohlt Taschenbuch Verlag,
Reinbek bei Hamburg, August 2016

Umschlaggestaltung HAUPTMANN & KOMPANIE
Werbeagentur, Zürich
Umschlagabbildung Yolande de Kort/
Trevillion Images
Satz Apollo PostScript, InDesign, bei
Pinkuin Satz und Datentechnik, Berlin
Druck und Bindung CPI books GmbH,
Leck, Germany
ISBN 978 3 499 27200 4

Für Jonna und Paul

Fallwind, der, des -s, plur. die -winde,

1. Wind, der auf der Leeseite von Bergmassen erwärmt und trocken abfällt.

2. Luftbewegung, die durch fallende Körper verursacht wird und deren Sturzform beeinflusst.

Frewels Technik-Lexikon, 1929

Beim Aufwachen dachte er an die toten Frauen. Ihre Gesichter, die man auf den Tatort-Fotos nicht sah, weil die Frauen auf dem Bauch lagen, ihr Haar an den Hinterköpfen glänzend im Blitzlicht des Fotografen von der Spurensicherung. Wie im Traum vermischten sich ihre Bilder in seinem Kopf, und ihm schien, als hätten die toten Frauen nebeneinandergelegen, sich vielleicht sogar berührt, dabei waren Wochen vergangen zwischen der Entdeckung der einen und der anderen Leiche.

Leuchtturmkinder. Das Wort huschte ihm durch den Kopf, aber er konnte es nicht festhalten. Die beiden Frauen waren Leuchtturmkinder gewesen, aber im Halbschlaf hatte er vergessen, was das bedeutete, ihm schien, als müsste er sie fragen, und um sie zu fragen, müsste er sie umdrehen und in ihre Gesichter blicken, und er kniete sich zu ihnen, aber dann fiel ihm wieder ein, dass sie tot waren, und er ärgerte sich über sich selbst.

Hauptkommissar Adam Danowski hatte die Angewohnheit, die Augen nicht gleich zu öffnen, wenn er merkte, dass er endlich wach war. Wenn die Bilder der toten Frauen verschwunden waren und ihn nur noch die Dunkelheit seiner Lider umgab. Dem Tag mit geschlossenen Augen zu begegnen: das war eine Angewohnheit aus der Zeit, als der Job ihn fertiggemacht hatte. Neu dazugekommen war eine weitere Angewohnheit: sich zur Seite drehen, nach seiner eigenen, lebenden Frau tasten. Um dann festzustellen, dass er in irgendeiner anderen Stadt im tragikomischen, bestenfalls harten Bett einer Pension oder eines preiswerten Kettenhotels lag.

Aber heute war alles anders. Danowski konnte sich gar nicht zur Seite drehen, weil direkt neben ihm die Wand war und etwas, das sich anfühlte wie ein Heizkörper, und den Arm konnte er nur unter Schmerzen ausstrecken, weil ihm der ganze Körper weh tat.

Danowski schlug die Augen auf. Der industrielle Fußboden mit dem gängigen Antirutschornament zerschnitt sein Gesichtsfeld wie ein Horizont, unterhalb dessen seine Wange auf dem kühlen Metall dieses Bodens lag und oberhalb dessen er im schummerigen Licht elektronischer Anzeigen mit Mühe die Konturen einer technischen Einheit ausmachen konnte. Steuerungselemente, die die halbe und nicht besonders hohe Wand füllten, Maschinenkästen, die sich weit ins Bild schoben und ihm ein Gefühl von Enge verursachten, eine mechanische Nachtwelt, deren Wände sich um ihn zusammengeschoben hatten, während er schlief.

Danowski hatte schon einiges an Hotelzimmerkatastrophen erlebt, seit er für die Abteilung Operative Fallanalyse des LKA Hamburg durch Deutschland reiste. Aber das hier war definitiv der Tiefpunkt. Für seine Begriffe war das gar kein Hotelzimmer. Eher ein Keller. War er so tief abgestürzt gestern Abend? Im Prinzip nicht seine Art, aber Erinnerungen, die das ausgeschlossen hätten, konnte er auch nicht vorweisen.

Er hob den Kopf und merkte, dass ihm dies mit jedem Zentimeter mehr weh tat. Er lag auf dem Fußboden eines Technikraumes, dessen Boden unter ihm zu schwanken schien, und undeutlich meinte er, ein Rauschen zu hören. Er trug die letzten halbwegs sauberen Kleidungsstücke, die er mit nach Friederikenburg gebracht hatte, dahin, wo die toten Frauen waren. Das Schwanken, das Rauschen und die Schmerzen sprachen für einen Kater, aber während Danowski sich aufstützte und Bitterkeit in seinem Mund schmeckte, geriet ihm seine unmittelbare Umgebung in einen schärferen Fokus, ihm war, als würde er jetzt erst wirklich wach. Gegenüber, an der Stirnseite der Konsole, stand der Name «Silventia» in schmalen grauen Lettern. Schon wieder. Erstaunlich, wie unvermeidbar dieser Windkraftkonzern hier in der vom Tourismus vergessenen Kleinstadt in der Achselhöhle der Nordseeküste war. Am Ende hing alles immer von «der Silventia» ab, wie die Einheimischen sagten, vor allem die Arbeitsplätze, die der Offshore-Windpark hinterm Wattenmeer den Leuten hier bescherte.

Manchmal fand Danowski sich schwer von Begriff, dann musste er im Nachhinein über sich lachen. Aber nach Lachen war ihm jetzt nicht zumute. Er richtete sich an der Wand auf, fand sein eigenes Stöhnen theatralisch und hoffte, dass seine Erkenntnis ein Irrsinn war und nicht die Realität: Wenn das hier ein Steuerungsraum der Firma Silventia war, die Windkrafträder in die Nordsee pflanzte, dann war er in der Gondel eines solchen Windrads, direkt hinter dem Rotor, hundertzwanzig Meter über dem gleichgültigen, aber nicht gleichmütigen Meer. Vierzig, fünfundvierzig Kilometer vom Ufer der letzten Inselreihe entfernt, gerade so weit, dass von dort niemand mehr die kilometerbreiten Reihen von Windkrafträdern sehen konnte. Wegen der Erdkrümmung. Die Windräder durften erst dort beginnen, wo sie von den Stränden aus fürs Auge hinter dem Horizont verschwanden. Und obwohl er schon oft sehr viel weiter von zu Hause weg gewesen war, machte ihn der Gedanke beklommen, vor den Augen der Menschen verborgen zu sein durch die Form der Erde selbst. Und wenn sein Kopf und der Rest seines Körpers sich weiter anfühlten wie jetzt, dann hatte ihn jemand betäubt, um ihn hierherzubringen.

Es dauerte immer eine Weile, bis sich nach dem Aufwachen jener Teil seines Gehirns zuschaltete, der für die Verarbeitung beruflicher Erkenntnisse und für das Abrufen kriminalistischer Expertise zuständig war. An manchem schlechten Tag hatte er das Gefühl, dieser Teil sei völlig abgehängt, aber jetzt dachte er beim Thema Betäuben wieder an die toten Frauen: Beide waren auch betäubt worden, bevor jemand sie erwürgt hatte.

Er bewegte sich ein wenig. Sein Körper fühlte sich wund an, als hätte er in einem Gurtgeschirr gesessen, mit dem jemand ihn hinaufgezogen hatte. Er hatte Schmerzen an den Oberschenkeln Richtung Lenden. Behutsam berührte er seine Stirn und meinte, Druckstellen unter den Fingern zu spüren, vielleicht von einem Helm, vielleicht davon, dass sein Kopf ungeschützt irgendwo angeschlagen war. Oder Abdrücke vom Fußboden, auf dem er mit dem Gesicht gelegen hatte. Wenigstens erst mal kein Blut.

Danowski suchte mit den Augen den kleinen Raum nach einem Ausgang ab, den er sich verschlossen vorstellte und der ihm selbst unverschlossen nicht viel nützen dürfte: Schließlich war da immer noch das Meer, wenn das hier eine Windkraftanlage jenseits der Küstenlinie war.

Wobei, plötzlich schöpfte er Hoffnung inmitten seiner Verwirrung. Vielleicht war er ja in einem sozusagen ganz normalen Windrad, auf dem Land, eingepflanzt in irgendein Mais- oder Kohlfeld, vielleicht musste er wirklich nur den Ausgang finden und konnte die Leiter hinabsteigen.

Aber er wusste, dass die Silventia von Friederikenburg einen Offshore-Windpark betrieb und keine Windkraftanlagen, die Bauern sich aufs Feld stellten, um ein bisschen Fördergelder mitzunehmen. Und er hatte, wenn er ehrlich war, einen salzigen Geschmack im Mund wie von Meerwassergischt.

Mühsam fokussierte er, um sich weiter im Raum umzusehen, aber sein Blick kam nicht weit. Rechts von ihm, halb verborgen durch die vorspringende Kante einer Maschinenverkleidung, lag ein Körper auf dem Boden des Gondelraums. Danowski sah schon an den Beinen, dass es eine Frau war, die Schuhe kamen ihm sogar bekannt vor, aber es dauerte einen Moment, bis ihm einfiel, woher. Ihr Haar glänzte schwach im blauen Licht der Konsole.

Nicht noch eine dritte, dachte er. Nicht noch eine Tote.

1. Kapitel

Dass er in seinem Leben noch mal auf einem Polizeifahrrad sitzen würde, hätte Adam Danowski auch nicht gedacht. Rechts der Deich, links die spätherbstlichen Felder mit Reihen von stillen Windrädern. Die einbeinigen Herrscher, dachte Danowski, denn sie waren überall und schienen schweigend auf den richtigen Augenblick zu warten. Er trat in die Pedale und kostete von der Geschwindigkeit. Die norddeutsche Herbstlandschaft flog links und rechts an ihm vorbei, irre, wie schnell man hier immer aus dem Ort raus war, die Knicks am Rande der Landstraße kahl, fast zweidimensional aus seinen Augenwinkeln, das Land dahinter grau und flach wie das ins Schweigen resignierte Antlitz einer Zeugin, die niemals was erzählen würde.

Mit maulfaulen Zeugen brauchte Danowski sich nicht mehr herumzuschlagen, er hatte einen neuen Job. Und im Moment ein nagelneues Polizeifahrrad unter dem Hintern. Acht-Gang-Nabe, Shimano-Bremsen, Alu-Rahmen, nichts Besonderes, aber alles picobello. Kein Vergleich zu der alten Möhre, die er seit Jahren im Keller hatte und die er um ein Haar beim Umzug gar nicht mitgenommen hätte. Nichts fühlte sich besser an als die erste Fahrt auf einem neuen Fahrrad.

Weil ihm Nieselregen über der Deichmarsch entgegenschlug und seine Zähne kalt wurden, merkte Danowski, dass er die Lippen geöffnet hatte: Er grinste, so viel Spaß machte ihm das hier.

Es war ein ungewohntes Gefühl. Sein neuer Job stresste ihn zwar nicht mehr so, wie es der alte getan hatte, seine Kopfschmerzen waren fast weg und die Dauererschöpfung nur noch eine gelegentliche. Aber schlechte Laune hatte er immer noch zu oft. Er dachte daran, was der Amtsarzt gesagt hatte, nachdem Danowski ihm gebeichtet hatte, dass er auch den zweiten Meditationskurs und die Gesprächstherapie geschmissen und die Selbsthilfegruppe für Hypersensible nie besucht hatte: «Wissen Sie, vielleicht ist es auch einfach nur das Leben.» Und das Leben brachte ihn selten zum Grinsen. Aber eben jetzt.

Beim ersten Kreisverkehr Richtung Industriegebiet oder Wesertunnel machte Danowski die volle Biege, schnittig lehnte er sich in den Wind und Richtung Straße, ihm war, als wäre sein Knie schon so gut wie auf dem Asphalt, absichtlich und kontrolliert, wie bei den Motorradrennfahrern, die er manchmal am Wochenende morgens mit seinen Töchtern guckte, wenn seine Frau Leslie am anderen Ende des Hauses ausschlafen wollte.

Dann eine Kindheitserinnerung, noch deutlicher als ebendie, zum ersten Mal ein neues Fahrrad zu fahren: wenn einem alles entglitt, wenn man das verlor, was für Danowski damals und heute bei den wertvollsten abstrakten Dingen immer ganz vorne in den Top Ten war – die Kontrolle. Die behielt er lieber bis zuletzt. Das ging immer damit einher, unmittelbar danach, aber eben doch im Nachhinein, zu merken, dass es zu spät war, dass man den Punkt überschritten hatte, an dem es noch die Möglichkeit gegeben hätte, die Kontrolle nicht zu verlieren, also den Mund zu schließen und nichts zu sagen, den Finger vom Abzug zu nehmen oder, in diesem Fall, vor der Kurve abzubremsen und nicht erst in dem Moment, wenn man die mit Laub bedeckte Ausfahrt aus dem Kreisverkehr schon erreicht hatte. Und noch eine Kindheitserinnerung: dieser Schlag in den Händen bis zu den Unterarmen, wenn man mit dem Vorderrad auf etwas Hartes, Unnachgiebiges wie einen Bordstein traf.

Dann war Danowski in der Luft. Richtung Straßengraben, wie er mit einer Art Erleichterung feststellte, während das Fahrrad und der Rest der Welt hinter dem unteren Rand seines Gesichtsfeldes verschwanden, als würde er aus der Landschaft gekippt. Das Letzte, was er sah, waren die auf den Kopf gedrehten Windräder am Horizont.

«Adam, du verfluchtes Arschloch, was hast du mit meinem Rad gemacht?»

«Es fährt sich nicht mehr ganz so gut wie vorhin, zugegeben.»

«Es fährt sich? Dafür, dass es sich fährt, gehst du ganz schön zu Fuß damit.»

«Wer sein Rad liebt, schiebt.»

«Wer *mein* Rad liebt, meinst du.» Finzi griff nach dem Lenker und nahm sein Dienstfahrrad wieder in Empfang.

«Tut mir leid», sagte Danowski. Er hatte in zehn Minuten seine Präsentation vor der Soko «Leuchtturm» und sah aus, als hätte ihn ein Trecker überfahren. Die Hosenbeine aufgerissen, die Ärmel schlammig, das Gesicht zerschrammt von dem, was der Herbst von den Brombeeren übrig gelassen hatte. «Ich hab die Kurve nicht gekriegt.»

«Kenn ich», sagte Finzi, während er das verbogene Vorderrad zu bewegen versuchte.

«Im Ortszentrum ist ein Fahrradladen», sagte Danowski matt. «Kannst mir gern die Rechnung schicken.»

«Ortszentrum», schnaufte Finzi verächtlich. «Unfassbar, in was für Scheißkäffer du dich schicken lässt.»

«Trotzdem nett, dass du mich besuchen wolltest», sagte Danowski, der zu übersehen versuchte, dass von der anderen Straßenseite einer der älteren Kollegen von vor Ort ihm die bittere Pantomime eines Mannes, der auf seine Armbanduhr schaut, vorführte, jetzt bereits in der dritten Version.

«Hundertachtundfünfzig Kilometer», sagte Finzi stolz, «und nur eine Übernachtung. Aber zurück fahr ich wohl mit dem Zug, wenn ich mir das hier so angucke.»

«Laub auf der Straße», sagte Danowski.

«Na ja, dann muss man halt die Fahrgeschwindigkeit auch mal den Witterungsverhältnissen anpassen», bemerkte Finzi halblaut mit finsterer Miene. Davon abgesehen sah er gut aus. Seitdem Finzi in Hamburg bei der Fahrradpolizei war, hatte er zehn, fünfzehn Kilo abgenommen, seine Gesichtsfarbe war deutlich gesünder als früher, seine Hände zitterten nicht mehr. Plötzlich wurde Danowski angesichts seines vor ihm übers halbwegs geschrottete Rad gebeugten Kollegen Finzi von Rührung vielleicht nicht übermannt, aber doch angerempelt und aus dem Gleichgewicht gebracht. Erstaunlich, dass Finzi und er sich beide halbwegs aus der alten Scheiße gezogen hatten. Jeder auf seine eigene Weise. Finzi, indem er dem Alkohol und der Berufsunfähigkeit durch die Versetzung zur Fahrradstreife entgangen war, und Danowski, indem er den Stress der Ermittlungsarbeit hinter sich gelassen hatte. Keine verwirrten Zeugen mehr, keine frisch entdeckten Leichen mehr, keine Büropolitik, keine Grabenkämpfe mit anderen Abteilungen. Alles, was ihn über Jahre mürbe und erschöpft gemacht hatte, hatte er zurückgelassen und eingetauscht gegen die übersichtliche Personalstruktur und das Aktenstudium der Operativen Fallanalyse. Ganz nette Kollegen plötzlich. Am Ende des Sommers hatten sie sogar alle zusammen gegrillt, seine ganze neue Abteilung, sieben Leute mit Partnern im Garten des neuen Chefs. So was kannte Danowski eigentlich nur aus den Erzählungen anderer Leute und von den Lehrerkollegen seiner Frau Leslie, die verstanden sich auch immer alle so gut oder konnten zumindest so tun. Für ihn war das was Neues. Wie sein Chef mit einer Schürze, auf die Brüste gedruckt waren, Würste an alle verteilt hatte. Okay, die Schürze hatte Danowski peinlich gefunden, aber ansonsten fand er es den Versuch wert, sich daran zu gewöhnen. Wie ein Familienfest war das gewesen, nur fast ohne nervige Verwandte.

Manchmal vermisste er Finzi. Er merkte jetzt erst so richtig, wie sehr er sich gefreut hatte, dass sein alter Kollege ihn hier in der Einöde der Deichmarsch besuchte.

«Deicharsch», sagte Finzi mühsam beim Aufrichten, als könnte er Gedanken lesen, aber nicht besonders gut. «Ich versteh nicht, Adam, warum du zwei Jahre einen aufwendigen Lehrgang machen musst, damit es am Ende aussieht, als wärst du strafversetzt worden. Und zwar nicht an einen einzigen Ort, sondern alle paar Wochen an einen anderen Arsch der Welt. Wo warst du neulich? Schwerte? Pfaffenhofen? Erfurz? Was für ein Scheiß.»

Danowski gefiel genau das mit am besten an der Arbeit der Operativen Fallanalyse beim Landeskriminalamt Hamburg: dass sie von Dienststellen aus ganz Deutschland angefordert wurden und dass er immer mal wieder ein, zwei Wochen lang nicht zu Hause war. Es hatte ein paar Monate gedauert, aber jetzt musste er zugeben: Es tat ihm gut. Der Familie vielleicht sogar noch mehr. Oder ließ er die eigentlich permanent im Stich? Na ja, das war so ein Gedanke, den er dann vielleicht doch in altbewährter Manier lieber erst mal wieder verdrängte. Seit Leslie Schulleiterin war und sie in Finkenwerder südlich der Elbe wohnten, in einem kleinen Haus, aber größer als früher ihre Wohnung mit Blick auf die Aral-Tankstelle, kam sein Vater aus Berlin, um nachmittags auf die Kinder aufzupassen, wenn Danowski wochenweise unterwegs war. Leslie, das wusste er oder wollte es zumindest glauben, machte das Beste daraus. Die Kinder waren glücklich, aber zu denen war der Alte auch nett. Das übersprang immer eine Generation. Mein Vater starrt in meinen Kühlschrank, dachte Danowski. Na gut.

«Wir sind halt externe Dienstleister», sagte er.

«Du müsstest dich mal reden hören», sagte Finzi. «Und scheiße siehst du auch aus, nebenbei.»

«Ich kauf dir ein neues», sagte Danowski und zeigte mit dem Kinn auf das Fahrrad, das er fast einen Kilometer über die Landstraße zum Polizeirevier am Rande von Friederikenburg zurückgeschoben hatte, wo er jetzt seine Einschätzung zum aktuellen Fall vor der Sonderkommission «Leuchtturm» abgeben sollte. Bei größeren Fällen kamen sie zu zweit oder zu dritt, aber er war noch nicht lange dabei, darum übernahm er eher kleinere Sachen und reiste alleine. So wie jetzt. Denn auch das hier war nichts Großes, zumindest nicht nach ihren verzerrten Maßstäben: eine tote Frau. Mehr als genug, aber nicht genug für zwei Kollegen. Danowski war's recht, konnte er im Auto in Ruhe kein Radio hören. Nur nachts hasste er es manchmal, dass im ganzen Hotel niemand war, dem die Existenz von Adam Danowski irgendwas bedeutete. Von seiner Mutter mal abgesehen.

«Eigentum der Freien und Hansestadt», sagte Finzi. «Das kriegen die schon selber hin.»

Der Kollege von der Soko war längst in der Polizeiwache verschwunden. Die hatten sich bestimmt schon alle versammelt und warteten auf ihn. Aber er hatte das Bedürfnis, den Abschied von Finzi rauszuzögern, darum beugte er sich mit ratloser Geschäftigkeit über dessen demoliertes Dienstfahrrad. Mit gerunzelter Stirn fing er an, daran herumzufummeln.

«Alles noch von Hand, macht der Praktikant», sagte Finzi heiter.

«Na gut, ich geb auf», sagte Danowski. Sie hauten sich irgendwie auf die Schultern und machten dann eine Quatschumarmung daraus, und als Danowski ging, rief er noch «Und grüß Meta schön von mir» in Richtung Finzi. Der beugte sich schon wieder kopfschüttelnd über sein Fahrrad. Dabei machte er eine vage Handbewegung, als wollte er noch was sagen. Vermutlich irgendeine Zote über ihre gemeinsame ehemalige Kollegin, die er dann aber doch runterschluckte, und sei's, weil Danowski kaum noch in Hörweite war.

«Eine tolle Idee, hier noch kurz vor unserem Termin eine kleine Radtour ins Gebüsch zu machen», sagte seine Mutter.

«Fand ich auch», sagte Danowski und blieb ganz ruhig, denn wenn er sich eins vorgenommen hatte, dann, sich von seiner Mutter nicht mehr provozieren zu lassen.

2. Kapitel

Auf der Treppe fummelte Danowski ein bisschen in seiner Aktenmappe, aber im Grunde wusste er, was er jetzt sagen würde. Nichts Originelles, aber er fand's solide. Das waren seine neuen Wegmarken: nicht mehr Richtung originell abbiegen, schön bei solide bleiben.

Keiner vom knappen Dutzend Kollegen im Raum kommentierte Danowskis äußeres Erscheinungsbild, die Friederikenburger waren sehr diskret. In der Zusammenarbeit mit den Kollegen vor Ort war das angenehm, aber nicht, wenn es darum ging, alte Zeugenaussagen durchzuarbeiten. Die Leute hier sahen und hörten im Allgemeinen wenig. Während die Soko-Leute sich unterhielten, kippelte Danowski auf seinem Besprechungsraumstuhl, ganz schön abgerockt war das hier, der graue Teppich undefinierbar striemig, die Wände beige und abgerieben in Hüfthöhe, wo immer alle lehnten, wenn's was zu bereden gab. Je weiter man von den Landeshauptstädten entfernt war, desto runtergekommener waren die Reviere.

Aber er mochte das. Kleine Städte, von denen er noch nie gehört hatte. Als Berliner nach Hamburg gekommen und kaum was anderes gesehen als Millionenstädte. Das änderte sich mit jeder Beratungsleistung, die er im Namen der Operativen Fallanalyse erbrachte. Wie hier in Friederikenburg. Wo die Weser sich Richtung Nordsee öffnete, die industriellen Lichter von Bremerhaven auf der anderen Flussseite wie helle Punkte am unteren Bildrand, Friederikenburg selbst offenbar mehrfach abgestorben, vorm 19. Jahrhundert auf dem Weg zur Residenzstadt, im 20. auf dem Weg zum Industriestandort und jetzt auf dem zum Touristenziel. Nichts schien hier so richtig hinzuhauen, jetzt hatten sie ein bisschen Windkraftindustrie und ein bisschen Tourismus, zu viel von beidem, um den Laden endgültig dichtzumachen, und mittendrin die übliche Fußgängerzone mit mittleren Kettengeschäften, Ernsting's family, die hatten solche Städte doch erfunden. Backstein, Eternit-Fassaden, Reetdächer und Fertighäuser durcheinandergewürfelt, zwischen den Ortsteilen kilometerweise Landstraßen mit Marschwiesen links und rechts und oben und unten, bis man den Blick wieder scharf stellte und das eine der Himmel war und das andere das Watt.

Als alle da waren, fing er an. Es war seine dritte Fallanalyse, und er fand sich inzwischen recht routiniert. Vielleicht eine Spur zu ausführlich. Die Strangfurche am Hals der Ermordeten, das bläulich verfärbte Gesicht, die punktförmigen Blutungen in den Augenbindehäuten, all das kannten die Kollegen vor Ort besser als er, zum Teil hatten sie es mit eigenen Augen gesehen, als sie die Frauenleiche am alten Leuchtturm gefunden hatten. Denen brauchte er nicht zu erklären, dass Corinna Karlsson erdrosselt worden war. Und dass der Fundort der Leiche nicht der Tatort war. Klar, das musste alles noch mal rekapituliert werden. Aber Sandra Steckmann, die Soko-Leiterin vom örtlichen Revier, sein unmittelbarer Kontakt, seine Auftraggeberin, wenn man so wollte, kratzte sich die ganze Zeit an der Nase und der Oberlippe, als könnte sie der Versuchung, mit dem Popeln anzufangen, nicht mehr lange widerstehen. Eine ernste, schweigsame Polizistin ohne Haarschnitt, mit Sweatshirt und Cargohosen, die Danowski auf Anhieb sympathisch gewesen war, weil sie ihn am ersten Abend zu sich nach Hause eingeladen hatte, Niedersachsenhaus mit viel zu viel Platz, zottelige Kinder, Erbsensuppe und ein Mann, der direkt aus dem Stall kam, Tierarzt nämlich, das gefiel Danowski alles ausnehmend gut.

Wenn die Soko-Leiterin Steckmann nun von seiner Präsentation genervt war, dann war das schlecht: OFA und Soko mussten an einem Strang ziehen, und dafür musste er behutsam und im Rahmen seiner Möglichkeiten freundlich vorgehen. Nicht so schulmeisterlich wie er gerade. Danowski traf den Blick von Sandra Steckmann. Er schlug die Augen nieder und schürzte die Lippen, um ihr zu signalisieren: Lass mir Zeit, ich komm gleich zum Punkt. Sie nickte unmerklich, na gut.

Er vermutete, dass sie schon ahnte, wohin die Reise ging. Die Pointe derartiger Vorträge war oft dieselbe, und zwar die, die keiner vor Ort hören wollte.

Um sich davon abzulenken, betrachtete Danowski das Fundortfoto der toten Corinna Karlsson, das die Kollegen von der Soko an die Wand projizierten. Strangulierte hatten fast immer offene Augen, sie sahen verblüfft aus und als wollten sie gleich was sagen, vielleicht sich beschweren, weil ihre Gesichter aufgequollen waren, es sah aus, als blähten sie leicht die Backen. Die Operative Fallanalyse wurde von den Kollegen vor Ort bei Tötungs- und Sexualdelikten dazugeholt, wenn sie allein nicht weiterkamen. Das war nicht der Aspekt an der Arbeit, der Danowski gefiel. Was er mochte, war vielmehr, dass er alles nur aus zweiter Hand zu sehen bekam, all das Leid und Elend verschriftlicht und geordnet.

So wie hier: Corinna Karlsson, sechsunddreißig Jahre

alt, verheiratet, keine Kinder. Das war ein Segen, jeder Fall ohne Kinder war leichter für ihn und alle Beteiligten. Marketingkauffrau, angestellt in der Öffentlichkeitsarbeit des örtlichen Windkraftparkbetreibers. Vor drei Wochen im Morgengrauen von einer Spaziergängerin tot aufgefunden auf einem relativ verlassenen Weg hinter dem Deich, der zum alten Leuchtturm im Watt führte. Der Leichnam hatte Schleifspuren am Rücken, wo die Kleidung hochgerutscht war, und Druckspuren an den Fußgelenken, die nach dem Tod entstanden waren, außerdem Faserreste von Seilen, die möglicherweise für den Transport der Leiche benutzt worden waren oder dafür, eine Plastikplane zu befestigen, in die der Körper eingewickelt worden war. Also war der Fundort nicht der Tatort, jemand hatte die Leiche mit Bedacht auf dem Trampelpfad zum Leuchtturm abgelegt.

Eine Beziehungstat war unwahrscheinlich. Ihr Ehemann arbeitete Hunderte Kilometer entfernt in Flensburg als Arzt und war nur am Wochenende in Friederikenburg, nicht in der Tatnacht, ihr Verhältnis galt als vergleichsweise spannungsfrei, niemand hatte Corinna Karlsson mit einem anderen Mann gesehen. In Corinna Karlssons offener, unbearbeiteter Browser-Historie fanden sich keine Hinweise auf Online-Bekanntschaften oder Dating-Portale. Wer sie kannte, sprach nur Gutes über sie, und mithin breitete sich Ratlosigkeit aus über Friederikenburg und dem Kreis Deichmarsch, was nach vier, fünf Tagen wie so oft in solchen Fällen zur Gründung der Sonderkommission «Leuchtturm» geführt hatte, zu der die Beamten vor Ort und ein paar Kollegen aus Hannover gehörten. Das war zwar die Landeshauptstadt, aber, von hier aus betrachtet, am anderen Ende der Welt, die Kollegen aus Hannover waren noch größere Außenseiter als Danowski.

Was den Fall komplizierter gemacht und ihm schließlich die Einladung nach Friederikenburg beschert hatte, war das Ergebnis der Obduktion: Sperma und Betäubungsmittel. Das Erste im Vaginaltrakt der Toten, das Zweite in ihrem Blut.

«Adam?» Die Leiterin der Soko sah ihn fragend an.

«Richtig», sagte Danowski. Er sah, wie seine Mutter den Kopf missbilligend schüttelte. War er also doch wieder abgedriftet.

«Jedenfalls besteht, wie von Ihnen bereits festgehalten, Grund zu der Annahme, dass die Tote betäubt und vergewaltigt worden ist», hörte Danowski sich fortfahren. «Für diese Chronologie spricht, wie wir wissen, die Abwesenheit von Traumata im Genitalbereich und von Kampfverletzungen an den gängigen Körperregionen», sagte er. Ein Kollege von der Soko sorgte mit der Fernbedienung dafür, dass die entsprechenden Bilder zur Untermalung an der Wand aufleuchteten wie abstrakte Weltuntergangsvisionen. Danowski wandte sich ab, bevor er die Nahaufnahmen den entsprechenden Körperstellen zuordnen konnte. Auch das war überflüssig, sie alle kannten die Bilder, aber die Zusammenstellung des Multimediamaterials hatte er den Kollegen überlassen.

Wie auf ein unsichtbares Zeichen hin hatten sich alle im Raum gespannt nach vorn gebeugt. Das lag nicht an den anatomischen Bilder aus der Gerichtsmedizin, sondern daran, dass der Elefant im Raum sich sozusagen geräuspert hatte, indem Danowski «Sperma» sagte.

Sperma bedeutete DNA, und zwar reichlich. Sperma war ein Füllhorn an Genmaterial, so viel davon, wie sie in Sperma fanden, würden sie im Leben nicht brauchen, um den Mann zu identifizieren, der mit Corinna Karlsson

Geschlechtsverkehr gehabt hatte, also mutmaßlich denjenigen, der sie betäubt und vergewaltigt und erdrosselt hatte.

Am Anfang hatten die Ermittlungen der Soko sich auf die Nacht vor dem Leichenfund konzentriert. Wer hatte in jener Nacht ein auffälliges Auto dort oder in der Nähe gesehen, ortsfremd womöglich? Das wäre ungewöhnlich zu dieser Jahreszeit, wenn die wenigen Touristen, die im Sommer kamen, weit weg waren und die einzigen Fremden jene, die im Auftrag des Windparkbetreibers Silventia nach Friederikenburg kamen. Aber niemand hatte ein ortsfremdes Fahrzeug gesehen, die Ermittlungen waren ergebnislos im künstlich angehäuften Strandsand verlaufen, keine Feinde und Konflikte im sozialen Umfeld, keine Hinweise auf eine Gelegenheitstat.

Das Problem war: Nun hatten sie zwar die Genspuren des Täters aus dem Körper des Opfers, aber keinen Match in der DNA-Analyse-Datei des BKA. Drei Viertel aller Vergewaltiger tauchten in den Fingerabdruck- oder DNA-Datenbanken auf, meistens wegen Diebstahl oder Körperverletzung. Ihr Täter aber war nicht einschlägig aufgefallen, und sein Genmaterial stand mit keinem anderen ungeklärten Verbrechen in Deutschland oder, wie sich nach zwei Wochen herausstellte, Europa in Verbindung.

«Nach meiner Einschätzung», sagte Danowski, «lässt sich Folgendes mit großer Wahrscheinlichkeit über den Täter sagen.» Er war froh, dass der Kollege, um Danowskis Einschätzung und Handlungsempfehlung zu untermalen, wieder das Porträtfoto von Corinna Karlsson an die Wand warf, das jeder in Norddeutschland inzwischen kannte. Es war ein seltsames Bild, eins, das eher in die sozialen Medien gehörte als in die Ermittlungsakte eines Tötungsdelikts: eine junge Frau, die auf dem Boden lag, draußen, im Gras, ihr lockiges braunes Haar um sie ausgebreitet, die schmale Nase, der feine Mund und die hellen Augen zuversichtlich, fröhlich, aber auch erwartungsvoll, bereit, fotografiert zu werden. Eine seltsame Perspektive, von oben, ein wenig zu nah, die Arme nicht im Bild, aber die Schultern leicht nach vorn gedreht in dieser ein paar Jahre alten Instagram-Pose. Das Bild, das die Soko für die Ermittlungen und für die Pressearbeit verwendet hatte, war ein Selfie. Auf dieser Vergrößerung sah Danowski zum ersten Mal im Ausschnitt des gerippten T-Shirts von Corinna Karlsson ein Lederband und daran vermutlich einen Anhänger verschwinden, und er fragte sich undeutlich, was das wohl für einer war und ob der Anhänger für ihn womöglich was zu bedeuten gehabt hätte, wenn er an den aktiven Ermittlungen der ersten Tage und Wochen teilgenommen hätte.

«Es handelt sich um einen Mann, der das Opfer betäubt, vergewaltigt und erwürgt hat. Das Betäubungsmittel, das er verwendet hat, wird in der Veterinärmedizin eingesetzt und ist außerhalb von Fachkreisen wenig bekannt. Da eine Überprüfung aller Tierärzte in der Umgebung von hundert Kilometern nichts Ermittlungsrelevantes ergeben hat, weder Verdachtsmomente noch Praxiseinbrüche, gehen wir davon aus, dass der Täter gebildet genug ist, um sich durch eigene Recherchen Wissen über weniger bekannte Betäubungsmittel zu verschaffen, vermutlich mit Hilfe des Internets, und dieses Betäubungsmittel anonym auf dem Schwarzmarkt in einer Großstadt wie Bremen, Bremerhaven, Hamburg oder Hannover zu beschaffen. Das heißt, wir gehen von einem gebildeten, computeraffinen Mann mit eigenem Pkw aus, da der Leichnam des Opfers höchstwahrscheinlich mit Hilfe eines Fahrzeugs zum Parkplatz in Leuchtturmnähe transportiert und dann von dort an den Fundort gebracht wurde. Was uns zu der Vermutung veranlasst, dass wir es mit einem berufstätigen Täter zu tun haben.»

Ein älterer Kollege von der Soko nickte und sagte halblaut: «Kein Minderleister.» Danowski räusperte sich. Seine Mutter markierte ein Gähnen. Die Banalität seiner Ausführungen und Erkenntnisse war mit Händen zu greifen. Aber manchmal war genau das die Aufgabe der Operativen Fallanalyse: von außen kommen und denen, die zu nah dran waren, die Banalität des Unausweichlichen vor Augen halten.

«Wie gesagt, das sind Vermutungen», fuhr Danowski fort. «Aber was wir wissen, ist, dass wir über Genmaterial verfügen, das mit an Sicherheit grenzender Wahrscheinlichkeit das des Täters ist oder, im mindesten Fall, das eines Zeugen, der bisher nicht in Erscheinung getreten ist und der für Sie aufgrund seiner Nähe zu Corinna Karlsson ein außerordentlich wichtiger Gesprächspartner wäre. Wir wissen außerdem, dass die Zeugenbefragungen und die Aufrufe an die Öffentlichkeit keine Hinweise ergeben haben, die uns etwas über die Tatnacht erzählen. Also, im Klartext: Niemand hat etwas Ungewöhnliches gesehen. Oder, noch klarer: Das, was alle gesehen haben, wenn sie etwas gesehen haben, waren gewöhnliche, erwartbare Dinge. Menschen und Fahrzeuge, die hier in die Gegend gehören und deren Auftauchen in der Nähe des Fundorts der Leiche und in den Stunden vor dem Fund nichts Auffälliges sind. Und wir wissen, dass der Fundort der Leiche abseits der üblichen Touristenwege liegt, wir wissen, dass dieser Trampelpfad seit der neu angelegten Deichpromenade hauptsächlich von Einheimischen genutzt wird, um zum alten Leuchtturm im Watt zu gelangen.»

Seine Mutter saß allein in der letzten Reihe an der Wand, und sie hatte diesen leicht amüsierten Gesichtsausdruck, ein wenig ungeduldig, wann kommt denn jetzt die Pointe? Er machte ein kleines Zeichen in ihre Richtung, damit sie ihm nicht dazwischenredete.

«Ich glaube, Sie ahnen alle, worauf das hinausläuft. Ich brauche Ihnen die statistischen Zahlen nicht runterzubeten, Sie wissen so gut wie ich, wie außerordentlich gering der Anteil von Zufallstätern bei Sexualmördern ist. Fast zwei Drittel der Täter kommen aus dem geographischen Nahbereich. Die Analyse Ihrer Ermittlungsergebnisse sagt, dass der Täter ortskundig ist, sein Ankerpunkt ist hier in der Deichmarsch.»

Die Soko-Leiterin blickte unbewegt. Der ältere Kollege, der Leuken hieß, wiegte das graue friesische Haupt. Wobei, das war hier nur ganz knapp Friesland, darauf legten die mittelgroßen Wert.

«Und die Wahrscheinlichkeit sagt, dass wir die DNA des Täters haben. Aus diesen Gründen, und dies nur als Zusammenfassung des schriftlichen Berichts, den ich in der vorigen Nacht fertiggestellt habe und den die Kollegin Steckmann jetzt von mir bekommt, um ihn an Sie alle weiterzugeben: Aus diesen Gründen empfehle ich einen Gentest aller Männer zwischen 20 und 70 im Kreis Deichmarsch.»

Das Schweigen war kurz. Vorne war der Soko-Kollege schon dabei, den Beamer zusammenzupacken, Corinna Karlssons zuversichtliches Selfie-Gesicht war von der Wand verschwunden. Dann entstand ein Murren und Scharren, als stiege es aus dem alten grauen Teppich auf.

«Massen-Gentest», sagte einer der Kollegen aus Hannover. «Wissen Sie, was das kostet und wie groß die Erfolgsaussichten bei so was sind?» Das waren rhetorische Fragen. Es kostete viel. Und die Erfolgsaussichten hingen von zu vielen Faktoren ab, um sich schätzen zu lassen.

«Das sind etwa zweitausendfünfhundert bis dreitausend Personen», sagte Danowski. Der Sauerstoff im Raum war so gut wie weg, und er merkte, dass es ihm schwerfiel, sich zu konzentrieren. Seine Mutter rutschte auch schon auf ihrem Stuhl hin und her, als könnte sie es nicht erwarten, endlich wegzukommen. Aber er brauchte sie vielleicht noch. «Jedenfalls rechnen wir wie so oft in diesen Fällen auch nicht damit, dass alle dreitausend Proben im Labor analysiert werden müssen», fuhr er fort. «Ich würde vielmehr auf die Dynamik setzen, die entsteht, wenn …» Seine Mutter rollte wieder mit den Augen.

«Schon klar», unterbrach ihn der Hannoveraner Kollege, «aber wenn keiner nervös wird, wenn alle sich freiwillig melden, dann ist das ein schwarzes Loch von Kosten und Personalaufwand, und …»

«Das kann einfach keiner von hier gewesen sein», sagte der Kollege Leuken aus dem örtlichen Revier, einer, der seit dreißig Jahren Polizist in Friederikenburg war und der sein Leben vor oder hinter dem Deich verbracht hatte, je nachdem, von wo aus man das Ganze betrachtete. «Wenn ihr über Wahrscheinlichkeit und so was und Statistik redet, dann schaut doch auch mal, dass hier seit dem Krieg kein Einheimischer ein Kapitalverbrechen verübt hat …»

«Reinhold», unterbrach ihn die Soko-Leiterin Steckmann, «mir fällt der Gedanke genauso schwer wie dir, aber du musst auch sehen, wie sehr sich Friederikenburg verändert hat in den letzten Jahren, es sind so viele neue Leute hier in die Gegend gekommen …»

«Neue Leute», sagte Reinhold Leuken, «das ist genau das Problem hier. Neue Leute. Seitdem die Silventia hier ihre Techniker schult und die Bauteile verschifft, ich meine, die ganzen Schulungsteilnehmer und Zulieferer und so, die sind doch gar nicht gemeldet im Kreis, die kannst du doch durch so einen Gentest, der die Leute hier verrückt macht, gar nicht erfassen. Von der Flüchtlingsunterkunft mal ganz abgesehen.»

«Das ist durch einen erweiterten Gerichtsbeschluss, der in diesem Fall sicher sinnvoll wäre, absolut machbar», schwadronierte Danowski und wurde ein wenig rot, vielleicht, weil die Spannung von ihm abfiel. Er warf seiner Mutter einen warnenden Blick zu. Manchmal fing sie an zu kichern, wenn er sich in Verlegenheit brachte, eine empathische Übersprungshandlung, die ihrerseits ihn dazu veranlasste zu grinsen, was er in den seltensten Fällen gebrauchen konnte. Grinsen passte eigentlich nie.

Aber der Stuhl seiner Mutter war leer.

3. Kapitel

Sie kannten sich von Kindesbeinen an, und, oh, was für Beine das waren. Am Anfang kurz und speckig, ziellos in die Luft gereckt aus reiner Lebensgier, später knochig, dünn, die Knie immer aufgeschlagen, Dauerschorf, Sommerbeine. Und dann wieder ein bisschen später sechs Beine, die noch nicht wussten, wohin und wieso, und dann verlief sich das alles eines Tages, die Beine und der ganze Rest.

Stephanie Rother kniete vor der Waschmaschine, wo die Hündin in ihrem Korb lag, und dachte an ihre Freundinnen, an Corinna, die tot war, und an Imke, mit der sie keinen Kontakt mehr hatte. Als sie ihr eigenes Gesicht im viel zu großen Fenster der Waschtrommel sah, Miele, Lebenszeitgarantie, fragte sie sich, ob ihr die Tränen übers Gesicht liefen wegen der Erinnerungen an die Zeit mit ihren Freundinnen, als sie jung gewesen waren und die Welt voller Möglichkeiten, Dinge wiedergutzumachen, oder wegen der Hündin Branca, sechzehn Jahre alt, Metastasen. Branca liebte das Geräusch und die Wärme der Maschine. Stephanie Rother wusste, dass das alles war, was sie noch tun konnte für die alte Hündin: sie an einem Ort in Ruhe zu lassen, den sie liebte. Der Rest war, ihr zweimal am Tag das Betäubungsmittel zu spritzen, um ihr die Schmerzen zu nehmen.

Sie stand auf und warf die Einwegspritze in den Mülleimer mit den Trocknerflusen. Sie atmete tief ein und wischte sich die Tränen aus dem Gesicht wie Dreck.

Zum Weinen gereicht hätte, dass Corinna tot war. Ihre älteste Freundin, von Kindesbeinen an. Zusammen mit Imke. Das Dreiergespann, hatte ihr Vater gesagt, als wären sie Pferde gewesen, was ihr anfangs sehr gefiel, ab dreizehn, vierzehn dann aber gar nicht mehr. Wer wollte denn ein Pferd sein. Die drei von der Zankstelle, hatte ihre Mutter gesagt, wenn es mal wieder zwischen ihnen geknallt hatte. Kein Wunder, wenn man zu dritt war. Das war immer zwei gegen eine. Außer wenn es drei gegen alle anderen war. Das waren die besten Zeiten von allen, die besten Zeiten der Welt. Einmal hatte Corinna ihnen eine Einladung zum Geburtstag geschickt, ins Baumhaus, das eigentlich nur eine Spanplatte war, die sie in den Pflaumenbaum gequetscht hatten, mit einer verschimmelten Persenning als Dach, die im Sommerwind flatterte. «Die beste Zeit von allen Zeiten», hatte Corinna auf die Vorderseite der Einladung geschrieben, schon damals hatte sie derlei großartige Formulierungen geliebt, kein Wunder, dass sie später in die Öffentlichkeitsarbeit gegangen war.

Ihr neunter oder zehnter Geburtstag. Jahre, bevor alles schwierig wurde und die Zeiten sie auseinanderrissen. Wieder schossen ihr die Tränen in die Augen. Stephanie Rother ignorierte sie, aber daran, wie wütend sie die Treppe aus dem Waschkeller ins Erdgeschoss ihres Einfamilienhauses hochstapfte, merkte sie, dass in ihr gerade nichts in Ordnung war.

Ein Einfamilienhaus. Wer hatte eigentlich die Idee gehabt? Thomas, klar. Weil es eine so günstige Gelegenheit gewesen war. Bei günstigen Gelegenheiten konnte man nicht Nein sagen, egal, ob es um einen Hamburger auf dem Heimweg vorm Abendessen ging, Sex mit der Kollegin nach der Weihnachtsfeier, wirklich, Stephi, es hat sich ... so ergeben, oder ein Neubau-Einfamilienhaus, das plötzlich auf dem Markt auftauchte, schon halb eingerichtet, Musterhaus. Günstige Gelegenheit. Seitdem ihr Mann vor fast zehn Jahren gestorben war, hatte Stephanie Rother keine längere Beziehung gehabt. Ihr Mann war damals hinterm Deich zusammengebrochen mit sechsundzwanzig, Hirnblutung, nicht lange nach der Hochzeit. Ihre Freunde und Kollegen und ihre Eltern hatten immer wieder versucht, sie dazu zu bewegen, «sich umzuschauen», Männer kennenzulernen, aber die zwei, drei Namen, an die sie sich erinnerte, führten zu nichts, und obwohl sie sich selbst noch wahnsinnig jung fand, schien es ihr vergeblich, als sei es zu spät. Oder sie fand, sie hätte ja noch so viel Zeit. Vielleicht hätte sie längst wegziehen sollen, aber das Haus war für sie so was wie ein Denkmal der Zukunft, die sie mit ihrem Mann geplant hatte. Und Branca auch. Die hatte er mit in die Ehe gebracht.

Sie ging in die Küche und goss sich den Rest aus der Thermoskanne der Kaffeemaschine ein, die schon hier gestanden hatte, als das noch ein Musterhaus gewesen war. Corinna, Imke und sie, die drei Muskeltiere. Muskeln waren gut, das hatten sie schon mit sieben oder acht begriffen. Und Tiere sowieso, Tiere waren immer gut. Kein Wunder, dass schon die alten Helden sich so genannt hatten. Ihren Irrtum hatten sie erst begriffen, als sie Jahre später den Film gesehen hatten. Mit Charlie Sheen und Kiefer Sutherland, dreizehn waren sie gewesen oder zwölf, und sie erinnerte sich noch, wie sie sich erst gewundert und dann geschämt hatte, als auf der Leinwand «Die drei Musketiere» stand und nicht, was sie immer gedacht hatte.

Zum hundertsten Mal seit Corinnas Tod dachte sie daran, Imke anzurufen. Sie hatten seit Jahren keinen Kontakt mehr. Das war so ein Satz, der ihr automatisch im Kopf auftauchte, wenn sie an Imke dachte. Den sagte sie, wenn sie alte Freunde traf, die sie fragten, was aus «den anderen beiden» geworden sei. Bis vor kurzem hatte sie dann gesagt: Cori und ich arbeiten bei der Silventia, mit Imke hab ich seit Jahren keinen Kontakt mehr. Seit damals, fügte sie in Gedanken hinzu, auch jetzt wieder, und jedes Mal war das eine Formulierung, über die sie sich wunderte und schämte zugleich: seit damals.

Sie ging zum Telefon und nahm es von der Station, den Kaffeebecher in der anderen Hand. Die Nummer von Imke hatte sie gar nicht mehr. Ihre Finger hätten die von früher gewählt, von Imkes Eltern auf der Insel. Oder von den Brakels, wo sie später mit Corinna und Imke gewohnt hatte, als sie Leuchtturmkinder waren.

Hast du auch so Angst, Imke?

Liegst du nachts auch wach und denkst an Cori?

Bist du auch so allein?

Und weißt du, wie leid mir das alles tut? Imke?

Sie ahnte, dass sie reden würde wie ein Kind, wenn sie je wieder mit ihrer alten Freundin sprechen sollte.

Ich glaube, Imke, das hat alles mit früher zu tun. Dass Cori tot ist. Ich glaube, das ist wegen früher.

Wegen damals.

Manchmal sah sie Imke, wenn sie aus dem Nachbarkreis zum Famila hinterm Kreisverkehr kam, weil man da in der ganzen Gegend am besten einkaufen konnte. Imke war immer noch die Schönste von ihnen, nach all den Jahren, aber wenn Stephanie sah, wie Imke hinterm Einkaufswagen her das linke Bein zog, Hinkebein, Hinkebein, willst du meine Hexe sein, dann bekam sie eine Gänsehaut und versteckte sich hinter dem Regal mit den Milchersatzgetränken, Reis-, Soja-, Hafer-Drinks und Brottrunk. Das Leben konnte so banal und so ekelhaft sein und so egal.

Sie arbeitete bei der Silventia in der Qualitätskontrolle. Ihr Leben wäre gerade so durchgekommen: nicht schlecht genug, um es zurückzuschicken, aber bei einer Reklamation wäre es auf Kulanz hinausgelaufen.

Imke erinnerte sie an diesen Werbespot damals im Fernsehen, als sie fünf oder sechs war. Ein Junge, der mit einem Kettcar durch die Gegend kurvte, die Handbremse zog und in die Kamera sagte: «Ich heiße Kai, und ich will später Rallyefahrer werden», und dann eine besorgte Männerstimme aus dem Off: «Kinder wollen so vieles werden in diesem Alter. Quält Sie auch manchmal der Gedanke, irgendetwas könnte dazwischenkommen?» Während er das sagte, verlangsamte sich das Bild, und die fröhliche Hintergrundmusik wurde verzerrt, davon hatte Stephanie Rother monatelang Albträume gehabt, und dann, als die Musik ganz unerträglich wurde und Kais Gesicht am Kettcar-Lenkrad ganz ernst, folgten Stille und Standbild und der eingeblendete Schriftzug, gesprochen von der gleichen Männerstimme: «Kinderlähmung ist grausam.» Und dann kurvte Kai weiter, die Musik wurde wieder fröhlich, was fast noch schlimmer war, und die Stimme sagte: «Schluckimpfung ist süß.»

Kinderlähmung. Das war auch eine dieser Geschichten von früher. Alles hatte mit früher zu tun. Alles war wegen früher. Mehr hätte ihr auch Imke nicht gesagt, wenn sie sie jetzt angerufen hätte. Mehr konnte keiner sagen, aber es erklärte ihr nicht, warum sie Angst hatte vorm nächsten Tag und manchmal sogar vorm nächsten Augenblick.

Imke hat Kinderlähmung, das war dann die Geschichte gewesen. Die vielleicht gar nicht so plausibel gewesen war.

Als Begründung dafür, warum Imke mit fünfzehn monatelang im Krankenhaus war und danach nie wieder in die Schule kam, weil ihre Eltern nach Osten raus Richtung Bremerhaven zogen, wo die ärztliche Versorgung besser war. Warum hatten das eigentlich alle geglaubt? Warum hatte sie selbst das irgendwann so gut wie geglaubt?

Zum ersten Mal seit langem musste sie an Ludger denken, den Sohn ihrer Gastfamilie, bei der Imke, Corinna und sie damals gewohnt hatten. Vielleicht, weil der Junge im Schluckimpfungsfilm sie an Ludger erinnerte. Der gleiche arglose Blick, die gleiche bevorstehende Verletzung. In ihrer Erinnerung war ihre Jugend eine schlimme Zeit gewesen, aber war sie das nicht immer? Eigentlich hatten Corinna, Imke und sie sich gar nicht so gut verstanden, wie sie und die anderen immer geglaubt und getan hatten. Bevor sie Leuchtturmkinder wurden und zur Gastfamilie auf dem Festland kamen, weg von der Insel, weg von ihren Eltern, hatten sie nie darüber nachgedacht, ob sie Freunde waren. Vielleicht, weil die Insel so klein war. Sodass sich die Frage gar nicht stellte, wer wessen Freundin war und wer die beste, wer die zweitbeste. Das kam erst später, als sie nach Friederikenburg in die Schule mussten und bei Ludgers Familie wohnten. Da sprachen sie es zum ersten Mal aus: Wir bleiben Freundinnen für immer. Bis in den Tod. Das Wort war gefallen. Und jetzt? Schon deshalb musste sie zu Imke, weil der Tod jetzt da war und sie nur noch zu zweit waren. Und verbunden hatte sie, dass sie alle Ludger hatten beschützen wollen und dass sie alle ein bisschen in ihn verliebt gewesen waren oder sehr. Manchmal sah sie ihn, und dann stellte sie an ihrem Lächeln fest, dass sie ihn immer noch mochte, auch wenn sie nie ein Wort miteinander sprachen. Was sie immer bedauerte. Aber sie hatten Ludger nicht beschützen können. Und nach seinem Unfall war alles auseinandergebrochen. Damals, auf dem Leuchtturm.

Jetzt, wo sie wieder an Ludger dachte, zog sich etwas in ihr zusammen. Es gab diese alte indianische Weisheit, wobei, das war natürlich ein Klischee, das stimmte sicher gar nicht, vielleicht stammte es von Karl May oder aus einem Western, den sie früher mit ihren Eltern im Fernsehen gesehen hatte, wenn der Wind auf der Insel die Antenne in Ruhe ließ: dass man, wenn man einem Menschen das Leben gerettet hatte, von da an für diesen Menschen verantwortlich war.

Was bedeutete das dann für einen Menschen, den man nicht gerettet hatte, aber man hatte es versucht, und der Mensch war auch nicht gestorben, aber fast? Sie dachte daran, wie Ludger in der Küche gestürzt war, und danach konnte er nicht mehr auf die gleiche Schule gehen wie sie, das dauerte danach alles viel länger bei ihm, und seine Mutter hatte gesagt, Ludger ist gefallen, dabei wussten sie alle drei, dass das nicht stimmte. Sie hatten Ludger nicht retten können. Waren sie darum umso mehr verantwortlich für ihn, oder woraus bestand dieses seltsame Band zwischen ihnen und ihm?

Sie stellte das Telefon zurück auf die Station in der Schrankwand. Hinter sich hörte sie ein helles, klapperndes Geräusch, dann ein Schleifen. Brancas Tatzen auf dem pflegeleichten Fliesenboden im Wohnbereich, Bronx Taupe, Abriebklasse 4, der Quadratmeter zu 14,99, günstige Gelegenheit. Die Hündin versuchte, ihre Hinterbeine aufrecht zu halten, aber je mehr sie mit dem Schwanz wedelte, desto mehr verlor sie an Kraft, und die Beine rutschten ihr ein ums andere Mal weg, während sie auf

Stephanie Rother zukam, halb laufend, halb rutschend. Die Hündin war voller Pläne.

Wenn ich jetzt eine Waffe hätte, dachte Stephanie Rother, jetzt, in diesem Moment, in meiner Hand. Dann würde ich sie erschießen.

4. Kapitel

Eine Dreiviertelstunde später stand Danowski wieder auf der Straße. Es war meistens so, dass die Kollegen der örtlichen Soko noch zurückblieben, wenn die Beratung mit der OFA vorüber war. Entweder um die nächsten Ermittlungsschritte praktisch in die Wege zu leiten. Oder um sich über die OFA-Leute, ihre Klugscheißerei und ihre weltfremden Ratschläge auszutauschen und sich auf diese Weise ein wenig Erleichterung zu verschaffen in einem Fall, der sie alle bereits viele Nerven gekostet hatte. Danowski vermutete, dass es in diesem Fall auf beides hinauslief: handeln und über ihn lästern.

Er stand ein bisschen unschlüssig auf dem feuchten Gehwegasphalt herum, weil er keine Lust hatte, zurück ins Hotel zu gehen und sich dort aufs Bett zu legen oder den trostlosen Wellnessbereich heimzusuchen, zugleich war er aber auch schon zu durch hier mit dem Ort, um jetzt gepflegt über den Deich Richtung Meer zu flanieren und dem November die recht hohe Stirn zu bieten.

«Ich geh noch mal zum Leuchtturm», sagte seine Mutter, als wollte sie Danowskis Gedankengang unterbrechen. Und dann, widerwillig wie jemand, der eine Konvention gelernt hat, aber nicht, wie man sie ohne Anstrengung erfüllt: «Kommst du mit?»

Danowski schüttelte den Kopf. Zum Fundort? Nee. Die Vorstellung, sich an die aktiven Schauplätze der Ermittlung zu begeben, wenn es das alles auch als Akten gab, kam ihm absurd vor. Oder? Danowski spürte einen seltsamen Zug im Bauch, die Sorge, vielleicht doch was zu verpassen. Er atmete aus. Manchmal verblüffte es ihn, wie klar er sich innerlich aufspalten konnte: Er merkte, dass er die aktive Ermittlungsarbeit vermisste, aber er merkte auch, wie gut er das ignorieren konnte. Denn man erinnerte sich immer nur an die guten Seiten, wenn was vorüber war. Ans Draußenrumlaufen, an die Stille im Auto, wenn man durch die Scheibe starrte und auf was wartete, an den Frieden, den man dann spürte. Auch an die Menschen, mit denen man zu tun hatte, von denen ja nicht alle zerstört oder beschädigt waren. Aber alles, was einem nicht gut bekommen war, vergaß man. Er dachte an Meta Jurkschat, mit der er vor zwei Jahren im Elbtunnel-Fall ermittelt hatte. Am Anfang hatte sie ihn wahnsinnig gemacht, später hatte er sie sehr gemocht. Wobei, in Wahrheit hatte er Jurkschat die ganze Zeit gemocht. Wenn er ehrlich war, vermisste er sie mehr als Finzi.

Seine Mutter ging ohne Gruß, oder Danowski hatte ihn übersehen. Er sah ihr einen Moment unschlüssig hinterher, bis sein Blick unscharf wurde und er nur noch die dunkelroten und grauen Fassaden der norddeutschen Kleinstadt, den Asphalt, die sauber geparkten Autos und die abgeblätterten Straßenbäume wie ein lustlos gestaltetes graphisches Muster wahrnahm.

«Und?»

Vor ihm, ein paar Meter entfernt, stand ein Mann in einer von diesen zweifarbigen Draußenjacken, die für Danowski untrennbar mit der Nordseeküste verbunden waren. Mitte sechzig, aber mit einem Bein schon ganz weit draußen im Greisenzustand, den hielt innerlich irgendwas nur noch mühsam zusammen.

«Und was?», fragte Danowski, gar nicht undankbar für die Ablenkung.

«Gibt's was Neues? Wie kommen Sie voran?» Die Steuerzahler, deren Steckenpferd es war, mit aktivem Interesse Mordermittlungen zu verfolgen, wirkten immer leicht kaputt und überspannt, und das hier war offenbar einer von ihnen.

Danowski zuckte die Achseln. «Es kann sein, dass die Leitung der Sonderkommission morgen eine Pressekonferenz veranstaltet, vielleicht können Sie es so lange aushalten.»

«Kriegen Sie das Schwein?»

«Wieso fragen Sie mich das?»

«Sie sind doch von der Polizei. Der Profiler aus Hamburg.» Der Mann sagte das Wort, wie es geschrieben wurde, als wäre ihm im letzten Moment die kinohafte amerikanische Aussprache lächerlich vorgekommen.

«So nennen wir das nicht», belehrte ihn Danowski, «und wenn Sie sich schon so gut auskennen, werden Sie auch verstehen, dass ich Ihnen hier zwischen Tür und Angel keine Fragen zu laufenden Ermittlungen beantworten kann.»

Der Mann nickte. «Ist nur so, dass mich das interessiert.»

«Das merke ich, ja.»

«Ich hab die Kleine ja gekannt.»

«Die Kleine? Frau Karlsson?»

«Corinna. Die hat früher bei uns gewohnt.» Er trat einen Schritt vor und streckte seine Hand aus. Pranke. Das war das Land der großen Hände hier. Danowski griff mit seinen kleinen zarten Aktenblättererfingern danach wie jemand, der versucht, mit nur einer Hand einen Katenschinken vom Tisch zu heben.

«Brakel. Wulf Brakel.»

«Hauptkommissar Danowski. Vom LKA in Hamburg. Aber das haben Sie ja schon erkannt.»

«Hier kennt jeder jeden, wissen Sie.»

«Hab ich schon mal gehört, ja.»

«Ich hab auch schon mit Sandra gesprochen. Mit Frau Steckmann. Ich bin Lehrer, wissen Sie. War ich, will ich sagen.»

«Ja, die Kollegin Steckmann leitet die Ermittlungen.»

«Jedenfalls ist mir noch was eingefallen. Ich würde gern noch mal mit Sandra sprechen. Mit Frau Steckmann.»

«Die ist noch in einer Besprechung. Am besten, Sie rufen später an.»

«Kann ich Ihnen das kurz sagen? Ich muss noch nach Bremerhaven zum Kardiologen.»

«Nee, besser nicht, da sind Sie bei jedem hier auf dem Revier besser aufgehoben als bei mir.»

Brakel trat wieder zurück, offenbar enttäuscht von der Polizei aus der Metropolregion Hamburg. «Würden Sie ihr ausrichten, dass sie mich anrufen soll?»

Danowski wollte ihm gerade erklären, dass die Soko-Leitung anderes zu tun hatte, als schon vernommene Zeugen persönlich noch mal abzutelefonieren, aber etwas im Blick des alten Lehrers ließ ihn zögern. Der hatte Angst. Nichts war interessanter als Angst. Angst war die Leuchtspur im dichtesten Ermittlungsdunkel.

Er nickte. «Kann ich machen.»

«Das war keiner von hier», sagte Brakel, bevor er sich abwandte. «Sandra wird das verstehen. Die hatte immer eine schnelle Auffassungsgabe. Eins in Natur und Technik. Frau Steckmann.»

Danowski nickte. Sieh an. Die Frau Steckmann. Eins in Natur und Technik.

«Und», sagte Brakel dann noch, als wäre ihm im Gehen noch ein schwacher Trumpf eingefallen, «sie soll einfach mal wieder vorbeikommen. Meine Frau würde sich freuen. Und Ludger bestimmt auch.»

5. Kapitel

«Seit wann hast du eigentlich eine Handtasche?»

«Ich hab schon immer Handtaschen gehabt, jede Menge. Einen ganzen Schrank voll. Daran musst du dich doch erinnern, das habt ihr doch alles später weggeschmissen, als ich tot war.»

«Ich hab nichts weggeschmissen. Aber du hast nie eine getragen.»

«Ich hab nie eine gebraucht.»

«Und jetzt?»

«Es passt doch, oder? Ich finde, ich brauche irgendein Utensil.»

«Ich dachte, du würdest genauso aussehen wie früher.»

«Eben, damit ich nicht mehr genau so aussehe wie früher.»

Danowski nickte. Sie hatte ja recht. Wenn seine Mutter genauso ausgesehen hätte wie früher, wäre es unheimlich gewesen. Als sie starb, war er zwölf, und seine Mutter war dreiundvierzig. Jünger als er heute. Er erinnerte sich an eine kleine, zierliche Frau mit weichen, starken Händen und kurzen, breiten Fingern, an einen glänzenden braunen Bob, den sie vorne bis über die Augenbrauen trug, und an hellblaue, ausgewaschene Jeans, die Löcher gehabt hatten, als es noch nicht Absicht war, und an Baumwollpullover mit Zopfmuster. Aber nur undeutlich. Darum sah seine Mutter jetzt, als sie wieder aufgetaucht war, wie eine alte Frau aus, so, als wäre sie Mitte siebzig. Aber gekleidet, wie er sie nie gesehen hatte, mit einem taubenblauen Wollkostüm und fleischfarbenen Strumpfhosen, in braunen, vernünftigen Schuhen mit flachem Absatz, und manchmal, wenn er näher rankam, meinte er sogar eine Perlenkette zu sehen. Seine Mutter hatte nie eine Perlenkette getragen, aber sie hatte eine geerbt, von ihrer Tante Gerda. An die Danowski sich nur ganz undeutlich erinnerte, aber ihm war, als trüge seine Mutter vieles von dem, was er von Tante Gerda noch zu wissen meinte: das Kostüm, manchmal einen weichen Hut, die matte rote Handtasche.

Die Sache mit seiner Mutter hatte begonnen, nachdem Danowski wieder beim Amtsarzt gewesen war. Weil er einmal wegen seiner Hypersensibilität auffällig geworden war, musste er alle zwölf Monate die Evaluierung erneuern lassen. Und als es soweit war, musste Danowski zugeben, dass er immer noch Absencen hatte während der OFA-Lehrgänge, dass seine Konzentration oft nicht ausreichte, um die neuen Aufgaben zu bewältigen, und dass er sich in Details verlor. Er schwamm. Früher hätte er das abgestritten, aber diesmal wollte er dem Problem nicht ausweichen, er wollte das hinkriegen.

Und er wusste auch: Bei den Mordbereitschaften im LKA war er verbrannt, da nannten sie ihn wegen seiner Überempfindlichkeit und seiner mangelnden Belastbarkeit die «Hypersensibylle». Die OFA war seine letzte Chance. Wenn er die nicht schaffte, dann würde er Finzi um die Fahrradstaffel beneiden.

Also ließ er sich vom Amtsarzt eine Verhaltenstherapie verordnen. Eigentlich fand Danowski das gut, es entsprach in gewisser Weise seinem Weltbild. Nicht ewig nach den Ursachen und den Zusammenhängen forschen, sondern einfach nur einen Weg finden, dass das, was einen störte, aufhörte, dass es weniger wurde oder dass man zumindest besser damit zurechtkam. Ohne zusätzlich was machen zu müssen, wie zum Beispiel meditieren, sondern indem man das, was man sowieso machte, nämlich vor sich hin leben, einfach etwas anders tat.

Einige Wochen Schlaf-, Stress- und Absencen-Protokolle später sagte die Therapeutin, Danowski solle sich in den Momenten, in denen er den Halt zu verlieren meinte, einen Anker suchen.

Danowski hatte mehr gestöhnt als geseufzt. Eigentlich fand er die Verhaltenstherapeutin ganz okay, und wenn er sich langweilte, wartete er darauf, dass ihre Grübchen wiederkamen, bis sie das eines Tages rauskriegte, was ihm einen Schrecken einjagte.

Jetzt hatte sie ihn kritisch angesehen, wegen des Stöhnens. Keine Grübchen.

«Der Atem als Anker», hatte Danowski erklärt. «Das kommt mir so wahnsinnig bekannt vor. Darum ging's bei der Achtsamkeitsmeditation auch schon. Ich hab langsam das Gefühl, ich dreh mich hier im Kreis.»

Die Therapeutin hatte den Kopf geschüttelt. «So ist das nicht gemeint, sondern … noch metaphorischer.»

«Also noch schwammiger.»

«Es geht eher darum, dass Sie sich einen visuellen oder imaginären Halt im Raum suchen, wenn Sie das Gefühl haben, dass alles zu viel wird für Sie, dass alles unkontrolliert auf Sie einbrandet, dass Sie von der Fülle an Eindrücken und Informationen überwältigt werden, dass Sie …»

«Schon gut. Ich weiß, was Sie meinen. Also, mit dem Haltverlieren.»

«Es kann dann zum Beispiel helfen, wenn Sie – in einer

unübersichtlichen Gesprächssituation oder beim Kontakt mit einer großen Gruppe oder so – eine Grünpflanze auf dem Fensterbrett fixieren.»

Das war ihm bekannt vorgekommen. Schon in der Tanzschule Apitsch am Ostpreußendamm in Berlin-Lichterfelde hatte er Mitte der Achtziger gelernt, dass eine Grünpflanze ein idealer Gegenstand für einen Gesprächsauftakt mit der Tanzpartnerin während einer Tanzpause beim Tanztee war: «Mögen Sie Grünpflanzen?» Grünpflanzen, genauer gesagt, Zimmerpflanzen, denn um nichts anderes ging es ja, hier redete niemand über Dschungellianen oder winterharte Bodendecker, Zimmergrünpflanzen waren also hiermit nicht nur eine biographische Konstante bei ihm, sie verbanden Berlin-Lichterfelde mit Hamburg-Wandsbek, wo er bei der Therapeutin saß, sie verbanden die Kunst des Gesprächs mit seinem Kampf gegen die Überforderung, waren mithin also offenbar das, was die Welt im Innersten zusammenhielt, Ficus und so weiter. Leslie mochte so was ja auch, aber er hatte alle Zimmerpflanzen im Laufe der Jahre sterben oder vorm Umzug nach Finkenwerder verschwinden lassen. Ein neuer Anfang?

«Herr Danowski?»

«Ja, klar. Grünpflanze. Als Anker.»

«Also, Sie müssen sich das vorstellen wie bei jemandem, der seekrank ist. Da gibt es überhaupt gewisse Ähnlichkeiten, ich bezeichne diese Hypersensibilität analog dazu im Grunde manchmal gern als lebenskrank, aber das klingt so nach Suizid, ich meine eher, weil das Leben so schaukelt. Und darum dann eben der Anker. Sie fixieren etwas im Raum, und das ist so, als würden Sie den Fokus mit Hilfe eines Ankerpunktes wieder scharf stellen, wie ein Weißabgleich, wenn man eine Kamera auf ein weißes Blatt Papier richtet, damit …»

«Aber Sie merken ja», denn Danowski war wirklich viel kooperativer inzwischen, «wenn ich mich auf eine Grünpflanze fixiere, denke ich nur noch über Grünpflanzen nach, und dann verliere ich erst recht den Halt und bin weg …»

«Das ist natürlich bei jedem verschieden. Aber es kann auch ein imaginärer Anker sein, also einer, den Sie sich vorstellen.»

«So ein richtiger Anker? Mit Rost und so?»

«Nein, manche Klienten erzählen, dass es ihnen hilft, sich in diesem Moment eine bestimmte Person vorzustellen, die sie in ihrem Leben als Respektsperson oder Vertrauensperson oder als jemanden erfahren haben, der ihnen Halt gibt.»

«Hm.»

«Also, ein Kollege von Ihnen hat mal gesagt, er denkt an seinen alten Fußballtrainer aus der A-Jugend, wenn er Angstattacken bekommt, und der …»

«Ich habe nie Fußball gespielt. Also, nicht im Verein. Ich durfte nicht. Mein Vater fand diese Vereinsmeierei immer kryptofaschistisch. Oder protofaschistisch. Ich weiß es nicht mehr. Die beiden kriege ich immer durch den Tüddel.»

«Ich weiß, dass Sie wissen, dass Sie das nicht so wörtlich nehmen müssen. Mein Eindruck ist gerade, dass Sie einfach die Zeit rumbringen wollen.»

«Nein, nein. Vielleicht, ja. Aber Sie haben ja recht.»

«Sie müssen vielleicht einfach mal ausprobieren, ob es so eine Ankerperson für Sie in Ihrem Leben gibt. Das ist Ihre ganz private Sache, das müssen Sie mir auch nicht erzählen. Sie können aber natürlich, ich freue mich über jeden Erfolg. Eine Klientin zum Beispiel, die furchtbare Sprechangst hatte, hat erzählt, sie würde bei Vorträgen an ihre Mutter denken, also, nicht nur denken, sondern sich richtig bildlich vorstellen, dass ihre Mutter mit im Raum sitzt und ihr aufmunternd zunickt.»

«Meine Mutter ist tot», hatte Danowski gesagt.

Und so hatte es angefangen. Mehr aus Langeweile, vielleicht. Danowski hatte sich angewöhnt, seine kleinen Krisen über sich ergehen zu lassen, seine Abwesenheiten, wenn er sich verlor, es machte ihn müde, und es langweilte ihn, aber es beunruhigte ihn nicht mehr. Nur, dass es ihn bei den OFA-Schulungen noch auffälliger in Schwierigkeiten brachte als zuletzt bei seinen Ermittlungen. Da ließ sich immer allerhand wieder ausbügeln, oder der Partner half einem aus, aber bei den Schulungen stellte er fest, dass er nicht so gut war, wie er gern sein wollte, und dass er manchmal Sachen einfach nicht mitkriegte.

Als er also eines Tages wieder merkte, dass er aus der Welt rutschte beziehungsweise aus einem Vortrag über Crime Mapping und geographische Informationssysteme, suchte er erst nach einer Grünpflanze im Raum, und es gab sogar eine, Hydrokultur, aber sie war deprimierend, und dann dachte er probeweise an seine Mutter. Das führte ihn zu der Frage, wie seine Mutter heute wohl aussehen würde, wenn sie nicht kurz nach dem Amtsantritt von Helmut Kohl gestorben wäre. Er suchte einen Platz für sie im Raum und setzte sie da hin, und nach einer Weile stellte er fest, dass sie aussah wie Tante Gerda.

Auf seltsame Weise hatte es ihn amüsiert und beruhigt,

und das Erschöpfungsgefühl und die Selbstzweifel, die immer einhergingen mit seinem Abdriften, konnte er dadurch in Schach halten. Crime Mapping allerdings wurde keine seiner Stärken, dafür hatte er sich zu sehr auf seine Mutter konzentrieren müssen. Beim nächsten Mal ging es dann aber schon leichter, und bald kam seine Mutter, wenn er in Überforderungsstress geriet, ganz von allein. Oder die Version von ihr, die er sich gemacht hatte.

Als er vorigen Monat wieder bei der jährlichen Evaluation war, hatte der Amtsarzt ihn noch einmal zur Verhaltenstherapeutin geschickt, Nachbereitung und so weiter. Danowski hatte ihr erzählt, dass es super geklappt hatte für ihn mit dem Anker. Was ja auch stimmte. Er war ausgeglichener und konnte sich besser konzentrieren, und inzwischen lenkte ihn seine Mutter auch nicht mehr ab, wenn sie in kritischen Situationen auftauchte, um ihm ein bisschen zur Seite zu stehen oder an der Wand zu sitzen, was ihm schon reichte.

«Möchten Sie darüber reden, welcher Anker Ihnen geholfen hat?», hatte die Therapeutin gefragt, die offenbar gern noch ein buntes anonymes Beispiel für ihre anderen Klienten gehabt hätte.

«Nein», hatte Danowski gesagt und sich zum ersten Mal seit vielen Jahren bei etwas ertappt, was man nur mit einem Schmunzeln hätte beschreiben können, ein Wort, das er eigentlich hasste, weil es ihm bemerkenswert unpassend für alles schien, wofür es je verwendet wurde. Das Leben war manchmal sehr komisch oder sehr traurig oder sehr dazwischen, aber zum Schmunzeln war es nach Erfahrung von Adam Danowski nie. Außer jetzt dann eben doch mal kurz.

Aber mehr erzählen wollte er wirklich nicht, denn er

war ja nicht dumm. Schwierig, umständlich und abgelenkt vielleicht, aber nicht dumm, darum wusste er, dass er mit seiner Mutter inzwischen weit übers Ziel hinausgeschossen war. Schließlich war, wenn er sich recht erinnerte, nie die Rede davon gewesen, dass einem der Anker auch antwortete, geschweige denn, dass er von alleine auftauchte.

Danowski hatte durchaus die Fähigkeit, ehrlich zu sich selbst zu sein. Fand er jedenfalls. Darum blitzte ihm manchmal kurz die Frage durchs Hirn, wie viel Druck und angehender Wahnsinn sich eigentlich dahinter verbargen, wenn er, um es nüchtern auszudrücken, inzwischen regelmäßig seine vor über dreißig Jahren verstorbene Mutter halluzinierte. Und dann war die Frage aber auch gleich schon wieder weg, und alles, was von ihr blieb, war ein lilafarbenes Nachbild vor dem dunklen Hintergrund seiner unvollkommenen Selbsterkenntnis. Halluzinieren. Auch kein schönes Wort.

Danowski rieb sich die Augen und streckte sich auf dem Hotelbett. Außerdem nervte seine Mutter ihn inzwischen mit ihren Theorien. Sie hatte ein bisschen zu viel aufgeschnappt während der OFA-Lehrgänge. Er wollte gerade eine etwas schnippische Bemerkung darüber machen, dass sie lange keine Alternativtheorie zu seiner mehr entwickelt hatte. Aber dann sah er, dass sie im grundsätzlich sinnlosen Sessel am Fenster eingeschlafen war, die Handtasche vom Schoß gerutscht, die Schuhe abgestreift und ihre Füße auf dem dafür vorgesehenen Hocker, sodass Danowski der vertraute Geruch nach Strumpfhosen und langem Tag in die Nase stieg.

6. Kapitel

«Und, hast du's ihm erzählt?»

Finzi trocknete sich die Hände ab und betrachtete den fertigen Obstsalat. Das hätte er sich auch nicht träumen lassen vor zwei Jahren. Da waren mehr Vitamine, mehr Ballaststoffe und mehr sekundäre Pflanzenstoffe in der Schüssel, als er in seinem ganzen früheren Leben zu sich genommen hatte.

«Nein», sagte er. «War irgendwie nicht der richtige Zeitpunkt. Adam hat sich gleich mein Fahrrad geschnappt und es zu Schrott gefahren. Das war dann erst mal alles. Dann musste er weg. Kennst ihn ja.»

«O Mann», sagte Meta Jurkschat. Sie saß schon am Tisch und wartete auf ihn. War das jetzt ihr Platz da drüben, und er saß hier auf dieser Tischseite, wenn sie da war? Ja, doch, das passte. Finzi grinste und drehte sich schnell in die Einbauküche, damit Meta ihn nicht dabei sah. Manchmal war es besser, diese kleinen Glücksausbrüche für sich zu behalten. Als er seine Gesichtszüge wieder unter Kontrolle hatte, setzte er sich zu ihr an den Tisch und fing an zu essen. Sie lächelte. Er zögerte.

«Guten Appetit», sagte sie. Dann fing sie auch an.

«Guten Appetit», sagte Finzi mit vollem Mund.

«Adam Danowski», sagte sie. «Echt unglaublich.»

«Ist nicht so schlimm», sagte er, «ich wollte eh mit dem Zug zurückfahren. Sturmtief Heini. Und das Rad ist schon in der Werkstatt. Ich krieg wohl eher ein neues, hat der Kollege gesagt. Ist aber alles versichert.»

«Ich meine, dass du zweihundert Kilometer Rad fährst, und dann hat Adam keine Zeit, mit dir zu reden.»

«Na ja. Hätte ich mir denken können. Das sollte ja auch eher eine Überraschung werden. Und die hatten gleich eine Besprechung. Adam war noch nie besonders spontan. Das wusste ich aber schon vorher. Kann er ja nichts für.»

«Okay, aber hat er dich vielleicht eingeladen, einen Moment zu warten und danach einen Kaffee zu trinken oder so? Die können sich ihre Zeit doch selbst einteilen bei der OFA.»

«Nee. Aber du weißt ja: Adam ist mit seinen Gedanken immer woanders.»

«Mit sich selbst beschäftigt.»

«Er hat halt einen kleinen Kopf, da passt nicht viel nebeneinander rein.»

«Trotzdem schade.»

«Schade schon.»

«Oder hast du in Wahrheit gar keine Lust, ihm das zu erzählen?» Meta sah ihn an. Finzi hielt beim Obstsalatverzehr inne. Es war seltsam, und ein klein bisschen fühlte es sich falsch an, wie eine Vorstufe von Inzest, in jedem Fall eine milde Form von Tabuverletzung: Früher war er jahrelang Adams Partner gewesen, sie hatten bis zum Pestschiff-Fall zusammengearbeitet, der Finzi ins Koma gestürzt und Adam in andere Sphären der Polizeiarbeit katapultiert hatte, dahin, wo einen der Präsident wiedererkannte, wenn auch nicht freudig, und die Chefin die Hand über einen hielt, wenn auch nicht mit Begeisterung.

Und dann war Meta Jurkschat Adams Partnerin geworden, beim Elbtunnel-Fall. Der Adam den begehrten OFA-Lehrgang eingebracht hatte. Und Meta gar nichts, außer einem internen Rüffel erster Klasse für den Schusswaffeneinsatz gegen Angehörige eines befreundeten Dienstes. Das war irgendwie typisch Adam: Er litt die ganze Zeit, aber am Ende ging es für ihn gut aus. Und dann vergaß er die anderen ein bisschen. Zum Beispiel ihn und Meta.

Jedenfalls fühlte es sich an, als wären sie über Adam auf eine Art verwandt, und darum war es komisch, dass Meta und er jetzt zusammen waren. Obwohl sich das ganz, ganz langsam entwickelt hatte. So, dass Adam nichts davon mitgekriegt hatte. Der hatte zwar feine Antennen, aber die nahmen eher wahr, was sich zwischen Zeugen oder in der Büropolitik abspielte. Für privaten Kram, also das, was wirklich zählte, war Adam Danowski nicht so empfänglich.

«Eigentlich paradox», sagte Finzi und stand noch mal auf, um die Sahne aus dem Kühlschrank zu holen. Meta griff dankbar zu, bevor er wieder saß. Mit Sahne wurde alles besser, insbesondere Obstsalat. «In diesem Fall sind wir beide ja wohl Fotzenschwager.»

«Weil wir beide mit Adam gearbeitet haben», sagte Meta, die schon vor Monaten dazu übergegangen war, sowohl seine Kalauer als auch seine Zoten von der Ästhetik her komplett zu ignorieren und inhaltlich einfach nüchtern darauf einzugehen.

«Genau.» Je mehr Adam in seinen OFA-Kursen verschwunden war, desto mehr hatten Meta und Finzi angefangen, sich auf dem Gang, dem Parkplatz oder in der Kantine zu unterhalten, wenn sie einander zufällig im Präsidium trafen. Nach den Ereignissen im Containerhafen vor zwei Jahren hatten beide noch Gesprächsbedarf, Adam hingegen war einfach weg. Irgendwann hatten sie angefangen, miteinander essen zu gehen, Meta isoliert bei der Mordbereitschaft, weil ihr Ermittlungserfolg mit

Adam einer ganzen Menge Kollegen die Karriere beschädigt hatte. Und Finzi wieder zurück bei der Schutzpolizei, weil er als Koma-Rekonvaleszent und Alkoholkranker nicht darauf bestanden hatte, seine alte Stelle bei der Mordbereitschaft wieder anzutreten.

Meta hatte ihm geholfen, sein Leben komplett auf den Kopf zu stellen und sich bei der Fahrradstaffel zu bewerben. Sie hatte ihm angeboten, gemeinsam für den Fitnesstest zu trainieren, also trafen sie sich schließlich auch am Wochenende. Dann erfuhr er, dass sie sich schon vor Monaten von ihrem Freund getrennt hatte, und dann hatte sich das auf eine Art und Weise ergeben, von der Finzi bisher nicht gewusst hatte, dass es sie gab.

Wenn Dinge sich einfach so ergaben, dann in seiner Erfahrung nämlich immer zum Schlechten; sich selbst überlassen, neigten die Dinge in seinem Leben bisher ausschließlich dazu, Unheil anzurichten. Aber nicht in diesem Fall. Irgendwann waren sie vom Radfahren in Wedel gekommen, und ohne was zu sagen, war Meta nicht wie sonst in Altona Richtung Eimsbüttel abgebogen, sondern war bis Hammerbrook neben ihm gefahren, hatte dort ihr Fahrrad angeschlossen und war mit zu ihm raufgekommen. Und jetzt, ein halbes Jahr später, saß sie immer noch hier.

Finzi spürte, wie etwas Warmes in ihm aufstieg, ein bisschen so wie früher, wenn er im Schutze einer Bürotür oder zu Hause auf dem Klo, die Jacke noch an, den ersten Schluck aus der Versteckflasche genommen hatte. Etwas besser. Tiefer und wärmer. Meta hatte sich nach der Trennung von ihrem Extremsport-Freund die Haare abgeschnitten, sie trug einen Scheitel und so kleine Koteletten, Herrenwinker hatte seine Mutter das genannt, und dadurch wirkte ihr Gesicht noch klarer als früher. Sommersprossen im November.

Er war zwölf Jahre älter als sie, und manchmal wurde ihm immer noch schwindlig davon, wie sehr sich seine Perspektive verändert hatte. Bis neulich hatte er sein Leben hinter sich gehabt, jetzt lag es plötzlich vor ihm. Ihre Hand war rau, trocken und warm. Manchmal fragte er sich, ob sie noch Kinder wollte. Oder er. Und dann wurde ihm erst richtig schwindlig.

«Ihr habt also über gar nichts geredet?»

«Nee.»

«Schade eigentlich.»

«Ach, ich weiß nicht. Wenn wir lange geredet hätten, hätte ich ihm am Ende noch erzählen müssen, wie die anderen in der OFA darauf abkotzen, dass Adam ihnen von der Chefin aufgedrückt worden ist. Damit er aus der Schusslinie ist. Obwohl er nicht der beste Bewerber war.»

Meta drückte seine Hand. «Meinst du nicht, er kriegt das von alleine mit?»

Finzi nahm Obstsalat nach und kaute, um Zeit zum Nachdenken zu gewinnen. «Da bin ich leider nicht so sicher.»

7. Kapitel

«Ich will ja nichts sagen», sagte die Frau, die hinter Danowski am Frühstücksbuffet stand und darauf wartete, dass er genug von der Rühreimasse auf seinen Teller bekam, «aber Sie haben heute Morgen nicht geduscht.»

Danowski steckte die Rühreikelle zurück in den Rühreieimer und betrachtete seinen Teller. Der ergab wie immer, wenn man ihn irgendwo ans Buffet ließ, keinen Sinn. Zu viele Optionen, darum jetzt hier Rührei, Marmelade und Aufschnitt zu dicht beieinander, und am Rande eine Glasschale mit Bircher Müsli balanciert, damit er nicht zweimal gehen musste, und man musste ja vernünftig essen. Und jetzt obendrauf noch eine Irre. Bisher hatten sich die Leute hier im Hotel unauffällig verhalten. Touristen im engeren Sinne waren das um diese Jahreszeit nicht mehr, viele von ihnen hatten geschäftlich mit der Windparkfirma Silventia zu tun und waren deshalb in der Stadt, das «Brinkman's North Sea Haus Schröder» galt als das beste Hotel im Ort. Diese Gästegruppe waren Männer in Hemdsärmeln, ihre Sakkos über die gepolsterten Rückenlehnen des Frühstücksraummobiliars gehängt, Telefone am Gürtel, und meist hielt einer einen Vortrag oder Hof, während die anderen nickten und hin und wieder «Ist natürlich auch immer eine Frage der Absatzmärkte» sagten. Die anderen Gäste waren Paare, die etwa fünf bis zehn Jahre älter waren als Danowski und reingefallen auf eines der «Autumn Leaves Herbst-Wellness Specials» des «Brinkman's North Sea Haus Schröder». Diese Frau hier arbeitete an der Rezeption, womöglich Frau Schröder oder Brinkmans Frau persönlich.

«Guten Morgen», sagte Danowski. «Rieche ich denn?»

Im Ernst machte die Frau mit der Nase eine Riechbewegung, allerdings ohne ihm näher zu kommen, sie schnupperte also nicht im engeren Sinne an ihm, was Danowski sehr begrüßte, nicht etwa, weil er olfaktorisch etwas zu verbergen gehabt hätte, sondern aus Prinzip.

«Das vielleicht nicht», sagte sie, ihre Empörung ungedämpft, «aber ich habe gesehen, dass Sie nicht geduscht haben.»

«Sie meinen», sagte Danowski, «als ich vorhin hier reinkam und mich an den Tisch gesetzt und dann da gesessen und die *Nordseezeitung* gelesen habe? Sie haben gesehen, dass ich dabei nicht geduscht habe? Meinen Sie das? Sie haben recht. Und ich gebe zu, jetzt gerade dusche ich auch nicht.» Das hier fing an, ihm zu gefallen.

Sie schüttelte den Kopf auf jene leicht theatralische Weise, bei der man die Bewegung nutzte, um links und rechts Ausschau zu halten danach, ob man schon dabei war, Aufsehen zu erregen, und wenn nicht, warum nicht?

«Sie wissen genau, dass ich das nicht meine, Sie Schlauberger», sagte sie. Danowski fing fast an, sie mit völlig anderen Augen zu betrachten. Er mochte Menschen, die das Wort Schlauberger benutzten. Wenn sie es jetzt noch schaffte, in ihrem nächsten Angriff den Ausdruck «Taschenwärmer» unterzubringen, wäre er verliebt. Sie aber fuhr fort: «Ich meine heute Morgen im Wellness-Bereich.»

«Wellness-Bereich», sagte Danowski düster. «Ich war noch nie in meinem Leben in einem Wellness-Bereich.» Er war ehrlich erstaunt. Die Vorstellung allein.

«Sie sind ins Schwimmbecken gegangen, ohne vorher

zu duschen. Es steht sehr groß auf dem Schild da unten, ‹Vor Betreten des Beckens bitte die Dusche benutzen›. Wollen Sie das etwa bestreiten?»

«Ach so. Ja. Sie meinen das Schwimmbecken. Ich meine, was heißt eigentlich ‹Betreten des Beckens›? Wer schreibt denn solche Schilder? Da taucht man doch mehr so ein, oder?»

«Das ist unhygienisch und eine Unverschämtheit den anderen Hotelgästen gegenüber.»

«Mein Rührei wird noch kälter», sagte Danowski. «Falls das physikalisch möglich ist. Gute Frau.» Gute Frau: Das war die liebste Polizei-Redewendung seines alten Partners Finzi. Hoffentlich hatte er oft Gelegenheit, sie vom Fahrrad aus anzuwenden.

Er sah über ihre Schulter, dass seine Mutter den Frühstücksraum betreten hatte und sich suchend umschaute. Danowski seufzte innerlich. Eigentlich hätte er lieber allein gefrühstückt. Dann machte er ihr ein Zeichen: Wir sitzen da drüben. Nein, nicht da. Da. Genau.

«Ich hatte jedenfalls vorher auf dem Zimmer bereits geduscht», sagte Danowski, mittlerweile dann doch am Rande des Stammelns. «Das ergibt doch keinen Sinn, wenn man zweimal … das ist auch gar nicht gut für die Haut.»

Die Frau folgte seinem Blick, vergeblich, und beschloss dann offenbar, von ihm abzulassen.

«Jedenfalls bitte ich Sie künftig um mehr Rücksichtnahme, im Interesse der anderen Gäste.»

«Ich dusche jeden Morgen», wehrte sich Danowski, «und manchmal ziehe ich hinterher sogar die Kacheln ab mit dem Quietschedings, wegen dem Kalk, verstehen Sie.»

Es gab keinen starken Abgang, der das Wort Quietschedings enthielt. Danowski setzte sich seiner Mutter gegenüber und betrachtete unfroh das Chaos auf seinem Teller.

Seine Mutter sah ihm zu, wie er sich Kaffee eingoss, und bevor sie etwas sagen konnte, spürte Danowski eine Hand auf seiner Schulter. Er sah auf, direkt ins vom Wind gerötete Polizistenantlitz von Reinhold Leuken, dem älteren Kollegen von Sandra Steckmann aus der Soko. Dem, der nicht so gern hören wollte, dass das vielleicht jemand von hier gewesen war. Das mit dem Mord.

«Wohnen Sie auch hier?», fragte Danowski verblüfft.

Leuken schüttelte nachsichtig den Kopf. «Nee, ich wollte mal in Ruhe mit Ihnen reden, so vor der Schicht sozusagen.» Er wies mit fragendem Blick auf den Platz neben Danowskis Mutter. Sie stand ohne viele Gewese auf. Danowski nickte, mittel einladend. «Inoffiziell», sagte Leuken. «So von Mann zu Mann.» Resigniert stellte Danowski das Nicken ein. Er hatte noch nie ein erfreuliches Gespräch geführt, das so anmoderiert worden war.

Leuken strich mit den breiten Händen das sehr glatte Tischtuch glatt und sagte: «Ich glaube, dass wir einen großen Fehler machen.»

«Wir können uns gern umsetzen», bot Danowski an. «Oder wir frühstücken beim Bäcker im Rewe-Markt. Ich find das hier auch nicht so doll.»

«Ich meine mit dem Fall.»

«Tatsächlich.»

«Haben Sie sich den Leuchtturm schon mal angeschaut?»

«Schon, ja.»

«In Ruhe?»

«Im Vorbeifahren.»

«Der ist ziemlich auffällig.»

Danowski nickte. Mit dem Leuchtturm hatte Leuken recht: Der war ein starkes Signal vom Wattrand. Rot getünchter Backstein, bei Flut im Wasser, bei Ebbe übers Watt auf seiner kleinen einsamen Klippe nur für trittsichere Fußgänger gut zu erreichen. Wie jeder Leuchtturm, der nicht mehr gebraucht wurde, strahlte er etwas melancholisch Sinnloses aus.

«Ist halt ein Wahrzeichen», sagte Danowski, dem nicht klar war, worauf Leuken hinauswollte. Das Ding stand da im elefantenfarbenen Watt, bei Flut von Wellen umspült und unzugänglich, bei Ebbe nur mit Gummistiefeln erreichbar, und die hatte Danowski hier noch kein einziges Mal aus dem Kofferraum geholt. Außerdem leuchtete der Turm nicht mal mehr, der war überflüssig, seit es Radar gab. Also schon lange. Aber abgeschaltet hatten sie ihn erst vor zwanzig Jahren oder so. Die Leute hier waren langsam, stur oder sentimental.

«Genau. Und ich glaube, dass uns jemand ein Zeichen geben wollte. Damit, dass er die Leiche von Corinna Karlsson extra dahin transportiert, um sie auf dem Strandweg zum Leuchtturm abzulegen. Das geht ja auch aus der Tathergangsanalyse hervor. Dass das nicht der Kontaktort war, sondern dass sie dort extra abgelegt wurde.»

«Und widerspricht nicht dem, was wir bisher besprochen haben», sagte Danowski. Er fand die Vorstellung, dass der Täter das Bedürfnis hatte, mit der Polizei und dem Rest der Welt über geheimnisvolle Zeichen zu kommunizieren, die man mit ein bisschen Anstrengung und viel Genie entschlüsseln konnte, übertrieben romantisch. Er glaubte, dass sein OFA-Chef das an ihm schätzte.

«Ein Zeichen ist ein Zeichen», sagte Leuken vage, aber scheinbar tiefsinnig. «Der Fundort bedeutet doch was.»

«Ja», sagte Danowski und kaute, was es beim Rührei zu kauen gab, «der Fundort bedeutet, dass der Täter den Leichnam des Opfers nicht verstecken wollte. Der Täter wollte, dass der Leichnam gefunden wird.»

Leuken wiegte den Kopf. «Sie gehen also davon aus, dass der Ablageort nicht Teil des Modus Operandi ist, sondern der Personifizierung.»

Danowski hätte beinahe den Kopf geschüttelt. Modus Operandi war, was der Täter tun musste, um die Tat zu verüben: Er musste das Opfer betäuben, um es zu vergewaltigen und zu töten. Zum Beispiel, weil er keine Spuren eines dynamischen Kampfgeschehens hinterlassen wollte. Personifizierung war so was wie die persönliche Note, die der Täter hinzufügte: wie vielleicht, dass die Tote am Leuchtturm lag. Aber Leukens Wissen klang angelesen. Andererseits, das war seins auch.

«Aber dafür hätte er die Leiche auch an jedem anderen Waldweg ablegen können, weiter hinter der Küstenlinie, wo oft Spaziergänger vorbeikommen», sagte Leuken. «Das wäre sogar sinnvoller gewesen, weil man da noch unerkannter ranfahren kann mit dem Pkw. Aber es musste der Leuchtturm sein.»

«Das ist eine Vermutung», sagte Danowski.

«Alles sind Vermutungen», sagte Leuken, drehte die auf dem Kopf stehende Tasse um, die vor ihm eingedeckt war, und goss sich aus der silbernen Thermoskanne mit braunem Plastikhenkel ein.

«Ja. Aber die Frage ist, welche Schlüsse man daraus zieht. Und ich ziehe aus der Vermutung, dass der Täter wollte, dass die Leiche schnell gefunden wird, den Schluss, dass der Täter Angst hat, wieder handeln zu müssen, und dass der Täter insgeheim das Bedürfnis hat, über kurz oder lang gefunden und gestoppt zu werden. Das ist doch ein ganz gängiges Muster.»

«Weiß ich ja», sagte Leuken, leicht ungeduldig. «Und der Massen-DNA-Test ist ein ganz gängiges Mittel, darauf zu reagieren, weil sich der Täter in den meisten Fällen tatsächlich zum Test begibt und ohne Widerstand das Ergebnis abwartet und dann festgenommen werden kann. Und dennoch.»

«Und dennoch», machte Danowski, schon nah am Nachäffen. Das war jetzt laut rausgekommen. «Müssten Sie das nicht alles mit Ihrer Chefin besprechen?»

Leuken wiegte den großen Schädel. «Sandra ist eine tüchtige Deern. Aber sie interessiert sich nicht so für weitergehende Überlegungen. Eins nach dem anderen, sagt sie immer.»

Danowski kratzte sich am Hals. Er kannte das schon: Auch bei seinen anderen beiden OFA-Einsätzen hatte immer jemand aus der örtlichen Soko das Gespräch hinter den Kulissen gesucht, um an seinen Vorgesetzten vorbei eigene Theorien unterbringen zu können.

«Operative Fallanalyse», sagte Leuken und nickte Danowski zu, auf diese norddeutsche Art ironisch anerkennend, die immer deutlich, aber unnachweisbar ins Unverschämte lappte. «Stand für mich leider nie zur Debatte, hätte ich gern gemacht. Aber wenn Sie erst mal in Friederikenburg überholt worden sind von einer jungen Kollegin, dann kommen Sie da nicht mehr weg. Aber hat mich immer interessiert.»

Danowski spürte eine Loyalität zu Sandra Steckmann in sich aufwallen, von der er nicht gewusst hatte, dass er sie empfand. Während er überlegte, wie er dieses unfreiwillige Frühstück und Leukens Theorien beenden konnte, beugte Leuken sich vor und fragte: «Wissen Sie, dass der Leuchtturm an sich ein ganz starkes Symbol ist?»

Danowski lehnte sich zurück. Er sehnte sich plötzlich nach Meta Jurkschat, seiner letzten Partnerin in der Mordbereitschaft, immer korrekt, immer die Ruhe selbst, immer top in Form. Und immer mit ihrem Pferdeschwanz beschäftigt. Als er sie das vorletzte Mal länger gesehen hatte, hatte er im Containerhafen auf dem Boden auf ihr draufgelegen, platt gedrückt vom Fallwind eines landenden Helikopters, sein Gesicht in ihren Haaren, und obwohl Jurkschat für ihn nicht eine Sekunde attraktiv gewesen war, hatte er manchmal unwillkürlich den Geruch ihrer Haare in der Nase oder im Kopf und vermisste sie.

«Ein Leuchtturm ist ein starkes Symbol, ja», sagte Danowski. «Für: hier ist der Hafen oder die Küste, ein Symbol dafür, dass Schiffe nicht auf Klippen laufen oder im Watt stecken bleiben wollen. Oder, noch banaler: für Erleuchtung und so.» Er wischte sich den Mund ab und faltete seine Papierserviette zum Abtransport unters Besteck, ein gängiges Symbol für: So, jetzt reicht's aber.

Leuken schüttelte den Kopf. «Das meine ich nicht. Wissen Sie, was das Wort Minarett bedeutet?»

Den Tick hatte seine Mutter auch gehabt, als er klein gewesen war und sie ihn zur Schule gebracht hatte. Guck mal, der Slatdorpweg. Weißt du, was Slatdorp bedeutet, Adam? Und es war schon damals halb Prüfung, halb Smalltalk und halb was anderes, bei seiner Mutter hatte immer alles drei Hälften. Wahrscheinlich glaubte seine Mutter auch, sie wäre jetzt, mit Anfang siebzig, in der dritten Lebenshälfte.

Danowski antwortete nicht. Wieso Minarett? Mit einem

gewissen Unbehagen begann er zu ahnen, worauf Leuken hinauswollte.

«Der Leuchtturm», dozierte der ältere Kollege, dessen berufliche Träume vom normalen Fortgang der Dinge gestört worden waren, weshalb er Männergespräche führen musste, «ist vor allem im Islam ein ganz starkes und kein bisschen banales Symbol.»

«Okay», minimalbestätigte Danowski. Ach du Scheiße.

«Ich erzähle Ihnen jetzt mal eine Theorie von mir», sagte Leuken. «Wie gesagt, der öffentliche Fundort deutet auf einen Serientäter hin, der entweder bereits getötet hat und nun seinen Modus Operandi geändert hat oder der zum ersten Mal getötet hat und fürchtet, es wieder zu tun, und der auf sich aufmerksam machen will. Angenommen also, wir haben es mit einem Serienmörder zu tun.»

«Wir sollten das vielleicht wirklich lieber woanders besprechen», sagte Danowski und schwenkte seine Rühreigabel vage in Richtung Frühstücksraum. Er fing wieder an zu essen, um die Serviette herum, das lenkte ihn ab.

«Quatsch, die sind hier alle viel zu sehr mit sich selbst beschäftigt», sagte Leuken. «Was ich jedenfalls sagen will, ist Folgendes: Seit einigen Jahren haben wir eine große Zahl von Männern, alleinstehenden Männern aus dem arabischen Raum, die nach Deutschland kommen, als Flüchtlinge oder Migranten. Können Sie nennen, wie Sie wollen. Männer, die alle Gewalterfahrungen gemacht haben und die gesellschaftlich isoliert und zur Passivität verurteilt sind. Männer, die in einer Kultur aufgewachsen sind, in der Frauen als minderwertig betrachtet werden.»

Danowski hatte inzwischen seinen ohnehin nicht besonders ambitionierten Kaubetrieb eingestellt.

«Das heißt, es gibt eine ganze Bevölkerungsgruppe neu

im Land, auf die von vornherein alle Hauptmerkmale zutreffen, die von der Forschung der letzten Jahrzehnte mit Serienmördern in Verbindung gebracht werden: isoliert, traumatisiert, gestörtes Selbstwertgefühl, Frauenhasser. Männer. Was ich damit sagen will.»

Danowski schob seinen Teller weg.

«Ich warte auf den ersten islamischen Serienmörder», fuhr Leuken fort. «Ich habe überhaupt nichts gegen Flüchtlinge, das hat damit überhaupt nichts zu tun, das ist eine ganz andere Geschichte, das ist ein ganz anderes Thema. Das hier ist einfach eine wissenschaftliche These, die gestützt wird durch die Erkenntnisse der Kollegen ... Sie kennen ja die Literatur ... Und Sie haben das Flüchtlingsheim gesehen, als wir in den Ort gefahren sind.»

«Folgeunterkunft», sagte Danowski, der immer Halt suchte an den richtigen Wörtern. «Und wissen Sie so genau, wer da untergebracht ist? Sah mir eher nach Familien aus.»

«Und wenn es so wäre? Das Opfer, eine starke Frau, Symbol unserer freien Gesellschaft, der Ehemann weit weg, ein überforderter arabischer Liebhaber mit latenten psychopathischen oder soziopathischen Anlagen, getriggert durch eigene Traumata, der sie dann neben diesem starken islamischen Gebetsturm-Symbol ...»

Danowski war erstarrt. Etwas hatte sich verändert, und es war nicht nur, dass sein neuer Bekannter Leuken sich als Wirrkopf und möglicherweise zu allem Überfluss als islamophob entpuppt hatte: Nein, es war auch noch mucksmäuschenstill geworden im Frühstücksraum. Vier andere Tische waren besetzt, keiner in ihrer unmittelbaren Nähe, aber als Danowski den Blick unauffällig durch den Raum schweifen ließ, war er sich sicher, dass es ein paar Wörter gab, die weit durch jeden Raum trugen, und «arabischer Liebhaber», «Serienmörder» und «islamisch» gehörten vermutlich dazu.

Er erhob sich leicht und fing an, geschäftig seine Sachen zusammenzuraffen. Dann wurde ihm klar, dass er nicht zu Hause war, dass er hier nicht abräumen musste, und er ließ das Geschirr zurück aufs dicke hellgelbe Tischtuch gleiten.

«Es wäre jedenfalls eine Möglichkeit», sagte Leuken und blieb ungerührt sitzen. «Sandra will nichts davon wissen, die hört einfach nur auf Ihre Einschätzungen. Darum sollten Sie ihr vielleicht sagen, dass sie dafür sorgt, dass niemand die Folgeunterkunft verlässt, bevor sie den DNA-Test gemacht haben.»

«Mach ich», log Danowski.

8. Kapitel

«Das Scheißgeld, verstehst du, das Scheißgeld ist mir egal, es geht mir nicht ums Scheißgeld!»

Als das letzte «Scheißgeld» in der Diele verhallt war, hörte Sven Schlohn nur noch das Schnaufen seiner Frau. Eher erschöpft als wütend. Ihr Gesicht war unmittelbar vor seinem, zusammengekniffen und rot-weiß verfärbt wie eine geballte Faust. Er hielt sie an den Ellbogen wie in einer seltsamen Umarmung an sich gepresst, aber es war, damit sie ihn nicht schlug, und weil er ihr auf diese Weise weh tun konnte, ohne sie selbst zu schlagen, gerecht, in einer Verteidigungshaltung. Er wollte doch nur reden.

«Hast du sie gefickt?», fragte seine Frau.

Schlohn schüttelte den Kopf, es war nur ein Reflex, aber der falsche. Er wollte einfach das Wort ficken nicht in seiner Diele hören. Und er hasste, dass es inhaltlich so unangebracht war. Ja, er hatte Corinna Karlsson gemocht, mehr als das, er hatte sie attraktiv gefunden, aber trotz allem, was sie verbunden hatte, hatte sich nie die Gelegenheit ergeben, die Situation, in der es nur noch ein Schritt gewesen wäre vom gemeinsamen Geheimnis zum gemeinsamen Sex. Sie hatten immer ein anderes gemeinsames Thema gehabt, das im Vordergrund stand, wenn sie einander trafen.

Und dummerweise musste er, wenn er das Wort ficken hörte, an andere Frauen denken, für die er sich interessierte und die nicht seine Frau waren. Corinna Karlsson war tot, und am Ende war es mit ihr nur um Geld gegangen. Aber es gab diese Schulmutter, mit der er auf dem Elternabend geflirtet hatte und die manchmal wegguckte, wenn er jetzt lächelte, und manchmal guckte er auch weg, und es war herrlich albern und herrlich sexy, zwei Dinge, die man von seiner Frau beim besten Willen nicht behaupten konnte. Dumm nur, dass die Schulmutter bei der Polizei arbeitete. Am Ende hing hier in Friederikenburg immer alles zusammen, es konnte einen ins Wasser treiben.

«Lüg mich nicht an.»

Er ließ seine Frau los und stieß sie gleichzeitig von sich, mit nicht allzu viel Kraft, aber genug, dass sie sich nicht auf ihn stürzen konnte. Mit zwei Schritten brachte er den großen Tisch zwischen sich und seine Frau, an so was hatten früher die Landarbeiter zu sechzehnt gegessen, und zwar Milchsuppe, heute lag darauf die Post für eine vierköpfige Familie, das meiste davon seine Depot-Auszüge.

«Du verstehst das nicht, Ilona», sagte er und ging an seiner Tischseite entgegengesetzt der Richtung, aus der seine Frau sich auf ihn zubewegte. Ein weißer Lilienstrauß war der Drehpunkt seiner Flucht- und ihrer Angriffsbewegung. Er hasste Lilien.

«Verstehst das nicht, Ilona», äffte sie ihn nach. «Was gibt es daran nicht zu verstehen?» Sie beschleunigte ihren Schritt. Er auch. «Ich versteh sogar, warum du mir das jetzt erst erzählst. Von dir und der … der …» Als suchte sie das schlimmste Schimpfwort, das sie kannte, um es dann ganz in der Nähe zu finden: «… Karlsson.»

«Wenn ich dir sage, dass wir ein Geheimnis hatten», sagte Schlohn und blieb stehen, das wurde ihm zu lächerlich und zu anstrengend hier, im Gehen reden war er nicht gewöhnt, er war keiner von diesen modernen Walk-and-

Talk-Businessleuten, er war alte Schule. «Dann meine ich damit nichts mit Sex.»

Seine Frau blieb einen Schritt vor ihm stehen. Sah er mit Mitte vierzig auch so alt und verstrichen aus? Laufzeit abgelaufen. Repowering-Grenze erreicht. So nannten sie das in seiner Branche, wenn sich die Kapazität einer alten Windkraftanlage nicht noch weiter ausbauen ließ. Seine Frau verschränkte die Arme, dass die Fäuste ihre Brust zusammenschoben.

«Wir haben …» Er brach ab. Was hatten sie? Was hatten Corinna Karlsson und er? Was würde er vor Gericht sagen und was seinem besten Freund, wenn er einen gehabt hätte? Was hätte er seinem Vater gesagt, und wie hätte er es sich selbst gegenüber formuliert? Das waren mindestens vier verschiedene Sachen.

«Wir haben Scheiße gebaut mit Geld», sagte er schließlich, obwohl das sonst nicht seine Wortwahl war. Aber seit das Ficken in der Diele stand, kam auch ihm die Scheiße über die Lippen. Und seinen ersten Versuch, «Es ging um Geld», hatte Ilona ihm nicht geglaubt.

«Geld?», fragte Ilona. Sie verstand nicht, weil sie nie verstanden hatte, wo das Geld herkam und dass es überhaupt irgendwo herkommen musste. Zugezogen aus der Stadt, studiert und dabei nichts gelernt, nie gearbeitet und es nie gemusst. Bei ihr war das Geld immer vom Vater gekommen, und wie konnte er ihr vorwerfen, dass sie erwartete, in ihrer eigenen Familie würde es jetzt und für immer genauso sein.

Bei ihm war das anders. Sein ganzes Leben hatte Sven Schlohn über Geld nachgedacht. Er konnte sich noch an den Moment erinnern, als er zum ersten Mal erfasst hatte, dass es ein Element auf der Welt gab, das einem alles ermöglichte, wenn man darüber verfügte: bedrucktes Papier, gestanzte Metallstücke, die wirkten wie die Zaubersprüche in den Märchen, die seine Mutter ihm abends vorlas, ohne große Betonung, aber mit Ausdauer, bis er einschlief.

Er musste drei, höchstens vier gewesen sein, als ihm Onkel Nils zu Weihnachten einen Fünfmarkschein schenkte. Und er erinnerte sich, wie er sich und dem Rest der Familie im Lichte des Baumes die Frage gestellt hatte, ob er sich dafür beim Jansen die ersehnte Lakritzstange würde kaufen können, von der seine Mutter überzeugt war, sie zerstöre die Zähne mehr als jede andere Süßigkeit dies könnte: Die Löcher kämen vom Schwarzen.

«Eine?», hat Onkel Gerd gelacht, bevor Sven Schlohns Mutter ihn daran hindern konnte. «Fünfzig!»

Das war die Unendlichkeit. Subjektiv empfunden, war er nie wieder so reich gewesen, und von diesem Moment an hatte er nie wieder aufgehört, an Geld zu denken. Und Geld zu haben, das auch. Auf dem Papier, aber auch auf dem Grund und Boden, im alten Hof, in der Tasche. Und dann wieder nicht, nach den Verschiebungen von 2008 und 2010.

«Wir haben …», sagte er, aber er wusste nicht: Was hatten sie eigentlich? Ilona würde die Details kaum verstehen, und jede Zusammenfassung würde ihn wie einen Kriminellen erscheinen lassen. Er kniff die Lippen zusammen, aber nur kurz.

«Wir haben Geld benutzt. Das uns in dem Moment nicht gehört hat.»

«Das euch nicht gehört hat? Geld von der Firma?»

«Nein. Nicht direkt.» Corinna Karlsson war im Grunde unterfordert gewesen mit ihrem Job in der Öffentlichkeitsarbeit. Und sie war dabei auf ein geniales Konzept gestoßen, das sich in anderen Bundesländern bereits bewährt hatte. Er erinnerte sich noch daran, dass sie diese Worte in dieser Reihenfolge benutzt hatte, als sie das erste Mal bei ihm im Büro stand, und wie vielversprechend ihm diese bürokratische Alliteration erschienen war: in anderen Bundesländern bereits bewährt. Solide klang das, gewinnbringend. Damals, vor drei Jahren, drohte die Stimmung gegen die Silventia in der Deichmarsch zu kippen. Weil sie nicht so viele Leute eingestellt hatten, wie sie am Anfang geplant oder, besser gesagt, versprochen hatten, und vor diesem Hintergrund waren die Umweltgutachten und die Wirtschaftlichkeitsprüfungen plötzlich auch nicht mehr so, wie die Leute in Friederikenburg und im Kreis erwartet hatten. Die Bürgerinitiative traf sich wieder. Die Lokalpresse schrieb wieder mehr als nur Silventia-Pressemitteilungen ab. Und die kanadischen Eigner wurden unruhig. Und dann die Idee von Corinna Karlsson: eine Bürgerstiftung, Bürgergeld für einen Bürgerwindpark. Nie zuvor hatte das Wort Bürger sexy geklungen für Sven Schlohn, Silventia-Manager und Geld-Fan der ersten Stunde, aber aus dem Mund von Corinna Karlsson, die ihre Locken ordnete, falls das ging, während sie ihre eigenen Powerpoint-Folien betrachtete, aus ihrem Mund gefiel ihm das Wort Bürger.

Geben wir den Bürgern die Möglichkeit, den Windpark zu ihrem zu machen.

Geben wir den Bürgern die Chance, mit uns Geld zu verdienen.

Geben wir den Bürgern etwas zurück, weil sie es verdient haben.

Und so weiter. Das Konzept sah vor, dass ein Teil des

Offshore-Windparks und eine Reihe Windräder auf dem Land an eine Stiftung übertragen wurden, an der jeder, der wollte, Anteile erwerben konnte. Die Silventia war dann nur die Betreiberin dieser Anlagen und schüttete eine Gewinnbeteiligung aus an die nominellen Besitzer der Windräder: die Bürger der Deichmarsch, die mutig und zuversichtlich genug waren, um Anteile zu zeichnen.

Und das Schöne, das Beste, der Schlüssel aber auch zu diesem Nachmittag im November in seiner Diele war die Tatsache, dass die Silventia über eine Tochterfirma auch Treuhänderin der Bürgeranteile war.

Er hatte nie verstanden, warum Corinna Karlsson ihn nicht gestoppt hatte, sondern sich von ihm hatte ins Boot ziehen lassen, als sie zwei Jahre nach Einsetzung der Bürgeranteile herausgefunden hatte, dass Sven Schlohn einen Weg gefunden hatte, mit dem Geld der Bürgerstiftung zu «arbeiten», wie er ihr an einem Abend vor einem Jahr erklärt hatte.

«Was heißt nicht direkt? Hast du Geld … von der Firma unterschlagen? Sven, was für eine Scheiße hast du gemacht, und was hat die Karlsson damit zu tun gehabt? Ist sie deshalb tot?»

Weil Sven Schlohn sein Leben lang an Geld gedacht hatte, hatte er manchmal nicht die Dinge im Blick, die näher lagen und die vielleicht offensichtlicher und deshalb wichtiger gewesen wären. Er wollte seiner Frau antworten, sie beschwichtigen, aber als er seinen Mund öffnete, fand kein Wort den Weg hinaus, und er merkte, dass sein Kopf mit was anderem beschäftigt war.

«O mein Gott», sagte seine Frau. «Du hast was mit ihrem Tod zu tun. Wir warten hier alle auf den Beerdigungstermin und die Trauerfeier, und die Anzeigen sind in der

Zeitung, und die Landfrauen kümmern sich um die Eltern, und du … du hast … du weißt was.»

«Nein, um Gottes willen, nein», sagte Schlohn, aber zum ersten Mal seit vielen Jahren, vielleicht, seit er drei oder vier gewesen war, spürte er, dass etwas mit seinem Gesicht geschah, dass es sich veränderte, dass es heiß wurde und anzuschwellen schien, dass Blut hineinstieg und nach außen verriet, dass er absolut ratlos war und kurz vor der Panik. Er sah seine Frau an, als wäre es seit längerem zum ersten Mal.

«Nein. Ich weiß nichts. Aber … Ich hab nichts mit der gehabt. Wir haben zusammengearbeitet.»

Gearbeitet. Wie das Geld. So wie man es nicht durfte. Und leider am Ende nicht gut. Das Geld war immer noch weg, und Corinna Karlsson jetzt auch.

«Aber vielleicht … vielleicht hat sie jemandem davon erzählt.» Ihm war, als müsste er die Wörter aussprechen, um die Gedanken zu verstehen. «Vielleicht hat sie jemandem davon erzählt, der sich … dadurch bedroht gefühlt hat. Ein Missverständnis.»

Und vielleicht nicht das letzte. Er schwieg, bis er sagte: «Aber jemand könnte denken, dass ich es war. Weil sie … von dem Geld wusste.»

Ilona Schlohn ließ die Arme sinken und stützte sie auf, während sie sich mit dem Rücken an den Dielentisch lehnte.

«Ihr habt Geld unterschlagen», sagte sie kalt, «egal, wie du das jetzt nennst. Und das Geld ist weg.»

Er tat nichts, als den Kopf zu senken, weil er hoffte, weiter unten eine alternative Version der Realität zu finden, die alles besser machte.

«Und das Geld ist weg», wiederholte Ilona.

Er nickte. «Im Moment ja.»

Sie musste fast lachen, verächtlich.

«Wer wusste alles davon?»

Er hob den Blick. Das war ein Konzept, das sie verstand: wer was wusste. Das war ihre Währung.

«Außer mir und Corinna Karlsson?», fragte er, um Zeit zu gewinnen.

«Natürlich.» Sie hatte sich aufgerichtet, die Arme auf halber Höhe vorm Körper.

«Alle», sagte er. «Alle im Vorstand. Außer Bengst natürlich. Aber die anderen sonst alle.»

Ilona Schlohn nickte. Dann drehte sie sich leicht zur Seite und entließ die gesamte Spannung ihres Körpers in einer rudernden Armbewegung, mit der sie die Kristallvase voll weißer Lilien aus der Tischmitte schlug. Sie zerschellte auf dem Boden, und im Raum breitete sich ein Geruch nach viel zu lange nicht gewechseltem Blumenwasser aus, süßlich, bitter und verwest.

Es fiel ihm leicht, sich umzudrehen und wegzugehen. Fürs Aufräumen war Ilona zuständig. Den Rest würde er alleine regeln müssen.

9. Kapitel

Nachts wachte Danowski auf, weil ihm unter den Hotelfederbetten heiß war, und wenn er sie abwarf, wurde ihm kalt. Nie war irgendwas einfach in Ordnung. Er hasste es, wenn Bettzeug sich zur Metapher aufschwang. Außerdem taten ihm das Knie und der Ellbogen weh, die unterm Anzug aufgeschürfter waren, als er gedacht hätte.

Nachdem Danowski den Sitz seiner Ohrenstöpsel überprüft hatte, streckte er ein Kühlbein unter dem Federbett vor und dachte an seine Beratungen mit der Soko. Eine am Vormittag, die zweite am Nachmittag, und am Ende hatte es sich nicht gut angefühlt, als Hauptkommissarin Steckmann schließlich seiner Empfehlung mit dem großen DNA-Test gefolgt war. Nicht gut, weil im Grunde alle aus der Soko dagegen waren: Sandra Steckmann und die Kollegen vor Ort, weil ihnen davor graute, den Leuten von Friederikenburg zu erklären, dass sie einen von ihnen für den Mörder von Corinna Karlsson hielten, und dann die Männer des Kreises einzuladen, sich in Schulen und Gemeindezentren von Schutzpolizisten in Gummihandschuhen mit dem Wattestäbchen den Mundraum auswischen zu lassen. Und die Kollegen aus Hannover waren dagegen, weil ihnen davor graute, ihren Vorgesetzten im LKA zu erklären, dass die nächste Stufe ihrer Ermittlungen bei der Soko «Leuchtturm» einen fünf- bis sechsstelligen Betrag verschlingen würde. Danowski konnte sich in jede dieser beiden unangenehmen Positionen mühelos reinversetzen, vor allem aber störte ihn, dass er sich am Ende nur mit

Hilfe eines rhetorischen Taschenspielertricks hatte durchsetzen können. Nachdem Hauptkommissarin Steckmann noch mal alle Argumente aufgelistet hatte, die gegen den DNA-Test sprachen, hatte Danowski eine Pause ausgehalten und schließlich gesagt: «Gut, ich habe meine Empfehlung abgegeben. Was sind eure nächsten Handlungsschritte, wenn ihr sie nicht annehmt?»

Als seine Mutter sich räusperte, als wollte sie jetzt selbst was sagen, womöglich über eine Rasterfahndung nach einem islamisch motivierten Serienmörder, warf Danowski ihr von der Seite einen Blick zu, den er in über zwanzig Berufsjahren geübt und in gewisser Weise perfektioniert hatte: ein Stirnrunzeln in Kombination mit zusammengekniffenen Augen, nicht einfach zu bewerkstelligen, man musste für den zweiten Teil die ganze untere Gesichtshälfte zu Hilfe nehmen, aber der Effekt war, dass seine Mutter die zweite Hälfte des Räusperns verschluckte und ausnahmsweise mal die Klappe hielt.

Nach einer Weile sagte Sandra Steckmann, leicht gequält und mit einem vagen «Und dem Mann hab ich Suppe gekocht»-Blick: «Dann sind wir wieder bei Los. Wahrscheinlich würden wir ... über eine Medienstrategie nachdenken. In Bremen, Hannover und Hamburg noch mal an die Presse gehen oder den Radius erweitern. Damit die Leute wieder anfangen zu reden und der Täter in Unruhe gerät.»

Danowski nickte. Ihre Blicke trafen sich, und sie grinste: Okay, du hast gewonnen, wir haben nichts. Er grinste leicht zurück: Ich weiß, und tut mir leid, dass ich auch nichts Besseres habe.

Also hatte sie am Ende zugestimmt. Und er hatte, das fiel ihm jetzt erst ein, vergessen, Sandra Steckmann von diesem Lehrer zu erzählen, der ihn auf der Straße abgefangen hatte und dessen Namen er jetzt schon nicht mehr wusste. Auch das war gut daran, nicht mehr aktiv zu ermitteln: Eigentlich musste er sich nichts mehr merken, denn alles stand irgendwo.

Ihn überraschte, mit wie viel Schwung er sein Bettzeug plötzlich zur Seite warf und sich in der gleichen Bewegung entgegengesetzt aus dem Bett drehte und auf die Bettkante setzte. Er war hellwach. Er würde zwar noch zwei, drei Tage hierbleiben, um die nächsten Schritte der Ermittlung zu begleiten und währenddessen seinen Bericht und seine Empfehlung endgültig in schriftliche Form zu bringen, aber der wichtigste Teil seiner Arbeit war getan, die Spannung fiel von ihm ab, und darum schlief er nicht mehr. Paradox, aber er war immer jemand gewesen, der vor dem Stress in den Schlaf floh und den Entspannung wach hielt.

Danowski rieb sich die Augen. Das Zimmer war bestenfalls halbdunkel, vor dem Fenster gelbliche Straßenlaternen, und er sah genug Umrisse, um sich zu orientieren. Die Minibar war leer, offenbar wurde die nur im Sommer gefüllt oder seit Jahren nicht mehr. Vorsichtig setzte er sich in den Sessel, in dem seine Mutter sonst saß.

Es ging ihm gut.

Er war nur schon wieder fast eine Woche von zu Hause weg, er vermisste seine Familie, er mochte keine Hotelzimmer, und jede dieser OFA-Reisen war wie ein Auftritt vor unbekanntem Publikum. Kein Wunder, dass er hin und wieder die eine oder andere Krücke oder, wenn man so wollte, einen Anker brauchte.

Nein. Er hatte die Kontrolle verloren. Er zog die Erkenntnis in sich wie kalte, aber erfrischende Luft.

Vielleicht reichte diese Erkenntnis, damit seine Mutter

wegblieb. Wobei, was war das schon wieder für eine Formulierung: Vielleicht reichte diese Erkenntnis, dass er die Kontrolle verloren hatte, um ihn endlich wieder zur Vernunft zu bringen. Die Vorstellung, mit jemand anderem über seine Halluzinationen zu sprechen, war grotesk. Und er war erleichtert, dass er es nicht würde müssen, sofern seine Mutter wegblieb.

Immerhin, ihr Sessel war leer. Danowski ließ seine Hände sanft über die Armlehnen gleiten, einen Anflug von Bedauern unter den Fingern. Dann hob er den Blick. Seine Mutter hatte sich auf dem Fußende des Bettes auf die Seite gelegt und war dabei offenbar eingeschlafen.

Danowski legte die Hände in den Schoß und blieb bis zum Morgengrauen im Sessel.

10. Kapitel

Silke Brakel kam über den Deich und sah als Erstes, dass der Wagen von Sandra Steckmann in ihrer Einfahrt stand. Die Schritte den Deich hinunter taten ihr immer noch weh, obwohl sie ihre neue Hüfte hatte. Aber dass sie ihr weh taten, hieß nicht, dass sie ihr auch schwerfielen: Sie pflegte sich selbst zu versichern, dass sie eine außerordentlich hohe Schmerzschwelle hatte, und sie hatte sich diesen Satz auch schon zu anderen sagen hören, zu ihrem Orthopäden und früher zu ihrem Frauenarzt in Bremerhaven, als es hier in Friederikenburg noch keine Frauenärztin gab.

«Warum wollen Sie denn nicht noch ein Kind, Frau Brakel?», hatte ihr alter Arzt gefragt und sich die Hände nach der Untersuchung abgetrocknet. Damals, als Frauenärzte einen noch fragten, warum man nicht noch ein Kind wollte.

«Ludger reicht mir», hatte Silke Brakel geantwortet, da war er zehn oder fünfzehn, «ich hab doch die Leuchtturmkinder.»

Und der Arzt hatte das Handtuch weggehängt und genickt wie ein Fremder im Busch, der sich nie an die Bräuche der Eingeborenen gewöhnen wird. Er kam aus Hannover.

Die Wahrheit hatte sie ihm nicht gesagt, warum auch, irgendeinem Arzt aus der Stadt, mit dem sie nichts verband, außer dass er das unbegreifliche Privileg hatte, ihr zwischen die Beine zu sehen. Und sie hatte auch Wulf nichts davon erzählt. Weil es ihn getötet hätte. Nicht auf Anhieb und nicht innerhalb von einem Monat oder einem Jahr, aber ein klein wenig schneller als das Leben selbst. Nein, sie hatte niemandem erzählt, dass Ludger nicht Wulfs Sohn war, sondern das Kind eines Mannes, der ihr aufgelauert hatte vor mehr als dreißig Jahren, draußen, Richtung Leuchtturm. Jemand aus dem Ort? Jemand von außerhalb? Sie hatte ihn nie gesehen, er hatte sie von hinten gepackt und ins Strandgras geschleift. Den Schmerz hatte sie ausgehalten, sie hatte sich höchstens darüber gewundert, wie viele unterschiedliche Arten davon ihr der Vorfall bereitete.

Ludger hatte sie nicht gemerkt, bis es ein halbes Jahr danach viel zu spät gewesen war, um ihn noch zu verhindern. Aber Wulf hatte ihn von Anfang an geliebt. Hätte sie den beiden das nehmen dürfen, indem sie alles erzählte?

Und mit ihrer hohen Schmerzschwelle erklärte sie sich auch, dass sie beim Anblick des silbernen Passats von Sandra Steckmann nicht in Aufregung geriet. Ein Polizeiauto vor dem Haus hatte selten etwas Gutes zu bedeuten, aber andererseits hatte Sandra früher ab und zu vorbeigeschaut, und vielleicht wollte sie damit jetzt wieder anfangen. Wulf war ja Sandras Lehrer gewesen, auf dem Gymnasium. Schlaues Mädchen, sagte er immer noch.

Und wenn doch was war mit Ludger oder Wulf, dann würde sie das auch durchstehen. Dass Corinna, eins ihrer Leuchtturmkinder, tot war, hatte sie auch ausgehalten.

Beim Näherkommen sah sie, dass Sandra Steckmann unterm Vordach der Eingangstür stand. Sie wunderte sich ein wenig, weil ihr Sohn Ludger vorhin noch zu Hause gewesen war, als sie zu ihrem Spaziergang aufgebrochen war. «Kurz aufs Meer gucken», wie sie das nannte. Obwohl es da nie viel zu sehen gab. Vielleicht, wenn man von außerhalb kam oder zu Besuch und Vorstellungen hatte. Wenn man mit der grauen Fläche aufgewachsen war, dann war das halt das, was da war. Aber die neue Hüfte wollte bewegt werden. Wulf nicht, der hatte um die Zeit jede Woche Heimatverein. Oder war doch was passiert? Wulf, ein Unfall auf dem Weg zum Gemeindezentrum, Herzinfarkt am Steuer? Wenn es darum ging, was irgendwann passieren würde, und wenn man sich deshalb Sorgen machte, dann musste man im Grunde immer die Schnittmenge suchen zwischen dem, was am häufigsten vorkam, und dem, was man am meisten fürchtete. Sie war auch Lehrerin gewesen, vor allem Mathematik und Religion, und Wulf hatte sie vor vierzig Jahren auf einer Referendarsfortbildung zur Gewaltprävention kennengelernt. So was war ganz neu damals. Fortbildung. Und Prävention. Gewalt nicht.

Daran, dass sie auf dem Trampelpfad den Deich hinab ins Schnaufen kam, merkte sie, dass ihr Schritt sich beschleunigt hatte. Als sie sah, dass Sandra Steckmann sich zu ihrem Auto umdrehte, rief sie: «He, Sandra! Moin!»

Die Polizistin blieb stehen, nickte und winkte. Silke Brakel versuchte, ihre Körpersprache zu lesen. Aber Sandra stand da wie immer: praktisch angezogen, irgendwie geschlechtslos, keine gute Körperhaltung. Das Mädchen hätte so viel mehr aus sich machen können, mit den Knochen. Aber dafür war es jetzt natürlich auch zu spät, wie alt war Sandra Steckmann? Ende dreißig, vierzig? Silke Brakel seufzte wie jedes Mal, wenn sie an die Zeit und ihr unnachgiebiges Vergehen dachte.

Sandra kam über den Gartenweg auf sie zu und rief: «Hallo, Frau Brakel, keine Sorge, nichts passiert!»

Jetzt war sie doch erleichtert. «Magst du reinkommen

und einen Tee trinken?», fragte sie und registrierte das leichte Aufflackern von Panik in den Augen der jüngeren Frau. Das hatten sie alle, alle von denen, die zwanzig, dreißig Jahre jünger waren und noch so viel vorhatten. Nichts schlimmer als die Vorstellung, mit einer alten Schachtel am helllichten Tage am Wachstuchtisch zu sitzen und Tee zu trinken. Womöglich mit Gebäck. Dabei hatten sie nicht mal ein Wachstuch.

«Nein, ich bin noch im Dienst, danke», sagte Sandra. «Ich wollte nur vorbeischauen, mein Hamburger Kollege hat mir erzählt …»

«Ja, ihr habt Leute von ganz schön weit weg geholt, ne?», fragte Silke Brakel und zog ihren Schlüssel aus der Tasche. Wenn Ludger schon nicht mehr da war.

«Es hat keiner aufgemacht», sagte Sandra. «Ich war gerade in der Nähe, und mein Hamburger Kollege hat mir vorhin ausgerichtet, dass Ihr Mann mich sprechen wollte.»

Silke Brakel zögerte mit dem Schlüssel in der Hand vor der Tür. «Wulf?» Davon wusste sie nichts. «Hat er gesagt, warum?»

«Was wegen Corinna», sagte Sandra Steckmann. «Also wegen dem Fall.»

«Wisst ihr denn inzwischen mehr?» Eigentlich wollte sie nur Zeit gewinnen und sich nicht anmerken lassen, dass sie überrascht war. Eine alte Überlebensstrategie aus ihrer Zeit als Lehrerin, weil es immer wieder Schüler gab, die einen aus der Reserve locken konnten, und das war das Letzte, was man wollte, sich irgendwo rauslocken zu lassen ins Freie, ungeschützt, darum: sich nichts anmerken lassen, indem man eine naheliegende, aber schwer zu beantwortende Frage stellte.

Frau Brakel, aber mein Papa sagt, es gibt keinen Gott.

Was glaubst du denn, Timmi?

Und Wulf hatte ihr nicht gesagt, dass er noch mal mit Sandra sprechen wollte, geschweige denn, dass ihm noch etwas eingefallen war.

Sandra zuckte unschlüssig mit den Schultern. Irgendwas schien sie erzählen zu wollen, und durch Abwarten und Schweigen konnte man solche Prozesse beschleunigen. Aber dann hörten sie beide, wie hinter der Tür im Haus eine dünne elektronische Fanfare erklang. Es war doch jemand da, und er fuhr gerade einen Computer hoch. Der Moment, in dem die Polizistin fast etwas erzählt hatte, verschwand.

«Ludger ist krank», sagte Silke Brakel, gewohnt, für ihren Sohn zu schwindeln. Er war immer ihr Sorgenkind gewesen und geblieben. Stur und dann, nach seinem Unfall in der Küche, langsam. Aber intelligent. Und sorgfältig. Ein guter Techniker, ein angesehener Ingenieur, über den der Vorstand bei der Silventia die Hand hielt, weil er so gut war. Aber eben langsam. Mit Worten. Im Grunde ein großes Kind, unberechenbar. Und manchmal blieb er einfach zu Hause. Oder machte einfach nicht auf. «Er hat geschlafen. Darum hat er wohl nicht aufgemacht.»

Sandra nickte langsam. Dann klopfte sie sich auf ihre Taschen, wie um zu überprüfen, ob sie alles dabeihatte, zum Schluss auf das Waffenholster unter ihrer Funktionsjacke, eine Bewegungsabfolge, die sie, mit Ausnahme des letzten Teils, schon als Kind gehabt hatte. Alle waren groß geworden, aber keiner hatte sich wirklich verändert.

«Wie war das eigentlich damals», fragte Sandra, über die offene Autotür, die Hand auf dem Dach, «als Corinna und die beiden anderen bei euch gewohnt haben?»

«Stephanie und Imke. Die drei Wattgrazien.»

«Leuchtturmkinder.»

«Das auch, ja. Obwohl ich nicht glaube, dass ihre Eltern sie sehr vermisst haben.»

«War das eine schöne Zeit?»

«Wir hatten ja viele von denen», sagte Silke Brakel, obwohl es insgesamt über die Jahre nur sieben Kinder von der Insel gewesen waren, die sie bei sich während der Schulwoche untergebracht hatten, damit sie in Friederikenburg aufs Gymnasium gehen konnten, denn auf der Insel wurden die Kinder von den Eltern selbst unterrichtet, mit Ausnahmegenehmigung, aber nur bis einschließlich sechste Klasse. «Aber ja, das war schön.»

«Aber Imke hat dann Polio bekommen oder so was?»

«Habt ihr mal mit Imke wegen Corinna gesprochen? Und mit Stephanie?» Ihre alte Strategie. Eine Frage, die sie im Grunde nicht beantworten konnte, mit einer Gegenfrage neutralisieren.

«Ja, natürlich.» Sandra Steckmann schlug mit der flachen Hand leicht auf ihr Autodach, als wollte sie sich selbst das Signal zum Abfahren geben. «Haben wir.» Sie schaute. «Grüßen Sie Ihren Mann. Er soll mich anrufen, wenn er möchte. Ich hab meine Karte in den Briefschlitz gesteckt, ich hab eine neue Handynummer.»

Sie fuhr rückwärts aus der Einfahrt, wie immer zu schnell, die Vorderräder drehten kurz durch, und Kies schleuderte in die Radkästen und auf Wulfs Rasen. Sandra Steckmann hatte immer beweisen müssen, dass sie einer von den Jungs war. Wo war Wulf?

Silke Brakel öffnete die Tür, trat in ihre geflieste Diele und bückte sich. Da, unterm Briefschlitz, lag die Karte von Sandra Steckmann. Sie hob sie auf, zerriss sie in kleine Fetzen, die sie in ihrer Hand verbarg und drei Schritte später in der Küche in den Restmüll warf. Ludger saß mit dem Rücken zu ihr am Küchentisch, vor sich eins von diesen mehrstöckigen Broten aus billigem Weißbrot und Industriekäse, die er sich gern machte, wenn er sich alleine glaubte, und auf seinem Laptop sah sie, dass er auf einer dieser Seiten war, wo die Leute sich mit anderen Leuten, die sie nicht gut kannten, über Dinge austauschten, von denen sie nichts verstanden. Fünfunddreißig Jahre alt, Techniker bei der Silventia, und er aß und saß und tat sich immer noch wichtig wie ein Kind. Er drehte sich halb um und duckte sich fast unmerklich auf diese Art, die sie wahnsinnig machte.

Mit der Hand, an der sie nicht den Ehering und nicht die Ringe ihrer Mutter trug, schlug sie ihm zweimal kurz hintereinander auf den Hinterkopf. Wenn es ihr wirklich ernst gewesen wäre, hätte sie die andere genommen. Sie hasste, wie sein Haar sich anfühlte, dünn und spröde wie das eines zwanzig Jahre älteren Mannes. Bevor er ihre Hand abfangen oder sich wegducken konnte, schlug sie noch einmal zu.

«Was ist hier los?», schrie sie ihn an mit dieser Theaterstimme, an die sie sich selbst in fünfunddreißig Jahren nicht gewöhnt hatte, Speichel schien in Zeitlupe aus ihrem Mund zu fliegen. «Warum machst du nicht auf, wenn die Polizei an der Tür klingelt? Was sitzt du hier rum?»

Er öffnete den Mund, und sie sah, dass er anfangen wollte zu lügen. Diesmal schlug sie ihm mit der Ringhand ins Gesicht, es war früh genug am Nachmittag, dass man bei seinem nächsten Schichtbeginn nichts mehr sehen würde.

«Lüg mich nicht an. Siehst du, was du mit mir machst? Siehst du, wozu du mich bringst?»

Ludger stand auf, den Laptop in der gleichen Bewegung zusammenklappend. Er war einen Kopf größer als sie und schob sie mühelos aus dem Weg, ohne sie anzusehen.

«Jetzt heul nicht!», schrie sie ihm hinterher. Sie hasste, dass keiner in dieser Familie sich unter Kontrolle hatte.

An seinen Stufenschritten hörte sie, dass Ludger im Keller verschwand. Sein Brot stand unangerührt auf dem kleinen Teller, der eigentlich für Kuchen war. Das hatte er sich aufgehoben, voller Vorfreude auf den ersten Bissen ins Weiche. Endlich kein Widerstand mehr.

Sie nahm den Teller, öffnete die Schranktür unter der Spüle und ließ das absurde Brot ihres Sohnes in den Mülleimer gleiten, sodass es die Schnipsel von Sandra Steckmanns Karte ganz bedeckte.

11. Kapitel

Im Auto sah Sandra Steckmann auf die Uhr. Wieder kurz vor knapp. Wenn sie dran war mit Kinderabholen, kam sie immer auf den letzten Drücker, ihr Mann Frank war da besser organisiert, wie in allem. Sie ignorierte ihr Telefon, weil sie die Nummer erkannte: ein Presseprecher vom Landeskriminalamt, der mit ihr die Pressekonferenz morgen Vormittag durchgehen wollte, weil sie mit so was hier keine Erfahrung hatten. Einen Massen-Gentest aller ortsansässigen Männer im gängigen mord- und vergewaltigungsfähigen Alter verkündete man am besten kurz und möglichst schmerzlos, stellte sie sich vor, aber auch das musste organisiert werden.

Wahrscheinlich ging es wieder nur darum, wer am Tisch jetzt wo saß und ob es in Ordnung war, wenn sie nicht in der Mitte saß, sondern die Kollegen aus Hannover, die ja schließlich auch die budgetäre Verantwortung trügen und so weiter und so fort, sie war jetzt einmal zu oft derartige Nichtdetails mit dem Mann durchgegangen und hatte doch immer nur «Ja, meinetwegen» gesagt. Sie mochte Leute nicht, die sich immer absichern mussten.

Während sie an der Ampel stand, bei der sie wie bei jeder anderen in Friederikenburg die Rotphase mitsprechen konnte, versuchte sie, im beleuchteten kleinen Kosmetikspiegel der Sonnenblende was mit ihren Haaren zu machen. Mittendrin brach sie ab, nicht weil Grün war, sondern weil ihr bewusst wurde, was sie da eigentlich tat.

Okay, mittwochs traf sie beim Abholen oft Sven Schlohn, den Vater von Rica und Rasmus, und seitdem sie voriges Jahr mal beim Elternabend nebeneinandergesessen und ihre gemeinsame Abneigung gegen die Elternvertreterin mit aus dem Mundwinkel gequetschten Einzeilern kultiviert hatten, fiel er ihr auf und sie ihm.

Sandra Steckmann war ja nicht blöd. Man musste nicht besonders talentiert, fleißig oder geschickt in Behördenpolitik sein, um die führende Kriminalpolizistin im Kreis Deichmarsch zu werden. Was man dafür brauchte, war nur, dass man nicht blöd war. Und dass man sich keine Illusionen über die anderen machte. Und vor allem nicht über sich selbst. Sie hatte also angefangen, mit Sven Schlohn zu flirten, und deshalb fummelte sie jeden Mittwoch auf dem Weg zum Hort an ihren Haaren herum und ließ es dann mittendrin wieder.

Sie parkte im Halteverbot vor der Schule, weil alle hier ihr Auto kannten, und lief über den Hof, um Justus und Marlene aus der Betreuung zu holen. Es waren nicht mehr viele Eltern unterwegs, weil es schon kurz nach vier war. Mit Radaraugen scannte sie die weite Asphaltfläche mit den rostigen Fußballtoren und den verwitterten Holzklettergerüsten nach dem vertrauten schmalen Mantel und den Anzugbeinen ab. Der Vater von Rica und Rasmus sah aus, als ob er's irgendwie draufhätte, nicht so zusammengewürfelt und improvisiert, nicht so abgehetzt und abgekämpft. Meistens guckte sie durch die Silventia-Manager hindurch. Die erkannte man gleich, den Typ Mann hatte es im Ort nicht gegeben, bevor die Silventia sich hier angesiedelt hatte mit viel Geld aus Hannover und von der EU: Koffermännchen, Anzugträger. Sie sah durch die hindurch, weil es ihr nicht passte, wie gelassen und zielstrebig sie waren und dass sie alles unter Kontrolle zu haben schienen.

Aber weil sie nicht blöd war, wusste sie, dass einen an anderen immer das störte, wovon man selbst zu wenig hatte. Und dass man manchmal, wenn man nicht aufpasste, sondern den Dingen einfach ihren Lauf ließ, am meisten davon angezogen wurde, was einen anfangs abgestoßen hatte. Mit Frank war's am Anfang auch so gewesen, als sie frisch von der Polizeischule kam, ihren ersten Toten gesehen hatte und dann ihren zweiten, und dann stand da, irgendeine Diebstahlsache, bei einem windigen Bauern dieser bärtige Tierarzt im Stall, die Arme bis zu den Ellenbogen blutig, weil er gerade ein Kalb im Geburtskanal in die richtige Position gedreht hatte, und damals waren Bärte noch gar nicht modern gewesen, im Gegenteil. Und sie hatte gedacht: Nee, ich werd genug Blut im Beruf sehen, ich werd nachts oft genug aufstehen müssen wegen der Arbeit, das Letzte, was ich will, ist das Gleiche noch mal in Grün. Und dann hatte er sie angerufen, sie hatte gesagt vielleicht, beim zweiten Mal ja, und eine Woche später waren fast zwanzig Jahre vergangen, und sie waren immer noch verheiratet, und ihre Kinder waren fast nicht mehr klein.

Die Schlohn-Zwillinge kamen auf sie zugerannt und umarmten sie beinahe. So gut kannten sie sich nicht, aber sie hatte diesen Effekt auf Kinder. Und auf Männer. Alle hatten das Gefühl, an sie käme man ran, bei ihr könnte man's gut haben. Was auch stimmte, fand Sandra Steckmann.

Ihre Kinder hatten sich noch nie mit Rica und Rasmus verabredet, sie bedauerte das, wegen Sven Schlohn, aber wenn die Kinder sich nicht mochten, dann war das so.

Aber sie kannten sie vom Sehen und Grüßen und von den Plätzchenbackvormittagen und den Bastelnachmittagen, die sie hin und wieder einschieben konnte, weil sie normalerweise keine Soko leitete und weil sie normalerweise keine Empfehlungen von Fallanalytikern aus Hamburg umsetzen musste.

Sie wusste, dass diese DNA-Massenuntersuchung Ärger im Ort geben würde. Und sie merkte, dass sie dringend irgendwas brauchte, um sich von diesem Ärger abzulenken. Genauer gesagt, Sven Schlohn.

«Hey», sagte sie, «alles klar bei euch?»

«Papa telefoniert», sagte Rica, und ihr Zwillingsbruder schaute wie immer nur. «Der ist ganz wütend. Wir dürfen ihn jetzt nicht stören. Du bist die Mama von Justus.»

«Ja. Und von Marlene. Die ist aber in der zweiten.»

«Warum ist Justus so gemein zu mir?»

«Ist er das?» Ohne es eigentlich zu wollen, hatte sie diese Frage an Ricas Bruder gerichtet. Er sah sie an, schürzte die Lippen, zog eine Augenbraue hoch und hob leicht die Schultern: Die einen sagen so, die anderen sagen so.

«Was hat Justus denn gemacht?», fragte Sandra Steckmann und suchte den Schulhof noch mal mit den Augen ab, jetzt nicht nur nach Sven Schlohn, sondern auch nach ihrem Sohn.

«Er hat gesagt, wir machen das Meer kaputt und die ganze Landschaft.»

Sandra Steckmann seufzte. Das waren Franks Ansichten, er war eine Zeitlang in der Bürgerinitiative gegen den Windpark gewesen, aber dann waren ihm die Abende dafür doch zu kurz und zu wenig. Und sie hätte ihm gesagt, dass er sich vor den Kindern zurückhalten sollte, wenn es ihr nicht so herzlich egal gewesen wäre. Aber hier zeigte sich mal wieder: Leider durfte einem nie irgendwas egal sein.

«Ich glaube, das hat er nicht so gemeint», sagte sie. «Und ehrlich gesagt kennt er sich damit auch nicht so richtig gut aus.»

Aber Rica war mit ihrer Aufmerksamkeit schon wieder woanders, sie war Sandra Steckmanns Blick gefolgt und sagte jetzt nüchtern: «Wenn du meinen Vater suchst, der steht da hinter dem Baum. Ihr unterhaltet euch doch immer so.»

Sandra Steckmann nickte und nahm sich vor, in Zukunft viel, viel vorsichtiger zu sein oder einfach komplett aufzuhören damit. Wenn schon die Kinder redeten.

«Ich such mal Justus», sagte sie, «bleibt ihr hier und wartet auf euren Papa?»

Als sie an der Eiche vorbeikam, auf die Rica gezeigt hatte, blieb sie natürlich doch stehen. Sven Schlohn hatte ihr den kostbaren Mantelrücken zugewandt und sagte gerade in sein Telefon: «Aber ich weiß es doch nicht. Das muss alles in den Unterlagen sein, und wenn die nicht in ihrem Büro sind, dann hast du nicht sorgfältig genug …» Dann merkte er, dass sie hinter ihm stand, und als er sich umdrehte, geschah etwas Seltsames mit seinem Gesicht: Es hellte sich auf, und zugleich fiel was drüber, wie ein Vorhang, wahrscheinlich, weil er ein Job-Telefonat führte und professionell bleiben wollte. Er lächelte sie an und sagte, leicht weggedreht: «Ja, okay, dann schaut noch mal, oder wir müssen das anders lösen. Ich muss jetzt Schluss machen. Nein, ich bin an der Schule. Wir reden später.»

Und während sie ihm zuhörte und ihn betrachtete, wurde ihr klar: Auch ihm werden wir jetzt nächste Woche im Mund rumwischen. Natürlich wusste sie, dass er Corinna Karlsson gekannt hatte, bei der Silventia arbeiteten hier am Standort etwa hundertfünfzig Leute, das war überschaubar, da wusste man, wer wer war. Auch wenn die beiden in völlig unterschiedlichen Abteilungen gearbeitet hatten und vor allem auf weit voneinander entfernten hierarchischen Ebenen. Aber ihre Kollegen hatten routinemäßig die Alibis von allen Silventia-Mitarbeitern überprüft, deren Namen im letzten Quartal in Corinna Karlssons Terminkalender gestanden hatten. Darunter war auch Sven Schlohn gewesen, allerdings bei größeren Meetings, bei denen es um irgendwelche Marketinggeschichten gegangen war, die von allgemeinem Interesse waren. Und wenn sein Alibi nicht in Ordnung gewesen wäre, hätten die Kollegen sie informiert.

Und noch eine zweite Sache wurde ihr klar, außer der mit dem Mundauswischen, aber es hatte damit zu tun, denn sie merkte, dass es ihr gefiel, an den Mund von Sven Schlohn zu denken. Ihr wurde klar, dass sie gern mit ihm schlafen wollte und dass sie kein bisschen verblüfft war über diese Erkenntnis. Das war ganz neu, aber ihr schien, als hätte es sich lange angekündigt. Und jetzt war da was an ihm, in seinen feinen Anziehsachen, seiner scharfen Rasur, dem kostbar fallenden Haar in Kombination mit einer Sorge in seinem Blick, um seinen Mundwinkel, eine Angespanntheit, die ihr zeigte, dass er Risse hatte, durch die sie würde eindringen können – jetzt war da was an ihm, das ihr Lust machte, ihn zu berühren und ihm zu sagen, dass alles in Ordnung war. Sofern er mit ihr ins Ferienhaus ihrer Tante in Dangast kommen und sie vor dem Holzofen ausziehen würde. Dann würde alles in Ordnung kommen. Oder wenn's sein musste, in die Wohnung im Ferienpark, zu der sie die Schlüssel hatte. Sie wusste zwar nicht, was nicht in Ordnung war, aber sobald er sie nackt auszog, gäbe es keine Probleme mehr.

Sie lächelte, mehr über ihre Phantasie als zu ihm, aber er hatte sein Telefonat beendet und lächelte zurück.

«Ärger im Job?», fragte sie.

«Wer nicht», sagte er.

«O ja», bestätigte sie. Sie wollte was für ihn tun, und ihr fiel, weil sie sich über ihre zielstrebige Erregung wunderte, kein Smalltalk ein, deshalb sagte sie: «Ich wollte dir was erzählen.»

Er nickte, mit dem Blick bei seinen Kindern.

«Du darfst es aber auf keinen Fall weitersagen.» Das klang kindisch und ein bisschen übergriffig, aber das gefiel ihr auch daran. Er wandte sich ihr zu und sah leicht erstaunt, vielleicht alarmiert, aber auch eine Spur erfreut aus.

Wer mochte kein Geheimnis.

«Uns steht eine blöde Geschichte bevor», sagte sie. «Ich meine mit der Arbeit der Sonderkommission, und das wird auch euch betreffen. Also, die ganze Silventia, vielleicht wollt ihr euch schon mal drauf einstellen, darum erzähle ich dir das. Aber wie gesagt: Das muss unter uns bleiben.»

Er nickte, und die gleiche Gefühlsmischung von eben hatte sich in seinen Augen deutlich in Richtung alarmiert verlagert. Wie um sich selbst zu zerstreuen, sagte er mit einer gewissen Heiterkeit: «Es wird den Baum nicht verlassen, unter dem wir stehen.»

«Wir werden auf Empfehlung des Fallanalytikers vom LKA Hamburg DNA-Proben bei allen erwachsenen Männern im Ort und im Kreis nehmen. Das ist natürlich freiwillig. Wir geben das zwar erst morgen bekannt, ich dachte nur, es ist vielleicht gut, wenn ihr das schon einen Tag vorher wisst, dann könnt ihr das vielleicht innerhalb der Firma organisieren, wir würden dann einfach vorbeikommen, und die Männer müssten nicht …» Sie brach ab und ließ ihre Hände mit vagen Bewegungen den Satz zu Ende führen.

Sven Schlohn nickte langsam und murmelte etwas wie danke, aber sie sah, dass sich sein Ausdruck verändert hatte, und sie dachte: Ach du Scheiße, was mache ich hier eigentlich? Was fällt mir ein?

Sie sah, dass er Angst hatte. Und es wunderte sie, dass sie trotzdem oder gerade deshalb noch dringender mit ihm schlafen wollte.

12. Kapitel

«Was wärst du, wenn du ein Schokoriegel wärst?»

Danowski führte mit einer automatischen Bewegung das Sektglas zum Mund und nahm einen Schluck. Es war immer das Einfachste, erst mal was zu trinken, wenn man nicht wusste, was man sagen sollte. Eine Art Trinkspiel für Leute, die nicht gut in Smalltalk waren. Wenn das hier allerdings so weiterging, würde er es nicht mehr aus eigener Kraft zurück ins Hotel schaffen.

«Wie bitte?»

«Du hast doch als Kind immer so gern Schokoriegel gegessen», sagte seine Mutter. Danowski stand in einem Raum, der eine Art Empfangszimmer war, etwas Vergleichbares hatte er noch nie gesehen: ein Zimmer, das offenbar nur dafür vorgesehen war, Menschen in lockerer Runde zu Stehpartys zu versammeln und ihnen Sekt und Häppchen zu reichen. In einem Privathaus, und zwar dem des Ortsvorstehers, der Danowski, die Soko-Leitung und vor allem die örtlichen Honoratioren zu einer «lockeren Runde» eingeladen hatte. Der Apotheker war da, die Buchhändlerin, der Chef der Sparkasse und der von der Raiffeisenbank, ein paar Ärzte, die üblichen Manager-Typen von der Silventia und ihren Zulieferern, jemand vom Heimatverein und als einziges vertrautes Gesicht Sandra Steckmann. Und seine Mutter. Kein Wunder. Wenn jemand «lockere Runde» sagte, wurde Danowski so angespannt, dass er jede Hilfe brauchte, die er kriegen konnte.

«Das macht man hier so», hatte Sandra Steckmann ihm

kurz nach seiner Ankunft in Friederikenburg erklärt, «wenn wichtige Leute von außerhalb kommen. Zum Kennenlernen, um denen auf den Zahn zu fühlen, oder einfach nur, um nett zu sein. Und weil hier nichts los ist. Du kannst das verschieben, bis du abfährst, aber wenn du hier was erreichen willst, lass es einfach über dich ergehen.»

Das tat er jetzt auch, auf den letzten Metern, denn morgen nach der Pressekonferenz wollte er Friederikenburg verlassen. Aber der Abend begann anders, als Danowski sich das vorgestellt hatte. Eigentlich hatte er sich seine ganzen Smalltalk-Klassiker zurechtgelegt, was mit Fußball (war man hier Werder-Fan?), was mit Wetter (unangenehm beziehungsweise angenehm warm für die Jahreszeit, oder etwa nicht?), was Persönliches (früher hier in der Nähe mal Urlaub gemacht, am Jadebusen, ach, was Finzi wohl aus dieser Vorlage gemacht hätte). Aber nach einer freundlichen, wenn auch recht knappen Begrüßung durch den Hausherrn und seine etwas gelangweilte Ehefrau blieben die Einheimischen erst mal unter sich, und er stand allein am Rand. Kein Wunder, dass seine Mutter das Gefühl hatte, sich um ihn kümmern zu müssen.

«Wenn du ein Schokoriegel wärst …», hob sie an, deutlich die Silben formulierend.

«Ich habe das schon verstanden», sagte Danowski, «ich dachte nur, vielleicht hättest du einen leichten Schlaganfall oder so was und würdest für immer verschwinden. Weil du wirr redest. Schokoriegel.»

«Wärst du ein Raider oder ein Mars oder ein Bounty?»

«Ist das so eine Art Orakel oder so was?»

«Na ja, nein, das ist … du hast doch in deiner Arbeit am Ende immer mit Fragen und Antworten zu tun, die sich aus Persönlichkeitsstrukturen erklären, und Persönlichkeiten kann man typisieren, zumindest kann man es versuchen, aber die Testinstrumente sind entweder sehr alt oder sehr unscharf oder beides, da lohnt es sich vielleicht, über neue Tests nachzudenken beziehungsweise über Mechaniken, die man zum Beispiel anhand von Schokoriegeln ...»

«Ich bin», sagte Danowski, dem das ein bisschen besser gefiel, als in Gedanken versunken rumzustehen, «würde ich sagen, ein Snickers.»

Seine Mutter schien sich nur mit Mühe zurückhalten zu können, ihm tröstend über den Kopf zu streicheln. «Ach, Adam, nein», sagte sie, «du bist kein Snickers.»

«Wieso nicht?», sagte Danowski. «Ein Snickers ist doch toll, also, das hat Schokolade, Karamell, Erdnüsse ...»

Seine Mutter nickte. «Ein Snickers ist eben ... also, nimm's nicht persönlich, aber sagen wir, diese Perfektion, also, die hast du nicht. Musst du ja auch gar nicht. Ich liebe dich so, wie du bist. Aber du bist kein Snickers.»

«Du meinst, ich bin eher ein Kitkat? Oder ein Mr. Tom?»

«Mr. Tom dann vielleicht doch nicht, das ist schon sehr ... eindimensional. Aber Kitkat ...»

Mit Bedauern stellte Danowski fest, dass der Leiter der Kreisredaktion der *Nordseezeitung* und der Apotheker dabei waren, sich zu ihm zu stellen. Es fing gerade an, interessant zu werden, fand er.

«Und, jetzt geht's zurück nach Hamburg?», fragte der Redakteur, ein kräftiger Bart- und Brillenträger mit Physiklehrerpullover. Dieser Bart war nicht erst in den letzten beiden Jahren dazugekommen wie bei den meisten anderen Männern, dieser Bart hatte am achtzehnten Geburtstag dieses Mannes fertig ausgebaut in seinem Gesicht gestanden und würde dort bis ans Ende seiner Tage bleiben. Irgendwie hatten diese Klassikbärte doch eine andere Textur, eine andere Form, eine andere Standkraft als die von den Hipstern. Danowski trank seinen Sekt und sagte dann: «Ja, leider», aber vielleicht nicht so charmant, wie er sich das vorgestellt hatte. Es klang eine Spur zu ironisch. Er merkte, dass auf den Gesichtern des Redakteurs und des Apothekers eine leichte Feindseligkeit an die Oberfläche kam, die zu verbergen sie sich bis eben immerhin noch die Mühe gemacht hatten.

«So schlimm bei uns?», fragte jetzt der Chef der Raiffeisenbank, der sich als Klaus Sternberg vorstellte, hager und in einem dunklen Anzug, der Staubspuren auf den Schultern und an den Legefalten der Hose hatte, als würde er wirklich nur in gesellschaftlichen Notfällen aus dem Schrank geholt. In der Bank ging es offenbar familiärer zu.

«Im Gegenteil, ich liebe die Nordsee», sagte Danowski und betonte mit seinem leeren Sektglas jede Silbe wie mit dem Dirgentenstab eines Spielmannszuges. «Ich hab als Kind mal hier in der Nähe Urlaub gemacht, am Jadebusen.»

«Ganz anderer Menschenschlag da», sagte der Redakteur kritisch und halblaut. Klar. Nirgendwo waren die Menschen unterschiedlicher als fünfzig Kilometer voneinander entfernt.

«Sie scheinen's ja schon ziemlich schlimm zu finden bei uns», sagte der Raiffeisen-Mann, der ein bisschen Orangensaft im Sektglas hatte und sonst nichts, «wenn Sie uns hier alle für potenzielle Mörder halten.»

«Äh», machte Danowski. Ach du Scheiße. Na gut. Er wusste sofort, was jetzt kommen würde. «Jeder Mensch ist in der Lage, ein Tötungsdelikt zu begehen», wich er aus, «das ist zwar von der Persönlichkeit abhängig, vielmehr aber vom Kontext und der Situation.»

«Ich meine», sagte der Banker, «wenn Sie hier unser aller Erbgut testen und archivieren wollen, in der Hoffnung, so den Mörder von Corinna Karlsson zu finden.»

«Archivieren tun wir gar nichts», sagte Danowski und nippte Luft aus seinem Glas. Er war ein wenig verblüfft: Dass sie einen Massen-Gentest vorhatten, war ja sehr schnell durchgesickert. «Das dürfen wir gar nicht. Und die entsprechenden Maßnahmen werden wir morgen genauer …»

«Ist doch alles längst raus», sagte der Redakteur. «Wenn Sie mir das jetzt bestätigen, haben wir das in fünf Minuten auf der Webseite.»

«Ich bestätige Ihnen nur, dass wir morgen eine Pressekonferenz abhalten, zu der Sie herzlich eingeladen sind», sagte Danowski.

«Auch nicht, dass der Täter möglicherweise einen islamischen Hintergrund hat? Ein arabischer Serienmörder?» Der Redakteur hatte so ein feines Lächeln: Ich weiß immer mehr, als du verheimlichen kannst. Danowski spürte eine deutliche Verärgerung in sich aufsteigen. Dass einer von den etwa zwölf Kollegen, die mit der Arbeit der Soko «Leuchtturm» zu tun hatten, zu Hause von dem DNA-Test erzählt hatte, und dass das jetzt rum war, darauf hatte er keinen Einfluss. Aber dass er im Frühstücksraum des Hotels Gespräche über Minarett-Mörder führte, hatte er allein sich selbst zuzuschreiben.

«Konkret kann ich Ihnen dazu sagen, dass es dafür keinerlei Anhaltspunkte gibt», sagte er.

«Aber Sie verfolgen diese Theorie.»

Danowski fummelte an seinem Glas herum, aber alles,

was er damit noch hätte anstellen können, wäre gewesen, es kaputt zu schlagen. Oder es wegzustellen. «Nein», sagte er.

«Ich hab gehört, dass Sie so was besprochen haben sollen, vor Zeugen. Im Hotel, beim Frühstück.»

«Beim Frühstück bin ich nie besonders gesprächig», sagte Danowski und wandte sich ab, indem er den Zauberspruch «Ich hol mir noch was zu trinken» hinterherschob.

Sobald er sich umgedreht hatte, stand Sandra Steckmann vor ihm, und sie sah unglücklich aus. Das reizte ihn. «Woher weiß hier jeder, dass wir morgen einen DNA-Test für alle verkünden werden?», zischte er.

Sie schüttelte den Kopf. «Das wollte ich dich auch gerade fragen.» Er sah, dass sie dichtmachte, wahrscheinlich ärgerte sie sich über einen ihrer Mitarbeiter.

«Es stimmt also», sagte der Redakteur hinter ihm, und der Apotheker murmelte was von «Bürgerrechten».

«Unangenehm warm für die Jahreszeit, nicht wahr», sagte Danowski.

13. Kapitel

Von hier oben kannst du dich selbst nicht sehen. Weil es dunkel ist und weil der Blick in die Weite geht und nicht auf deine Beine und Arme, auf deine furchtbaren Hände.

Du hörst das Rauschen und spürst, was du sonst nur ahnst: wie die Welt unter dir schwankt, den ganzen Tag, die ganze Nacht, nie hat man irgendwo festen Boden unter den Füßen. Du bist dankbar für einen Ort, der das endlich zugibt und nicht so tut, als gäbe er festen Halt.

Von hier oben geht es nur in eine Richtung, auch das macht alles einfacher: Es geht nur nach unten, es gibt keine Himmelsrichtung, und es geht nicht weiter nach oben. Eine wunderbare Balance, die dich in diesen Nächten tröstet, wenn die Vergangenheit zu groß wird, wie das schwarze Meer, das den dunkelgrauen Himmel nach oben drückt. Die Schwerkraft hält dich, der Beton, die Steine, das Metall, die hier zusammen eine Form und einen Stand gefunden haben, die es ohne Schwerkraft nicht gäbe. Und die Schwerkraft kann dich eines Tages erlösen. Du kannst dich ihr anvertrauen wie einem Zufluchtsort, denn wenn du noch einmal über die Schwelle trittst, dann trittst du nicht ins Leere, ins Nichts, sondern in die Schwerkraft deines eigenen Körpers. Wenn du im Fallen den Wind an dir spürst, erlöst dich deine eigene Kraft.

Es war das Meer, das dich im Stich gelassen hat. Das Meer und die anderen. Aber das ist wieder die Vergangenheit. Die Nacht heute soll der Zukunft gehören.

Wir sagen nicht Wattenmeer, wenn wir das Watt meinen. Es gilt zu beachten, dass mit Watt der Untergrund und nicht das Wasser gemeint ist.

Das war noch aus dem Unterricht. Natur und Technik, später dann Biologie, beim Alten. Alles noch parat, nach zwanzig Jahren: Dieser Wattboden ist ein Lebensraum, dessen Lebensbedingungen sich infolge des ständigen Wechsels von Trockenfallen und Überflutetwerden dauernd ändern und der damit an die Anpassungsfähigkeit seiner Bewohner harte Anforderungen stellt.

Harte Anforderungen.

Und das Wort Trockenfallen hast du immer gemocht, auf diese hellgraue Art, mit der du Dinge magst.

Und die Mehrzahl von Watt ist Watten.

Von hier oben aus kannst du die Insel nur ahnen, und die Lichter der Küstenstadt willst du nicht sehen. Du willst von der Nacht die Dunkelheit, weil du Kraft schöpfen musst. Kraft für das, was noch kommen soll, für den nächsten Schritt, den zweiten, den vorletzten, den Mittelteil.

Wer Kopf und Schwanz kriegt, hat kein Glück, am besten ist das Mittelstück.

Was der Alte immer sagte, wenn er den Fisch zerteilte, den sie alle hassten, die sie da zusammen am Tisch saßen.

Und später sagten sie immer: Na, hast du wieder den Schwanz gekriegt? Jeder kriegt den Schwanz, und diesmal warst du es eben. Dein Pech.

Dein Pech.

Dein Meer.

Deine Nacht.

Deine Dunkelheit.

Deine furchtbaren Hände.

14. Kapitel

«Und, was macht der Alte?»

Leslie drehte ihren Rücken zum Wohnzimmer und schob unwillkürlich ihre Hand ein bisschen über die Sprechmuschel, als könnte sie dadurch schalldämpfen, was aus dem Hörer kam. Sie mochte es nicht, wenn Adam so über seinen Vater sprach. Es gab Wörter, die passten nicht zu ihm, und «der Alte» als Bezeichnung für seinen Vater war eins davon. Adam und sie waren seit Ewigkeiten zusammen, weil sie ihn im Grunde für eine zarte Seele hielt.

«Gibt sich Mühe», sagte sie, was eigentlich noch schlimmer klang. «Nein, es läuft alles gut.» Sie sah durch die Verandatür, wie Adams Vater draußen in der nachmittäglichen Dämmerung im kleinen Garten Laub harkte. Dass sie diese Blickachse hatte, von der Küche durchs Wohnzimmer in den Garten eines kleinen Hauses in Finkenwerder, Baujahr 1965, nicht schön, aber ihrs, fand sie immer noch unglaublich. Als wenn sie Urlaub hätten, immer noch, nach einem Jahr. Was ihr langsam Sorgen machte, war nur, dass Adam damit gar nicht mehr aus dem Urlaubsgefühl herauskam: Ständig war er unterwegs, sodass ihr Schwiegervater aushelfen musste, und wenn Adam wieder nach Hause kam, fühlte er sich wie in einem Ferienhaus und benahm sich auch so. Aber Adam ging's gut, er wirkte so zufrieden wie seit dreißig Jahren nicht mehr. Sie kicherte. Das klang absurd.

«Kicherst du gerade?» Aber heute klang er ein bisschen dünner als sonst, eher wie früher.

«Ich habe gerade gedacht, dass du seit Jahren nicht mehr so glücklich warst, und dann habe ich gedacht: seit dreißig Jahren. Klingt doch irre.»

«Stimmt», sagte Adam, «das war 1986, danach ist es eher bergab gegangen. Aber jetzt endlich wieder ein Plateau.»

«Toll», sagte Leslie. «Unsere Ehe, das sind dann also die Mühen der Ebene.»

«Aber mein Haar wird langsam grau», sagte Adam.

«Wegen mir?»

«Nein, das ist aus dem gleichen Gedicht von Brecht wie die Redewendung mit den Mühen der Ebenen. Lass dir das mal von meinem Vater erklären. Schult er euch gar nicht in sozialistischer Lyrik?»

«Hm», sagte Leslie und beobachtete, wie ihr Schwiegervater den Mädchen mit leichtem Kopfschütteln zeigte, wie man eine Harke hielt. Wenn sie die Augen ein bisschen unscharf stellte, sah es aus, als würde Adam als alter Mann im Garten der Zukunft spielen. «Also, er versucht schon, unser Klassenbewusstsein zu schärfen, sozusagen.»

«Das heißt, er agitiert die Mädchen?»

«Nee, er erklärt mir, dass ich, wenn ich mich nicht gegen das Schulsystem auflehne, sondern es als Schulleiterin stütze, dass ich dann dazu beitrage, dass die Bildungsungleichheit in Deutschland zementiert wird und die Arbeiterklasse in Unmündigkeit gehalten wird.»

«Das mit den Mühen der Ebenen kommt vermutlich daher, dass der Alte mühevollerweise immer auf irgendeiner Ebene zu allem Überfluss auch noch recht hat», sagte Adam.

«Bist du sicher, dass du ihn absichtlich verpassen willst? Wann kommst du denn?»

«Ich fahre morgen Abend, wenn ich den Leuten von der Soko hier geholfen habe, mit den Folgen der Pressekonferenz klarzukommen. Spätestens Freitag früh. Nee, ehrlich, wenn er dann schon weg ist, bin ich nicht unglücklich. Gibt doch nur Streit.»

«Ich glaube, für die Mädchen wäre es schön, euch mal zusammen zu sehen.»

«Weil das lustig aussähe? Der alte und der sehr alte Adam?»

«Nee, wegen Familie und so.»

«Hm. Grüß ihn schön von mir.»

«Er wird mich fragen, wie du mit der Arbeit vorankommst.»

«Sag ihm, wir haben große Fortschritte gemacht bei unserem Vorhaben, den Polizeistaat auszubauen und die Bürgerrechte mit Füßen zu treten.»

«Läuft bei dir.»

«Kann ich dich noch was fragen?»

«Na gut.»

«Was für ein Schokoriegel wäre ich, wenn ich ein Schokoriegel wäre?»

«Wie bitte?»

«Das ist eine Metapher für Persönlichkeitsprofile. Schwirrt hier so rum, bei den Kollegen.»

«Und?»

«Wie und?»

«Was sagen die Kollegen, was du für ein Schokoriegel bist?»

«Kitkat.»

«Ich finde, du bist ein knuspriges kleines Hanuta.»

«Okay, Les. Ist das ein Scheidungsgrund oder geh ich in die Mediation? Hanuta.»

«Ich liebe Hanuta.»

«Ich muss Schluss machen. Die Einheimischen kommen mit Fackeln und Mistgabeln.»

15. Kapitel

Auf dem Rückweg von der Arbeit wurde Stephanie Rother das Gefühl nicht los, dass etwas anders war als sonst. Ein Detail nur, aber ein entscheidendes, etwas, das ihr schon heute Morgen aufgefallen war, aber das sie sich den ganzen Tag über nicht hatte erklären können.

Das Gelände der Silventia lag ein Stück außerhalb der Stadt, westlich von Friederikenburg, und sie konnte mitverfolgen, wie die Produktionshallen der Firma in ihrem Rückspiegel kleiner wurden. Die beiden Hallen waren so groß, dass sie, solange man auf der Landstraße fuhr, die Landschaft beherrschten, und es dauerte lange, bis man sich aus ihrem Schatten gelöst hatte. Quader, in denen man eine noch kleinere Stadt als Friederikenburg hätte unterbringen können, nebeneinander an die Küstenlinie gestellt wie das schon vorab gelieferte Gepäck von Außerirdischen, überdimensional, fremd, und an dunkleren Tagen wie diesem unheilvoll.

Sie löste den Blick vom Rückspiegel und sah, wie sich vor ihr der alte Leuchtturm langsam auf seinem Fundament im Watt in ihr Gesichtsfeld schob. Ebbe, und das Watt war noch feucht, sodass der Himmel sich darin spiegelte. Manchmal schien ihr die Welt, in der sie lebte, so flach und grau, dass sie wie ein schwacher Abdruck der Wirklichkeit schien, ein Probe-Abzug.

Und dann fiel ihr ein, was heute anders war, der Fehler, der sie den ganzen Tag beschäftigt hatte: Sie hatten Corinnas Foto aus dem Foyer der Silventia genommen.

An sich kein Wunder, dass ihr das nicht aufgefallen war, denn das Foyer sah jetzt wieder so aus, wie es an Hunderten Tagen zuvor ausgesehen hatte. Indirekt beleuchtet, kühl, mit glänzendem kostbarem Steinboden, der einem ein undeutliches Spiegelbild davon zurückwarf, wie man in der Welt mit den Füßen nach unten hing. Corinnas Foto hatte nur zwei Wochen auf der schwarz lackierten Staffelei neben dem Empfang gestanden, ein Schwarzweißfoto aus der Personalakte, vergrößert, sodass es gerade ein bisschen größer war als das Gesicht der lebenden Corinna, was einen leicht unheimlichen Effekt hatte, als hätte der Tod Corinna aufgebläht. An der oberen rechten Ecke das schwarze Band, ein Kondolenzbuch auf einem Pult daneben.

Sie hatte was reinschreiben wollen, seitdem es da lag, und jeden Tag hatte sie gedacht: Morgen fällt mir was ein.

Und vielleicht wäre ihr morgen was eingefallen.

Wahrscheinlich brauchten sie das Bild für die Trauerfeier im Gemeindezentrum. Würde sie die Kraft haben, da hinzugehen? Corinnas Leiche war noch bei der Gerichtsmedizin, erzählten die Nachbarn, und Stephanie Rother konnte sich gar nicht so richtig vorstellen, was das bedeutete: Corinnas Leiche. Hatte jeder eine Leiche und wusste es nur einfach nicht?

Die Landstraße war schmal hier zwischen den Feldern und dem Küstenstreifen, am Horizont die Windräder im Wasser kaum eine Ahnung, aber sie fand auf ihrer Seite eine Trecker-Einfahrt und hielt dort an. Dann legte sie die Stirn aufs Lenkrad, weil sie das in Filmen so gesehen hatte, und weinte zum ersten Mal um ihre tote Freundin. Sie spürte nicht, wie lange. Als sie den Kopf wieder hob, war es dunkler als eben.

Der Leuchtturm stand dunkelrot in der Abenddämmerung. Wenn sie Corinna schon nichts ins Buch geschrieben hatte, dann würde sie jetzt wenigstens dort von ihr Abschied nehmen, wo sie als Kinder so oft gewesen waren. Als Leuchtturmkinder. Die mit zwölf, dreizehn die Inseln verlassen mussten, weil die Schule hier in Friederikenburg war, und die von Sonntagabend bis Freitag nach der Schule bei Gastfamilien wohnten, so wie sie und Corinna und Imke bei den Brakels. Wenn sie das Wort «Leuchtturmkinder» dachte, waren die Tränen wieder da, als hätten sie nur kurz Kraft geschöpft. Eine Mischung aus Selbstmitleid und Trauer um Corinna. Leuchtturmkinder, weil die Eltern auf der Insel Kellum, die ihre Kinder vermissten, abends am Strand standen und Richtung Friederikenburg schauten und dort zumindest den Leuchtturm sahen, der damals noch in Betrieb war. Und manchmal, wenn sie schreckliches Heimweh hatte, war sie selbst abends zum Leuchtturm gegangen, mit Corinna und Imke oder allein, und hatte in die Dunkelheit Richtung Meer gewunken und sich vorgestellt, ihre Eltern würden genau in diesem Moment den Leuchtturm sehen. Handys hatten sie nicht, Anfang, Mitte der Neunziger.

Als sie ihr Auto auf dem Parkplatz abstellte, den die Polizei erst vor einer Woche wieder geöffnet hatte, wusste sie, dass dies hier auch mit Selbstbestrafung zu tun hatte. Sie war beklommen, ihr graute vor dem Sandweg zum Leuchtturm und zu dem Ort, wo die Kerzen und Bilder von Corinna standen, aus- und umgeweht, und die Blumen, die die Leute von Friederikenburg in den Boden gerammt hatten wie auf dem Friedhof, damit sie nicht wegflogen, dabei war hier nicht Corinnas Grab, sondern der Fundort. Bei sich nannte sie diesen Ort «die

Stelle», und sie fürchtete sich vor der Stelle, aber ihr schien, als müsste sie dort stehen, um sich von Corinna zu verabschieden.

Ein anderes Auto stand auf dem Parkplatz, ein zu sportlicher Audi, der ihr vage bekannt vorkam. Sie klappte ihren Mantelkragen hoch und schlug den Weg zwischen dem Strandhafer hindurch Richtung Leuchtturm ein, durch die Dünenbefestigung, so gewunden, dass man seinen Verlauf vor sich nur ahnen konnte.

Wie immer empfand sie die Nähe des Leuchtturms als schmerzlich und tröstlich zugleich. Sie hatte sich gefreut, als die Silventia vor Jahren die Restaurierung übernommen und eine Leuchtturm-Stiftung gegründet hatte, die aus dem alten Gebäude im Laufe der nächsten Jahre ein Museum machen sollte. Bisher war es bei der Absicht geblieben, aber der Plan und die bereitgestellten Mittel hatten den Leuchtturm vor dem Abriss bewahrt. Andererseits war die Vorstellung, dass der Leuchtturm dann wieder begehbar sein würde und öffentlich, ihr wegen allem, was sie damit verband, gleichzeitig unerträglich.

Im überraschenden Dämmerlicht, das sich durch die Wolken gekämpft hatte, leuchtete die Fassade steinrot auf, und Stephanie Rother erkannte eine ihr vertraute Silhouette. Jemand, der schnellen Schrittes am Leuchtturm vorbeiging und ihr gleich entgegenkommen würde.

Sie hielt inne, als könnte sie sich im Stehen besser erinnern.

Ludger, der Sohn der Brakels, ihr Gastsohn von damals. Und das war der Wagen, den er sich von seinem vielen Silventia-Geld gekauft hatte, als er mit Ende zwanzig endlich den Führerschein gemacht hatte. Oder? Wie immer, wenn sie ihn sah, berührte sie etwas, das sie schlecht beschreiben konnte. Sie dachte an das Geräusch, wie seine Mutter ihn schlug, und dann dachte sie gar nichts mehr. Wegen früher.

Ludger sah sie, blieb stehen, ging weiter, blieb noch einmal stehen, unschlüssig, halb von ihr abgewandt. Er war vielleicht fünfzig Meter entfernt.

«Ludger!», rief sie, ihre Stimme dünn und folgenlos im auflandigen Wind. Aber für ihn Signal genug. Er rannte los, aber nicht über den Weg zur Stelle und zu ihr, sondern mit einem ungelenken kleinen Satz über die kniehohe Holzabsperrung, durch die Dünenschutzzone, querfeldein Richtung Parkplatz. Sie folgte ihm, ohne ihn einzuholen, bis sie wieder vor ihrem Auto stand. Der Türgriff war kalt vom Abendwind.

Jemand, mit dem sie über Corinna hätte reden können, weil er sie auch von früher kannte. Aber jemand, der offenbar nicht mit ihr über Corinna reden wollte. Oder es gab gar keinen Grund, und Ludger war einfach noch seltsamer geworden, als er damals schon gewesen war, mit seinem Computer und seinen Blicken, die auch nicht aufhörten, wenn Corinna, Imke und sie sich über ihn lustig machten, obwohl sie ihn wahnsinnig mochten. Hoffentlich hatte er das immer gewusst. Auch wenn sie ihm nicht hatten helfen können.

Sie fühlte sich so allein wie früher, wenn sie zu dritt am Leuchtturm gestanden hatten, mit dem Unterschied, dass ihre Eltern nicht von der Insel aus nach ihr schauten. Ihre Eltern waren noch auf der Insel, aber ihr Blick ging seit Jahren nach innen.

Und deshalb würde sie jetzt zu Imke fahren. Sie musste mit jemandem reden, der Corinna genauso lange gekannt hatte wie sie. Egal, wie lange sie nicht mit Imke gesprochen hatte: Die Jahre, die sie mit Corinna befreundet gewesen waren, wogen schwerer.

Stephanie Rother putzte sich die Nase, betrachtete ihr aufgequollenes Gesicht einen Moment im Schminkspiegel der Sonnenblende, ohne was daran zu machen, und fuhr dann am nächsten Kreisverkehr einen Ort weiter dahin, wo Imke im Haus ihrer Eltern wohnte. Sie wusste gar nichts über Imke, im Grunde seit zwanzig Jahren nicht, aber sie wusste, dass Imke sich so an Corinna erinnerte wie sie und wie niemand sonst.

Das Fertighaus der Familie Billings stand auf einem Hammergrundstück, von der Straße aus nicht zu sehen. Warum hatten die hier damals eigentlich so eng gebaut? Wenn es hier irgendwas gab, dann doch eigentlich Platz. Aber als die Familie Billings von der Insel hierher gezogen war, um sich um Imke und die medizinische Versorgung zu kümmern, war das Geld wahrscheinlich knapp gewesen. Erst in diesem Moment wurde ihr klar, dass die Familie ihr Haus auf der Insel hatte aufgeben müssen, um sich dieses hier leisten zu können. Damit Imke näher an den Ärzten und Krankenhäusern war.

Stephanie Rother stieg aus und lief am Nachbarhaus vorbei über den Plattenweg zu Imkes Haus, und mit jedem Schritt sank ihr Herz weiter. Ihr war, als stiege sie zurück in ihre Kindheit, aber in eine grausame, verzerrte Version davon, einen Albtraum, in dem zwar alles noch am selben Ort war und sie dieselben Wege gehen konnte, aber alles war kalt, die Farben ausgewaschen, die Luft zu dick zum Atmen, ihre Beine kraftlos und schwer, wo sie ihnen in der Kindheit doch immer nur hatte folgen müssen, die Beine wussten schon, wohin.

Sie wusste, dass sie würde umkehren müssen, sobald

sie stehen blieb. Die Fenster von Imkes Haus schienen über sie hinwegzusehen. An der Tür hing noch immer das gleiche aus Salzteig gebrannte Namensschild wie früher, Imke hatte schon immer eine Leidenschaft für Salzteig gehabt, und ihre Eltern hatten das Schild von der Insel mitgebracht:

Hier leben lieben lachen und streiten
die Billings
Marion, Sören und Imke
mit Hasi und Maunz

Für einen düsteren Moment kam es ihr vor wie eine Abstreichliste: Hasi und Maunz hatten die neunziger Jahre nicht überlebt, das meinte sie noch zu wissen, und waren Imkes Eltern eigentlich noch am Leben? Sie bekam das nicht mehr zusammen.

Stephanie Rother klingelte und fuhr zusammen, als sie den synthetischen Westminster-Gong hörte, plötzlich befreit aus der engsten Kammer ihrer Erinnerung, wie die prähistorische Mücke, die sich gegen jede Plausibilität aus dem Bernstein befreit und davonfliegt.

Man spürte ja immer, ob jemand zu Hause war oder nicht, und sobald das Geräusch verklungen war, glaubte Stephanie Rother sicher, dass die Tür tot bleiben würde. Dann ging sie auf, flott und unfeierlich, und Imke stand vor ihr. Als hätte sie schon die ganze Zeit hinter der Tür gewartet. Ohne Krücken. Imke auf Krücken, das war auch so eine Erinnerung, die sie unbewusst erwartet hatte, die aber sofort keinen Sinn mehr machte, wenn die Gegenwart anders aussah. Die Krücken hatte sie nur als Jugendliche gebraucht. Ansonsten: Imke, wie immer. Sie sah von Nahem viel besser aus als durch die Regale im Supermarkt, wenn Stephanie Rother ihr auswich. Klein, zart, die Haare in einem glatten dunklen Pagenkopf, den sie früher so ähnlich auch gehabt hatte. Sie trug Jeans und Sweatshirt und hatte dicke Wollsocken an, fußkalt waren die Fertighäuser alle hier, und in ihrer Hand dampfte ein Teebecher. Sie lächelte, und plötzlich lächelte sie richtig.

«Mensch, Stephi, ich hab dich gar nicht erkannt», sagte sie und stellte den Teebecher auf das Telefontischchen neben der Tür, das auch von früher von der Insel war. Das Haus hinter ihr sah abgewohnt aus, aber behaglich und wahnsinnig aufgeräumt.

«Hallo, Imke», sagte Stephanie, und ihr schossen die Tränen in die Augen. Imke machte einen Schritt auf sie zu und umarmte sie von unten nach oben, sie war kleiner geblieben als sie, und Imke zu umarmen fühlte sich fremd an, mehr, als hätte man eine Vierzehn-, Fünfzehnjährige im Arm und keine erwachsene Frau. Aber Imke roch wie früher, auch das Haus hatte den ganz charakteristischen Familiengeruch.

«Es tut mir so leid», sagte Stephanie.

«Ich weiß», sagte Imke. «Mit Corinna. Das ist so schrecklich.»

«Alles. Alles tut mir leid.»

«Jetzt komm erst mal rein.»

«Wirklich?»

«Komm, na los.»

«Ich vermisse sie so. Es ist so furchtbar. Und dich vermisse ich, Imke.»

Imke nickte und nahm ihr den Mantel ab. Sie hängte ihn auf einen Bügel und in den Schrank. Stephanie staunte ein wenig. So was gab es bei ihr zu Hause gar nicht, dieses Maß an Organisation. Wenn bei ihnen jemand zu Besuch kam und was aufhängen wollte, musste sie mit einem halben Dutzend Handgriffen die Garderobe umräumen.

«Ich mach gerade Truthahn», sagte Imke und zeigte in die Küche. «Wegen Thanksgiving und so.» In der Spüle lag ein nackter Vogel, auf dem Küchentisch lagen ein aufgeschlagenes Kochbuch und eine Truthahnspritze. «Wie in Amerika. Mir gefällt dieser Gedanke mit dem Dankesagen, weißt du.» Sie klappte die Schranktür zu, und Stephanies Jacke verschwand.

«Wo sind deine Eltern?», fragte sie.

«Vom Trecker überfahren», sagte Imke mit großem Ernst, aber mit einem Tonfall in der Stimme, an den Stephanie sich besser erinnerte als an vieles andere. Der Lieblingswitz ihrer Kindheit, das am meisten geflügelte Wort von allen. Kommt ein Mann zu einem Bauernhof, trifft er nur ein Kind, kann ich mal deinen Vater sprechen, nein, wo ist der denn, vom Trecker überfahren. Und deine Mutter? Auch vom Trecker überfahren. Hast du denn Geschwister? Vom Trecker überfahren. Und deine Großeltern? Vom Trecker überfahren.

«Ach, du Arme», sagte Stephanie Rother. «Und was machst du so allein den ganzen Tag?»

«Trecker fahren», sagte Imke mit der manischen Stimme des Kindes aus ihrem Lieblingswitz.

Stephanie lachte, wodurch ihre Tränen absurd durch die Gegend spritzten, weshalb sie noch mehr lachen musste, und die letzten zwanzig Jahre fielen von ihr ab, und plötzlich schien der Tod von Corinna wie etwas, das immer noch schrecklich und zerbrochen und unheilbar war, aber wenn man es aus einer bestimmten Richtung betrachtete, dann war es, sah man, zumindest nicht unaushaltbar, dann würde es doch Wege geben, damit klarzukommen.

«Also, eigentlich wollte ich den Vogel alleine essen. Das dauert aber noch vier, fünf Stunden. Ich bin ein bisschen spät dran.» Imke hatte immer lange gebraucht, um ihre Pläne in die Tat umzusetzen. «Aber wenn du Zeit hast, iss doch mit mir. Magst du Truthahn?»

Stephanie Rother nickte. Sie wusste es nicht. Die Freundschaft. Wie hatte sie das vergessen können. Dass am Ende eben doch die Freundschaft blieb und stärker war selbst als der Schmerz.

«Das sind auch so Vögel, die nicht fliegen können», sagte Imke. «Die können nur fallen.»

Stephanie biss die Zähne zusammen. Und sie beschloss, Imke alles zu erzählen, was sie in den letzten Wochen und Monaten bedrückt hatte. Nicht nur, dass sie Angst hatte wegen Corinnas Tod. Sondern auch, dass sie wusste, was Corinna in der Firma gemacht hatte. Und dass sie sich fragte, ob dieser Managertyp, mit dem Corinna das Geld umgeschichtet hatte, wusste, dass Corinna sie eingeweiht hatte.

In ihrem Kopf war ein einziger großer Knoten daraus geworden, den sie jetzt, wo Corinna kein Ende des Fadens mehr hielt, nicht mehr entwirren konnte. Aber alles würde einfacher werden, wenn sie es Imke erzählte.

Und wenn sie einmal angefangen hatte zu reden, dann würde vielleicht auch Imke reden. Darüber, was vor zwanzig Jahren passiert war. In ihrer Zeit bei den Brakels, als sie alle drei so traurig gewesen waren und so vom Leben enttäuscht, wie niemand es jemals sein sollte, erst recht nicht mit fünfzehn.

Ja, vielleicht würden sie reden können.

16. Kapitel

In der Nacht vor der Pressekonferenz schlief Danowski schlecht, weil er sich jetzt doch Sorgen machte. Zwar war das hier im engeren Sinne nicht sein Fall, aber alles, was an seinem Ende hatte schiefgehen können, war schiefgegangen: Er hatte die Sonderkommission nicht hundertprozentig von seiner Empfehlung überzeugen können, ihr Vorhaben und eine unausgegorene Theorie waren durchgesickert, zu allem Überfluss eine, die ihm Leuken hatte einflüstern wollen, und zwar viel zu laut. Die Stimmung im Ort war gegen ihn und die Soko und, noch mal einen Schritt zurück: Er wurde offenbar langsam verrückt.

Er fand den Gedanken fast erleichternd. Durch kaum geöffnete Augen suchte er den Raum nach seiner Mutter ab. Er musste irgendeinen Weg finden, sie loszuwerden. Im Hotelsessel war eine dunkle Form, die aber auch das sein konnte, was er am Abend ausgezogen hatte. Er suchte eine bessere Schlafposition und dachte an Corinna Karlsson. Es ging ihm zwar besser, seitdem er die Fälle und ihre Opfer nicht mehr so nahe an sich ranließ. Aber wenn er ehrlich war, fehlte ihm manchmal genau diese Nähe, die ihn früher so fertiggemacht hatte, die Unübersichtlichkeit der Zeugen und Familienangehörigen und Schauplätze und Gegenstände, das Chaos der Menschen und Dinge, das ihn immer wieder gezwungen hatte, mit unscharfem Blick nach einer Struktur zu suchen. Es fehlte ihm, vor der Leiche zu stehen, wo sie jemand gefunden hatte. Jetzt war alles mundgerecht vorbereitet, ausgewählt und zurechtgeschnitten, in Aktenvermerken, Fotos, Laborergebnissen und Diagrammen. Er kannte Corinna Karlsson nicht, und von den anderen Leuchtturmkindern kannte er nur die Namen und die Fotos, die in den Akten auftauchten. Er hatte das Gefühl, dass er deshalb mit einem so großen Instrument angreifen musste wie dem Massen-Gentest: weil er zu weit weg war.

Leuchtturmkinder. Das Wort hatte ihm Sandra Steckmann beim Abendessen erklärt, während ihre eigenen Kinder die Fischstäbchen mit der Gabel zerquetscht und ihn mit geringem Interesse betrachtet hatten. Er mochte das Wort nicht. Es klang nach Kindern, die für immer weg waren, nur noch Lichtstrahlen in der Dunkelheit, die immer wieder verloschen.

Ein Wort, das er auf andere Art nicht mochte, war Spermamenge. Erstens verlas er sich immer, wenn es irgendwo stand. Zweitens erinnerte es ihn daran, dass sich in seinem Beruf jede entscheidende Tathandlung auf eine banale, quantifizierbare Menge Köperflüssigkeit reduzieren ließ. Die Spermamenge, die sie bei Corinna Karlsson gefunden hatten, war relativ gering. Für ihn deutete das auf eine Spontantat hin, eine ungeplante Vergewaltigung, bei der der Täter zu spät daran dachte, keine Spuren hinterlassen zu dürfen. Danowski stöhnte. Zwar vermisste er, wenn er ehrlich war, die Nähe zu den Opfern, aber er hasste es, wie er es schon immer gehasst hatte, im Bett über die Ejakulationspraxis von Gewaltverbrechern nachzudenken. Auf der Kleidung von Corinna Karlsson hatten sie jedenfalls nichts mehr gefunden. Das Betäubungsmittel aber sprach wiederum dafür, dass die Tat geplant war. Außer jemand hatte sowieso Betäubungsmittel aus der Veterinärmedizin zur Hand. Jemand wie der Mann von Sandra Steckmann, der Tierarzt. Was gab es da eigentlich für Verbindungen? Sandra Steckmann war mit Corinna Karlsson auf die gleiche Schule gegangen, aber nur ganz kurz. Sie hatte Abitur gemacht, als die Leuchtturmkinder aufs Gymnasium kamen, konnte sich aber nicht an sie erinnern. Das hatte sie ihm bei ihrem Abendessen erzählt.

Danowski lag auf der Seite und hatte sich die Decke fast ganz vors Gesicht gezogen, um möglichst wenig von der Außenwelt an sich ranzulassen, aber jetzt störten ihn die Hände unter seiner Nase. Sie rochen nach der überwürzten Handseife im Bad, die er nach seiner Ankunft achtlos aufgerissen und seitdem benutzt hatte, obwohl er ihren Geruch nicht mochte. «Ocean Scent», eine seltsame Parodie der Strand-, Watt- und Meergerüche, die es hier direkt vor dem Fenster gab. Wütend warf er die Decke zurück und wollte sich gerade aufsetzen, als er über sich eine dunkle Gestalt wahrnahm.

«Du musst damit aufhören», sagte er.

«Ich wollte nur schauen, ob du schläfst», sagte seine Mutter.

«Nein, ich meine, du musst mich in Ruhe lassen.»

«Das kann ich nicht, Adam. Das hab ich doch viel zu lange getan. Ich hab dich im Stich gelassen.»

«Dann bleib wenigstens in deinem verdammten Sessel», sagte Danowski und dachte: Na toll, jetzt bin ich natürlich hellwach. Und morgen der schwierige Termin mit der Pressekonferenz.

«Noch mal wegen morgen», sagte seine Mutter, nachdem sie eine Weile geschwiegen hatten.

«Du meinst, wegen nachher.» Es war kurz nach drei.

«Morgen ist doch auch die Trauerfeier für Corinna Karlsson.»

«Ja, nachmittags im Gemeindezentrum.»

«Du könntest empfehlen, dass die Trauerfeier fotografiert wird, und zwar verdeckt. In der Annahme, dass der Täter, wie durch die Platzierung der Leiche an einem Weg, die Öffentlichkeit eher sucht, als sie zu scheuen.»

«Du meinst, wenn die Kollegen dann einen Araber mit Krummsäbel auf dem Foto haben, kommt das SEK?»

«Das war eher eine akademische Einschätzung», verteidigte seine Mutter jetzt auch noch Leuken.

«Wenn ich mich richtig erinnere, hast du ein bisschen Soziologie und irgendwas mit Frauen studiert, ohne Abschluss.» Es klang grausamer, als er wollte.

Seine Mutter blieb ungerührt. «Das hier ist eine pragmatische Einschätzung.»

Danowski zögerte. Er merkte, dass er in T-Shirt und einer Schlafanzughose, die seine Frau aus altem Bettzeug genäht hatte, mitten im Zimmer stand und an den Füßen fror.

«Hm.»

«Du könntest ja noch mal die Nacht …»

«… nicht drüber schlafen, genau», sagte Danowski. Dann setzte er sich zu seiner Mutter an den Tisch ins gelbbeige Licht vom Energiesparleuchtmittel in der Stehlampe, die einer von ihnen angemacht hatte. Auch wenn er ein Irrer war: Im Moment war seine Mutter die einzige für ihn verfügbare Gesprächspartnerin.

«Oder ich mach mir selbst ein Bild», sagte Danowski.

Über das Gesicht seiner Mutter huschte ein Lächeln, als wäre ihr der Gedanke auch schon gekommen, aber Danowski hob die Hand, als müsste er seine Idee gegen sie verteidigen. «Ganz ehrlich, mir ist das hier alles zu sehr miteinander verwoben. Kaum verlasse ich die Wache, spricht mich ein Zeuge an, der sowohl das Opfer als auch die ermittelnde Kommissarin kennt, weil beide seine Schülerinnen waren. Und das zieht sich so durch, habe ich den Eindruck.»

«Schließlich ist auch der Gentest durchgesickert», sagte seine Mutter, sachte Brandbeschleuniger in Danowskis nächtliches Feuerchen tröpfelnd. Und dann, geschickt, wie sie offenbar immer gewesen war: «Aber andererseits willst du natürlich nicht in die laufenden Ermittlungen eingreifen.»

«Das darf ich nicht, nein.»

«Also ist dir das zu riskant?»

«Na ja», sagte Danowski, «ich gehe ja nur da hin und schaue mir die Leute an. Wenn ich mich weit genug am Rand halten kann, mache ich ein paar Fotos, aber das wäre ja in dem Sinne keine Ermittlung, sondern lediglich eine Ergänzung des Materials, mit dessen Auswertung ich beauftragt bin. Ich mache mir ein Bild oder Fotos, gleiche das mit den Ermittlungsakten ab, und wenn mir jemand unter den Trauergästen komisch vorkommt, jemand, der keinen offensichtlichen Bezug zur Familie hat, jemand, dessen Anwesenheit mich überrascht, dann bespreche ich das mit Sandra Steckmann.»

«Das wird der Hauptkommissarin nicht gefallen», gab seine Mutter zu bedenken.

«Ich komm gut mit der klar», sagte Danowski, «das verklickere ich ihr dann schon.»

Er stand auf und wandte sich zum Bett, weniger, weil er müde war, mehr, weil er ins Warme wollte. Ohne seine Mutter anzusehen, sagte er: «Was hast du vorhin damit gemeint, als du gesagt hast, du hast mich im Stich gelassen?»

Seine Mutter antwortete nicht, und als er sich nach ihr umdrehte, war sie verschwunden.

17. Kapitel

Der Gemeindesaal war kalt, als hätte jemand aus dem Gemeindebüro vergessen, die Gemeindeheizung rechtzeitig anzumachen. Die Leute aus dem Ort saßen in ihren feuchten Winterjacken auf den Stapelstühlen. Hin und wieder stellten Verwandte oder Kirchenleute eine neue Reihe auf, mit einem untröstlichen Quietschen der Stuhlbeine auf dem Linoleumboden. Danowski setzte sich in die letzte Reihe, aber dann wurden hinter ihm noch weitere Stühle aufgestellt. Vorne das große Foto von Corinna Karlsson, das sie auch in ihren Akten hatten, gerahmt auf einem kleinen Tisch mit Blumenschmuck.

Kein Sarg. An der Leiche arbeiteten die Kollegen noch.

Vorne in der ersten Reihe die Eltern. Er war ein bisschen irritiert, dass er nicht unterscheiden konnte, welches von den beiden älteren Ehepaaren zu Corinna Karlsson gehörte. Von denen waren keine Fotos in den Akten gewesen.

Ein paar Freundinnen dahinter, eine alleine, die anderen drei mit Männern, Kolleginnen oder Nachbarinnen. Danowski nahm sein Notizbuch aus der Tasche. Mit zwei Freundinnen hatte Corinna Karlsson bei einem Ehepaar in Friederikenburg gewohnt, von zwölf oder dreizehn bis etwa sechzehn, siebzehn, als sie in Friederikenburg auf die Schule ging und die Insel Kellum, wo ihre Eltern wohnten, verlassen musste. Die beiden Freundinnen interessierten ihn. Er fand, dass nicht genug über sie in den Ermittlungsakten stand, nur Leere: Sie hatten keinen engen persönlichen Kontakt, sie erzählten wenig Verwertbares über das Leben von Corinna Karlsson, sie hatten keine Vorstellung, wer ihre Jugendfreundin hätte umbringen sollen. Danowski hatte keine engen Freunde gehabt, als er in dem Alter gewesen war, darum hatte er eine vage und vielleicht romantische Vorstellung davon, dass solche Freunde wichtig sein mussten. Dass sie etwas über einen wissen mussten, das später im Leben vielleicht nicht mehr so leicht zu erkennen war.

Dann betrat ein großer, schlanker Mann mit früh ergrauten Locken den Saal, umgeben von einer Aura, die andere entweder vor ihm zurückweichen ließ oder an ihn zog. Hände auf seinem Arm, leicht kreisend auf seinem Rücken, feste, ländliche Händedrücke. Ihm schien die Aufmerksamkeit unangenehm, die zurückweichende wie die zueilende, und Danowski fand ihn gefasst und aufgelöst zugleich, wie Flüssigkeit in einem Gefäß, das jeden Moment überlaufen kann. Er war der Ehemann von Corinna Karlsson, Danowski erkannte ihn von den Fotos aus den Ermittlungsakten. Wasserdichtes Alibi, was schade war. Erstens, weil er jemand war, der jederzeit an Betäubungsmittel hätte kommen können, auch wenn er kein Tier-, sondern Menschenarzt war. Und zweitens, weil Danowski dann gar nicht hätte hier sein müssen.

Er reckte den Hals und kam sich vor wie ein Gaffer. Was anderes war man manchmal nicht als Polizist.

Jetzt sah er Sandra Steckmann, in der Reihe hinter den Freundinnen von Corinna Karlsson. Sie drückte ein paar Hände, und weil die vor ihr Sitzenden sich umdrehen mussten, sah er, dass darunter Imke Billings und Stephanie Rother waren, nebeneinander. Er konnte sie schlecht erkennen, aber er fand, dass sie beschädigt wirkten durch den Tod ihrer alten Freundin, eher kaputt als traurig. Stephanie Rother drehte sich schnell wieder weg, aber Imke Billings schaute noch ein wenig in den Raum. Sie hatte eins dieser kleinen, hübschen Gesichter mit klaren Konturen, die man zu lange anschaute, weil man Angst hatte, an diesem Gesicht etwas zu verpassen oder zu übersehen. Ihre Blicke trafen sich, ihrer mit einer gewissen dunklen Gleichgültigkeit, seiner verlegen und schnell niedergeschlagen.

Wenigstens war seine Mutter nicht da. Offenbar mochte sie es nicht, wenn man ihr Fragen nach der Vergangenheit stellte. Aber wer mochte das schon.

Jetzt hatte ihn Sandra Steckmann gesehen, sie runzelte fragend und durchaus missbilligend die Stirn. Auf der Pressekonferenz hatte sie eine gute Figur gemacht, abgeklärt und kompetent, und selbst sein auf Zweifel geschultes Ohr hatte zwischen keinen Zeilen gehört, dass sie den Beschluss zum Massen-Gentest im Grunde nicht voll unterstützte. Danach hatten sie sich schon annähernd verabschiedet, und ihr Blick sagte jetzt: Was mischst du dich hier ein?

Danowski zuckte mit den Schultern: Ich zeige nur Respekt.

Aber als er sah, wie Imke Billings und Stephanie Rother die Köpfe zusammensteckten, wusste er: Ihn interessierte, was die beiden miteinander zu besprechen hatten. Und ihn interessierte, warum Ludger Brakel als Letzter kam und im Türrahmen stehen blieb, obwohl noch viele Sitzplätze frei waren.

18. Kapitel

Anschließend wusste Danowski nicht so genau, ob ihm die Trauerfeier Hunger auf Kaffee und Teilchen oder auf Döner gemacht hatte. Was anderes fiel ihm nicht ein in Friederikenburg. Mit Hering, Krabben und Bratkartoffeln war er durch.

Also stand er im Verbrauchermarkt in der integrierten Kettenbäckerfiliale und aß eine Streuselschnecke vom Teller und Kaffee aus dem Pappbecher. Für hier und to go zugleich, weniger ein Zeichen von Unentschlossenheit, sondern: besser, sich alle Optionen offenzuhalten.

Er registrierte durchaus, dass er seine Mutter nicht sah, aber er erlaubte sich nicht, darüber nachzugrübeln. Erstens schien ihm ziemlich klar, dass sie verschwand, sobald er unangenehme Fragen aufwarf («Warum hast du mich im Stich gelassen?»), und zweitens war ihm klar, dass jede Manifestation von ihr nur ein externalisiertes Selbstgespräch war, Adam hat Hallus, hätten sie früher in der Schule gesagt, und das schien ihm so banal, dass er sich weigerte, mehr als unbedingt nötig drüber nachzudenken.

Stattdessen ließ er den Fall, der nicht seiner war, noch mal an sich vorüberziehen. Finzi wollte früher immer auf Täter wetten, halbe Punktzahl gab's für Umfeld, Herkunft oder Motiv richtig erraten, ohne den Täter gewusst zu haben. Finzi wollte alles immer interessanter machen, das war eigentlich eine gute Eigenschaft, fand Danowski beim Schneckenverzehr. Streusel auf Hefeteig mit Zuckerguss.

Das Problem war, dass er sich auf seinen Reisen wie ein Kind ernährte. Oder wie jemand, der schleichenden Selbstmord begehen wollte, heimliche Selbstauslöschung durch weißes Mehl, Zucker und Abwesenheit von Ballaststoffen.

Jedenfalls wüsste er, worauf er wetten würde: einen Täter mit technischem Hintergrund. Die ganze Tat hatte so eine gewisse phantasielose Sorgfältigkeit, keine Spuren vom Transport an der Leiche, keine Gewaltspuren außer den sehr begrenzten Würgemalen. Keine Spuren einer Vergewaltigung, sondern erst die Betäubung. Um keine Spuren zu hinterlassen, aber auch, schien ihm, weil man im Verständnis des Täters Dinge nicht unnötig beschädigte, weil man sorgfältig mit ihnen umging. Mit seinem Werkzeug. Corinna Karlsson schien ihm eine Art Werkzeug gewesen zu sein im Verständnis des Täters, ein Mittel zum Zweck. Um etwas zu zeigen oder etwas zu erreichen. Weniger zur Triebbefriedigung. Wenn der Trieb im Vordergrund stand, gab es immer mehr Spuren als nur Würgemale, ein paar Faserspuren und ein Teelöffelchen Sperma.

Er nahm noch einen Schluck Kaffee, als ihn jemand von hinten mit dem Einkaufswagen rammte, sein Stehtisch stand ziemlich weit vorn im Gang. Danowski drehte sich langsam um, den entsprechenden Ausdruck schon im Gesicht und ein «Geht's noch?» auf der Zunge, aber es war Sandra Steckmann, aus Spaß. Ihr Wagen war voll mit dem Zeug für die ganze Familie.

«Na, bisschen Wocheneinkauf in der Mittagspause?», kumpelte Danowski.

Sie nickte, stellte sich zu ihm und zeigte auf den Rest seiner Streuselschnecke. «Ich glaube, ich muss mal wieder für dich kochen.»

«Ich fürchte, den Moment haben wir verpasst», sagte

Danowski, «ich bin ja quasi mit einem Bein schon wieder weg. Kommt drauf an, ob ihr jetzt noch irgendwelche Fragen habt oder ob es Probleme gibt, aber ansonsten fahr ich morgen.»

Steckmann holte sich einen Kaffee, aber im richtigen Becher, für hier, das machte ihn sofort nervös, er fühlte sich eingesperrt, wenn er nicht jederzeit los konnte, sondern warten musste, bis jemand seinen Kaffee ausgetrunken hatte.

«Und?», fragte sie.

«Ich war überrascht, dich bei der Trauerfeier zu sehen.»

«Hm. Gleichfalls.»

«Na ja, so eine Art Abschiedsding. Für mich ein Schlusspunkt, was diesen Auftrag hier angeht. Und bei dir?»

«Na ja, wie gesagt, wir waren auf der gleichen Schule. Und ich gehe zu jeder Trauerfeier, wenn jemand aus Friederikenburg ermordet wird.»

«Ich dachte, das ist seit dem Dreißigjährigen Krieg nicht mehr vorgekommen», sagte Danowski.

«Exakt», sagte Steckmann und trank ihren Latte in großen Zügen, was ihn beruhigte. «Neue Tradition.»

«Wie gut sind denn deine Erinnerungen an Corinna Karlsson?»

«Wie gesagt, ganz, ganz schwach. Corinna war viel jünger. Ich glaube, sie ist zusammen mit den anderen beiden Mädchen von der Insel an die Schule gekommen, als ich im vorletzten Jahr war oder so.»

«Aber du kanntest sie.»

«Ich hätte sie nicht so richtig auf der Straße erkannt, glaube ich. Die drei Mädchen fielen einem auf, weil sie immer zu dritt waren, ich hab ja Kinder schon immer gemocht, die waren irgendwie süß. So ernst. Und die Lehrer haben immer gesagt, dass wir uns um die Leuchtturmkinder kümmern sollen, vor allem, wenn die noch so klein sind, zwölf oder so, weil die Heimweh haben. Eine von ihnen, Imke, hat dann später Kinderlähmung bekommen oder so was und musste von der Schule, aber das war schon nach meiner Zeit.»

«Hm.» Danowski beschäftigte etwas.

«Außerdem kenne ich halt die Brakels, also, die Gasteltern, bei denen Corinna und die anderen damals gewohnt haben. Und aus deren Erzählungen hab ich immer mitbekommen, dass Corinna und die anderen ein gutes Verhältnis zu Ludger hatten, dem Sohn der Brakels. Der hatte als Kind einen Fahrradunfall oder so was und war immer ein bisschen langsam, aber die Mädchen waren wohl sehr nett zu ihm.»

Danowski suchte den Horizont des Verbrauchermarktes nach einer Spur seiner Mutter ab, vergeblich.

«Ich meinte eigentlich auch eher», sagte Steckmann, «‹und› im Sinne von: Und, was glaubst du, wer's war? Nur mal so ganz ins Blaue. Ohne dienstlichen Hintergrund.»

Danowski erzählte ihr, was er sich vorhin gedacht hatte. Über die Sorgfalt und darüber, dass hier jemand Corinna Karlsson behandelt hatte wie ein kostbares Werkzeug. Steckmann leerte ihren Kaffee wie Wasser. Er hatte das Gefühl, um ihre Aufmerksamkeit kämpfen zu müssen, dabei hatte sie ihn doch gefragt.

«Klingt nach einem Ingenieur», sagte sie schließlich. Er registrierte, wie sie auf die Uhr sah.

«Ja», sagte Danowski. «Und ich war eben noch mal auf dem Kommissariat und hab die Unterlagen geordnet, die ihr mir zur Verfügung gestellt habt. Ich sehe, dass Ludger Brakel Ingenieur ist.»

Sandra Steckmann musterte ihn. «Hm. Das wird mir jetzt fast ein bisschen konkret. Ich meinte das eigentlich mehr so allgemein. Und die Ermittlungen sind abgeschlossen, was das angeht. Der nächste Ermittlungsschritt ist der Gentest und seine Auswertung.»

«Beziehungsweise die Reaktion des Täters darauf, genau», sagte Danowski, «ich kenne meinen Text. Aber … ich fand es bemerkenswert, dass sich bei der Trauerfeier ein ganz klares Grüppchen herauskristallisiert hat, mit engem Zusammenhalt. Nicht die Kollegen von Corinna Karlsson, nicht die Nachbarn, nicht ihr Mann und ihre Eltern und deren Freunde, sondern die beiden Frauen, die damals auch Leuchtturmkinder waren, und Ludger Brakel.»

«Die haben doch nicht mal zusammengesessen», sagte Steckmann mit einem Blick auf ihren Wagen.

«Nee, genau», sagte Danowski, «aber die waren trotzdem mehr in Kontakt als die Gruppen, die zusammengesessen haben. Die haben sich angeschaut wie Leute, die eigentlich mal miteinander reden müssen.»

Steckmann sah noch mal auf die Uhr. «Pass auf, ich hab hier Hack im Wagen. Wenn du mir hilfst, den ganzen Kram im Auto zu verstauen, fahren wir gemeinsam zu den Brakels, und du kannst dir die ganze Szene mal anschauen.»

«Na ja, ich bin ja wirklich nicht an den Ermittlungen beteiligt, und du hast …»

«Wir sagen denen, dass wir sie einfach informieren wollen, dass dieser Gentest stattfindet und dass sie sich keine Sorgen machen müssen. Ich erzähl das den Leuten, die ich kenne, sowieso persönlich. Was meinst du, wie viele dieser Gespräche ich hier schon zwischen Kühlregal und Käsetheke geführt hab in der letzten halben Stunde.

Drei oder vier. Und du kannst dir Ludger und die Brakels mal anschauen, damit du nicht mit dem Gefühl aus Friederikenburg wegfährst, dass dir irgendwas unklar geblieben ist. Geschenk des Hauses, sozusagen.»

«Das Alibi, das die haben …»

«… ist das beste oder das schlechteste, das es gibt, wie man will, ja.»

«Alle drei waren zu Hause, zwei bestätigen immer die Angaben des Dritten.»

«Und kein Nachbar hat uns einen Grund gegeben, daran zu zweifeln. Es gibt ja auch keinen Grund, überhaupt in die Richtung zu denken.»

«Was meinst du denn?», fragte Danowski. «Wer's war.»

Steckmann lehnte sich mit ihrem ganzen Gewicht auf den Einkaufswagen und brachte ihn langsam ins Rollen. Den auszupacken würde gut und gern fünf Minuten dauern.

«Selbstmord», sagte sie albern. Danowski bekam das Gefühl, dass sie ihm fast irregulär entgegenkam, weil sie einfach nur dankbar für die Ablenkung war. Ob von ihren eigenen Problemen, von denen er keine Ahnung hatte, oder von einer anderen Spur, von der er noch weniger Ahnung hatte, war ihm nicht klar.

Seine Mutter hätte was dazu zu sagen gehabt, aber von der keine Spur.

19. Kapitel

Als sie in die Straße hinterm Deich einbogen, wo die Brakels wohnten, quietschten die Einweg-Wasserflaschen in ihren Plastikfoliengebinden hinten in Sandra Steckmanns altem Familien-Kombi. Wahnsinn, wie viel Stauraum der Volvo damals hatte, dachte Danowski, da hätte man sich ja reinlegen können.

Ein Audi war gerade dabei, rückwärts eine Einfahrt zu verlassen. Das fand Danowski seltsam idyllisch, der Audi hatte so was Langsames, Tastendes dabei.

«Das ist Ludger», sagte Steckmann und hupte ein bisschen. Als er fast neben ihnen war, kurbelte sie die Scheibe runter und rief ihm ganz nett zu, dass er mal kurz warten und aussteigen solle.

Danowski versuchte, Ludger Brakels Gesicht so gut wie möglich zu sehen in dem Moment, als der Sandra Steckmann erkannte. Insgesamt sehr blond und hell, ein bisschen weich, ausdruckslos, aber nicht auf eine beunruhigende oder interessante Weise, eher wie jemand, der mit Gesichtsausdrücken sparsam umgeht, weil er nicht so viele davon zur Verfügung hat. Ludger nickte, als wäre es nicht einfach nur eine Bitte, zu warten, sondern eine beschlossene Sache, über die sie lange beraten und für die sie sich schließlich alle gemeinsam entschieden hatten. Beim Zurücksetzen kam er nicht weit, weil die Einfahrt voller zusammengeklappter Holzbänke und Tische stand, an deren Abdeckplanen der Wind pulte, sodass ein an- und abschwellendes Knistern in der Luft lag. Bierzeltgarnituren.

Das Wort kannte er aus dem Baumarkt, im Spätsommer waren die Sonderverkaufsflächen voll davon gewesen. Die Garage der Brakels stand offen, beneidenswert aufgeräumt, zwei E-Bikes, Bootszubehör, hier hatte wahrscheinlich jeder irgendwo einen Kahn liegen, und an der Wand lehnte eine galgenartige Metallkonstruktion mit Rollen und Schnüren, oder nannte man das schon Taue, was zum Segeln oder ein Flaschenzug. Danowski verstand wenig von Technik, aber genug, um das als Defizit zu empfinden.

Ludger stieg aus, sie auch, und als Steckmann sie einander vorstellte, gab er ihnen die Hand, weich und gar nicht fest für einen Techniker.

«Ich muss gleich zur Schicht», sagte er, ein bisschen beunruhigt. Es schien ihm nicht zu gefallen, wenn feste Abläufe durcheinandergerieten. «Achtzehn Uhr geht's los. Ich bin immer gern ein bisschen früher da. Ich muss mich ja auch noch umziehen. Meine Sachen sind da im Spind.»

«Ja, klar», sagte Steckmann, «wir wollten nur noch mal ganz kurz mit dir reden. Ist dein Vater da? Das betrifft euch beide.»

«Ist was passiert?»

«Nein, im Gegenteil.»

Danowski nickte zustimmend und sah über Ludgers Schulter, die in seiner Perspektive mit dem Deich abschloss, dahinter das einlaufende Wasser. Was war eigentlich das Gegenteil von «Was passiert»? Nichts passiert oder was ungeschehen gemacht?

Sandra Steckmann zeigte auf die Bierzeltgarnituren. «Festvorbereitungen?»

«Meine Mutter ist doch im Komitee für das Wattfest», sagte Ludger. «Die Garnituren sind schon geliefert worden von den Leuten in Bremerhaven, aber bei der Freiwilligen

Feuerwehr war keiner, um die Garage aufzuschließen, darum stehen die jetzt erst mal bei uns.» Er klang dankbar, was erklären zu können. «Es soll ja diesmal auch ein Festzelt geben. Bei den Parkplätzen. Also, zusätzlich zu den Buden in der Fußgängerzone. Weil da immer so ein Gedrängel ist.»

Jetzt verstand Danowski die roten Holzbauteile mit den weißen Fensterrahmen und Dachfirsten, deren Aufbau er in der Fußgängerzone beobachtet hatte. Offenbar feierten die Friederikenburger ihr Wattfest jetzt im November in Weihnachtsmarktbuden, die dann, wenn die Adventszeit losging, in Bremer-, Wilhelms- oder Sonstwohaven gebraucht wurden, wo richtig gefeiert wurde. Es tat ihm fast leid.

«Wattfest», sagte Steckmann. «Das wird ja wieder ein Riesenspaß.»

Danowski räusperte sich, ohne es wirklich zu wollen. Steckmann warf ihm einen Blick zu: Nun man nicht so eilig.

«Wir haben doch diesen Test angekündigt», sagte sie. «Den DNA-Test.»

«Angeordnet», korrigierte Ludger, aber nicht böswillig. «Ihr habt den angeordnet. Also, und angekündigt. Stimmt.»

«Ja, ich wollte euch das nur noch mal persönlich sagen, deinem Vater und dir. Damit ihr euch keine Gedanken macht. Hast du irgendwelche Fragen dazu?»

Ludger wendete seinen Autoschlüssel in den Händen, die Finger ruhig. Danowski sah, dass er tatsächlich versuchte, eine Frage zu formulieren.

«Schöne Trauerfeier heute, oder?», sagte er, um Ludger Brakels Gedankengang zu unterbrechen. Er versprach sich mehr davon, Ludger auf dem falschen Fuß zu erwischen. Ludger Brakel blickte irritiert.

«Finde ich nicht», sagte er. «Ich fand's traurig.»

Danowski nickte. «Haben Sie denn eigentlich noch Kontakt zu den beiden anderen Mädchen von damals? Stephanie und Imke?»

«Das sind ja Frauen inzwischen», sagte Ludger Brakel. «Das sind nicht mehr die gleichen Menschen. Also, keine Mädchen mehr.»

«Das stimmt», sagte Danowski.

«Nein, eigentlich nicht.» Dann, nach einer Pause: «Zu Imke ein bisschen. Man redet mal, wenn man sich sieht. Stephanie habe ich neulich am Leuchtturm gesehen, aber ich habe nicht mit ihr gesprochen.» Er lächelte ein bisschen, entschuldigend. «Ich hab so getan, als würde ich sie nicht sehen.»

«Warum?», fragte Danowski.

«Ist mir alles zu traurig gerade», sagte Ludger. Danowski fand, dass es dazu nicht viel zu sagen gab, denn es stimmte ja. Ludger Brakel aber war offenbar so weit mit seiner Frage, und gerade als er damit anfangen wollte, ging die Tür auf, und eine ältere, etwas hüftsteife Frau in Funktionskleidung wie für einen Deichspaziergang kam auf die Vortreppe.

«Moin, Sandra», sagte sie. «Was ist denn hier los?»

Sandra Steckmann straffte sich, und Danowski erkannte die Körperhaltung: Schülerin trifft Lehrerin, nicht rauszukriegen, auch nach zwanzig, dreißig Jahren nicht.

«Moin, Frau Brakel», sagte Steckmann. «Wir wollten Ludger und Ihrem Mann noch mal kurz ein paar Fragen beantworten zum DNA-Test.» Sie räusperte sich, und Danowski erwartete fast, dass sie jetzt anfangen würde, mit den Füßen im Auffahrtkies zu scharren. «Ich wollte das nicht so unkommentiert lassen, meine ich. Ist ja klar, dass Sie das aus den Nachrichten erfahren und so, aber … wir kennen uns schon so lange.»

Frau Brakel nickte, ohne von Danowski Notiz zu nehmen. Die Ungezogenheit der Alten, denen die Welt ihre ungeteilte Aufmerksamkeit schuldete, aber nicht umgekehrt.

«Du musst zur Arbeit, Ludger», sagte sie. «Oder hast du noch Fragen?»

Ludger Brakel nickte langsam. «Woher wisst ihr, dass die Wattestäbchen nicht wieder vorher verunreinigt worden sind in dem Labor, wo die hergestellt werden? Da gab es doch mal so einen Fall, und ihr habt im ganzen Land gefahndet, weil an allen Tatorten DNA-Spuren von der gleichen Frau gefunden wurden. Aber später hat die dann nur in dem Labor gearbeitet und nicht aufgepasst.»

«Ja», sagte Sandra Steckmann. «Das ist in Süddeutschland passiert, und seitdem sind die Bestimmungen geändert worden. Das heißt, es gibt seitdem viel strengere Vorsichtsmaßnahmen.»

«Aber es ist kein eindeutiges Verfahren», sagte Ludger Brakel. «Ihr könnt einen Fehler nicht ausschließen.»

«Nein», sagte Steckmann.

Vom Meer wehte Stille rüber, die Oberfläche des Flutwassers lag unbewegt.

«Na, das ist ja nicht sehr beruhigend», sagte Mutter Brakel, mit diesem geschickten zweilagigen Ton, den auch manche von Danowskis Lehrern draufgehabt hatten: obenhin scherzhaft und leicht, aber drunter mit einer gewissen Aggression.

«Kommt drauf an, für wen», hörte Danowski sich sagen.

Wieder im Auto, ließ Steckmann gezielt die Luft aus sich entweichen, bevor sie den Motor anwarf.

«Das ist eine alte Hexe», sagte sie.

Sieh an, dachte Danowski.

«Aber eine erstklassige Lehrerin. Ist ja meistens so. Von den Strengsten lernt man am meisten.»

Er fand es umgekehrt, sagte aber nichts.

«Und was sagt dir Ludger Brakel über Corinna Karlsson?», fragte sie, als sie Richtung Landstraße blinkte. Danowski fand die flache, zurückhaltende Atmosphäre langsam anstrengend und merkte, wie er versuchte, das möglichst ehrlich und neutral zu beantworten.

«Er wirkte traurig auf mich», sagte er, «und nicht wie jemand, der gut schauspielert.»

Steckmann nickte, als wäre sie mit ihren Gedanken woanders. «Trotzdem noch zu Stephanie Rother oder Imke Billings?»

«Wenn's auf dem Weg liegt», sagte Danowski. Aber die Straßen hier waren so gerade und die Ortsteile so verstreut, und der Deich begrenzte die Welt auf eine Weise, dass, ahnte er, alles immer auf dem Weg lag oder nichts.

An der Tür von Imke Billings nahm er erst mal nur das Schild aus Salzteig wahr. Sein Blick glitt über die Namen, denn die Form beschäftigte ihn mehr, ein stilisiertes Haus mit Spitzdach und putzig schiefem Schornstein, in leichtem Relief ein Gartenzaun und ein Apfelbaum. Nichts davon war hier zu sehen am oder vorm Fertighaus, in dem Imke Billings wohnte. Steckmann sah seinen Blick.

«Wir haben als Kinder auch immer Salzteig gebastelt», sagte sie. «Die Abende sind lang auf dem Land.»

Danowski wiegte den Kopf. Fand er eigentlich nicht. Die

Abende waren immer nur lang, wenn man ein schlechtes Gewissen hatte oder etwas bereute. Ansonsten waren sie immer gleich kurz.

Imke Billings mit dem dunklen Pagenkopf und dem kleinen, aber festen Händedruck, mit dem sie ihn geradezu ins Haus zog. Die schien sich über Besuch zu freuen. Was hatten sie hier eigentlich für einen Grund für ihren Besuch? Wie würde Steckmann erklären beziehungsweise verschleiern, dass Danowski einfach mal gucken wollte?

«Erinnerst du dich an mich?», fragte sie, während sie in der Diele standen, Zweck und Dauer ihres Aufenthaltes noch unklar.

«Dunkel», sagte Imke Billings und lächelte. «Du hast Abi gemacht, als wir in der siebten waren, glaube ich. So viele wart ihr ja nicht. Vor allem nicht so viele, die zur Polizei wollten. Das fanden wir natürlich interessant.»

Danowski sah über ihre Schulter in die Küche. Bei Ludger war sein Blick über dessen Schulter ins Weite gegangen, und Danowski hatte nichts gesehen, bei Imke Billings ging er in eine kleine Einbauküche, und er sah den ganzen Tisch voll geheimnisvoller Gegenstände: blasse Formen, Tiegel, Paletten und Instrumente. Für einen Moment dachte er an Molekularküche oder so was.

«Wen meinst du mit wir?», fragte Sandra Steckmann, offenbar Danowski zuliebe.

«Na ja, Stephanie und Corinna und ich.» Danowski hätte erwartet, dass sie den Blick niederschlagen würde, wenn sie Corinna sagte, denn das taten immer alle: weggucken, wenn es traurig wurde. Aber Imke Billings sah ganz gerade zu Sandra Steckmann und suchte dann Danowskis Blick.

«Mein Kollege Danowski und ich wollten mal fragen …»

Steckmann wirkte fast verlegen. Um sich zusammenzureißen, schien Danowski, sah sie verstohlen auf ihr Handy. «Also, wie's dir so geht. Heute war ja die Trauerfeier für Corinna Karlsson. Und ob dir noch was eingefallen ist.»

Danowski machte ein konstruktives Gesicht, obwohl es ihm schwerfiel. Die leere und enge Atmosphäre im Fertighaus drückte ihm aufs Gemüt. Jetzt erkannte er auch, woran Imke Billings in der Küche arbeitete: Auf Zeitungspapier lagen Dutzende von Salzteigformen, offenbar gerade fertig getrocknet, und dazwischen Farben, Pinsel und Farbspritzen, um alles zu bemalen.

Imke Billings war seinem Blick gefolgt. Sie gab den Weg frei und zeigte in die Küche. Als er an ihr vorbeiging, roch sie nach jemandes Vorstellung von Sommerwiesen.

«Ich mache immer Salzteig fürs Wattfest», sagte sie, dankbar vielleicht, dass sie auf Steckmanns Frage nicht antworten musste. «Die Leute können bei mir bestellen, wenn sie möchten. Oder ich schreib die Namen vor Ort rein.»

Über Kopf las Danowski das immer gleiche Klingelschild-Mantra, gekoppelt mit verschiedenen Namen und der Vision eines einfachen, kindlich geformten Hauses:

Hier leben lieben lachen und streiten …

«Salzteig», sagte er hilflos.

«Wird sehr unterschätzt», sagte Imke Billings. «Das ist eines der ältesten, einfachsten und am vielseitigsten formbaren Materialien, die es überhaupt gibt. Alles, was Sie dafür brauchen, haben Sie bestimmt auch im Haus.»

«Davon bin ich überzeugt», sagte Danowski.

Seine Mutter stand vom Küchentisch auf, um Imke Billings Platz zu machen, die sich wieder hinsetzte mit einer entschuldigenden Handbewegung: Ihr seht ja, dass ich hier alle Hände voll zu tun habe.

«Weißt du, was die wichtigsten Entwicklungsstufen der Menschheit waren?», fragte ihn seine Mutter. Danowski ignorierte sie, aber wenn er ehrlich war, war er seltsam erleichtert, sie zu sehen. Die letzten Stunden waren einsam gewesen. Noch nie hatte er sie so viel und so lange gesehen wie hier an der Küste. Er biss die Zähne zusammen, weil es ihm so gut gefiel und weil er zu ahnen begann, dass es der wahre Grund war, warum er es nicht eilig hatte, hier wegzukommen. Irgendwie wohnte seine Mutter hier.

«Werkzeuge, Sprache und die Fähigkeit, Feuer zu kontrollieren», sagte seine Mutter, als bestätigte sie, was er ihr geantwortet hatte. «Aber wenn du dir die neue Forschung anschaust, dann war der Einzug des *homo sapiens* in befestigte Wohnungen mindestens genauso wichtig. Du musst dich mal mit den aktuellen Sachen aus der Neuroanthropologie beschäftigen.»

Danowski nickte. Das kam ihm bekannt vor.

«Jedenfalls boten die ersten Häuser nicht nur Schutz vor den Elementen und vor Raubtieren, sondern Räume, in denen komplexere soziale Interaktionen stattfinden konnten. Ohne Haus gibt es keine Familie und ohne Familie kein Zuhause.»

Danowski merkte, dass er den letzten Satz laut gesprochen hatte. Steckmann runzelte die Stirn. Imke Billings nickte und fuhr fort, über Salzteig zu reden, aber seine Mutter sprach einfach weiter, mit lauterer Stimme, wie sie es vor über dreißig Jahren schon bei seinem Vater nachts in der Küche gemacht hatte.

«Außerdem haben Häuser die Menschen überhaupt erst in Ruhe und für mehrere Stunden am Stück schlafen lassen, und ohne diesen Zuwachs an Schlaf hätte das menschliche Gehirn sich niemals in dem Maße entwickeln können, wie es sich dann entwickelt hat.»

Imke Billings nickte, ein wenig erstaunt, aber es war ja wahr. Was seine Mutter gesagt hatte. Oder er. Danowski räusperte sich. «Indem Häuser uns eine völlig vorhersehbare, relativ reizarme Umgebung bieten, erlauben sie uns, unsere mentalen Fähigkeiten besser einzusetzen. Nur in einem Haus können wir wirklich über die Welt nachdenken», sagte er.

«Du kennst dich ja aus», sagte Sandra Steckmann, leicht alarmiert. Danowski zeigte auf die Salzteigschilder mit den Häuschen, um seinen Punkt zu illustrieren.

«Manchmal hab ich schon Angst», sagte Imke Billings, wieder Anschluss an Steckmanns Frage von vorhin findend. «Also, dass da draußen jemand ist, der sich noch andere sucht. Andere Frauen. So wie Corinna. Und ich bin ja hier alleine. Und so sicher sind die Häuser nun auch wieder nicht. Wenn man allein darin ist.»

Danowski sah zum Fenster, das sich in seinem Augenwinkel bewegt hatte. Er merkte, dass der Wind aufgefrischt hatte und dass Böen gegen die Scheibe drückten.

«Gut, dass die Häuser hohl sind», sagte er. Seine Mutter lächelte. Der Spruch war von ihr.

«Okay», sagte er, denn er wollte an die frische Luft. «Aber die Kollegen hier vor Ort haben das natürlich alles im Auge. Viel Glück beim Salzteigverkauf.» Das Wort wurde immer größer und zäher in seinem Mund, wie was Unattraktives, auf dem man zu lange gekaut hat.

Steckmann folgte ihm in den Flur. Danowski wartete einen Moment mit der bronzefarbenen Klinke in der Hand, aber seine Mutter steckte nur kurz den Kopf aus der Küche.

«Ich bleib noch ein bisschen», sagte sie, und er fand, dass sie hohl klang. Wie vor der Auflösung. Es gefiel ihm nicht, aber die kalte, schnelle Luft draußen vorm Auto tat ihm gut.

«Alles gut?», fragte Sandra Steckmann.

Nein, dachte Danowski. Ich seh meine tote Mutter und weiß nicht, ob ich das will, denn eigentlich will ich es nicht, aber es gefällt mir, und ich hasse Salzteig. Und hier ist alles Salzteig, auf eine Art, die ich nicht verstehe.

«Klar», sagte er.

«Und, jetzt noch zur Dritten im Bunde? Zu Stephanie Rother? Die wohnt mit ihrem krebskranken Hund am anderen Ende der Marsch.»

«Krebskranker Hund. Meine Güte.»

«Weiß ich nur, weil sie vorigen Monat ein paarmal nicht da war, als wir mit ihr reden wollten. Viel beim Tierarzt. Aber nicht bei meinem Mann, die fährt bis nach Bremen.»

Danowski rieb sich das Kinn. Er hatte kaum je einen unattraktiveren Satz gehört als «Die wohnt mit ihrem krebskranken Hund am anderen Ende der Marsch», und hinzu kam, dass er merkte: Seine Mutter würde nicht mitkommen, und ohne sie interessierte ihn das nicht so besonders.

«Nee, lass mal», sagte er. «Ich glaub, ich hab genug gesehen.»

Sie setzte ihn auf dem Supermarktparkplatz ab, denn er sagte, er hätte noch viel zu tun. Als sie außer Sichtweite war, aß er sehr langsam ein Grillhähnchen von einem Anhänger, neben dem schon ein Areal abgetrennt war, das verdammt nach Weihnachtsbaumverkauf in ein, zwei Wochen aussah oder nach Wattfest. Danowski kaufte ein paar Geschenke für die Mädchen im Verbrauchermarkt, Schokolade für Leslie, und dann fuhr er ins Hotel und packte seine Sachen, was etwa zehn Minuten dauerte, weil er sich langsam bewegte. Dann saß er den Rest des Abends im dunklen Zimmer und wartete.

20. Kapitel

Am nächsten Morgen brauchte Ludger länger als sonst, um seine Tasche zu packen. Silke Brakel stand im Flur und wartete mit seinen Broten, wütend, aber unbeweglich. Sie hätte seine Tür aufreißen und sie ihm aufs Bett werfen können, aber sie respektierte seine Privatsphäre. Dass man so viele Jahre unter einem Dach lebte, ging nur, wenn man Grenzen beachtete. Grenzen waren ihr immer wichtig gewesen. Je mehr man überschritt, desto besser lernte man ihren Wert kennen.

«Lass doch den Jungen», sagte Wulf, den Kopf zaghaft aus der Küchentür geschoben.

«Lass doch den Jungen», äffte sie ihn halblaut nach, eine unwiderstehliche Angewohnheit. «Der Junge kommt zu spät», sagte sie lauter.

«Lass ihn doch», sagte Wulf noch einmal und zog den Kopf wieder zurück, bevor sie antworten konnte. Vor ihrem inneren Auge sah sie, wie er jetzt mit ängstlich gesenktem Kopf wieder am Frühstückstisch in der Küche saß und sein Brot kaute.

Sie atmete tief durch und klopfte an die Tür. Zweimal lang, dreimal kurz, ihr altes Zeichen aus der Zeit, als Ludger noch ein richtiges Kind gewesen war. Damit er niemanden reinließ, nur sie.

Er machte auf und verdeckte den Blick in sein Zimmer mit seinem ausgewachsenen Männerkörper, an den sie sich seit Jahren jedes Mal aufs Neue gewöhnen musste. Er musterte sie wortlos. An den Tagen, nachdem sie, wie sie es für sich selber nannte, in die Strenge geraten war, sprach er nur das Nötigste mit ihr. Sie lächelte und gab ihm das Paket mit Broten. Zweimal junger Gouda, einmal Salami, aber Vollkorn, das Gleiche wie immer. Es war wichtig, so was nicht zu verändern.

«Danke», sagte er. Gut, er war also dabei, sich wieder einzukriegen. Die Zeit, das wusste sie bestimmt, war das Einzige, worauf immer Verlass war.

In der Küche war sie mit zwei schnellen Schritten bei Wulf. Ihr Mann hielt inne, das angebissene Marmeladenbrot in der Hand, Stachelbeere aus diesem Sommer, er hörte auf zu kauen und hob die Schultern, als wäre das auf der menschlichen Evolutionsstufe jemals ein Schutz gewesen.

Sie stützte sich mit einer Hand auf dem Tisch ab und legte ihm die andere auf die Schulter, als wollte sie ihm etwas ins Ohr flüstern. Dann sagte sie in normaler Lautstärke, sodass er zusammenzuckte, ihr aber niemals hätte vorwerfen können, sie hätte ihn angeschrien: «Warum willst du mit Sandra reden?»

Er kaute weiter, wahrscheinlich wollte er Zeit gewinnen.

«War sie hier?», fragte er schließlich, ohne aufzusehen.

«O ja. Gestern noch mal.»

«Mir ist was eingefallen.»

«Nein.»

«Wir haben doch noch … Bei uns sind noch ganz viele Sachen von Corinna. Die sie nie abgeholt hat.»

«Sachen von Corinna? Wovon redest du, du alter Schwachkopf?»

Auf ihrer Zunge fühlte sich das an wie eine salzige Süßigkeit, ihn so zu nennen, wie salzige Lakritzheringe, etwas, das angenehm juckte. Er richtete sich ein bisschen mehr auf, als sie ihn so nannte, das stand ihm besser, und sie sagte sich, dass sie ihn vielleicht nur deshalb so genannt hatte, damit er seine Haltung verbesserte.

«Eine ganze Kiste», sagte Wulf. «Mit Briefen, die ihre Eltern ihr von der Insel geschrieben haben, und ihren Tagebüchern und so was. Sie ist doch damals nach dem Abi gleich nach England gegangen, und bei ihren Eltern war so wenig Platz …»

«Was soll die Polizei mit altem Zeug von einem Teenager aus den neunziger Jahren?»

Er kaute und nahm sich sogar die Freiheit, noch einmal abzubeißen. Dann sagte er mit vollem Mund: «Iff weiff eff nifft.» Er schluckte. «Warum sollen wir denn noch Sachen von Corinna hier im Haus haben, und ihren Eltern können wir das jetzt auch nicht … also, denen kann man das ja auch schlecht wiedergeben. Obwohl, die freuen sich vielleicht. Also, freuen. Aber es ist auch unangenehm, dass wir uns deswegen so lange nicht gemeldet haben.»

Ihre Hand auf seiner Schulter verkrampfte sich. Dann sagte sie mit sanfter Stimme: «Am besten, du rufst deine alte Freundin Sandra noch mal an und sagst ihr, du hast … sag ihr irgendwas, was alte Männer eben sagen. Sag ihr, du hast von Corinna geträumt, oder du hast einen Fremden auf dem Parkplatz gesehen, oder sag ihr irgendwas. Und vorher …» Und jetzt senkte sie wirklich die Stimme: «Vorher machst du im Garten ein schönes großes Laubfeuer, aber nicht nur mit Laub, verstehst du.»

Wulf nickte. «Laubfeuer», sagte er. «Mit den Sachen von Corinna.»

Sie seufzte.

In diesem Moment schlug hinter ihnen die Haustür zu,

viel lauter als sonst. Ludger war keiner, der mit Türen knallte. Silke Brakel straffte sich und ging zum Fenster, um ihm einen ärgerlichen Blick nachzuwerfen. Keine Türspiele, das hatte sie immer gesagt, schon, als die Leuchtturmkinder noch bei ihnen gewohnt hatten. Und: Was kann denn die Tür dafür.

Sie sah, dass er seine Sporttasche und einen großen Rucksack dabeihatte, den sie nicht kannte, was eigentlich nicht sein konnte, und wie er beide Gepäckstücke in den Kofferraum seines Audis warf. Als er die Heckklappe zuknallte, warf er übers Dach einen Blick aufs Haus, der am Fenster abglitt, bevor er sie erreichte.

Sport war doch montags.

Langsamer, als sie eigentlich vorgehabt hatte, ging sie durch den Flur zu Ludgers Zimmer. Sie öffnete die Tür und dann den Schrank. Das, was er gern anzog, war fort.

Ihr Blick fiel auf den Schubladenschrank unter dem Schreibtisch, etwas, das er sich damals, vor zwanzig, fünfundzwanzig Jahren, ganz dringend gewünscht hatte. «Dann musst du aber auch die Schubladen beschriften», hatte sie ihm gesagt. «Mit dem, was da drin ist.» Er mochte Aufgaben, wenn er sie erfüllen konnte. Er war in seinem Zimmer verschwunden, und lange hatte sie nichts von ihm gehört. Als sie nach ihm sah, schrieb er, langsam und sorgfältig, auf die kleinen Pappschilder, die man in die entsprechenden Sichtfenster der Schubladen schieben konnte: «Alle Schulsachen sind hier.» «Alle Fußballkarten sind hier.» «Alles, was ich am Strand gefunden habe, ist hier.» Irgendwas war heiß in sie geschossen, und sie hatte nicht mehr gucken können. «Es reicht doch, wenn du Fußballkarten und Fundsachen schreibst», hatte sie gesagt und ihre eigene Stimme kaum erkannt. Er hatte sie angesehen, als hätte er sie verstanden, aber sie sah den Zweifel und die Ratlosigkeit in seinen Augen.

«Wulf», schrie sie zur Küche. «Wo ist diese Kiste?»

Sie hörte, wie der Küchenstuhl nach hinten geschoben wurde, als müsste er aufstehen, um ihr antworten zu können.

«Wo ist diese Kiste mit den Sachen von Corinna?»

Wulf stand im Flur und knetete seine Serviette.

«Die wollte Ludger sich mal anschauen», sagte er, viel Niederlage in der Stimme, «ich hab ihm davon erzählt.»

Sie schnaubte. So viel Dummheit in einem Mann, der mal anderen die Welt hatte erklären sollen – es war kaum auszuhalten. Sie trat in Ludgers schmales, aufgeräumtes Zimmer, zerrte den Schreibtischstuhl hervor und bückte sich unter den Tisch. Da war eine Kiste.

«Da ist sie doch», sagte Wulf, der ihr gefolgt war, beschwichtigend, als würde jetzt alles gut.

Silke Brakel zog die Kiste unter dem Tisch hervor, und schon an ihrer Form, spätestens aber, als sie anfing, sie zu bewegen, merkte sie, dass sie leer war.

21. Kapitel

Durch die Autoscheibe hatte Danowski einen Blick auf die Felder, den tiefen Himmel, die flachen Bäume, unter denen das rote, gelbe oder braune Herbstlaub lag, als hätten sie es vor Schreck verloren. Es sollte Sturm geben, aber er hielt das für ein leeres Versprechen.

Vorsichtig stellte er den Porzellanbecher mit Druckpumpenkaffee aus dem Hotel in den Halter unterm Armaturenbrett und rief seinen Chef an. Er hatte sich extra ins Auto auf dem Parkplatz vorm Hotel gesetzt, damit er nicht verpasste, falls seine Mutter doch noch ins Hotel kam.

Im nächsten Moment merkte er, wie irre das war. Aber es ging ja niemanden etwas an. Die Gedanken waren frei und so weiter. Es war kurz nach acht Uhr morgens, die Dunkelheit verlor gerade überaus knapp gegen die letzten Reserven des Tageslichts, und er wollte die Zeit nutzen, bis er sich um halb neun endgültig vom Hotel verabschieden musste.

«Ahrens.»

«Klaus, hier ist Adam.»

«Live von der Nordseeküste. Ist ja nett, dass du dich meldest.» Sein Chef schien ehrlich erfreut, und Danowski merkte, dass er sich immer noch nicht ganz an die kollegiale OFA-Freundlichkeit gewöhnt hatte.

«Danke für deine Mail», sagte Danowski, denn Ahrens hatte zustimmend und unterstützend auf seinen Bericht reagiert, nachdem er ihn auch nach Hamburg geschickt hatte. Und gestern hatte Danowski ihm außerdem kurz in einer Nachricht von der Pressekonferenz erzählt: Alles relativ undramatisch, nur der Redakteur von der Lokalzeitung hatte ein bisschen genervt, und ihn hatte gestört, für ein NDR-Team aus Wilhelmshaven und für Radio Bremen in die Kamera sprechen zu müssen, aber bis in die Landeshauptstadt oder geschweige denn Hamburg war das Interesse gar nicht gegangen. Obwohl das Landeskriminalamt Niedersachsen die ersten Ressourcen bereits zur Verfügung gestellt hatte und heute mit der Einrichtung der ersten Testpunkte in der Volkshochschule, dem Gemeindezentrum und auf der Polizeiwache begonnen werden sollte. Danowski hatte damit gerechnet, dass das für größere Kontroversen sorgen würde, aber dann wurde ihm klar: Nein, im Gegenteil, es war eine Art PR-Erfolg, und die Leute waren gar nicht so undankbar, weil es so aussah, als würde die Polizei endlich was tun.

«Klar», sagte Ahrens und wiederholte noch mal, was er so ungefähr schon geschrieben hatte: «So ein Massentest ist natürlich eine große Harke, aber in dem Fall eine saubere und schlüssige Empfehlung. Hoffentlich bringt er jetzt auch was. Aber hast du gut gemacht.»

Danowski nickte. «Ehrlich gesagt, ja, also … deshalb rufe ich auch an, so ein bisschen. Auf 'ne Art.»

Er merkte, dass Klaus Ahrens jetzt erst mal abwartete. Er beschloss, einfach alles rauszulassen. Ein Parkplatztelefonat lud nicht dazu ein, mit diplomatischem Fingerspitzengefühl geführt zu werden, dafür war es zu kalt im Auto und der Ausblick zu trübe.

«Ich glaube, es wäre ganz gut, wenn ich noch eine Weile in Friederikenburg bleibe», sagte Danowski. «Also, um die ersten Ergebnisse und so weiter abzuwarten. Und falls noch was ist.» Und um auf meine tote Mutter zu warten.

«Du wirst vermutlich noch mal nach Friederikenburg müssen», sagte Ahrens, «über kurz oder lang. Wenn die Testergebnisse vorliegen oder wenn sich jemand stellt und es darum geht, ein Verhör vorzubereiten. Das gehört ja alles zum Paket.»

«Ja, ich weiß», sagte Danowski. «Ich hab nur das Gefühl, jetzt ist nicht der richtige Moment, um abzureisen.»

«Hm. Was sagen denn die Kollegen vor Ort dazu? Die Soko-Leiterin?»

Jetzt lügen? Oder einfach nur schwindeln? «Fände sie gut, ja.»

Danowski merkte, dass sein Chef gut darin war, nett zu sein, aber dass er sich andererseits seltsam und fremd anhörte, wenn es einen Konflikt gab und er sich dazu verhalten musste. «Pass mal auf, Adam», sagte er ein wenig umständlich. «Wir sind Dienstleister, und das ist so eine ganz typische Verlaufsform da: Die Soko-Leiterin wickelt dich ein, damit du noch länger bleibst, auf eigene Faust, aber 'ne offizielle Anforderungsverlängerung liegt nicht vor, das heißt, das ist am Ende so 'ne Grauzone, und wir zahlen drauf.»

Danowski nahm einen Schluck Kaffee, kippte sich einen weiteren Schluck aufs Hemd und musste zugeben, dass das alles sich sehr schlüssig anhörte. Er hatte sich von Ahrens mehr Verständnis erhofft und am besten gleich eine Lösung: Kein Problem, bleib noch ein paar Tage, du weißt schon, was du tust. Wusste er aber offenbar nicht. Und sein Chef kriegte das mit.

«Ich habe kein gutes Gefühl bei der Sache», sagte Danowski, und das war wirklich der argumentative Offenbarungseid. «Also, ich würde mir gern den einen oder anderen Ermittlungsweg noch mal in Ruhe angucken, einfach, weil die Kollegen hier …» Er brach ab.

Ahrens sagte: «Moment mal», und Danowski hörte, wie er den Telefonhörer auf den Tisch legte, die Tür zumachte und zurückkam. Das war was Besonderes: In ihrer kleinen Abteilung in einem der alten Klinkerbauten neben dem Polizeipräsidium galt ein informelles, aber striktes Offene-Türen-Gebot.

«Was ich dir jetzt sage, muss ja nicht jeder hören», sagte Ahrens, und seine Stimme klang verändert, ein wenig ungeduldiger, etwas härter.

«Adam, das ist dein erster OFA-Einsatz, bei dem du allein unterwegs bist, also nominell die Leitung machst. Bisher bist du als zweiter Mann mitgefahren, das hast du gut gemacht, und das hier ist jetzt eine gute Gelegenheit für dich, richtig in die Sache reinzukommen. Es ist ja auch kein großes Ding. Abgelegene Provinzgeschichte, nicht im Fokus, relativ einfache Schlussfolgerungen, die du ja auch gezogen hast.» Das klang, als hätte man auf den DNA-Test auch in einer Viertelstunde am Schreibtisch in Hamburg kommen können.

Hätte man ja auch, dachte Danowski düster. Er suchte den Rückspiegel nach seiner Mutter ab.

«Okay», sagte er enttäuscht, weil er das Gefühl hatte, dass ihm gerade jemand erklärt hatte, er würde die ganze Zeit mit Stützrädern fahren, darum wäre das nicht ganz so beeindruckend, wenn er freihändig fuhr.

«Ich sag dir mal eins ganz ehrlich, Adam. Du machst dir doch keine Illusionen, oder? Du bist uns aufgedrückt worden vom Präsidium. Nichts in deiner bisherigen Laufbahn spricht dafür, dass du für die Operative Fallanalyse prädestiniert bist. Du hast absolut unauffällig in der Mordbereitschaft für ungeklärte Todesursachen verstorbene Omas und Opas begutachtet, und dann bist du in zwei Geschichten geschlittert, die du, glaube ich, nicht unbedingt mit kriminalistischer Intelligenz, sondern mit so einer Mischung aus mehr Glück als Verstand und Sturheit erstaunlich gut über die Runden gebracht hast. Nebenbei bist du allerdings zum Sicherheitsrisiko geworden, weil du bei deinen beiden letzten großen Fällen, im Tunnel und auf dem Kreuzfahrtschiff, gegen ungefähr ein Dutzend Vorschriften verstoßen und das LKA in Schwierigkeiten gebracht hast.»

«Ich bin ja kein Idiot», sagte Danowski, «das weiß ich natürlich.» Aber hatte er es wirklich gewusst? Nicht genug, um es so aussprechen zu können. Irgendwie hatte er doch gedacht, er hätte sich das alles auch irgendwie verdient, und zwar nicht nur durch Fahrlässigkeit und die Umstände.

«Ich mag dich, Adam», sagte Ahrens, «und ich finde, du kriegst das ganz gut hin. Aber das ist auch alles. Du bist in keiner Position, um die Ermittlungswege von anderen Kollegen zu kritisieren. Du weißt auch ganz genau, dass das nicht unsere Aufgabe ist in der OFA.»

Danowski studierte seinen Kaffeebecher, und die getrockneten Tropfen, wo Kaffee den Becher hinuntergelaufen war, widerten ihn an. «Alles klar. Du hast recht», sagte er. Seine Stimme gefiel ihm nicht. Mit einem Anflug von Selbstmitleid dachte Danowski an die Quetscher, seinen Sprung in die Elbe, den Kriechgang und Jurkschats Schusswechsel im Containerhafen. Und den Mordanschlag auf Finzi. Den hätte er fast vergessen. Dabei war das eigentlich fast am schlimmsten gewesen.

«Adam? Bist du noch da?»

Danowski merkte die Feindseligkeit in seiner eigenen Stimme, bevor er sie hörte. Auf eine Art war er erleichtert, dass die ganze Wir-sind-alle-eine-Familie-in-der-OFA-Kacke jetzt vorbei war und dass es keinen Grund mehr für ihn gab, sich irgendwelche Illusionen darüber zu machen, ob er dazugehörte oder nicht. Er war wieder auf seinen Normalzustand zurückgefallen: der leicht angeditschte Apfel, die enttarnte Mogelpackung, der, der nicht dazugehörte, sondern höchstens mithielt oder im besten Fall durch Zufall was erreichte.

«Ich muss Schluss machen», sagte er.

22. Kapitel

Endlich bist du frei. Es ist immer die Entscheidung, die einen frei macht, der Schritt, nicht das, was danach kommt.

Nicht der Sprung macht dich frei, sondern die Entscheidung zu springen.

Was danach kommt, ist immer unübersichtlich, voller Stricke, die einen zu Fall bringen oder aufhalten. Aber die Entscheidung ist die reine, unbegrenzte Freiheit.

«Unbegrenzlich» hast du als Kind gesagt, wenn du «unendlich» meintest. «Ich hab dich unbegrenzlich lieb», hast du zu deiner Mutter gesagt. Sonst hat sie dich immer korrigiert. Aber nicht bei diesem Wort.

Jahrelang war in dir verschüttet, wie es sich anfühlt, die Entscheidung endlich zu treffen. Das Leben wächst über die Freiheit. Das Leben überdeckt die Erkenntnis, dass man überhaupt etwas daran ändern könnte.

Aber alle zehn Jahre wachst du auf. Als du fünfzehn warst und plötzlich vor dir sahst, wie alles auf einen einzigen Punkt hinauslief. Dann der Verrat. Der doppelte Verrat, der dich zehn Jahre lang in den nächsten Schlaf geschickt hat.

Verrat kann man nicht rächen, Rache ist ein lächerliches, kindliches Wort. Verrat hört niemals auf, Verrat ist unbegrenzlich. Man kann nur begraben, was einen verraten hat.

Der nächste Schritt ist nie der letzte. Er ist immer nur der nächste. Aber du bist auf dem Weg.

Du sitzt im Auto und wartest. Deine Hände könntest du in den Schoß legen, denn du brauchst sie nicht, aber es ist dir lieber, sie am Lenkrad zu lassen, als würdest du den Wagen immer noch steuern. Du willst sie nicht aus den Augen lassen, deine furchtbaren Hände.

23. Kapitel

An den Küsten der Gezeitenmeere ist die Grenze zwischen Land und Meer keine feststehende Linie.

Wenn sie in Halbschlaf geriet, fielen ihr die Sätze, die sie damals im Natur- und Technikunterricht gelernt hatten, wortwörtlich wieder ein. Es war unheimlich und tröstlich zugleich.

Das Unbestimmte und Fließende dieser Grenze ist einmal durch den Wechsel von Trockenfallen und Überflutetwerden bedingt. Aber auch, wenn man die Linie des Hochwassers zur Grenze erklärte, stünde man nicht viel besser da. Denn auch das Hochwasser kann recht verschieden ausfallen, je nach dem Stand von Sonne und Mond und den Windverhältnissen.

Wievielte Klasse war das gewesen?

Dadurch entstehen Übergangsgebiete …

«Muss ich jetzt eigentlich noch zum Test bei euch aufs Revier?»

Sandra Steckmann hatte sich zur Seite gedreht, ihre Hände vor ihrem Gesicht auf dem Kissen, sodass sie ihn riechen konnte. Der Ferienpark war leer um diese Jahreszeit, die Häuser muffig und klamm, aber das war der Preis, einer von den vielen. Bis nach Dangast hatte es nicht gereicht, dafür war ihre Zeit zu knapp. Für ein paar Minuten noch wollte sie die Illusion genießen, dass dieser Ort und dieser Moment hier unangreifbar waren.

Sie drehte sich zu ihm. Er stand in der Schlafzimmertür, nackt, aber nicht in Pose, sondern so, als wäre er angezogen oder als gäbe es keinen Unterschied. Er war ganz bei sich.

«Ich meine», fuhr er fort, «meine DNA hast du ja jetzt schon.»

Das hatte sie natürlich kommen sehen, aber sie lachte trotzdem ein bisschen. Es gefiel ihr, dass er in dieser Situation einen Scherz machte. Sie mochte es nicht, wenn Männer eine Affäre mit tragischem Ernst gestalteten. Für Überhöhungen war sie nicht zu haben. Sie mochte das Beiläufige, die Anziehung, ein bisschen Sehnsucht, aber auch, wenn das alles wieder aufhörte und nachließ wie ein Schmerz, den man gut aushalten konnte und an den man sich kaum erinnerte, wenn er nicht mehr da war.

Und Affären im Herbst und Winter waren ihr die liebsten. Weil dann in jeder Hinsicht Raum dafür da war. Im Sommer war alles zu voll, sie war zu beschäftigt, und es gab keinen unbeobachteten Ort in der ganzen Deichmarsch. Wenn die Touristen weg waren, liebte sie die Leere und Anonymität der Ferienparks.

Sie hatte immer Schlüssel, die ihr die Agenturen gern anvertrauten, damit sie mal nach dem Rechten sah, wenn sie im Dienst oder abends irgendwo vorbeikam und in einer Ferienwohnung Licht brannte oder ein Schornstein rauchte. Wenn dann ein Auto mit auswärtigem Kennzeichen vor der Tür stand, dann waren das seltsame Touristen oder Leute, die länger bei der Silventia arbeiteten. Wenn nicht, war es vielleicht die Dorfjugend, die irgendwo feiern oder fummeln wollte und sich für clever hielt.

Also hatte sie ein paar Schlüssel und außerdem ein paar Bettwäscheverstecke. Meist hielt die Bettwäsche die ganze Wintersaison über, und im Frühjahr zog sie sie ab, brachte sie wieder nach Hause, wusch sie und verstaute die Decken und Kissen und die Laken und Überzüge wieder in ihrem eigenen Schrank, für den Besuch von Freunden im Sommer, denn dann war es ja schön bei ihnen.

Und es wunderte sie, dass ihr Mann nie was sagte, wenn sie mit dem Bettzeug unterm Arm ins Haus kam, sie versteckte es nicht mehr, und für ihn gehörte es offenbar dazu, ein weiteres rätselhaftes Detail der Haushaltsführung, von der er nichts verstand und nichts verstehen wollte: Wenn es Herbst wurde, ging die Frau mit Bettzeug aus dem Haus, und wenn der Frühling kam, kam sie mit Bettzeug wieder rein.

Und noch mehr wunderte sie, dass keiner der Männer jemals das Bettzeug kommentierte, das sie in einer leeren Ferienwohnung in einem ausgestorbenen Ferienpark aus einer kühlen Abseite holte. Jeder dachte immer wieder aufs Neue, er wäre der eine, der die bodenständige Polizistin von sich eingenommen und sie dazu gebracht hätte, ihre Vorsicht und ihre Prinzipien für ein paar Nachmittage zu vergessen. Manchmal rührte sie so viel Naivität und Selbstüberschätzung, aber meistens ärgerte sie sich ein bisschen darüber und achtete immer darauf, dass sie diejenige war, die alles beendete: Eine Spur verwirrter Männer zog sich hinter ihr durch die Marsch.

Sven Schlohn fiel insofern aus der Reihe, als er ihrem Leben näher war als die anderen. Sie verschränkte die Arme hinter dem Kopf, weil sie den Geruch ihrer Achseln mochte, und fragte sich mit kühlem, analytischem Verstand, ob es daran lag, dass sie den Kick, die Dosis nach und nach ein bisschen erhöhen musste, oder daran, dass es mit ihm vielleicht wirklich was Ernsteres war als mit den anderen.

Sie sah, dass beides nicht gut war, und zum ersten Mal dachte sie: Bald muss ich damit aufhören.

«Hm», machte sie bei dem Gedanken daran.

«Schuldgefühle?», fragte Sven aus dem Türrahmen. Es fingen immer die Männer damit an, sie nach ihren Schuldgefühlen zu fragen, die selbst am meisten davon hatten. Sie lächelte. Eigentlich mochte sie das nicht, aber ihm stand es ganz gut.

«Ich verlass mich drauf, dass du nichts mit Corinna Karlsson hattest», sagte sie. Er straffte sich ein wenig, und sie sah, dass er in diesem Moment lieber nicht nackt gewesen wäre. Um ihn ein bisschen zu ärgern, blickte sie stur auf seinen Penis, während sie sprach.

«Ich meine, ich weiß inzwischen, dass du ein Alibi hast und nicht mal zum Kreis der relevanten Zeugen gehörst, das habe ich mir rausgesucht. Sonst wären wir jetzt nicht hier.»

«Ich kannte die kaum», sagte Sven und wandte sich ab, um seine Hose zu suchen.

«Wie gesagt, sonst wären wir nicht hier.»

Er nickte. Ein bisschen verwirrt, weil er offenbar gewöhnt war, die Oberhand zu behalten, und im Moment war er dabei, sie zu verlieren. Sie war sonst gern nett oder spielte schüchtern in dieser Situation, aber ihre Erkenntnis eben, dass bald Schluss sein musste mit den Ersatzschlüsseln und der Notfallbettwäsche, machte sie ein wenig gereizt und direkter als sonst.

«Ich hoffe, ihr kriegt das Schwein», sagte er.

Beim Anziehen schwiegen sie dann immer alle. Auch Sven Schlohn.

Sie war früher fertig als er, und mit leichter Ungeduld

beobachtete sie, wie er sich die Manschetten knöpfte und die Krawatte im zweiten Versuch auf genau die richtige Länge brachte. Ein umständlicher Mann. Störte sie das jetzt schon, oder würde es sie erst in ein paar Wochen stören?

Um den Gedanken zu verdrängen, stand sie auf und ging zum Fenster. Das größere der beiden Schlafzimmer, für das sie sich entschieden hatte, war im ersten Stock des Reihenferienhauses und sah auf den Parkplatz hinaus und auf weitere, genau gleich gebaute Ferienhäuser. Rotklinker, die Dächer grundlos runtergezogen bis zum Boden, vorgebaute imitierte Kaufmannshausfassaden und nicht dazu passende Reetdächer. Hier stimmte nichts außer dem Sex.

Und was vor allem nicht stimmte, war das dritte Auto auf dem Parkplatz. Ein metallicgrauer Audi, der ihr bekannt vorkam. Sven legte ihr die Hand auf die Schulter, aber sie achtete nicht darauf.

Das war der Wagen von Ludger Brakel. Oder? Die Frage beantwortete sich von selbst, denn jetzt stieg Ludger aus und ging, ohne in ihre Richtung zu schauen, zum Kofferraum. Sie kannte ihn, wie sie die Leute hier kannte: seit ihrer Kindheit oder seit seiner, aber nicht gut. Vielleicht hätte sie ihn auf Anhieb gar nicht erkannt, wenn sie ihn nicht gerade auf der Trauerfeier und beim kurzen Besuch mit Adam Danowski bei den Brakels gesehen hätte.

Ludger holte einen Rucksack und eine Sporttasche aus dem Kofferraum. Hatten die Brakels hier eine Wohnung, die sie im Sommer vermieteten? Sie schob Svens Hand genau in dem Moment von ihrer Schulter, als Ludger zu ihnen hinaufsah. Ihr Instinkt war, stehen zu bleiben, weil ihr Fenster dunkel war und eine Bewegung auffälliger war als keine.

Aber Ludger hob die Hand zum Gruß. Sandra Steckmann trat zurück und drängte sich dadurch gegen Sven Schlohn, obwohl sie gerade nichts weniger wollte als das.

«Hat der uns gesehen? Kennst du den?», fragte er, nah an ihrem Ohr.

«Ja und ja», sagte sie. Ludger hatte sich umgedreht und ging zwischen seinem Audi und ihren beiden Autos hindurch zur anderen Seite des Ferienparks, Richtung Deich. Auf dem Dienstwagen von Sven Schlohn war hinten der Berechtigungsaufkleber vom Silventia-Parkplatz.

«Ich glaub, ich kenn den auch», sagte Sven. «Das ist einer von unseren Technikern. Aus der Firma. Bisschen langsam im Kopf, aber sehr zuverlässig.»

Ein Geheimnis hatten sie jetzt also nur noch, wenn Ludger Brakel auch eins hatte. Sandra Steckmann schloss den Vorhang und atmete ruhig aus. Dass die Geheimnisse einander neutralisierten, war in ihrer Erfahrung eines der wenigen Dinge, auf die man zumindest hoffen konnte.

24. Kapitel

Er warf seine Sachen ins Auto, ging ein letztes Mal zum Frühstücksbuffet, schüttelte ein paar Hände auf dem Revier und setzte sich dann ins Auto.

Danowski hätte sich gern ein bisschen netter und ausführlicher von der Soko-Leiterin Sandra Steckmann verabschiedet, aber sie war unterwegs. Er wäre auch gern noch mal bei ihr und ihrer Familie zum Abendessen eingeladen worden, aber er kannte das schon: Wenn die Beratung durch die OFA vorbei war, lösten sich die Bindungen auf, egal, wie herzlich sie am Anfang scheinbar gewesen waren.

Etwas hinderte Danowski daran, den Motor zu starten. Das Gespräch mit Ahrens steckte ihm noch in den Knochen. Er sah in den Rückspiegel und traf den Blick seiner Mutter. «Ich würde gern noch mal zum Leuchtturm», sagte sie und räusperte sich anschließend, als wollte sie ihren Satz übertönen.

«Geht das jetzt wieder los mit der Minarett-Scheiße von Leuken?» Er erschrak, denn er war es nicht gewohnt, seine Mutter anzufahren. Sie war gestorben, bevor er dafür ins Alter gekommen war. Danowski bekam langsam schlechte Laune, zum ersten Mal seit Wochen oder Monaten, und er stellte fest, dass es ihm eigentlich ganz gut gefiel, es fühlte sich frisch und vertraut zugleich an. Er hatte dieses Gefühl, von dem er sich vorstellte, dass andere es auch bei ihren alten Eltern hatten: den Wunsch, sie zu sehen, wenn sie nicht da waren, und dann war man genervt, wenn man ihnen wirklich gegenübersaß. Oder sie hinter einem im Auto. Er fuhr los.

Außer dass seine Mutter tot war. Danowski schloss die Augen und atmete langsam aus.

«Das war eine von vielen Hypothesen, über die man reden dürfen muss», sagte sie und musterte ihn ein wenig überrascht von schräg hinten. «Aber offenbar nicht mit dir. Nein, ich finde einfach … so ein Aufenthalt muss doch auch einen Schlusspunkt haben oder so. Außerdem würde ich gern den Fundort noch mal sehen. Meine Erfahrung ist, dass es einem leichter fällt, im Nachhinein wieder an frühere Überlegungen anzuknüpfen, wenn man einen visuellen Ankerpunkt für sich definiert, der …»

«Weißt du was», sagte Danowski und bog entsprechend ab, «ich würde mir vor dieser Autofahrt gern noch mal kurz die Beine vertreten, und gerne in Meeresnähe, und darum fahre ich jetzt zum Deich und laufe zum Leuchtturm, und was du dabei für visuelle Ankerpunkte sammelst, ist mir völlig egal. Meine Güte.»

«Du hast dich früher nicht so schnell aufgeregt», sagte seine Mutter. «Dir ist klar, dass dabei dein ganzes System mit Cortisol überflutet wird, das ist das reine Gift für die Gefäße, ich weiß ja nicht, wie deine Kardio-Werte sind, aber … Vielleicht solltest du's mal mit einem Entspannungskurs versuchen. Achtsamkeitsmeditation ist klinisch am besten erforscht, die Wirksamkeit ist belegt.»

Früher hätte Danowski sich in dieser Situation aufs Atmen konzentriert. Jetzt schnaufte er nur noch.

Das Wetter am Meer war ja immer anders, das sagte einem jeder in Hamburg, wenn man Richtung Nord- oder Ostsee fuhr, und es sah nicht gut aus: Am Meer, da ändert sich das Wetter schnell.

Tatsächlich kam der Wind von vorn und brachte Regen mit in dünnen, aber breiten Flächen, das waren keine richtigen Tropfen oder Schnüre, das waren Lagen von Regen. Aber Danowski war es jetzt egal, er wollte vor allem eins, und zwar aussteigen.

Sie erklommen den Deich, mit wohlwollendem Desinteresse beobachtet von einer Herde Schafe, die sich hier auf der Luvseite eng aneinanderdrängten. Sie sahen den Yachthafen nicht, aber hörten ihn, daran, wie die Wanten gegen die Masten schlugen, ein helles, rhythmisches Klappern, das ein paar Augenblicke nach Urlaub und Aufbruch klang und von da an ausweglos und nach zwanghafter Wiederholung.

Von oben sah Danowski, dass Ebbe war. Der Leuchtturm war übers Watt und die Steine zu erreichen, der eingewachsene Trampelpfad war dadurch zu erkennen, dass die Büsche links und rechts davon ihn im Wind mal zu- und mal aufdeckten. Der Weg links den Deich auf der Meerseite hinunter Richtung Nordseelagune war noch unattraktiver: Wenn die Pfützen ihre eigenen kleinen Privatwellen hatten, war Vorsicht geboten, und Danowski hatte keine Lust, mit nassen Füßen im Auto zu sitzen. Also folgte er mit ein bisschen resigniertem Abstand seiner Mutter. Außer ihnen war kein Mensch zu sehen. Erstaunte ihn das? Die Einheimischen reagierten schnell wie die Tiere auf einen Wetterwechsel, und die Touristen kamen gar nicht erst um diese Jahreszeit.

Der Wind rüttelte an seinen Ohren, obwohl er sich die Kapuze seines Regenmantels aufgesetzt hatte, aber zu spät, sie war von innen schon feucht. Gleich musste er wieder an Finzi denken. Um das lästige Getose zu übertönen und um sich selbst die Zeit zu vertreiben, rief er nach vorn zu seiner Mutter: «Tut gut, die frische Luft, nicht wahr?» Sie reagierte nicht.

«Wir hätten ein Picknick einpacken sollen! Möchtest du ein Vivil?» Wieder nichts.

«Wie war's eigentlich gestern noch bei der Imke Billings, was wolltest du da eigentlich …»

Danowskis Mutter blieb abrupt stehen. Ohne sich zu ihm umzudrehen, streckte sie den Arm nach hinten, um ihn am Weitergehen zu hindern. Danowski versuchte, an ihr vorbeizusehen. Der Leuchtturm stand dunkelrot und gleichgültig, Regen umflatterte ihn im Wind wie eine Plane.

«Runter», sagte seine Mutter, uncharakteristisch aufgeregt, «runter vom Weg.»

Danowski runzelte die Stirn und trat unwillkürlich zur Seite, ins nasse Gras, aber das schien seiner Mutter auch nicht zu passen, vielleicht war sie aber auch einfach unglücklich darüber, gerade gar keinen Plan zu haben.

«Fußspuren. Wir müssen aufpassen, dass wir keine Spuren zerstören.» Sie zog Danowski noch ein Stück weiter weg vom Weg, aber auch da hätten ja Spuren sein können, also zog sie ihn wieder woandershin, es wurde ein richtiges kleines Gezerre und Geschiebe, aber er spürte ihre Hände nicht.

Und natürlich sah er den Körper, der etwa zehn Schritte von ihnen entfernt auf dem Trampelpfad lag und der je nach Wind von den nassen Pflanzen verdeckt wurde oder preisgegeben, und an den Beinen und den bloßen Füßen mit den lackierten Zehen erkannte Danowski, dass es sich um eine Frau handelte. Und an der Haltung ihrer Beine und an einem bestimmten Farbton des Lichts, den er nicht hätte beschreiben oder erklären können, ja, den er unter allen Umständen für sich behalten oder abgestritten hätte, sah er außerdem, dass die Frau tot war.

25. Kapitel

Das Netz war auch nicht besonders gut hier. Es schien geradezu windabhängig zu sein. Der Sturm hatte sich abgeschwächt, deshalb kam der Regen jetzt wieder von oben. Danowski probierte es noch mal mit dem Telefon, während in der Nachmittagsdämmerung die ersten Lichter der Spurensicherung angingen. Immer ein festlicher Augenblick. Leider konnte er sich nicht zum Telefonieren ins Auto setzen, denn da saß seine Mutter. Und jetzt musste er die Kontrolle behalten.

Endlich ein Freizeichen, die Leitung nach Hause stand. Das war das Erste gewesen, was Sandra Steckmann gesagt hatte, als sie als Letzte am Fundort der Leiche eingetroffen war: Damit lässt du uns jetzt aber nicht allein. Als wäre es irgendwie seine Schuld.

«Danowski», sagte eine Männerstimme am anderen Ende der Leitung.

«Hier auch.» Seit wann ging der Alte ans Telefon? Der fühlte sich ja richtig zu Hause inzwischen. Und, verdammt, ja, der würde jetzt natürlich auch noch ein bisschen länger bleiben müssen. Eins hing immer vom anderen ab, unglaublich, wie kompliziert alles war, selbst so was buchstäblich Alltägliches wie den Alltag zu organisieren. Wie konnte er sich da anmaßen, viel komplexere Dinge wie Frauenmorde mit der gleichen Leichenablagestelle verstehen zu wollen? Obwohl, vielleicht war genau das der Irrtum: Das Leben mochte kompliziert sein, Verbrechen war meistens eher einfach.

«Wir erwarten dich jeden Augenblick zurück», sagte sein Vater. «Die Mädchen sind schon ganz aufgedreht. Obwohl, das sind sie eigentlich immer. Du erinnerst dich.» Als wäre er jahrelang weg gewesen.

«Gibst du mir mal Leslie, bitte?» Danowski telefonierte selten mit seinem Vater, sie hatten Wege gefunden, das zu vermeiden, aber wenn, dann fiel ihm auf, dass er in siebenundvierzig Jahren keine Anrede für seinen Vater gefunden hatte. Seine Brüder Friedrich und Karl nannten den Vater Bert, das war der Wille ihrer Eltern gewesen, nicht Mama und Papa, nein, wir sind alle gleichberechtigte Partner hier in der Familienkonferenz, darum nennt ihr uns Ute und Bert. Bert war kurz für Siegbert, geboren im November 44, da hatten Danowskis Großeltern offenbar noch richtig Zuversicht gespürt, oder es war mehr so ein Pfeifen im Walde gewesen. Aber Danowski hatte seine Mutter immer nur Mama genannt, erst recht, nachdem sie eines Tages einfach starb und er fortan jeden Augenblick in Gedanken mit ihr sprach, bis er fünfzehn oder sechzehn war. Oder siebenundvierzig.

«Die ist nicht da.»

«Wo ist sie denn?»

«Beim Soja.»

«Sehr witzig. Du weißt genau, dass das Yoga heißt.» Und Yoga war in Wahrheit immer dienstags und nicht heute, also hatte seine Frau offenbar eine Ausrede erfunden, um ein bisschen ihre Ruhe zu haben vorm Schwiegervater.

«So nennt deine Tochter das. Wo bist du denn? Schon auf der A7?»

«Nein, hier ist was dazwischengekommen.»

«Ach, Adam.» Diese Enttäuschung in der Stimme, immer diese Enttäuschung. Wenn Müdigkeit der Schmerz der Leber war, wie Finzi ihm früher immer gähnend erklärt hatte, dann war Enttäuschung die Liebe der Väter. «Das ist aber schlecht. Wann kommst du denn?»

«Wieso schlecht? Hast du ein Ehemaligen-Treffen mit den anderen Kadern von der SEW?» Nach dem Tod von Danowskis Mutter hatte sein Vater sich sehr in das Engagement für die Sozialistische Einheitspartei Westberlins gestürzt, vor allem abends, wenn Adam im Bett lag und seine Brüder hinter der Tür mit gepressten, verzerrten Stimmen «Das Gerippe kommt näher» ächzten. Weil ihr Vater sie gebeten hatte, auf «den Kleinen» aufzupassen.

«Die sind doch längst tot alle», sagte sein Vater düster.

«Na, Hauptsache, du bist noch auf den Beinen.»

«Ich merke schon, dass ich noch gebraucht werde hier. Die Mädchen haben überhaupt kein Klassenbewusstsein.»

«Kein … okay. Also, ganz ehrlich …» Sein Leben lang war es ihm schwergefallen, seinen Vater um etwas zu bitten, und die Regelung der Logistik während seiner Abwesenheit überließ er in Wahrheit auch lieber Leslie.

«Das war ein Scherz, Adam.»

«Na gut. Du müsstest bitte noch ein Weilchen dableiben. Bert.»

«Ein Weilchen. Das ist die kleine Schwester von Scheiße.»

«Nein, das ist nett.»

«Sogar sehr nett.»

«Ja. Danke.» Und dann, um hier mal ein bisschen Struktur in die Sache zu bringen: «Wir haben hier eine Leiche gefunden.» Seinem Vater gegenüber brachte er seine Polizeiarbeit immer kurz und drastisch auf den Punkt, weil er wusste, dass er ihn damit an einem empfindlichen

Punkt traf. Aus Sicht seines Vaters arbeitete Danowski als Polizist nicht für die Gesellschaft, sondern gegen sie. Als ob Tötungsdelikte sonst per Volksabstimmung geklärt werden würden und Fallanalysen im Plenum gemacht werden könnten.

«Ach, Adam, ich mag das gar nicht hören, was ist das für ein schreckliches Zeug.»

«Leichen? Das ist was ganz Natürliches.»

«Nein, überhaupt, was du da immer machst.»

«Ich mach überhaupt immer gar nichts, ich mach mir nur Gedanken.»

«Aber nicht genug», sagte sein Vater, «oder die falschen.»

Danowski zog die Schultern hoch. Er meinte, über die Distanz seine Mutter schemenhaft hinter den leicht getönten Scheiben des trübseligen weinroten Dienst-Mondeos zu sehen, aber dann war das nur ein Wolkenschatten, und das Auto war leer.

«Wie lange ist Mama jetzt eigentlich tot?», fragte Danowski, überrascht von sich selbst.

Sein Vater schwieg ein paar Augenblicke. «Diesen November fünfundreißig Jahre. Ich denk auch oft an sie.»

Das wurde Danowski augenblicklich zu nah. Ja, denk nur oft an sie. Nachdem sie tot war, hast du nicht den Eindruck gemacht, als hättest du viel an sie gedacht oder an irgendjemanden, und bestimmt nicht an deinen dritten Sohn. Das Selbstmitleid in seinem Mund ekelte ihn.

«Ich war neulich beim Arzt», sagte Danowski, der seinem Vater gegenüber ungern zugeben wollte, dass er regelmäßig amtsärztlich evaluiert wurde. «Und da ging's auch so um die Familienanamnese.»

«Ich hab nie was gehabt», sagte sein Vater. «Ich geh aber

auch nicht zum Arzt und lass mir irgendwelche Pillen andrehen. Der beste Weg, um gesund zu bleiben.»

Mann, war das schwer. «Jedenfalls ging es so um erbliche Vorbelastungen, gerade auch von wegen Herz und so weiter, und ich konnte gar nicht genau sagen, ob Mama jetzt an einem Herzinfarkt oder einem Schlaganfall oder einem Aneurysma gestorben ist.» Sein medizinisches Wissen war im Laufe der Jahre durch den Beruf gewachsen, aber der Bereich, in dem es um den Tod seiner Mutter ging, war davon unberührt geblieben: Der Satz «Mama ist plötzlich gestorben, ihr Herz hat aufgehört zu schlagen» hatte sich eingekapselt über die Jahre, und erst wenn er jetzt zu ihm zurückkehrte, fand er ihn unklar.

«Ich such dir gern die Unterlagen raus», sagte sein Vater. Hauptsache, man hatte alles immer in schriftlicher Form. Sein Vater lehnte den Staat ab, aber er konnte nicht anders, als die Bürokratie zu lieben.

«Du könntest es mir jetzt auch einfach …»

Er erschrak, weil Sandra Steckmann neben ihm stand und ihn am Arm zog, völlig desinteressiert daran, dass Danowski gerade am Telefon war. Das half ihm, einfach aufzulegen.

«So», sagte sie. «Es ist, wie wir befürchtet haben.»

«Dreck», sagte Danowski und fühlte sich schuldig. Mit dem krebskranken Hund am anderen Ende der Marsch. Einfach keinen Bock mehr gehabt, da rauszufahren. Klar, es hatte keinen Grund gegeben. Aber vielleicht hätten sie was gemerkt.

«Ja. Bei der Toten handelt es sich um Stephanie Rother.»

26. Kapitel

Nachdem sein Sohn das Telefonat nach alter Tradition einfach mitten im Satz beendet hatte, legte Bert Danowski den Apparat irgendwohin. Er konnte sich nie merken, wo bei Adams Familie die Station stand, und er konnte sich später dann zwar auch nicht mehr merken, wohin er das Telefon gelegt hatte, aber dann konnte Leslie es ja anrufen, und überhaupt war es ihm im Laufe der Jahre gelungen, nachsichtig zu sein wegen der Dinge, auf die er keinen Einfluss hatte. Zum Beispiel darauf, was er sich merken konnte und was nicht.

Oder darauf, warum sein Sohn ihn seit bald fast vierzig Jahren nicht ausstehen konnte, genauer gesagt, fünfunddreißig. Am Anfang hatte er gedacht, Utes Tod. Dann hatte er gedacht, die Pubertät. Dann hatte er gedacht, der nabelt sich ab. Eine Zeitlang hatte er gedacht: Leslie. Aber Leslie war es nicht. Im Gegenteil, Leslie war in Wahrheit die Verbindung zwischen Adam und ihm. Und dann war Adam Ende zwanzig, ging in den höheren Polizeidienst und wurde vollends ungreifbar für ihn.

Manchmal wartete Bert Danowski irgendwo beim Arzt und blätterte in einer Illustrierten, am liebsten Frauenzeitschriften, er hatte eine Schwäche für deren leicht rührselige Berichte über das Leben der anderen. Natürlich ging er zum Arzt. Dass er seinem Sohn wie so oft das Gegenteil erzählte, war dabei für ihn nicht unwahr, es gehörte sozusagen zu einer parallelen Version der Realität, die die gleiche Berechtigung hatte wie das, was sich sonst abspielte. Jedenfalls las er hin und wieder Geschichten von erwachsenen Kindern, denen es vor dem Tod der Eltern gerade noch gelungen war, wieder den Kontakt herzustellen, sich zu versöhnen und so was wie Frieden zu finden. Adam machte keinerlei Anstalten, wenn überhaupt, dann war es bei ihnen umgekehrt: Bert Danowski hatte langsam das Gefühl, die Zeit, in der er noch in Kontakt kommen könnte mit seinem jüngsten Sohn, könnte ihm knapp werden.

«Bist du traurig, Opa?» Martha, zuversichtliche neun Jahre alt, war vor ihm sockfuß aus dem Boden gewachsen und lehnte sich auf sein Knie. Oder war sie zehn?

«Nein, meine Kleene, nur ein bisschen müde.»

«Weil Papa nicht kommt?» Sie hatte seine Floskel einfach überhört und außerdem aus der Tatsache, dass ihr Vater angerufen hatte, geschlossen, er würde nicht plangemäß nach Hause kommen. Wahrscheinlich die nächste Kriminalpolizistin in der Familie, dachte Bert Danowski, nicht amüsiert.

«Na ja», sagte er, «das ist zwar schade für euch, aber ich freu mich, wenn ich noch ein bisschen bleiben kann.»

«Kriegen wir schon hin», sagte Martha. «Papa kommt immer ein bisschen später, als er am Anfang sagt. Und dann kriege ich erst immer so ein komisches Gefühl, weil ich die Vorfreude ja schon ausgeschaltet habe, aber dann schalte ich sie einfach wieder an.»

Das wurde ihm fast ein bisschen zu kitschig hier. Aber weil er merkte, dass das für sie ein nicht unwichtiger Moment war, fragte er seine Enkelin: «Worauf freust du dich denn, wenn Papa wieder da ist?» Vielleicht konnte er noch was lernen hier.

«Na ja», sagte Martha und ließ sein Knie los, sie war mit

den Gedanken schon wieder halb woanders, «eigentlich liegt Papa ja meist auf dem Sofa oder redet mit Mama darüber, was sie alles noch machen wollen hier. Dann kriegen sie immer die komische Stimme. Aber Papa ist immer da. Das finde ich gut. Papa geht eigentlich nie irgendwohin. Er sagt, das ist ja sein Beruf, irgendwohin zu gehen, und zu Hause ruht er sich davon aus. Das ist das Beste an ihm.»

Bert Danowski schnaufte ein bisschen mit dieser Mischung aus leichter Verachtung, leichter Erschöpfung und ganz, ganz leichter Selbstironie, die auch sein dritter Sohn Adam sich angeeignet hatte. Während seine Enkelin wieder durchs Erdgeschoss peste, fragte er sich, ob er sich schuldig fühlte, weil er als Vater so ganz anders gewesen war: nie da, vor allem nicht, wenn er da war.

Aber da gab es andere Sachen, die waren schlimmer, als nicht so oft da zu sein, das wusste er. Alles, was er nicht erzählt hatte. Zumindest Adam nicht. Bei dessen Brüdern war das leichter gewesen, die waren älter, aber als Adam so weit gewesen wäre, hatte er sich schon entzogen.

Bert Danowski stand auf. Er war noch keine achtzig, und er fand, dass es ein Trost war, noch Zeit zu haben, um die Dinge gutzumachen. Was Gesagtes konnte man nicht zurücknehmen, aber ein Schweigen konnte man beenden.

Falls Adam einen ließ.

27. Kapitel

Reinhold Leuken, der einheimische Polizist mit den Pranken, der Danowski erklärt hatte, dass es hier seit dem Krieg kein Kapitalverbrechen mehr gegeben hatte, und der sich für islamische Serientäter und Fallanalyse interessierte, rieb sich eine Stelle am Kinn, die er zu rasieren vergessen hatte. Fasziniert stellte Danowski fest, dass das Bartschaben fast übertönte, wie Leuken sagte: «Sandra kommt gleich.»

Danowski nickte mit eingezogenen Lippen und sah über den leeren Tisch. Er war todmüde, sie hatten die Nacht durchgearbeitet. Gemusst hätte er nicht, es widersprach sogar seinem Mandat, aber Schuldgefühl war der beste Motivator. Also übernahm er einen Teil der Umgebung und ging von Tür zu Tür. Keine auffälligen Autos, warum auch. Was waren auffällige Autos? Keine ungewöhnlichen Geräusche, wie auch. Es hatte gestürmt, während die Leiche am Leuchtturm abgelegt worden war, sodass alle Fenster zugeblieben waren. Verschiedene Reifenspuren in der Nähe vom Deich, aber alle von zwei der gängigsten Winterreifenmarken und -größen. Zwischendurch hatte er im Hotel angerufen, mit großer Geste wurde ihm sein altes Zimmer sozusagen zurückversprochen, aber das Gönnerhafte daran fand er stark übertrieben, denn wer sollte da sonst wohnen um diese Jahreszeit. Zurückgezogen hatte es ihn dahin nicht, er hatte das Gefühl, dass seine Mutter wieder weg war, und Steckmann und Leuken und die anderen hatten auch fast die ganze Nacht gearbeitet.

Zwischen drei und sechs hatte er auf einer Couch im Aufenthaltsraum des Kommissariats mehr gesessen als gelegen, zu müde und rastlos zugleich, um den Weg ins Hotel zu finden, wo die Rezeption sowieso um zehn geschlossen wurde. Er war in einen leicht klebrigen, säuerlichen Schlaf gefallen.

Mit dem gleichen Körpergefühl saß er jetzt hier. Ganz kleine Lagebesprechung, nur die OFA (also er) und die Soko-Leitung mit Stellvertreter, also Steckmann und Leuken. Der hörte jetzt auf, sich den Bartrest zu reiben, und spielte stattdessen mit dem Aktendeckel, in dem die vorläufigen Untersuchungsergebnisse der Rechtsmedizin aus Hannover waren. Keine vierundzwanzig Stunden nach Abtransport der Leiche, die Ergebnisse waren also nicht besonders detailliert und vermutlich auch noch nicht endgültig. Sehr gut. Weniger Details, in denen man sich verlieren konnte.

«Kleine Vorabinfo vielleicht?», fragte Danowski. «So was wie einen Teaser? Teaser-Trailer? Anreißer? Um die Wartezeit zu überbrücken?»

Leuken sah ihn abweisend an. «Nee, wir warten lieber», sagte er, «das ist Sache der Chefin. Ich hab das noch gar nicht gelesen, das Zeug aus Hannover.»

«Aber Sie haben doch die Mail bekommen, ausgedruckt und dabei sicher zumindest …»

Leuken schüttelte den Kopf. «Das ist Sache der Chefin.»

«Wenn man von der Teufelin spricht», sagte Sandra Steckmann, die jetzt in den Besprechungsraum kam, eine Fahne von Feuchtigkeit und Kälte an ihrem Anorak hinter sich herziehend. Die hatte wenigstens in einem richtigen Bett geschlafen vorige Nacht. Oder hatte sie nicht? Andererseits trug sie das Gleiche wie gestern. Wiederum andererseits tat sie das, hatte er den Eindruck, fast immer. Kurz nach Mitternacht war sie jedenfalls verschwunden.

«Warst du noch mal an der Fundstelle?», fragte Leuken. «Wir haben dich gar nicht mehr gesehen.»

Sie winkte mit der einen Hand ab und öffnete mit der anderen den Aktendeckel. Leuken schwieg professionell, Danowski ungeduldig.

Sandra Steckmann nickte beim Lesen und bewegte ein bisschen die Lippen. Dann blickte sie zu ihm. «Das liest sich, als hätten die Kollegen in Hannover die gleichen Textbausteine verwendet wie vor drei Wochen. Betäubt, stranguliert, zum Leuchtturm transportiert. Und vor allem …», sie klopfte mit den Knöcheln auf den E-Mail-Ausdruck, «Sperma im Vaginaltrakt. Nicht viel, aber immerhin.»

Da Sperma lieber die Ohren auf, hätte Finzi jetzt gesagt. Ob der die Fahrradreparatur am Ende doch hatte selbst bezahlen müssen? Vielleicht sollte Danowski lieber mal anrufen. Und hatte der eigentlich noch Kontakt zu Meta Jurkschat? Wahrscheinlich eher nicht, der alte Einzelgänger.

«Okay», sagte er. «Damit dürfte sich mein Aufenthalt wohl verlängern. Ein Serientäter.»

«Absolut genau das, worüber wir uns freuen können», sagte Sandra Steckmann mit dick aufgetragener Ironie und schlug im nächsten Moment mit beiden Fäusten so auf ihr Segment des Konferenztisches, dass Danowski an seinen Handkanten zu spüren meinte, wie weh das getan haben musste. Dabei schrie sie laut was mit «Scheiße», sodass ein akustischer Nachklang im Raum zu bleiben schien. Er war zusammengezuckt, Leuken hatte nicht mal gezwinkert, der war das offenbar gewöhnt.

«Aber die können ja noch nicht die DNA aus dem Sperma bestimmt haben», sagte Danowski, der irgendwie das Gefühl hatte, sie trösten zu müssen. «Vielleicht ein Nachahmungstäter.»

Sandra Steckmann sah ihn mitleidig an, aber das Mitleid schien eher ihr selbst zu gelten. «Die Blutgruppe haben sie schon analysiert, aus den Antigenen, die sind auch im Sperma. Oder so was. Blutgruppe B. Also ist es sehr wahrscheinlich, dass es sich um denselben Mann handelt.»

«Ziemlich wahrscheinlich», wandte Danowski ein, «aber nicht zwangsläufig ...» Er wollte ihr was erzählen über statistische Wahrscheinlichkeiten, weil er das im Lehrgang aufgefrischt hatte, aber Sandra Steckmann brachte ihn mit einem Blick zum Schweigen. «Derselbe Mann, der Corinna Karlsson vergewaltigt und erwürgt hat, ist auch der Mörder von Stephanie Rother», sagte sie düster.

«Wie ist denn die Chronologie?», fragte Danowski.

Steckmann schob sich ein paar Notizen zurecht, aber er merkte, dass sie abgelenkt war.

«Also, Eintritt des Todes nach vorläufiger Einschätzung zwischen fünf und sieben Uhr.»

Danowski verzog das Gesicht. Stephanie Rother war also noch gar nicht lange tot gewesen, als er ihre Leiche gefunden hatte. Das bedeutete zwar gar nichts, gab ihm aber trotzdem doppelt das Gefühl, er hätte was tun können, wenn er früher aufgestanden und früher zum Leuchtturm gegangen wäre. Jemanden auf frischer Tat ertappen oder so was.

«Der Tag von Stephanie Rother vorgestern scheint recht normal verlaufen zu sein», referierte Steckmann. «Sie hat bis 16 Uhr gearbeitet bei der Silventia, Qualitätskontrolle.

Und zwar weniger Material oder so, sondern Zeitabläufe bei der Wartung von Windkraftanlagen, Antwortzeit auf Kundendienstanfragen und so weiter. Von Hause aus ist sie Ingenieurin. Wir haben mit den beiden Kollegen gesprochen, die bei ihr im Büro sitzen, keinem ist etwas aufgefallen.» Sie räusperte sich müde.

«Das automatische Schrankensystem auf dem Silventia-Parkplatz haben die schon ausgelesen für uns, ihr Wagen hat das Gelände um 16 Uhr 13 verlassen. Eine Nachbarin hat sie gegen fünf ins Haus gehen sehen. Es war schon dunkel.»

«Dreiviertelstunde für den Heimweg?», fragte Danowski. In der Zeit war man ja in Bremen.

«Vielleicht hat sie noch was eingekauft unterwegs, die Kollegen fangen gerade an, die Läden auf dem Weg abzuklappern. Netto, Edeka und so weiter», sagte Steckmann. «Außerdem haben wir EC- und Kreditkarte abgefragt, klar, aber das dauert. Mobilfunkdaten kriegen wir auch erst heute Nachmittag.»

«Wenn sie nicht irgendwo eingekauft hat, wird diese Dreiviertelstunde der Schlüssel zu ihrem Verschwinden sein», unkte Danowski. Er wagte nicht, sich vorzustellen, dass genau in diese Dreiviertelstunde sein und Steckmanns Besuch bei Stephanie Rother gefallen wäre, wenn Steckmann nicht so abgelenkt von irgendwas und er nicht so abgetörnt von der ganzen Salzteig-Tristesse der Deichmarsch gewesen wäre.

«Sicher», knurrte Steckmann. Die dachte das Gleiche, das wusste er.

«Hat sie in der Zeit irgendein ungewöhnliches Ziel eingegeben in ihr Navigationsgerät?», fragte er. Steckmann nickte langsam. Das hatten sie anscheinend vergessen. «Ist in Arbeit.» Sie räusperte sich. «Zwischen 19 und 20 Uhr hat die Nachbarin gesehen, dass Stephanie Rother noch mal rausgekommen ist und in ihrem Garten eine Grube ausgehoben hat. Das hat mindestens zwanzig Minuten gedauert.»

Danowski zog die Augenbrauen hoch: Grube ausheben war interessant. Mit leichter Verzögerung merkte er, dass Steckmann um Fassung rang.

«Gegen halb neun ist Stephanie Rother dann wieder aus dem Haus gekommen, und die Nachbarin ... hat gesehen ... wie sie ihren toten Hund beerdigt hat. Im Garten.» Sie atmete tief ein.

Keiner sagte was, Danowski und Leuken warteten darauf, dass Steckmanns Emotion wieder verflog. Nicht weil sie so unpassend gewesen wäre, sondern weil jeder sich auf seine Weise schämte, dass er ihr nicht was Passendes sagen konnte. Jedenfalls war das Danowskis Einschätzung. Und zugleich registrierte er, dass Steckmann nicht in guter Verfassung war.

«Welche Rasse?», fragte Danowski.

Steckmann sah auf ihre Notizen und hob die Schultern. «Pinscher?»

«Tiertötungen im Vorfeld von Tötungsdelikten können ein Marker für geplanten Suizid sein», sagte Danowski. «Also, im Sinne von: niemanden zurücklassen.» Er klammerte sich an sein Hochschulwissen, weil er nicht trösten konnte.

Steckmann schüttelte den Kopf. «Der Hund hatte Krebs im Endstadium, hab ich dir doch schon erzählt. Das war absehbar.» Sie schluckte. «Später hat sie mit dem Mann von Corinna Karlsson telefoniert, zwischen 22 und 23 Uhr. Also mit dem Witwer. Dabei ging es ganz allgemein um

Fragen der Trauer wegen des Verscheidens von Corinna Karlsson.»

«Wer redet so», fragte sich laut Danowski.

«Der Witwer von Corinna Karlsson», sagte Steckmann. «Nebenbei hat er wohl damit ein Alibi für den Tatzeitraum, denn auf ihrem Festnetztelefon sieht man, dass sie ihn in Flensburg angerufen hat.»

«Klar. Wäre ja auch zu einfach.»

«Er ist Arzt im Schichtdienst und war auf Station.»

«Arzt. Dann hat er also Zugang zu Betäubungsmitteln», sagte Leuken.

«Und zu Sperma», ergänzte Danowski.

Steckmann winkte ab: Ist gut, Jungs.

28. Kapitel

Für Mathematik hast du dich immer interessiert. Es liegt in der Familie, haben sie in der Schule gesagt.

Du weißt, dass sich jede natürliche Zahl in Brüchen darstellen lässt.

Und du weißt, dass es nur eine Freiheit gibt.

Zwei Drittel der Freiheit hast du erreicht.

Was jetzt noch fehlt, ist das letzte Drittel.

Und du atmest tief die Luft vom Meer und vom Himmel, du könntest dich verkriechen und schlafen für immer, an einem Ort, wo niemand mehr ist, zwischen Himmel und Erde, wo du allein wärst, um Kraft zu schöpfen.

Denn das letzte Drittel, das weißt du genau, wird das schwerste sein.

29. Kapitel

Nachdem Steckmann und Leuken die Soko gebrieft hatten, telefonierte Danowski auf dem Gang vor dem Besprechungsraum mit Ahrens. Ein kurzes, eher kühles Telefonat, distanziert wie nach einem Familienkrach.

«Wir brauchen die offizielle Anforderung von den Kollegen aus Friederikenburg», sagte Ahrens, «eigentlich kannst du da vorher nicht weitermachen, aber es wäre auch Quatsch, wenn du jetzt erst mal wieder nach Hamburg fährst und dann gleich wieder umkehrst, sobald der Schrieb da ist. Serientäter, ist klar, das ist ja jetzt erst recht unser Beritt.»

Warum hatte er nicht schon früher darauf geachtet? Leute, die Beritt sagten, hatte er noch nie ausstehen können. Die sagten auch Schrieb und fielen einem in den Rücken.

Als Danowski wieder reinkam, waren die meisten Ermittler wieder an ihren Plätzen oder unterwegs, Zeugen suchen, Autos suchen, Spuren suchen. Mit den Eltern reden. Danowski dachte an seine Mutter.

«Wir müssen uns auf den Fundort konzentrieren», sagte er. «Jede gezielte Leichenablage ist ein Kommunikationsversuch des Täters. Und dass es sich um eine gezielte Ablage handelt, wissen wir spätestens seit gestern.»

Steckmann nickte. «Stephanie Rothers Leiche lag bereits seit den frühen Morgenstunden an dieser Stelle. Fast deckungsgleich mit der Stelle, wo wir Corinna Karlsson gefunden haben. Sicher ist das ein Zeichen. Aber wir wissen nicht, was es bedeutet.»

Danowski setzte sich an den Tisch und rieb sich die Augen. Die Blutgruppe des Flensburger Ehemannes stimmte schon mal nicht überein mit der des Täters, darum stand er im Moment nicht im Fokus der Ermittlungen. Außer dem Ort hatten sie wirklich nicht viel. Imke Billings, dachte Danowski, mit der müssen wir jetzt noch mal reden. Dann dachte er an die Salzteig-Türschilder, und ihm schauderte. Andererseits war er einfach verdammt müde.

Ohne anzuklopfen kam einer der Kollegen aus der Kreisstadt in den Raum und flüsterte Leuken was ins Ohr, was Sandra Steckmann sichtlich irritierte. Der Kollege verließ den Raum wieder.

«Im Haus von Stephanie Rother haben die Kollegen Betäubungsmittel gefunden, der Hund ist mit veterinärmedizinischen Narkotika behandelt worden, gegen Schmerzen. Das gleiche Betäubungsmittel, das wir auch im Blut von Corinna Karlsson gefunden haben.» Sie machte sich eine Notiz, aber sie wirkte abgelenkt, außer Form, und Danowski vermutete, dass der Kollege sich ebendeshalb instinktiv an Leuken gewandt hatte und nicht an seine Chefin.

«Mich würde mal was anderes interessieren», sagte Danowski und blätterte das dünne Dossier durch, das die Kollegen ihnen am Morgen mit Informationen über das zweite Opfer zusammengestellt hatten. «Wenn hier steht, dass Stephanie Rother bei der Silventia gearbeitet hat, dann ist das schon eine ganz schön eklatante Gemeinsamkeit mit dem ersten Opfer, oder nicht?»

Steckmann sah ihn an, Leuken nickte, aber nicht enthusiastisch.

«Ich meine», fuhr Danowski fort, «ist ja nicht so, dass hier jede Frau zwischen dreißig und vierzig bei der Silventia arbeitet, oder?»

«Nein, natürlich nicht», sagte Steckmann, «aber es ist seit drei, vier Jahren der wichtigste Arbeitgeber hier in der Region für Frauen, die einen technischen Beruf gelernt haben. Das könnte man vielleicht so sagen. Und Corinna Karlsson und …»

«Corinna Karlsson hat im Marketing gearbeitet», unterbrach Danowski sie.

«Jedenfalls waren beide auf einer technischen Uni, die eine in Braunschweig, die andere in Berlin, und sie waren zusammen auf der Schule, beide waren gut in Mathematik, beide waren als Jugendliche miteinander befreundet», sagte Sandra Steckmann. «Wir müssen also eher in der Vergangenheit der beiden gucken, ob es da irgendwelche …»

«Nein», sagte Danowski, der das Gefühl hatte, momentweise aus einem Schlafmangelnebel aufzutauchen und dann Windräder zu sehen. «Wenn euch meine Meinung interessiert, dann konzentriert ihr euch auf das Naheliegende, und das ist die Gegenwart. Zwei Silventia-Mitarbeiterinnen sind ermordet worden. Warum? Woran haben sie gearbeitet?»

Als er fertig war, blieb ein unbehagliches Schweigen im Raum.

«Das sind mit allen Zulieferern und Tochterfirmen fast fünfhundert Arbeitsplätze hier in der Gegend», sagte Leuken. «Die Silventia …»

«Na ja», sagte Danowski, «wir wollen ja nicht die ganze Firma schließen und die Leute entlassen. Ihr solltet nur …»

«Die Silventia hat einiges an Zugeständnissen eingeräumt bekommen dafür, dass sie sich hier angesiedelt hat», sagte Steckmann. «Das war ein ziemlicher Wettbewerb rund um die Nordsee. Wir sind nicht die einzige strukturschwache Region, die in den letzten Jahren von Werftschließungen betroffen war. Und am Ende hat sich die Silventia für den Standort entschieden, wo ihr die Verwaltung am meisten entgegengekommen ist. Großzügige Steuerregelungen, beschleunigte Baugenehmigungen und nicht zuletzt eine gewisse Geheimniskrämerei. Also, die fürchten sich in der Branche sehr vor Industriespionage. Darum wird es nicht einfach sein, zu erfahren, wer da woran gearbeitet hat. Vermute ich mal.»

Danowski runzelte die Stirn. Normalerweise war er Ausflüchte nur von sich selbst gewöhnt. «Dafür gibt es ja die Staatsanwaltschaft, die wird schon die entsprechenden …»

«Der Leuchtturm», sagte Leuken und sah von seinem Smartphone hoch. Danowski hätte schwören können, der würde auf Facebook Bilder seiner Enkel liken. Stattdessen recherchierte er offenbar.

«Der Leuchtturm ist von der Silventia renoviert worden», sagte Leuken. «Das war doch das Thema hier vor ein paar Jahren.»

«Na ja, *das* Thema, ich weiß nicht», sagte Steckmann und rieb sich die Augen. Danowski streckte die Hand aus und war überrascht, als Leuken ihm das Handy reichte. Der distanzierte sich gerade ein bisschen von seiner Chefin. Vielleicht konnte Danowski das ausnutzen, teile und herrsche. Er scrollte durch die Pressemitteilungen der Silventia, die Leuken aufgerufen hatte, und überflog zwei, drei Texte.

«Die Silventia hat sich verpflichtet, ein paar Baudenkmäler wieder instand zu setzen, als Gegenleistung für die umfangreichen Baumaßnahmen an der Wesermündung. Das Sturmflut-Denkmal am Siel, irgendwelche Niedersachsenhäuser und den Leuchtturm.» Danowski ließ das Telefon mit spitzen Fingern auf den Tisch gleiten, als wäre es ein Beweismittel.

«Das wäre dann auch die Antwort darauf, was das Zeichen des Täters bedeutet», sagte er.

«Das Zeichen bedeutet Silventia», löste Leuken auf. Immerhin hatte der keine Probleme, seine Zeichenlehre zu revidieren. Sandra Steckmann sah aus, als hätte sie sich gerade von innen in die Backe gebissen.

30. Kapitel

«Bleibst du noch einen Augenblick sitzen, Adam?»

Er nickte und ließ sich wieder auf den Stuhl sinken, aus dem er schon halb aufgestanden war. Ein Körpergefühl wie früher in der Schule war das, wenn die Lehrerin das zu einem sagte. Machte einen misstrauisch und verursachte einem zugleich ein schlechtes Gewissen. Leuken ging an ihnen vorbei aus dem Raum, ein bisschen widerwillig, der verpasste nicht gern was.

Als die Tür zu war, rieb sich Sandra Steckmann noch mal die Augen. Dabei senkte sie den Kopf, und Danowski sah, dass ihre Haare am Hinterkopf aussahen, als wären sie nicht gebürstet worden, seit sie das letzte Mal im Bett gewesen war. Bett. Er war unfassbar müde.

«Wir müssen über deine Aufgabe und deine Zuständigkeiten hier reden», sagte Steckmann.

«Ich weiß. Die OFA in Hamburg braucht von euch die entsprechende Anschluss-Anforderung, das ist ja …»

«Das meine ich nicht.»

«Ach so, du meinst wegen eben? Ja, das ging ein bisschen durcheinander. Das hörte sich an, als würde ich ermitteln, aber ich berate euch nur. Ich bin müde. Da vergreife ich mich manchmal im Ton.»

«Im Gegenteil. Ich würde dir gern … wie soll ich sagen. Ich würde dir gern einen Sheriffstern anheften. Hilfssheriff.»

«Verstehe ich nicht.» Er verstand sehr wohl. Oder?

«Lass uns das möglichst informell halten. Nach der

OFA-Regelung kann ich dich ja zum Beispiel um Mitwirkung bei Verhören bitten oder dir das sogar ganz übertragen, solange jemand von uns die Supervision hat.»

«Planst du ein Verhör?»

«Nein. Aber ich möchte dich bitten, dass du mich bei den Ermittlungen unterstützt. Oder vertrittst, besser gesagt. Parallel müsstest du natürlich weiterhin deine Hintergrundarbeit machen, also unsere Ermittlungsergebnisse auswerten, nach Parallelen und Verbindungen suchen, das mit der Forschung abgleichen ...»

«Ich weiß, was meine Arbeit ist.»

«Okay, klar.»

«Worauf willst du hinaus, Sandra? Du redest um irgendwas rum.»

«Verdammt, sie meinten es ernst, als sie mir gesagt haben, sie schicken ihren besten Mann.»

«Haha.»

Sie stand auf. Um im Raum auf und ab zu gehen, dachte er, aber sie kam zu seiner Seite des Konferenztisches und setzte sich direkt neben ihn. Danowski lächelte in sich rein. Wenn Leute einem demonstrativ nahe kamen, wurde es interessant. Außerdem fiel ihm auf, dass sie zu den Menschen gehörte, die aus der Nähe besser aussahen als auf ein paar Meter Entfernung.

«Ich bin in Schwierigkeiten», sagte sie und ließ ihren Blick nicht von seinem Gesicht, obwohl er auf die Tischplatte schaute, damit er sich auf ihre Stimme konzentrieren konnte. Angespannt, aber aufrichtig.

«Ich sehe selbst, dass diese Verbindungen zur Silventia auffällig sind und dass wir in die Richtung ermitteln müssen. Aber ehrlich gesagt glaube ich nicht, dass das der Schlüssel zum Ermittlungserfolg ist. Wenn hier zwei oder drei Leute in einem Fall mit der Silventia zu tun haben, dann ist das ein bisschen so, als ob, keine Ahnung, als ob in Dithmarschen drei Leute, die mit einem Fall zu tun haben, Kohlbauern sind. Es liegt in der Natur der Gegend, sozusagen.»

«Das mag ja sein», sagte Danowski. «Aber du wolltest gerade von deinen Schwierigkeiten erzählen. Meine ich mich zu erinnern.»

«Warst du schon mal in Dithmarschen? Wenn da schlechtes Wetter ist, musst du mal ins Kohlmuseum gehen. Unglaublich, wie die Leute früher gelebt und gearbeitet haben. Das war wirklich hart.»

«Hm-hm, merke ich mir. Kohlmuseum. Mir läuft das Wasser im Mund zusammen. Jetzt noch mal zurück zu deinen Schwierigkeiten.»

Sie rieb sich die Augen, ohne von ihm wegzusehen. Als sie die Hände wegnahm, war ihr Blick gleichbleibend auf ihm, und nur ein paar winzige geplatzte Äderchen waren dazugekommen.

«Ich kann nicht unvoreingenommen bei der Silventia ermitteln. Ich glaube, ich kann da nicht mal alle Zeugen befragen, die man wahrscheinlich befragen müsste, ohne dass ich die Ermittlungen gefährde. Ich hab da … Verbindungen.» Sie zwinkerte ihm demonstrativ zu. Das sollte komisch und deutlich zugleich sein, sah aber nur müde aus und irre.

Danowski verstand sie ganz gut, aber er wollte es gern ausgesprochen hören. «Dein Mann ist doch Tierarzt?»

«Ich weiß», sagte sie. «Und deine Frau ist Lehrerin, oder?»

«Ja. Schulleiterin.»

«Du bist stolz auf sie.»

«Ich bin einfach pingelig. Das ist quasi ein anderer Beruf. Aber stolz bin ich auch auf sie, das stimmt.»

«Aber hast du nie irgendwelche Verbindungen gehabt?»

Jetzt kratzte Danowski sich am Auge, reine Übersprungshandlung. Er wurde immer verlegen, wenn ihm jemand einen Anlass bot, sich ahnungslos und verklemmt zu fühlen.

«Nein», sagte er, absichtlich grob. Er kannte Affären nur von Berufs wegen. Da kamen sie ja recht häufig vor. Bei Beziehungstaten und so weiter.

«Verurteilst du mich?»

«Natürlich nicht. Aber es tut mir leid, dass du dich in Schwierigkeiten gebracht hast.»

«Ja, das war dumm.»

«Du hast eine Affäre mit jemandem bei der Silventia, darum willst du da nicht ermitteln.» Vielleicht hatte er ein Bedürfnis danach, immer alles auszusprechen, weil er das von zu Hause von früher nicht kannte. Aber das fiel ihm jetzt erst ein. Er unterdrückte ein Gähnen.

«Das wäre … problematisch. Ja.»

«Du würdest dich angreifbar machen.»

«Unter Umständen. Aber wie gesagt: Wenn man in Dithmarschen eine Affäre hat, dann wahrscheinlich auch mit einem Kohlbauern. Zumindest vor zweihundert Jahren.»

«Das heißt, du willst eine Zeitmaschine bauen, um in Dithmarschen mit einem Kohlbauern vor zweihundert Jahren die Ehe zu brechen?»

«Wir fahren da immer in Urlaub hin.»

«Nicht besonders abwechslungsreich.»

«Mein Mann liebt Bauernhöfe. Ich will dich jedenfalls bitten, dass du für mich die Verbindungen von Corinna

Karlsson und Stephanie Rother über die Silventia-Schiene untersuchst. Wir können das nicht ignorieren, aber ich bin sicher, dass wir was anderes finden werden, sobald die DNA-Ergebnisse da sind aus dem Massentest oder bis jemand darauf reagiert.»

Danowski nickte. «Der Täter hat ja bereits reagiert. Auf die Testankündigung. Mit einer weiteren Tat.»

«Meinst du, Stephanie Rother würde noch leben, wenn wir den Test nicht angekündigt hätten?»

«Du meinst, würde sie noch leben, wenn ich den Test nicht empfohlen hätte?» Er schüttelte den Kopf. Aber in seinem Magen bewegte eine geballte Faust aus Unsicherheit die Knöchel, um auf sich aufmerksam zu machen.

«Wenn wir hingefahren wären», sagte er, «als wir's eigentlich vorhatten. Vor der Tat. Vielleicht.»

«Vielleicht.»

«Warum ich», fragte Danowski, «warum nicht Leuken oder jemand anders von hier?»

Sie blieb regungslos sitzen, obwohl sie ein Gesicht machte, als wäre sie fast auf dem Stuhl hin- und hergerutscht. «Das ist mir zu privat», sagte sie. «Wer weiß, was du da rausfindest über mich und meine …» Jetzt gestikulierte sie kurz. «… Welt. Aber das ist okay für mich. Du bist dann wieder weg. Leuken und die anderen bleiben für immer hier. Genau wie ich.»

«Ich brauche seinen Namen», sagte Danowski. «Von dem Mann, mit dem du bei der Silventia eine Affäre hattest. Oder hast.»

«Wozu?»

«Damit ich das einschätzen kann, wenn er in den Ermittlungen auf dem Radar auftaucht. Du solltest mir sagen, wer er ist.»

Sandra Steckmann zögerte. «Nein», sagte sie. «Das muss ich nicht, und das werde ich auch nicht. Aber wenn du auf jemanden aufmerksam wirst, dann sag ich dir, ob der es ist oder nicht.»

«Gibt es mehrere, die bei der Silventia in Frage kommen?», fragte Danowski scherzhaft, weil er nicht damit rechnete.

«Ja, drei», sagte sie ernst. «Über fünf Jahre.»

Darauf hatte Danowski keine Reaktion griffbereit.

«Glaubst du, die zeigen mir mal ihren Offshore-Windpark?», fragte er, um das Thema zu wechseln. «Das würde mich mal interessieren.»

Vor dem Hotel wartete niemand auf ihn. Danowski stand vorm Kofferraum auf dem Parkplatz und wartete auf nichts. Er merkte, dass er sich davor gruselte, heute Abend schon wieder irgendwas mit Bratkartoffeln zu essen.

Es kam ihm selbst ein wenig melodramatisch vor, aber im Moment gab es niemanden, dem er vertrauen konnte. Steckmann war offensichtlich dabei, ihn zu instrumentalisieren, und bei Ahrens von der OFA brauchte er jetzt auch nicht auszupacken, der würde ihn gleich zurückbeordern und dafür sorgen, dass Steckmann ein Verfahren wegen fahrlässiger Zeugenbeeinflussung oder Strafvereitelung im Amt oder so was erhielt. Und nicht mal ganz zu Unrecht. Für einen Moment schien es Danowski fast verlockend, alles gewissermaßen hinzuschmeißen, Steckmann auffliegen zu lassen und endlich nach Hause zu fahren zu Leslie und den Mädchen. Mit einem tiefen, unangenehmen Zug im Bauch, den er aber auf seinen Schlafmangel schob und auf eine grundsätzliche Überspanntheit, die er nicht mehr abstreiten konnte, stellte er fest, dass er seine Mutter im Moment mehr vermisste als seine Töchter und dass er immer noch hoffte, sie würde hier in Friederikenburg wieder auftauchen. Auf die gleiche handfeste, fast lebendige Weise wie in den vergangenen zehn, zwölf Tagen.

Um sich davon abzulenken, telefonierte er ein bisschen. Das konnte man hier draußen sowieso besser als im Hotel, da war noch weniger Netz als ohnehin schon hinterm Deich. Er fror und fing an zu zittern vor Müdigkeit, aber es kostete ihn nur zwei Anrufe, um herauszufinden, dass die gemeinnützigen Aktivitäten wie die Leuchtturm-Restauration bei der Firma Silventia unter Public Relations fielen und dass es ein Vorstandsmitglied gab, das dafür zuständig war. Und für Marketing, die Abteilung, in der Corinna Karlsson gearbeitet hatte. Sven Schlohn, neunundvierzig, wohnhaft zwei Ortsteile weiter Richtung Jadebusen. Okay. Er hatte zu arbeiten. Noch im Hotelgang sprach er mit der Sekretärin von Sven Schlohn und ließ sich dessen Handynummer geben.

Als er seine Tür schloss und mit seiner Karte im Wandschlitz die warme, aber nur schulterhohe indirekte Beleuchtung in seinem Hotelzimmer aufleuchten ließ, suchte er als Erstes den Raum nach seiner Mutter ab, aber so, dass er sich nichts anmerken ließ, nicht vor ihr und nicht vor sich selbst. Danowski hängte seinen Mantel auf, zog die Krawatte und die Schuhe aus und sah am Schatten unter seiner Badezimmertür, in der automatisch das Licht mit angegangen war, dass jemand sich dahinter bewegte. Er lächelte, ohne es zu wollen.

Er betrachtete den Namen auf seinem Telefon-Display. Sven Schlohn. Dann wählte er die Nummer, um einen Termin für morgen zu machen.

Was er nicht tat, war, Sandra Steckmann anzurufen, um sie darüber zu informieren.

Anschließend legte er das Telefon auf den kleinen Schreibtisch, streifte seine Schuhe ab und sagte in Richtung Bad: «Ich weiß nicht, was du da drinnen machst, aber ich komm jetzt rein.» Er musste sich die Spuren eines Leichenfundtages, einer fast schlaflosen Nacht und einer Affäre, die nicht seine war, von den Händen waschen. Als Kind hatte er es geliebt, im Bad zu sein, während seine Mutter auf dem Badewannenrand saß und sich die Haare bürstete.

Danowski öffnete die Tür, und augenblicklich wurde die Luft aus ihm gepresst, und alles, was er in den letzten vierundzwanzig Stunden gedankenlos in sich reingestopft hatte, drängte auf einmal zurück und nach oben in seinen Mund.

Der Schatten seiner Mutter bewegte sich sanft über den weiß gefliesten Badezimmerfußboden. Ihre Füße in den hellbraunen Stumpfhosen waren, weil er in sich zusammensackte, in etwa auf seiner Augenhöhe. Als er nach oben sah, hing sie von der Decke, die blaue Zunge schaute aus ihrem Mund wie ein seltsames Stück Samt, und ihre Augen direkt über ihm waren matt und leer.

31. Kapitel

Als Steckmann ihn anrief, um nach seinen Silventia-Ermittlungen zu fragen, schnitt er ihr das Wort ab und sagte, was ihm als Erstbestes einfiel: Leuchtturm. Ich bin auf dem Weg zum Leuchtturm.

«Ja, ich glaube, die Kollegen sind fertig da», sagte Steckmann. «Das Areal bleibt natürlich abgesperrt. Im Gebäude selbst ist niemand gewesen, das haben wir an der Tür feststellen können. Es ist jedenfalls noch jemand vor Ort, der einen Schlüssel hat. Bestimmt gut, sich das mal anzusehen, danke.»

Danowski hatte Schlagseite und stieß immer wieder an die eine oder andere Hotelgangwand. Dann polterte er ein paar Reststufen hinab ins Foyer, während die Frau von der Rezeption ihm einen missbilligenden, aber keineswegs überraschten Blick zuwarf. Er fand die Toiletten neben dem Frühstücksraum, leer, zum Glück, niemand an den Waschbecken und niemand, der dort von der Decke hing. Er wusch sich das Gesicht und stöhnte, zu abgelenkt zum Brechen.

«Alles in Ordnung?», fragte Steckmann durchs Telefon.

«Geht schon», log Danowski.

Im Auto erst mal der Gedanke, dass er eigentlich nicht fahren konnte. Dann der Gedanke, man könnte es ja mal probieren. Zurück ins Hotel wollte er jedenfalls nicht mehr.

Vorm Leuchtturm stand das weiße Partyzelt der Spurensicherung, aufgestellt gegen den Regen und die Blicke, gegen ganz Norddeutschland, die Scheinwerfer waren aus. Am Flatterband standen zwei Kollegen von der Schutzpolizei. Sie runzelten die Stirn, als sie Danowski sahen, vielleicht, weil er keinen Mantel trug und immer noch nicht trittsicher war. Der eine streckte gleich den Arm aus mit dem Schlüssel für die nachträglich eingebaute recht moderne Tür in der alten Leuchtturmwand. Danowski nahm ihn wie einen Staffelstab, ohne seinen Schritt zu verlangsamen, zögerte dann aber fünf Meter später doch.

Eigentlich wollte er nicht alleine da reingehen.

Andererseits musste er jetzt alleine sein.

«Sie brauchen sich keine Sorgen zu machen, dass Sie da Spuren beschädigen», sagte der Kollege, sein Zögern missverstehend. «Haben wir alle schon aufgenommen. Nichts Brauchbares, viel zu unübersichtlich. Da sind immer wieder heimlich Leute drin, darum hat die Silventia irgendwann Anzeige wegen Hausfriedensbruch erstattet. Die wollen ja angeblich bald mit der Renovierung beginnen, aber da drin sieht's, ehrlich gesagt, eher aus, als würden sie das Ding bald abreißen.»

Danowski nickte und sah an der Fassade hoch. Schmale Treppenhausfenster, dunkel und blind, von denen das unterste so hoch war, dass man es mit einer einfachen Leiter nicht hätte erreichen können. Dann schloss er die Tür auf und verschwand im Dunkeln.

Er wagte nicht, nach oben zu sehen. Der Boden vor seinen Füßen war kaum zu erkennen, uneben, bedeckt von altem Laub, Papier und Müll. Eine Stablampe wäre eine gute Idee gewesen. Den zur Seite gewundenen Treppenabsatz erkannte er als geometrische Form, die nach oben hin ein wenig heller wurde, die Wände ursprünglich weiß gekalkt, aber hier unten waren sie verschmiert vom Ruß verbotener Feuer. Danowski atmete die kalte, steinerne Luft und ging Richtung Treppe, einen Fuß vor den anderen setzend. Das erste Fenster erwartete ihn nach einer vollen Umdrehung der Wendeltreppe, Blick aufs Watt: gerahmtes Grau, hell über dunkel, vor schmutzig weißem Hintergrund, seine Perspektive hatte sich verschoben, alles war auf gleiche Weise flach und konturlos. Er lehnte sich gegen die Wand, ohne Rücksicht auf Spuren. Seine Hand verdeckte ein gutes Stück Inschriften und Einritzungen, wer alles hier gewesen war und wer bereit war, welchen Schwanz zu lutschen unter welcher Telefonnummer. Es erinnerte ihn an seinen Abstieg in die geheimen Gänge des Elbtunnels: Auch das hier fühlte sich nicht an, als würde man unbedingt nach oben steigen, der Blick durch die trüben Scheiben wurde nicht klarer von Fenster zu Fenster, den Höhenunterschied merkte er nur in seinen Oberschenkeln und daran, dass die Kritzeleien weniger wurden.

Über ihm immer nur das negative Relief der übernächsten Treppenstufen, keine toten Mütterfüße. Was wollte man mehr. Er wusste nicht, was er erwartet hatte. Eine von diesen gemütlichen Leuchtturmwärterwohnungen, die man sich als Kind immer ausmalte und in die er sich jetzt würde zurückziehen können, das Bett frisch gemacht und einladend aufgeschlagen? Einen Blick übers Land, der ihm Antworten offenbaren würde? Am Ende der Treppe erwartete ihn ein verschlossener Technikraum mit Starkstromwarnung, roter Pfeil auf dunkelgelbem Grund. Eine steile Metallleiter zu einer Holzluke, die vernagelt aussah, aber längst aufgebrochen war. Sobald er sie über seinem Kopf aufgestoßen hatte, schlug ihm kalter Wind entgegen. Vorsichtig stützte er sich auf, denn auf dem Holzboden lagen die Scherben der zerschlagenen Scheinwerferanlage im Zentrum des Raumes. Auch zwei der breiten Fenster Richtung Watt waren kaputt und nur notdürftig mit Sperrholzplatten und Gaffertape verklebt. Das war ihm von unten nie aufgefallen, hier musste in Sachen Denkmalschutz wirklich dringend was unternommen werden. Zwei der großen Panoramascheiben, durch die der Turm Richtung Meer geleuchtet hatte, waren ebenfalls kaputt, eingeschlagen von innen, die Scherben nach draußen gefallen. Danowski durchquerte den Raum, luftig, voller Trümmer, und stand am Ende an der splitterigen Öffnung Richtung Watt, vom Fallen nur gehindert durch den kniehohen Fenstersims.

Die kalte Luft weckte ihn auf, oder er wollte es glauben. Er rieb sich die Augen, versuchte, aufs Watt zu fokussieren, aber da war nicht genug, man sah ja nur, was man kannte, und ihm war das alles fremd hier.

Zeit, endlich ehrlich zu sein. Er war dabei, durchzudrehen. Die letzten beiden Fälle vor der OFA-Schulung hatten ihn mehr mitgenommen, als er sich eingestanden hatte. Er war da geschwächt reingegangen und dann ein- oder zweimal zu oft in Lebensgefahr geraten, hatte gesehen, wie Zeugen misshandelt wurden oder starben, und immer hatte er sich, wenn es zu viel wurde, sagen können: Na, ich bin halt überempfindlich.

Aber das war nur die eine Hälfte. Er brauchte Hilfe. Mehr als einen halben Meditationskurs und alle zwölf Monate einen Amtsarzt. Und mehr als eine Mutter, die nicht echt und für die er zu alt war.

Am Hin-und-her-Schwenken des Wattpanoramas merkte er, dass er sachte den Kopf schüttelte. Die Stimme seines Vaters, als er nach all den Jahren noch einmal der Frage auswich, woran seine Mutter wirklich gestorben war: Vielleicht war das die letzte Bestätigung, die er insgeheim noch gebraucht hatte.

Was hatte er alles fünfunddreißig Jahre lang übersehen oder verdrängt? Dass einmal, ein einziges Mal in all seinen Jahren im alten Haus ein Zimmer renoviert worden war: das Bad im Obergeschoss, das nur seine Mutter benutzt hatte. Dass seine Brüder, die offenbar mehr gewusst hatten als er, ihm dieses Badezimmer überlassen hatten, obwohl er sonst im Haus gar nichts für sich hatte. Dass immer alle nur gesagt hatten, das Herz seiner Mutter hätte aufgehört zu schlagen. Längst hätte er wissen müssen, dass das keine Todesursache war. Es war sein verdammter Beruf, so etwas zu wissen. Das war einfach der Tod, aber nicht die Ursache.

Danowski dachte daran, was er in seinen fünfundzwanzig Jahren als Polizist über Suizid gelernt hatte. Es lief am Ende immer auf eines hinaus, den festen grauen Block namens Depression, Verlust des Lebenswillens aufgrund einer psychischen Störung. Die Überzeugung, dass in der Welt nicht nur kein Platz war für einen, sondern dass man den anderen einen Gefallen tat, wenn man sich daraus entfernte. Besser für alle.

Danowski spürte etwas in sich aufsteigen, das er in ein, zwei Sekunden nicht mehr würde kontrollieren können. Hass, Tränen oder Galle, er wusste es nicht. Sein Telefon klingelte. Seine Hand ging ran, obwohl er nichts damit zu tun haben wollte.

«Sven Schlohn, Silventia Systems.» Eine von diesen frechen, aufdringlichen norddeutschen Stimmen. «Sie wollten mich sprechen?»

Danowski senkte den Kopf und ließ den Blick schweifen über den Fensterrahmen und den Sims. Herzen, Namen, Kilroys und immer wieder Schwänze auf diese universelle Art, wie sie weltweit gemalt wurden, mit und ohne Ejakulat. Er suchte Halt und fand ihn in dieser typischen Edding-Schrift, mit der er sich früher auch verewigt hatte:

Imke + Cori + Stephi +

Er musste ein bisschen lächeln, und das war gut, denn dann klang man dynamischer am Telefon. Wenn das kein Zeichen war. Weiterarbeiten. Zwei von den drei Freundinnen waren tot, und vielleicht sollte er langsam anfangen, sich Sorgen um die dritte zu machen.

«Ja, Herr Schlohn», sagte er. «Ich hoffe, Sie haben Zeit für einen Besuch.»

32. Kapitel

Ihm gefiel, dass es ihm gelungen war, sich zusammenzureißen. Was ihm nicht gefiel, war die Richtung, die sein Gespräch mit Sven Schlohn nahm. Statt ihn in sein Büro zu bitten, hatte der Silventia-Vorstand ihn in einen kleinen, schmucklosen Konferenzraum gesetzt. Vom Fenster aus sah man auf die Wesermündung, Bremerhaven hinter einer Regenfront, und auf dem Tisch stand das übliche Arrangement aus kleinen kostbaren Konferenzraumgetränkefläschchen, einladend und abweisend zugleich.

Gut war erst mal, dass Schlohn ihn hatte warten lassen. Das war eine Machtdemonstration, die immer ins Leere lief, weil der Wartende Zeit hatte, sich Gedanken zu machen und sich zu sammeln, während derjenige, der warten ließ, nichts erreicht hatte, außer ungezogen zu erscheinen. Schlohn war Ende vierzig, hatte abstehende Ohren, Fastglatze, Sportlerfigur, aber nicht Studio, sondern eher Richtung Marathon. Ein attraktiver Mann, dem andere was zutrauten, das sah man gleich, aber er sich selbst am allermeisten. Außer dass er angespannt wirkte. Kein Wunder, fand Danowski: Der Weg durchs Foyer führte an einem leicht überlebensgroßen Schwarzweißbild von Stephanie Rother mit Trauerflor vorbei. Stephanie Rother sah auf ihrem Foto fedrig blond aus, ihr Haar war hier also weiß, die Gesichtszüge eher rund, der Blick, als hätte sie noch was vor. Offenbar aus der Personalakte, im etwas zu weichen Stil eines Fotostudios, das auf Bewerbungsbilder und Hochzeitsfotos gleichermaßen spezialisiert war. Dachte eigentlich jemals jemand, von dem gerade ein Porträt gemacht wurde, in dem Moment daran, dass das Bild eines Tages auf diese Weise würde Verwendung finden können? Und welches würden sie bei ihm nehmen? Hoffentlich nicht das aus seiner Personalakte, auf dem er aussah wie jemand, der 1960 einen Anthony-Perkins-Ähnlichkeitswettbewerb verschlafen hatte, bei dem er zumindest nicht unter die letzten fünf gekommen wäre.

Sven Schlohns Angespanntheit aber hatte sich merklich gelegt, als Danowski vom Leuchtturm angefangen hatte. Warum die Silventia sich denn gerade für dieses Bauwerk entschieden habe. Ob er den Leuchtturm gut kenne, wie oft er sich da in der Nähe aufhalte. Ob die beiden Kolleginnen irgendeinen Bezug zu dem Bauwerk gehabt hatten. Und als Danowski sich in diese Richtung tastete, lief über Schlohns Gesicht so was wie eine verwirrte Erleichterung: Wie, darüber will die Polizei reden? Das ist alles? Und darum habe ich mir Sorgen gemacht?

Das war natürlich toll, so etwas zu sehen, fand Danowski.

Die Silventia habe den Leuchtturm auf eine Liste von Baudenkmälern hier an der Küste gesetzt, um die sie sich mit einer Stiftung im Rahmen der Vereinbarungen mit dem Deichmarsch-Kreis kümmere: Sicherung, Restaurierung und mittelfristig touristischer Zugang. Danowski musste sich die Augen reiben vor lauter Floskeln. Und nein, Schlohn selbst war nie direkt am Leuchtturm gewesen, im Moment sei der ja auch gar nicht zugänglich, früher hätten sich da Jugendliche rumgetrieben, vor zwanzig Jahren hätte man da noch einsteigen können, aber jetzt nicht mehr. Soweit er wisse. Und er wisse nur, dass Corinna Karlsson eine Beschreibung des Leuchtturms für eine

PR-Broschüre mit Silventia-Projekten verfasst habe. Und warum Danowski das alles wissen wollte.

«Die unmittelbare Umgebung des Leuchtturms», sagte Danowski. «Das ist ein doppelter Leichenfundort.»

«Umso besser, dass wir entschieden haben, den Turm abreißen zu lassen. Geht im nächsten Frühjahr los. Also, wir mussten das entscheiden. Wegen der Verhältnismäßigkeit. Da war sie ein bisschen enttäuscht. Frau Karlsson», sagte Sven Schlohn. «Aber die Statik. Das ist eine Holzkonstruktion, die ist voller Schwamm. Der Klinker, den Sie von außen sehen, ist nur Fassade. Vielleicht behalten Sie das noch ein bisschen für sich, wir wollten ja ein positives Signal setzen mit der Restaurierung. Bisher wissen das nur die Leute vom Projekt hier intern. Oder eigentlich nur Corinna Karlsson. Und die Bank, bei der die Mittel liegen, da haben wir schon angekündigt, dass wir die umschichten.»

Danowski spürte die Erleichterung in Schlohns Stimme und las zwei Dinge daraus: Zum einen, dass er auf der falschen Fährte war, und zum anderen, dass es dementsprechend eine richtige geben musste. Schlohn saß Danowski gegenüber mit dem Rücken zum Fenster, dunkel vor dem Hintergrund der ruhigen grauen See. Danowski sah an ihm vorbei und lächelte.

«Kann man bei klarem Wetter eigentlich Ihren Windpark sehen?», fragte er.

Schlohn schüttelte nachsichtig den Kopf. «Erstens ist das nicht unser Windpark, sondern wir betreiben lediglich die Technik im Auftrag des Energieversorgers. Und nein, natürlich kann man die Anlagen nicht sehen. Die Vereinbarung mit dem Land besagt, dass sie von der äußeren Insellinie nicht sichtbar sein dürfen, entsprechend beginnen die Standorte im Wattenmeer erst vierzig bis fünfundvierzig Kilometer vor der Küste. Damit sie hinter der Erdkrümmung verschwinden.»

«Die Windräder sind deutlich höher als an Land, oder?», fragte Danowski.

Schlohn nickte. «Doppelt so hoch und höher. Und die Leistung ist im Offshore-Bereich viel größer. Wissen Sie, Windpark, das klingt so hübsch und beschaulich, oft ist ja auch von Farm die Rede oder so, als würden wir da ganz beschaulich Wind ernten, aber ... das sind Hunderte von großen Kraftwerken, wir erzeugen da große Mengen Stroms unter widrigen Bedingungen, bei rauer See, in ausgewiesenen Starkwindgebieten. Das ist der einzigartige Standortvorteil, den wir hier im norddeutschen Wattenmeer haben: Starkwind bei vergleichsweise geringen Wassertiefen von dreißig bis vierzig Meter, sodass die Fundamente der Windturbinen gut verankerbar sind.»

Danowski hörte ihm mit halbem Ohr zu und registrierte, wie Schlohn sich entspannte, der wähnte sich auf der sicheren Seite des Polizeikontakts, der hatte das Gefühl, außer Gefahr zu sein. Umso besser. Würde er ihn reden lassen. Darüber, dass sie hier die größte kombinierte Produktions-, Zulieferungs- und Montage-Einrichtung für Offshore-Windanlagen in ganz Deutschland hatten. Die Stahlbleche, aus denen sie die Fundamente formten, kamen mit dem Küstenmotorschiff aus Rotterdam, daraus bauten sie hier vor Ort in vier Werkshallen die Stahlstützen, die in den Meeresboden gerammt wurden und die sie Monopiles nannten. Über die Weser oder ebenfalls aus Rotterdam kamen die übrigen Komponenten der Windturbinen, also die Aufbauten, die Maschinenhäuser, die Rotorblätter. Ein einzelnes davon füllte ein ganzes Binnenschiff. Sie hatten ein Schwerlastkai hier, das von einer Tochterfirma betrieben wurde, und einen Hubschrauberstart- und -landeplatz, damit sie ihren Windpark, der in Wahrheit kein Park war, von oben kontrollieren konnten.

Danowski ließ den raunenden Managersound über sich hinwegspülen und beobachtete den feinen Mund von Sven Schlohn beim Reden. Okay, er hatte drei Minuten gebraucht, um Schlohn als denjenigen bei der Silventia zu identifizieren, der am ehesten für eine nochmalige Befragung durch die Polizei in Frage kam. Weil er mit Corinna Karlsson gearbeitet hatte und weil das Leuchtturmprojekt in seine Abteilung fiel. Sandra Steckmann musste also schon längst gewusst haben, dass Schlohn der offensichtliche Gesprächspartner war. Und wenn sie es nicht selber machen wollte, dann wahrscheinlich, weil Schlohn genau derjenige war, mit dem sie nicht selbst sprechen konnte.

«Die Leute, die hier arbeiten, kommen die eigentlich aus der Gegend, oder müssen Sie die ranholen?», fragte Danowski. Schlohn schüttelte den Kopf. «Alle hier aus dem Umkreis. Das ist ja traditionell ein Industriestandort hier, und durch die Werftenkrise gibt es hier verfügbares Fachpersonal, so viel wir brauchen.»

«So wie Stephanie Rother?»

«Ja. Ich habe mir die Akte angeschaut, und Frau Rother war eine Ingenieurin, die früher in Bremerhaven gearbeitet hat.»

«Aber Sie haben sie nicht gekannt und kaum mit ihr zusammengearbeitet, sagen Sie.»

«Ich habe gar nicht mit ihr zusammengearbeitet. Ich kannte sie bestenfalls vom Sehen, aus der Kantine. Oder mal vom Betriebsfest oder so.»

«Das heißt, Sie waren ab und zu mit Stephanie Rother in der Kantine essen.»

«Nein, das meine ich damit nicht.»

«Aber Sie haben auf dem Betriebsfest, voriges Jahr auf der Weihnachtsfeier oder so, mit ihr getanzt oder geflirtet.»

«Nein.» Der ließ sich nicht aus der Ruhe bringen. Weil er es gewohnt war, dass Leute es versuchten, um was zu erreichen. «Ich hätte sie auf der Straße vom Sehen wahrscheinlich als eine Silventia-Kollegin erkannt, aber ich habe, soweit ich mich erinnere, nie ein Wort mit ihr gewechselt.»

«Und Corinna Karlsson?»

«Das habe ich alles schon vor zwei Wochen Ihren Kollegen beschrieben.»

«Vielleicht ist Ihnen seitdem noch was eingefallen.» Danowski erinnerte sich an den alten Lehrer, der ihn vor ein paar Tagen nach der Besprechung abgefangen hatte und dem wirklich noch was eingefallen war. Sie hatten die Brakels zwar vorgestern besucht, aber hatte mit dem eigentlich mal jemand geredet?

«Ich habe Ihnen alle Termine zusammengestellt, die ich mit Frau Karlsson in Sachen PR hatte, es waren nicht viele.»

«Und Sie waren nie allein.»

«Wir waren bei diesen Terminen nie allein, nein.»

Danowski sah ihn an. Na gut.

«Hören Sie», sagte Schlohn, «bitte haben Sie nicht den Eindruck, dass ich mich nicht weiter mit Ihnen unterhalten will, aber …»

«Aber Sie müssen los, Sie haben noch was vor», sagte Danowski.

Schlohn schien unschlüssig. Er wollte verhindern, dass ihm die Kontrolle über das Gespräch entglitt, wusste aber nicht, wie. Danowski wartete. Ihm war das egal. Seitdem er sich damit abgefunden hatte, dass er erst heute Abend würde schlafen können und dass er nun wusste, wie seine Mutter gestorben war, war er ruhiger als seit Monaten. Nur der Gedanke, dass er jetzt auch in Hamburg-Finkenwerder seine Töchter hätte von der Schule abholen können, wenn nicht jemand noch eine zweite Frau am anderen Ende Norddeutschlands getötet hätte, machte ihn kurz wütend und dann ein wenig traurig. Er musste mit Leslie telefonieren, und er musste diese Sache insgesamt hier beenden. Er wusste, dass seine Mutter nicht hierher zurückkehren würde.

Danowski räusperte sich. «Haben Sie eigentlich Ihre DNA-Probe schon nehmen lassen?»

Schlohn nickte. «Heute Morgen, ja. Wie lange dauert das denn, bis das … also, bis Sie auf jemanden stoßen?»

Danowski zuckte die Achseln. «Die ersten Ergebnisse liegen frühestens Ende nächster Woche vor. Wieso? Macht der Gedanke Sie nervös?»

Schlohn hielt seine Handflächen in die Luft, um sie Danowski zu zeigen, der damit aber wenig anfangen konnte. «Haben Sie sich schon mal von einem Polizisten in Gummihandschuhen mit einem Wattestäbchen den Mundraum auswischen lassen?», fragte er. «Das gibt einem zu denken, auch wenn es einen nicht nervös macht.» Dann ließ er seine Handflächen auf den Tisch fallen wie jemand, der einem unangenehmen Gespräch im Familienkreis eine neue Richtung geben will, hin zu etwas, das allen gefällt. Kommt, genug über die Flüchtlinge diskutiert, wie findet ihr denn den neuen Freund von Cousine Soundso.

«Wie geht's eigentlich Sandra Steckmann?», fragte Sven Schlohn. «Ist die nicht eigentlich mit den Ermittlungen betraut?»

«Verfolgen Sie die Ermittlungen?»

«Das kam ja im Fernsehen. Wir kennen uns nur zufällig, weil unsere Kinder in der gleichen Klasse sind.»

Danowski musste ein bisschen lächeln. Schlohn war nicht ungeschickt: immer gut, riskante Themen als scheinbar unverfängliches Geplauder zu tarnen, um von noch riskanteren Themen abzulenken. Wie dem Thema DNA-Probe. Zugleich klang Schlohns Stimme, als hätte er einfach nicht widerstehen können, den Namen Sandra Steckmann zu sagen.

Kinder in der gleichen Klasse, dachte Danowski. Sieh an. Und weil's so schön war und er sich für Schlohns Reaktion interessierte, sagte er es noch mal, laut.

«Grundschule», sagte Schlohn.

«Geht ihr ganz gut», sagte Danowski und hielt die anschließende Stille aus.

«Haben Sie schon einmal ein Windturbinenfeld von oben gesehen?», fragte Schlohn schließlich und stand halb auf, offenbar, um der Situation eine andere Dynamik zu geben.

«Weder von oben noch von unten», sagte Danowski und tat so, als ließe er sich von dieser Dynamik anstecken. In Wahrheit hatte er sich gerade ans Sitzen gewöhnt.

«Darf ich Sie einladen, sich das mal anzuschauen?», fragte Schlohn. «Aus wirtschaftlichen Gründen versuchen wir, die Helikopterüberflüge möglichst selten zu machen, aber ich muss morgen früh sowieso raus. Wenn Sie möchten, nehme ich Sie mit.»

33. Kapitel

Verließ er also das Silventia-Gelände mit einer Verabredung für morgen zum Hubschrauberfliegen. Na gut. Schlechter als heute im Hotel würde ihm dabei auch nicht werden.

Dann suchte Danowski Steckmann, ohne sie zu finden. Der alte Bulle von hinterm Deich, Leuken, beäugte ihn, als wollte er Danowski gern was erzählen, wüsste aber nicht, ob er der Richtige dafür war. Offenbar war Danowski nicht der Einzige, der Steckmann nicht mehr ganz vertraute. Gut, die anderen kriegten das wahrscheinlich viel eher mit, wenn sie eine ihrer Affären hatte.

«Ist was?», fragte Danowski, während er seine Sachen zusammenpackte. Irgendein Bett jetzt. Aber er wollte nicht ins Hotel.

«Weiß ich noch nicht», sagte Leuken und ging.

Danowski fuhr einmal mit dem Mondeo ums «Brinkman's North Sea Haus Schröder», dann noch mal, dann wurde es langsam dunkel, und er musste zugeben, dass er es nicht schaffte, da reinzugehen. Das war ihm neu. Normalerweise hatte er immer erst hinterher Angst: nachdem er vom Kreuzfahrtschiff in die Elbe gesprungen war, nachdem er im Kriechgang unter der Erde stecken geblieben war. Leider waren seine Sachen noch im Hotel. Aber die Frau von der Rezeption würde sie ihm sicher gern auf den Parkplatz bringen.

Steckmann ging nicht ans Telefon, die hätte er gern um

ein Gästebett gebeten. Die beiden anderen Hotels und die Wohnungsvermietung im Ferienpark waren geschlossen für den Winter. Danowski holte sich was zu essen im Verbrauchermarkt, einen Wrap, vegan, plötzlich wollte er an seine Gesundheit denken, Leslie hatte ihm gerade am Telefon gesagt, er solle das tun, wenn auch nicht so konkret, und zum Ausgleich vor der Kasse aus dem Pennerregal ein kleines Fläschchen Jim Beam und dann noch zwei, weil es so einsam aussah auf dem Band.

Diese Kombo pfiff er sich auf dem Parkplatz rein, Jim Beam, Wrap, Jim Beam, Jim Beam, ein anderes Tuwort dafür fiel ihm nicht ein, und währenddessen betrachtete er das Innere des Dienst-Mondeos mit ganz neuen Augen.

Sieht so aus, als werde ich die Nacht hier verbringen, dachte er. Nee, oder.

Und dann hatte er eine orthopädisch vermutlich bessere, insgesamt, wie er wusste, aber noch viel schlechtere Idee. Denn allein sein wollte er jetzt auch nicht mehr.

34. Kapitel

Adam Danowski wachte von einem leicht süßlichen Geruch auf, oder dieser Geruch war das Erste, was er in der Nase hatte, bevor er die Augen aufschlug. Ein Grundaroma, das in den Laken und im Bettzeug festsaß, vom Ariel kaum überdeckt, weil es sich nach Jahren nicht mehr rauswaschen ließ. Eine Mischung aus Schweiß, Rasierwasser oder Axe-Bodyspray, Parfüms, die man in den späten achtziger Jahren verschenkt hatte, und viel Sex und wenig Schlaf.

Er lag auf dem Rücken und hielt die Augen geschlossen, bis er vorsichtig ertastet hatte, dass die Frau vertragsgemäß neben ihm lag.

Ich projiziere, dachte er, es ist wissenschaftlich unmöglich, derartig viele unterschiedliche olfaktorische Eindrücke aus einem Bettzeug auszulesen. Es ist stattdessen genau das passiert, was immer das größte Problem ist im Leben und erst recht bei der Arbeit: Die Phantasie hat ihre eigene Geschichte erzählt, und dann hat man aus einer willkürlichen Empirik Fakten herausgesucht, die diese Geschichte stützen. Wobei, zumindest den Schweiß und das Axe roch er wirklich.

Nadine. Er wusste nicht, ob die Frau so hieß; er wusste nur, dass das der Name war, den sie ihm gestern gesagt hatte, als er ihr Geschäft anbahnte. Er hatte im Internet eine Prostituierte in der Gegend gesucht, das war einfach gewesen, auf seinem Telefon, mit Blick auf den Verbrauchermarkt.

Danowski schlug die Augen auf und betrachtete die nackte Schulter und den nackten Arm der Frau neben sich von unten, sie hatte sich aufgesetzt und las eine Zeitschrift. Der braunblonde Flaum auf ihrem Unterarm gefiel ihm, und vor allem gefiel ihm, dass sie noch da war. Weil er sie dafür bezahlte und weil er nicht gern über die Verletzung von Vereinbarungen stritt.

«Gut geschlafen?»

Die Frau, die sich Nadine nannte, sah zu ihm herunter, gar nicht unfreundlich. Er lächelte und nickte. Eine kleine Wohnung mit Dachschrägen, hell getäfelt, ein bisschen eng und zugig, wohnen wollen würde er hier nicht, aber er hatte gut geschlafen. Sie streckte ihre Hand aus. Für einen Moment dachte er, sie würde ihm aufhelfen wollen, ihn aus dem Bett und in den Tag ziehen, aber dann wurde ihm klar: die hundert Euro. Er wälzte sich ein Stück zur Seite und griff unters Bett, wo er die Brieftasche in seine Schuhe geschoben hatte.

Sie nahm ihm das Geld aus der Hand und schlug in der gleichen Bewegung ihre Bettdecke zur Seite, sodass seine mit in Unordnung geriet und kalte Luft an sein Bein kam.

«Die Nacht ist vorbei», sagte sie und stand auf. Sie wartete neben dem Bett, bis er sich auf die Bettkante gesetzt hatte und anfing, seine Sachen von gestern anzuziehen.

«Soll ich dir vielleicht doch wenigstens einen runterholen?», fragte sie.

Er schüttelte den Kopf, ohne sich umzudrehen.

«Willst du reden?»

Er räusperte sich. «Natürlich nicht.» Sie hatte gestern Nacht schon versucht, ihn in ein Gespräch zu verwickeln, nachdem er versucht hatte, ihr klarzumachen, dass er einfach nur schlafen wollte. Und zwar nicht mit, sondern neben ihr. Das hatte sie als Wunsch nach Nähe und Austausch missverstanden. Und ihm erzählt, wie gern die Männer mit ihr redeten. Vorher, hinterher, währenddessen. «Die kommen aus allen Zusammenhängen», hatte sie gesagt, «da sind Bullen drunter wie du» – klar, das konnte ihn nicht überraschen, dass sie ihn so klar zugeordnet hatte, «Banker, Ärzte, alle Möglichen. Und alle wollen reden.» Aber nicht Adam Danowski. Er hatte nur schlafen wollen.

Er hörte, wie sie das Zimmer verließ und rief ihr «Bis heute Abend!» hinterher. Wieder so ein Beispiel für etwas, das man eigentlich nicht wissen konnte: Der Gedanke lag nahe, dass sie ihn nicht gehört hatte, bevor sie jetzt die Badezimmertür schloss und die Dusche öffnete, aber in Wahrheit konnte er das nicht wissen. Alles, was er mit Sicherheit sagen konnte, war, dass sie ihm keine Antwort gab.

Er lief fast eine Dreiviertelstunde hinterm Deich entlang Richtung Ort. Das Auto hatte er auf dem Hotelparkplatz geparkt, er wollte nicht, dass es drei Kilometer außerhalb vor der Einliegerwohnung einer vermutlich marschweit bekannten Prostituierten gesehen wurde.

Wenn er die Sache rational betrachtete, musste er anerkennen, dass er Hilfe brauchte. Und er sah, dass es eine innere Sperre gab, die ihn daran hinderte, sich um diese Hilfe zu kümmern. Vielleicht ein Mangel an Phantasie: die Unfähigkeit, sich vorzustellen, dass ihm irgendjemand oder irgendetwas wirklich würde helfen können. Dass er sich das nicht vorstellen konnte, lag nach seiner Analyse daran, dass er die Erinnerung an seinen früheren Zustand verloren hatte. Besser, an die Zukunft zu denken. Seine

Verabredung mit Sven Schlohn und dann den Rest des Arbeitstages. Mit Stephanie Rother wollte er sich gern noch ein bisschen beschäftigen, mit ihrem Leben und all den Spuren, die sie in den Datenverarbeitungssystemen ihrer kleinen Welt hinterlassen hatte. Das war zwar kein Vergnügen mit der technischen Ausrüstung, die die Kollegen hier vor Ort hatten, aber zumindest ein Plan für den Rest des Tages.

Vor der Landstraße, die nach Friederikenburg führte, war eine große Anlage mit Ferienhäusern und Ferienwohnungen in einheitlichem Stil: verwechselbar norddeutsch, eine konsequent misslungene Mischung aus Lübecker Kontorhausstil, Reetdach-Simulation und neuem, zu glattem und zu hellem Rotklinker. Zweihundert Einheiten, schätzte Danowski, und wofür? Damit man den ganzen Sommer lang auf den Deich starren konnte.

Er sah auf die Uhr. Vorne an der Ecke vor der Bäckerei, die bis März geschlossen hatte, fuhr alle halbe Stunde der Bus Richtung Friederikenburg, er würde nur elf Minuten warten müssen. Und in etwa anderthalb Stunden ging die Sonne auf, wenn sie denn aufging.

Aus einem der gepflasterten Fußwege, die die Ferienparkanlage durchzogen, lief ein Mann Anfang, Mitte dreißig von einem trüben Kegel der Wegbeleuchtung zum nächsten bis auf den Parkplatz, der fast leer war. Nur ein einsamer Audi stand, versteckt geparkt, hinter einem winterharten Gebüsch. Der Mann drehte sich um, aber nicht bis zu Danowski, und stieg in den Wagen. Offenbar hatte er keine Erfahrung darin zu prüfen, ob er beobachtet oder verfolgt wurde. Sein Gesicht schien kurz im gedämpften Licht aus dem Wageninneren auf, das er aktiviert hatte, indem er das Türschloss entriegelt hatte. Ludger Brakel.

Danowski hielt inne. Das fand er interessant. Morgens um die Zeit, da fuhr also vermutlich einer zur Frühschicht. Aber warum war er dann in einem verlassenen Feriendorf? Warum nicht zu Hause bei seinen Eltern? Da stieg Ludger Brakel auch schon wieder aus. Er trug eine flache Plastiktüte, die er offenbar im Auto aufbewahrt hatte. Als Brakel auf den Parkplatz trat, hatte er Gummistiefel an den Füßen. Danowski ging in Hockstellung hinter einem braunen Biomüll-Container, blitzschnell, das war gut zum Wachwerden. Aus der Kragenöffnung seiner Kleidung kam ein Geruch, der ihn an das Bett und an die Wohnung von Nadine erinnerte. Als der Mann die Straßenseite gewechselt hatte und mit schnellen Schritten den Deich entlang Richtung Leuchtturm lief, folgte Danowski ihm in bewährtem Abstand. Abstand halten, darin war er gut.

Wenn er ehrlich war, dann folgte er Ludger Brakel aus einem völlig unempirischen, fast abergläubischen Grund. Wenn sich jemand vorm Morgengrauen irgendwo heimlich herumtrieb, dann mit nicht geringer Wahrscheinlichkeit aus unlauteren Motiven. Und wenn jemand, der in den Ermittlungsakten vorkam, frühmorgens unlautere Motive hatte, dann war es möglicherweise für ihre Arbeit am Doppelmordfall relevant.

Jetzt im Dunkeln fiel ihm erst auf, wie absurd ein Leuchtturm war, der nicht mehr leuchtete. Ein schwarzer Finger, der in den ausfransenden Nachthimmel ragte, als wollte er auf etwas hinweisen, das niemand verstand.

Ludger Brakels Silhouette zeichnete sich undeutlich vor dem Deich ab, dann kurz vor dem Himmel, bevor er auf der anderen Seite verschwand. Danowski beschleunigte seine Schritte. Dahinter war nur noch der kleine Pfad zum Leuchtturm, und wenn er die Gezeiten inzwischen genug verinnerlicht hatte, dann war die Ebbe im Moment zwar nicht auf ihrem Tiefststand, aber das Wasser hatte sich weit genug zurückgezogen, um den Leuchtturm erreichbar zu machen. Das war nun doch mehr als nur eine Spinnerei: Wer sich im Schutze der Dunkelheit aufmachte zu einem zweifachen Leichenfundort, war mit großer Wahrscheinlichkeit fallrelevant. Wenn auch statistisch widerlegt war, dass der Täter immer an den Tatort oder einen anderen für sein Verbrechen relevanten Ort zurückkehrte. Je nach Datenerhebung lag die Quote bei fünf bis zehn Prozent, und die meisten Täter mit derartigem Verhaltensmuster hatten gar keine andere Wahl, weil der Tat- oder Fundort ihr Arbeitsplatz oder Teil ihrer Wohnung war. Quatsch also. Aber musste man wissen.

Der Deichweg matschte unter Danowskis Füßen, die Schafe ignorierten ihn, und als er oben auf dem Deich ankam, hatte er freien Blick auf die etwa hundert bis hundertfünfzig Meter zum Leuchtturm. Das Problem war, dass er jetzt ebenso deutlich zu erkennen war wie vorher der andere Mann.

Danowski kauerte sich in den Matsch. Eine Wechselhose hatte er noch im Hotel. Unerreichbar zurzeit. Die Schafe wichen vor ihm zurück, ohne in seine Richtung zu blicken. Leise machte er das Geräusch, das sein Vater im Sommerurlaub immer zu den Kühen auf der Alm gemacht hatte, einen sinnlosen grüßenden Singsang, der die Schafe tatsächlich beruhigte. Dann näherte er sich auf Knien einem von ihnen und achtete darauf, dass der größte Teil seines Körpers von der feuchten Wolle des geduldigen Tieres verdeckt wurde.

Was gut war, denn Brakel blickte sich suchend um. Er blieb auf halber Strecke zum Leuchtturm stehen. Seine

Gummistiefel waren bis über die Knöchel im Schlick eingesunken. Dann winkte er zum Leuchtturm. Danowski kniff die Augen zusammen. Er hatte nichts bei sich, womit er besser hätte sehen können. Man durfte einfach nie ohne Ausrüstung das Haus verlassen, auch nicht das Haus einer geschäftstüchtigen Provinzprostituierten. Hundert Euro pro Nacht. Sein Vorschlag war fünfzig gewesen, aber dabei war er rot geworden.

Aus der Körpersprache des Mannes las Danowski, dass jemand am Leuchtturm war, der den Gruß aber nicht erwiderte. Ludger Brakel hörte auf zu winken, ging wieder ein paar Schritte, blieb wieder stehen, und jetzt löste sich eine Gestalt aus der Dunkelheit des Leuchtturms. Aus dieser Entfernung und in der Andeutung des Zwielichts aus Morgengrauen und vagen gelblichen Straßenlaternen sah es aus, als hätte die dunkle Masse des Leuchtturms die Figur geboren. Wie ein Stück schwarzes Gewebe wehte sie über den Steinweg auf den Schlick, bis sie die Form einer Frau im Alter der beiden Opfer annahm. Danowski straffte sich gegen die Enttäuschung, keine Dienstwaffe zu tragen. Er hörte ein scharfes Geräusch, das sein eigener Atem war, bis er sich beruhigte. Er durfte nicht eingreifen, weil er nicht wusste, ob es hier etwas zu verhindern gab.

Das wird mir nicht noch mal passieren, dachte er. Und er wusste selbst nicht, ob er es als Beschwörung meinte gegen das Eingreifen oder gegen das Laufenlassen oder, ganz uncharakteristisch, als den Ausdruck reiner, irrationaler Hoffnung.

Die Frau näherte sich Ludger Brakel, der mitten im Schlick stand und mit jedem Augenblick tiefer darin zu versinken schien, aber womöglich war es nur das Tageslicht, das fortlaufend die Konturen der Dinge und der

Menschen vor dem Watt änderte. Danowski kniff die Augen zusammen, um nach dem Öffnen für einen Moment schärfer sehen zu können, das war eine bewährte Methode. Und fast hätte er dadurch den Moment verpasst, in dem Ludger Brakel die Frau am Arm packte und sie beide, verursacht durch die Dynamik ihrer Bewegung, seitlich weg Richtung Watt sanken. Es war, als fiele die Frau ins wenige Licht, und Danowski sah, dass es Imke Billings war.

35. Kapitel

Für einen Moment war er gelähmt vom Anblick der Gewalt. Zwei Instinkte kämpften in ihm, und der archaischere gewann gegen den des ausgebildeten Polizisten. Natürlich war er darauf gedrillt, in einer Gefahrensituation unverzüglich einzugreifen, aber tiefer steckte in ihm wie in jedem Menschen, vor Gewalt zugleich zurückzuschrecken und sie gleichzeitig mit einer Mischung aus Faszination und Erregung zu beobachten.

Außerdem war die Situation auf die Entfernung in der Morgendämmerung schwer abzuschätzen. Es sah nicht so aus, als würde der Frau Gefahr drohen, der Mann schien sie eher beruhigen zu wollen, er hatte sich wieder aufgerichtet und beugte sich über die Frau, die vor ihm kniete, während sie sich die Hand, mit der sie in den Schlick gegriffen hatte, an der Hose abwischte. Er hielt sie am Arm und schüttelte sie, als wollte er ihre Aufmerksamkeit erregen, dann machte er beschwichtigende Handbewegungen, als wollte er sich entschuldigen, dass er sie gepackt hatte.

Danowski konnte nicht verstehen, ob sie und was sie sprachen. Das Watt lag still, aber die Kaugeräusche der Schafe und jetzt der harte Strahl, als eines von ihnen Wasser ließ, reichten, um die Gesprächsfetzen zu übertönen. Es roch durchdringend nach Schaf-Urin, und ein dünner Film davon wehte in seine Richtung wie ein kostbarer Sprühnebel, wenn man im Erdgeschoss die Parfümabteilung eines Kaufhauses durchqueren musste.

Brakel beugte sich nach unten. Es sah aus, als striche er Imke Billings über das Haar. Sie ließ es geschehen, aber als er sich weiter hinunterbeugte, schlug sie seine Hand weg. Er hielt nicht an in der Bewegung, sondern küsste sie aufs Haar. Es sah vertraut aus oder so, als bildete er sich ein, es gäbe da so was wie Vertrauen oder Nähe zwischen ihnen.

Imke Billings wartete ab, bis seine Lippen sich von ihrem Haar lösten, dann rammte sie ihren Kopf in seine Magengrube, ihre Position, die schwach ausgesehen hatte, war ideal dafür. Brakel taumelte nach hinten, und sie hielt sich an ihm fest, um sich an seiner Rückwärtsbewegung aufzurichten. Jetzt hörte Danowski, wie Brakel stöhnte. Er ging zu Boden, weil er im Schlick keinen Halt fand. Imke Billings stellte ein Bein schräg, um sich abzustützen, und dann begann sie, ihm in die Seite zu treten.

Während Danowski hörte, dass die Frau etwas wie «Lass mich» und etwas wie «Zu spät» brüllte, merkte er, dass die Grenze erreicht war. Brakel drehte sich im Schlick von den Tritten weg, in eine Fötusposition, aber Imke Billings konnte nicht aufhören. Danowski stand auf, drängte sein Schutzschaf zur Seite und brüllte: «He, aufhören! Hören Sie sofort auf! Polizei!»

Die Reaktion von Imke Billings war verblüffend und faszinierte ihn noch lange: Ohne sich zu ihm umzudrehen, also in Richtung der Stimme, die sie überrascht haben musste, rannte sie los, wobei sie sich vom liegenden Körper des Mannes abstieß, um nicht mit dem ersten Schritt wegzurutschen. Es war erstaunlich, ihr war völlig egal, wer da gerufen hatte und was die neue Situation war: Ihr Fluchtreflex war so ausgeprägt, dass sie praktisch im gleichen Rhythmus der Tritte, mit denen sie Ludger Brakel malträtiert hatte, in die entgegengesetzte Richtung rannte. Danowski sah an der dunklen Silhouette des Mannes, dass er sich auf den Bauch drehte und anfing aufzustehen.

Danowski drängte sich an den Schafen vorbei, um die Verfolgung aufzunehmen, aber er hatte sich verschätzt: Neugierig durch seine Anwesenheit und durch seinen Beschwichtigungsruf, waren die anderen Tiere der Herde näher gekommen, während er Brakel und Billings auf dem Weg zum Leuchtturm beobachtet hatte, und jetzt war sein Weg versperrt von wollenen Körpern. Fluchend versuchte er, sich einen Weg durch die vereinzelt pinkelnden Tiere zu bahnen, aber sein Druck machte sie auf sture und unnachgiebige Weise aggressiv, und wo sie ihm vor Minuten noch ausgewichen waren, versperrten sie ihm jetzt den Weg.

Im Rennen sah er, dass Brakel sich inzwischen ganz aufgerichtet und in Bewegung gesetzt hatte, mit unsicheren, aber nicht langsamen Schritten lief er im rechten Winkel vom Leuchtturmpfad durchs Watt auf den Deich zu. Offenbar war sein Ziel, ihn zu überwinden und die Straße zu erreichen, bevor Danowski ihm den Weg abschneiden konnte. Er musste eine Augenblicksentscheidung treffen: Billings oder Brakel, er konnte nicht beide aufhalten.

Während er sich für Brakel entschied, merkte er, dass seine Füße auf eine fast magische Weise, an die er sich vage aus seiner Kindheit erinnerte, über die abschüssige Deichwiese glitten, huschten, und wie seine Beine und sein ganzer Bewegungsapparat unter ihm geradezu zu rotieren schien wie in einem Zeichentrickfilm, er wurde schneller und immer schneller, und dann verlor er den Tritt und den Halt, er stolperte nicht, sondern flog vielmehr, für den Bruchteil einer Sekunde war er in der Luft.

Das Letzte, was er sah, war die dunkle Gestalt von Imke Billings, die links vor ihm einem anderen Weg folgte. Sie rannte ins Watt. Mit einem schrägen, weit ausholenden Laufstil, als wäre sie es gewohnt, keinen Halt zu haben, ungelenk und gar nicht besonders schnell, aber im Gegensatz zu ihm kannte sie das Terrain, jede feste Stelle und jede, in der man versinken konnte. Sie verschwand in einem Bogen im Watt, in einer Senke, einem Priel oder einem Sinkloch oder vielleicht, dachte er kurz und dumm, hinter der Krümmung der Erdoberfläche. Dann schlug er der Länge nach ins Gras und gegen Holz vom Schafgatter und hielt mühsam an seinem Bewusstsein fest.

Für einen Augenblick wurde alles schwarz, aber der Augenblick wollte nicht aufhören. Die Zeit schien sich auszudehnen wie über ihm der Himmel.

Als er wieder ganz da war, fand Danowski sich allein. Selbst die Schafe waren weitergezogen. Regen ging auf ihn nieder. Die Angst davor, ohne Menschen zu sein, erfüllte ihn bis unter die Schädeldecke. Mühsam stand er auf, verlor den Halt, stützte sich am Gatter ab und versuchte, so ruhig wie möglich zu atmen. Nicht einmal Spuren waren geblieben von den beiden, die er im Watt hatte kämpfen sehen.

Er war nass und schmutzig, und auf seiner Telefonuhr war es fast halb sieben. Und wie sah er überhaupt aus.

«Tut mir leid.»

Danowski fuhr herum. Ludger Brakel stand auf dem Deich und sah auf ihn herab.

«Können Sie mir mal erklären, was da los war?», fragte Danowski.

Er fühlte kalten Schlamm durch seine Hose trocknen. Dann sagte Brakel: «Seitdem Cori und Stephi tot sind, versuche ich, in Ruhe mit Imke zu reden. Aber sie weicht mir aus.»

«Darum haben Sie ihr hier aufgelauert?»

«Aufgelauert. Ja, gut. Sie geht ja immer laufen am Deich. So ganz frühmorgens. Hat man mehr vom Tag, sagt Imke.»

«Wissen Sie, wie so was aussieht?»

Ludger Brakel senkte den Blick. Danowski wartete, vergeblich. Der vorwurfsvolle Ton brachte offenbar gar nichts.

«Das sah sehr brutal aus zwischen Frau Billings und Ihnen», sagte er nüchtern, während er versuchte, sich den Schlamm abzuklopfen, was ihm misslang.

«Wir haben uns schon immer gekloppt», sagte Ludger Brakel und nickte. «Aber das hat nichts zu bedeuten. Das ist wie in der Familie.»

«Schon immer gekloppt?»

«Als wir so dreizehn, vierzehn waren.»

«Hm. Es sah ziemlich so aus, als würde Frau Billings sich von Ihnen bedroht fühlen.»

Ludger Brakel überlegte. «Das glaube ich nicht. Sie kennt mich ja. Sie wird nur manchmal wütend, wenn sie was nicht will.»

Danowski war verdreckt, falsch angezogen für seinen nächsten Termin, außerdem spät dran und insgesamt leicht verwirrt. Er brauchte eine Struktur.

«So», sagte er. «Sie und Frau Billings können sich darauf einstellen, dass Sie Besuch von uns kriegen. Das müssen wir alles, glaube ich, mal in Ruhe besprechen.»

«Soll ich das der Imke ausrichten?»

«Nein. Frau Steckmann oder ich melden uns bei Ihnen, und zwar zeitnah.» Obwohl, der würde er davon erst mal gar nichts erzählen. Die kannte die ganze Bande hier von der Schule, ihm wurde das langsam alles zu eng und distanzlos. Erst mal musste er sich um Steckmanns andere Baustelle kümmern: Sven Schlohn.

«Zeitnah», echote Ludger Brakel.

«Kommt denn Imke Billings da zurecht», sagte Danowski, stieg den Deich hinauf und gestikulierte vage in Richtung abwesendes Meer, «oder ist das gefährlich?»

Ludger Brakel lächelte, zum ersten Mal, seit Danowski ihn kannte. Sein Gesicht brach in lauter Falten aus und sah viel älter aus als sonst. «Im Watt kommt Imke klar», sagte er.

36. Kapitel

Danowski warf die Autotür hinter sich zu, schlich über den Parkplatz der Silventia und fragte sich, wie idiotisch es eigentlich gewesen war, sich morgens um sieben zu einer halsbrecherischen Unternehmung wie dieser hier zu verabreden. Es war dieses alte Macho-Ding, auf das er immer wieder reinfiel: Sobald einer von diesen Männer-Männern wie hier im konkreten Fall eben Sven Schlohn irgendwas Anstrengendes und Unvernünftiges vorschlug, sagte Danowski Ja, weil er die Erwartung, er würde Nein sagen, unterlaufen wollte. Wie vor zwei Jahren, als er der Aufforderung seines Kollegen Kienbaum gefolgt war, zur Rettung eines Lebensmüden in einen abschüssigen und immer enger werdenden Kabelschacht zu kriechen.

Danowski ließ sich vom Pförtner reinsummen, folgte der Beschreibung zum Flugfeld und lief hinter dem Geschäftsgebäude und den Werkshallen der Silventia über den Schwerlastkai zu einem Hubschrauber, der so neu aussah, als wollte Sven Schlohn damit angeben.

«Warum treffen wir uns noch mal so früh?», fragte Danowski, bevor sie die Headsets aufsetzten, die der Pilot ihnen gereicht hatte.

«Merken Sie was?», fragte Schlohn.

«Nein.»

«Eben. Wir kriegen Sturm ab neun, halb zehn, aber im Moment ist es fast windstill. Glauben Sie mir, Sie wollen nicht im Offshore-Bereich in einem Heli sitzen, wenn es draußen ordentlich bläst.»

Danowski verzog das Gesicht, als hätte er auf was Schlechtes gebissen. Er hasste es, wenn Leute im Berufsalltag Abkürzungen auf -i benutzten: Spusi, Heli, und sein Ausbilder bei der Schutzpolizei hatte jeden VW-Käfer, der in irgendwas verwickelt war, Käfi genannt, und damals hatte es noch verdammt viele davon auf den Straßen gegeben.

Danowski saß allein auf einem der beiden Rücksitze, Schlohn hatte sich vorne neben den Piloten gesetzt. Offenbar ein Machtding, aber das war Schlohn misslungen. Danowski grinste vor sich hin, während der Manager mit dem Piloten über die Wetterverhältnisse und die Flugroute fachsimpelte. Es war nur scheinbar ein Nachteil, dass er hinter Schlohn saß und so, während er mit ihm sprach, sein Gesicht nicht sehen konnte. Die Situation hatte zwei Vorteile: dass er sich ganz auf Schlohns Stimme konzentrieren konnte, verstärkt durch das Headset, und dass Schlohn sich davon irritieren lassen würde, dass Danowski hinter ihm saß. Danowskis Fragen würden sozusagen aus dem Nichts kommen.

«Wir werden jetzt eine visuelle Überprüfung im Windpark vornehmen», sagte Schlohn und drehte sich pro forma mit dem Körper leicht in Danowskis Richtung. «Wir haben gestern einen Quadranten des Parks heruntergefahren, weil wir unser Einspeiselimit erreicht hatten. Dabei drehen sich die Rotoren der einzelnen Windkraftanlagen aus dem Wind, dadurch werden die gebremst.»

«Also sagt man gar nicht Windrad?», fragte Danowski.

«Nein, was Sie Windrad nennen, ist eine einzelne Windkraftanlage. Sie besteht aus der Verankerung, dem Turm, dem Maschinenhaus, das wir auch Gondel nennen, und vorne an der Gondel die Nabe und die Rotorblätter. Wir haben ein Turbinenkontrollzentrum hier an der Küste, von dem aus wir alle Windkraftanlagen überwachen können. Aber bei einer scheint der Rotor in Fehlstellung geraten zu sein. Jetzt gibt es zwei Möglichkeiten: Entweder, die Daten, die ans Kontrollzentrum übertragen werden, sind falsch, weil es ein Problem mit der Messung oder der Leitung gibt, oder der Rotor steht tatsächlich falsch, dann müssen wir eine Wartungs- und Reparaturcrew zur Windkraftanlage schicken. Aber das kostet mehr, als im Kontrollzentrum ein paar Verteilerschränke zu öffnen und ein paar Kabelschächte zu überprüfen, darum schauen wir jetzt mal.»

Der Rotorenlärm im Innern der Helikopterkabine wurde so laut, dass Schlohn unwillkürlich seine Stimme hob, obwohl er ihn mit Headset auch wispernd hätte übertönen können. Danowski mochte das Gefühl, wie der Sitz und der Boden unter einem für Momente weich und schwappend zu werden schienen, während der Helikopter schon stieg, aber die Rotorblätter noch Halt in der Luft suchten, und wie dann die Welt in Zeitlupe unter ihnen wegzufallen schien, während sie an Höhe gewannen. Oder zumindest sagte er sich, dass er das Gefühl mochte.

«Und das macht der Chef selbst?», fragte Danowski, besonders leise, um zu testen, wie flüsterig er werden konnte.

«Na ja, ist wohl so ähnlich wie bei Ihnen», sagte Schlohn, «Sie müssten ja auch nicht hier sitzen. Aber manchmal ist es einfach besser, sich selbst einen Eindruck zu verschaffen, damit man den Überblick behält. Und damit die Leute sehen, dass man nicht nur hinterm Schreibtisch sitzt. Was ich nicht gerne tue. Deshalb habe ich auch eine Offshore-Lizenz gemacht.»

«Und das heißt?»

«Ich bin von Hause aus erst mal Elektroingenieur, das bedeutet, ich habe mich qualifiziert, zusammen mit einem Mechaniker Wartungs- und Reparaturarbeiten an einer Windkraftanlage durchzuführen. Der schmiert die Rotornabe, ich überprüfe die Steuerung. Und damit man das auch im Offshore-Bereich machen darf, braucht man eine Lizenz. Dafür lernt man, sich vom Hubschrauber abzuseilen, um eine Gondel durch die Dachluke zu betreten. Und ein Spezialboot am Turm anzulegen. Da haben Sie selbst bei Windstille zwei, drei Meter hohe Wellen, die Nordsee ist nie so ruhig, wie sie von oben aussieht. Das ist anspruchsvoll. Macht aber Spaß. Eine Windkraftanlage an Land, da gehen Sie unten durch eine Tür wie in ein Mietshaus, und meistens gibt's einen Fahrstuhl. Also, wir sagen Fahranlage.»

Danowski sah aus dem Fenster. Die Weser öffnete sich in die Nordsee, rechts verschwanden die Morgenlichter von Bremerhaven, links die ganze flache dunkle Welt, in der jemand zwei Frauen getötet oder zumindest abgelegt hatte, und da war auch der Leuchtturm, aber nur ganz kurz, oder es war ein Schatten vom Deich oder eine Schafformation, denn dieser Leuchtturm leuchtete nicht.

Er hatte vorher nicht darüber nachgedacht, aber während er das Watt unter sich wie zum Abschied glitzern sah und die quecksilberne Fläche der Nordsee vor sich, fiel ihm die Antwort ein. Auf die Frage, warum die Leichen am Leuchtturm gelegen hatten. Weil Gewaltverbrechen immer mit Traumata zu tun hatten. Er glaubte im Groben erst mal der Statistik. Und die Statistik sagte, dass es sehr wenige Serien- und Sexualverbrecher gab, die aufgrund einer psychischen Störung töteten, sozusagen ohne äußeren Anlass, zusammenhanglos. Das war in Deutschland in hundert Jahren vielleicht ein halbes Dutzend gewesen. Die meisten töteten, weil sie selbst etwas erlebt oder erlitten hatten, das tief in sie eingedrungen war, das sie nicht nur geprägt oder verändert, sondern aufgerissen, umgestülpt, zerteilt und falsch wieder zusammengesetzt hatte. Tatanlass war dann oft, dass ein jahrzehntealtes Trauma wieder aufbrach, getriggert durch ein Ereignis in der Gegenwart.

Und Danowski war davon überzeugt, dass in gewisser Weise alles miteinander zusammenhing oder zusammenhängen konnte. Hier, in diesem Landstrich, war die Ansiedlung der Windkraft-Industrie vor einigen Jahren ein großer Einschnitt gewesen. Die Biographien der Menschen, die Landschaft und ihre Geschichte waren dadurch geprägt, dass es hier jahrhundertelang nur die Schafe und die Fische und den Kampf gegen die Sturmfluten gegeben hatte, dann die Werften. Seit zwanzig, dreißig Jahren, seit die Schiffsproduktion nach Fernost abgewandert war und die Docks hier stillgelegt und dichtgemacht worden waren, waren die Leben und die Landschaft davon bestimmt gewesen, dass die Menschen sich auf den Mangel und die Stille eingestellt und mit schöneren Ecken um die Touristen gekämpft hatten.

Und dann, dachte Danowski, kommt ein hoch subventionierter Konzern wie die Silventia mit einer neuen Technologie, neuer Hoffnung, neuer Arbeit und vor allem neuem Geld, und alles wird wieder auf den Kopf gestellt. Veränderung ist immer ein Trauma, umso mehr, wenn das Land besonders flach oder besonders steil ist. Und es wäre fahrlässig gewesen, dieses Trauma der Veränderung nicht in Verbindung zu bringen mit dem Trauma, das möglicherweise einen Serientäter bewogen hatte zu töten. Innere Traumata brachen durch äußere wieder auf, durch Veränderungen, oder einfach dadurch, dass durch Umwälzungen alte Sedimentschichten des eigenen Lebens wieder nach oben kamen, obwohl man sie eigentlich lieber vergessen hätte.

Und es gab eine Person an der Schnittstelle dieser Geschichten: Sven Schlohn, der verbunden war mit den großen Veränderungen hier vor Ort, mit den Mordopfern, und sei es auch noch so lose, und der Art nach zu urteilen, wie er sich gestern nach Sandra Steckmann erkundigt hatte, auch mit den Ermittlungen der Polizei. Drei Verbindungen, die erst mal unbedeutend, lose und möglicherweise zufällig waren. Aber um das zu überprüfen, konnte man sich schon mal in einen Hubschrauber setzen.

«Und wo haben Sie diese Offshore-Lizenz gemacht?», fragte Danowski möglichst langweilig, um ein neutrales Umfeld für seine nächsten Fragen zu schaffen.

«Wir haben auf dem Gelände ein Schulungszentrum», sagte Schlohn, und Danowski musste ein Gähnen unterdrücken, von dem er sicher war, dass es allein durch das Wort «Schulungszentrum» verursacht worden war. «Mit allen Komponenten einer Windkraftanlage. Mit einer Anlage zum Abseilen, einer Nabe zum Wartungstraining. Wir haben sogar eine Schulungsgondel, aber die ist zu eng, jetzt haben wir die Komponenten noch mal einzeln aufgebaut. Da schulen wir im Jahr drei- bis viertausend Techniker.»

«So viele?» Er konnte ein echtes Smalltalk-Wunder sein, wenn er wollte.

«Die Lehrgänge dauern nur fünf bis zehn Tage. Aber ja, so viele.»

Danowski nickte. Hatte Steckmann die auf dem Schirm, für die DNA-Reihenuntersuchung? Er ging mal davon aus.

«Also, wenn Sie wollen, kann ich Sie da auch abseilen über so einer Gondel», sagte Schlohn und lachte raschelnd aus dem Kopfhörer. «Geschirr haben wir an Bord. Dann können Sie sich das mal aus der Nähe ansehen.»

«Ach nee, danke», sagte Danowski, «das läuft mir ja nicht weg.»

37. Kapitel

Als sie über die Insel Kellum flogen, glaubte Danowski, die Häuser der Vogelforscher-Familien zu sehen, die Lichter hinter den Scheiben, sechs oder sieben Gebäude in verschiedenen Größen, in die Landschaft gewürfelt, sodass sie jeweils in den Senken der Dünen verschwanden.

Ich muss mit den Eltern reden, dachte er. Und noch mal mit Ludger Brakel und Imke Billings. Vielleicht hatte Sandra Steckmann manches hier für zu selbstverständlich genommen, weil sie die Leute zu lange und zu gut kannte. Je näher man an der Familie eines Mordopfers war, desto mehr sah man nur den Schmerz und umso weniger das, was sich vielleicht dahinter verbarg.

Er merkte, dass er anfing, etwas an diesem Fall persönlich zu nehmen. Und zwar nicht die Tatsache, dass jemand zwei verhältnismäßig junge Frauen aus dem Leben gerissen und Leid über die Welt gebracht hatte. Das bedrückte ihn, aber er ließ es nicht an sich heran, es hatte inhaltlich nichts mit ihm zu tun. Was er persönlich nahm, war die Affäre von Sandra Steckmann. Jetzt, wo seine Mutter sich verzogen hatte, konnte er sich darauf konzentrieren, und er merkte: Er war da in ein paar seltsamen inneren Zwickmühlen. Ihm selbst war in seinen Jahren bei der Mordbereitschaft in Hamburg so oft unprofessionelles Verhalten vorgeworfen worden, dass er empfindlich darauf reagierte, wenn er derlei Verhalten bei anderen feststellte. Und Affären mit möglichen Zeugen zu haben, das war der Inbegriff von mangelnder Professionalität.

Er sah die Insel verschwinden und stellte sich vor, wie die Eltern abends auf den Dünen gestanden hatten, um dem Leuchtturm zu winken, in dessen Nähe sie ihre Kinder wussten. Warum hatten sie ihre Kinder nicht einfach nachmittags mit dem Boot abgeholt? Oder zu Fuß, mit dem Pferdewagen übers Watt, wie vor Neuwerk? Die Frage hatte er Sandra Steckmann gestellt, als sie ihm die Sache mit den Leuchtturmkindern erklärt hatte. Wegen der Gezeiten, hatte sie gesagt, und er hatte erst verstanden: wegen der Zeiten. Die ja eben immer so waren, wie man es eigentlich nicht wollte. Aber eben: wegen der Gezeiten, der Entfernung, der Stürme und weil es besser war, den Kindern Selbständigkeit beizubringen und sich selber auch. Corinna Karlsson, Stephanie Rother und Imke Billings waren die letzten Leuchtturmkinder gewesen. Danach wurde die alte Tradition von den Fischern und Vogelforschern, die auf der Insel lebten und ihre Kinder selbst unterrichteten, bis sie zwölf oder dreizehn waren, nicht fortgesetzt. Und der Leuchtturm war abgeschaltet worden.

Wir müssen Imke Billings unter Polizeischutz stellen, dachte Danowski. Oder wir müssen sie zumindest beschatten lassen.

Wir. Als ob er und Sandra Steckmann das hier zusammen machen würden. Dabei war er gerade nur eine Aushilfe, weil sie sich in Schwierigkeiten gebracht hatte. Seine Gedanken schweiften zurück, und ihm wurde klar, dass es eben nicht die Unprofessionalität war, die er persönlich nahm, sondern die Affäre. Manchmal wunderte er sich, dass er so durch und durch konventionelle Wertmaßstäbe und Ansichten hatte und dass es ihm schwerfiel, Leute nicht zu beurteilen, die diese Wertmaßstäbe verletzten. In seinem Beruf sah er so viel Schlimmeres. Was kümmerte ihn da der eine oder andere Ehebruch? Aber nein, ärgerte er sich über sich selbst: Affären hatte man nicht, das war etwas für Verdächtige und Straffällige.

Aber das war nicht alles. Er verzog vor Missvergnügen fast das Gesicht, während er weiter in sich selbst drang. Er kannte Sandra Steckmann jetzt seit bald zwei Wochen, er war bei ihr zu Hause gewesen, sie hatten Stunden miteinander in Besprechungen verbracht, aber kein einziges Mal – und er wusste nicht, wie er das denken sollte, er kam sich vor sich selbst bescheuert vor, aber kein einziges Mal hatte sie ihm irgendeine Art von Interesse signalisiert. Es war, als wäre er auf einem anderen Planeten, und zwar nicht mal auf dem, wo man Affären moralisch verurteilte und einfach nicht hatte, sondern auf dem, wo man selbst für Affären gar nicht in Frage kam, während alle anderen einander dahingehend taxierten.

Obwohl, taxiert hatte sie ihn ja offenbar. Und wenn auch nur sehr kurz. Und für nicht geeignet befunden. Klar, er hätte natürlich abgelehnt, niemals hätte er sich darauf eingelassen, aber … Also, so gar nicht. Nichts. Kein Funke, kein Hauch von Interesse.

Sven Schlohn zischte und rauschte im Kopfhörer-Sound allerhand Informationen über die 5er- und die 6er-Baureihe, die sie in einigen Minuten vor sich auftauchen sehen würden, zum Beispiel, dass die Zahlen für die Megawatt-Leistung standen und dass die Kapazität der Windkraftfarm von der Ausdehnung her noch nicht ausgeschöpft war, von der Leistung pro Anlage aber schon, und Danowski hörte so gut wie gar nicht zu.

«Sind Sie eigentlich verheiratet?», fragte er nach einer Weile.

Schlohn stutzte. «Äh, ja.» Mit einem verschluckten: natürlich.

«Seit wann?», fragte Danowski.

«Wieso fragen Sie mich das jetzt?», fragte Schlohn, aber er hatte ein bisschen zu lange gezögert, daran merkte Danowski, dass Schlohn fast geantwortet hätte. Weil Schlohn es gar nicht so absurd fand, dass Danowski ihn zu diesem Thema befragte.

«Ich mach nur Smalltalk», sagte Danowski. «Ich kenn meine Frau schon seit der Schule. Das ist doch hier bestimmt oft so ähnlich, oder?»

Wieder dieses Zögern. «Ja. Wir kennen uns vom Reiten. Seit ... schon lange. Aber wir haben uns zwischendurch aus den Augen verloren. Ich war ja auch in Münster zum Studieren. Und in London.»

«Dann haben Sie ja quasi alles gesehen.»

«Münster ist sehr schön, ja.»

«Und, wie viele Kinder?»

«Zwillinge.» Schlohn machte wieder diese ein wenig ungeschickte Umdrehbewegung, die hier in der Enge des Cockpits und mit dem Headset-Bügel gar nichts brachte, aber er wollte offenbar so was wie Nähe zu Danowski herstellen und ihrem Austausch eine Normalität geben, die dieser nicht hatte. Danowski freute sich, und draußen färbte sich der Himmel hellgrau. Er hatte Schlohn genau da, wo er ihn haben wollte. Wer sich unwohl fühlte und anfing zu erzählen, um das Gefühl loszuwerden, der erzählte immer zu viel, und das war immer interessant.

Danowski sah auf die Nordsee, wo am Horizont die Ausläufer des Windkraftparks aussahen, als müsste dort wieder Land sein: Der Anblick der Türme und Rotoren gehörte fürs Auge nicht auf See.

«Und wie lange schlafen Sie schon mit Hauptkommissarin Steckmann?», fragte Danowski. Sie sprachen auf einem anderen Kanal als der Pilot, der hin und wieder knapp das Fluggeschehen kommentierte. Jetzt sagte keiner was. Und man merkte erst, wie unfassbar laut das permanente Rotorengeräusch war. Die ganze Kabine des Helikopters schien aus diesem Geräusch zu bestehen, es war solider als Stahl, Glas und Kunststoff.

Aus der Nordsee kamen die himmelhohen Arme der Windräder oder, wenn man so wollte, Windkraftanlagen. Wenn man so viele in Reihen nebeneinander sah, schien der Raum zwischen Wasser und Himmel, den sie ausfüllten, seltsam eng zu sein. Als drückte die ganze Welt von oben. Die Blätter standen unbeweglich, so weit Danowskis Augen reichten.

«Das ist die Wartungsstellung», sagte Schlohn, der offenbar beschlossen hatte, Danowskis Frage zu ignorieren wie einen schlechten Herrenwitz, die sie ja in gewisser Weise auch war, «wir nennen das Y-Stellung. Zwei Blätter zeigen nach oben, eins nach unten. Allerdings müssen Sie die Stellung ändern, wenn Sie die Nabe warten wollen. Die Blätter sind hohl. Das ist gefährlich. Wenn das Blatt vertikal nach unten steht, können Sie da reinfallen, fast hundert Meter in einen Stahlschacht, der immer enger wird.»

Mit Unbehagen dachte Danowski an seinen Einsatz in einem abschüssigen Kriechgang des neuen Elbtunnels in Hamburg. Mit so was kannte er sich gewissermaßen aus. Aber das konnte Schlohn nicht wissen. Vermutlich sollte seine kleine Ansprache dazu dienen, Danowski das Gefühl zu geben, dass er sich in einer fremden, bedrohlichen Welt befand.

«Ich meine natürlich nicht Sie», sagte Schlohn. «Das war nur so eine Ausdrucksweise. Ganz allgemein.»

«Schon klar», sagte Danowski.

Dann überflogen sie den Park, das Feld, aber nichts daran war so beschaulich wie diese beiden Wörter. Schlohn sprach Anweisungen für seine Zentrale ins Mikrophon, Danowski freute sich über die Gelegenheit, schweigen und aus dem Fenster sehen zu können. Die gefühllose Gleichmäßigkeit der industriellen Anlage war atemberaubend, eine seltsam unheimliche Kraft zur unübertrefflichen Aufgewühltheit des Meeres. Alles an den aufgereihten Windkraftanlagen, deren Rotoren gerade wieder anfingen, sich langsam in die gleiche Richtung zu drehen, war einsam, menschenfeindlich, aber nicht hässlich: eine komplett gleichgültige industrielle Landschaft, im dreißig, vierzig Meter tiefen Wasser der Natur aufgezwungen und doch unbeheimatet, weil sie weder in diese Natur passte noch zu einem Menschen wie Adam Danowski, der von allen Gefühlen am meisten das hasste, sich klein und verloren zu finden.

38. Kapitel

Finzi hatte seinen Keller aufgeräumt. Mit Metas Hilfe. Anderthalb Jahre war er nicht die Treppe hinuntergestiegen an den Ort, wo eine mallorquinische Auftragsmörderin versucht hatte, ihn umzubringen. Was ihr auch um ein Haar gelungen war. Sie hatte ihn mit drei Flaschen Rum vergiftet, die sie seinem bewusstlosen Körper mit Hilfe einer kleinen Wasserpumpe eingeflößt hatte, sodass alle dachten, der Alkoholiker Finzi hätte einen Rückfall gehabt. Auch sein Freund Adam hatte das geglaubt.

Aber eines Nachmittags diesen Sommer war Finzi nach Hause gekommen, und Meta hatte in der Wohnung gesessen mit diesem Ich-hab-was-für-dich-Grinsen, das er seit vielen Jahren nicht mehr gesehen hatte. Eine Überraschung also. Er war ihr an der Hand in den Keller gefolgt, mit jedem Schritt hatte er sich leichter gefühlt, aber nicht auf eine gute Weise, sondern so, als würde er den Halt verlieren. Sein Unlieblingsgefühl von allen. Aber vor Meta wollte er sich das nicht anmerken lassen. Und außerdem hielt sie ihn ja fest.

Der Modergeruch hatte ihm Angst gemacht, das Knirschen der Kellerjahre unter den Sohlen seiner Hausschuhe, aber dann hatten sie den Verschlag erreicht. Dort hatte Finzi ganz früher immer gesessen und Akten von alten Fällen gewälzt, von denen er sich nicht trennen konnte. Und dann hatte er da gelegen, zwischen Verschlagtür und Kellerwand, eingeklemmt und vergiftet.

Der kleine Raum war nicht wiederzuerkennen. Meta

hatte eine schöne Lampe von Ikea aufhängt, den Fußboden mit einem fliederfarbenen Wollteppich ausgelegt, den Finzi ganz seltsam fand, aber auch seltsam beruhigend, und es gab neue, weiße Regale und einen Sessel, auch neu. Die Regale waren leer.

«Wo sind meine Akten?», hatte Finzi gefragt.

«Das sind nicht deine.»

«Das waren nur Kopien. Oder Sachen, die eigentlich in die Vernichtung sollten.»

«Trotzdem.»

«Nee, im Ernst, Meta. Wo sind meine Akten?»

«Weg, Finzi. Ich hab die alle weggeschmissen. Zum Recyclinghof gefahren, die sind im Altpapier, da kommt keiner mehr ran.»

Und Finzi hatte tief eingeatmet und zwei oder drei Dinge gemerkt: dass er gar nicht wütend war, sondern erleichtert, dass der Keller gut und langweilig nach neuen preiswerten Möbeln roch und dass ihm das gefiel und dass er keine Angst mehr hatte, hier unten zu sein.

Meta hatte mit der Hand über ein leeres Regalbrett in Augenhöhe gestrichen und gesagt: «Damit du was Neues anfangen kannst.» Finzi hatte sie an sich gezogen und sie von oben auf den Scheitel geküsst.

Jetzt stand er hier, knipste das Licht an und schloss die Tür hinter sich. Meta war noch auf Schicht, und Finzi hat ein ganz klein bisschen ein schlechtes Gewissen, weil er hier unten bisher kein neues Hobby oder so was angefangen hatte. Er spielte manchmal immer noch «Landwirtschaftssimulator» am PC, das reichte ihm als Steckenpferd. Und er war immer noch nicht dazu gekommen, Meta zu erzählen, was er hier unten in Wahrheit machte.

In der hintersten Ecke eines mittleren Regalbretts stand ein kleiner graubrauner Aktenkarton. Finzi nahm ihn heraus und setzte sich mit dem Karton auf dem Schoß in den Sessel. Meta hatte an alles gedacht, hier an dieser Stelle war das Licht am besten. Man hätte sogar ein Buch lesen können. Oder eben doch wieder alte Akten.

Finzi klappte den Deckel auf. Der Karton war weniger als zur Hälfte voll, er nahm den Stapel aus losen Papieren, Papieren in Klarsichthüllen und Umschlägen heraus und blätterte ihn durch. Er fand seine Notizen, die er immer auf hellgelbem Papier machte, um sie leichter finden zu können. Zuoberst lag so was wie eine Zusammenfassung, die er sich gemacht hatte, um seine Gedanken zu ordnen.

Rozonda Salas, geboren am 16. Dezember 1957 in Sevilla. Gestorben einen Monat vor ihrem siebenundfünfzigsten Geburtstag in Hamburg. Erschossen vermutlich von der Mitarbeiterin einer US-amerikanischen Regierungsbehörde, die sich zu diesem Sachverhalt aber nie geäußert hatte. Weil sie in Adam Danowskis letzten Fall verwickelt gewesen war und das Land unter freiem Geleit und mit unbekanntem Ziel verlassen hatte, nachdem Adam sie der Freiheitsberaubung und Amtsanmaßung überführt hatte. Rozonda Salas, genannt «die Senyora», war die Auftragsmörderin, auf deren Liste auch Finzi gestanden hatte, wegen eines anderen, älteren Falles. Und die Senyora hätte diesen Auftrag offenbar gern zu Ende gebracht, war dabei aber von der amerikanischen Agentin gestört worden, weil die Adam Danowski überwacht hatte, in dessen Wohnung Finzi damals wiederum wohnte. Weil er sich nicht zurücktraute in seine eigene. Am Ende hatte die amerikanische Kollegin, oder wie immer man sie bezeichnen wollte, Adam einen Schlüssel übergeben zu einem

Kühlcontainer im Freihafen. Darin war ein alter Golf, in Hamburg-Bahrenfeld kurz zuvor als gestohlen gemeldet, und in dem alten Golf wiederum war, wie in einem Überraschungsei, die Leiche der Senyora.

Adam hatte sich dafür nicht mehr so richtig interessiert, aber die Senyora hatte ja auch nicht versucht, ihn umzubringen. Sondern Finzi. Und nachdem die Kollegen vom LKA anhand der Fingerabdrücke der Leiche festgestellt hatten, dass sie es hier mit einer von Interpol gesuchten Auftragsmörderin zu tun hatten, war der Fall für die Hamburger Mordbereitschaften eigentlich abgeschlossen. Die Ermittlungen im Todesfall der Senyora wurden wegen einer Absprache mit den Amerikanern stillschweigend beendet oder, besser gesagt, niemals aufgenommen, und bei Interpol und bei den Länderpolizeien in Spanien, Großbritannien und vier weiteren Ländern freuten sich die Kollegen, dass sie ebenfalls ihre Senyora-Akten schließen konnten.

Einzig ein mallorquinischer Staatsanwalt bedauerte, dass seinen Ermittlungen gegen eine Gruppe deutscher Rocker durch den Tod der Senyora eine wichtige Zeugin abhandengekommen war. Die Rocker hatten sich jahrelang auf der Insel verschanzt und von dort ihre Geschäfte abgewickelt, darunter die Vermittlung der Senyora an Interessenten in ganz Europa. Finzi hatte dem mallorquinischen Staatsanwalt nicht helfen können, aber er war froh gewesen, ihm am Telefon eine Frage stellen zu können: Wer war die Frau, die mich umbringen wollte?

Der Staatsanwalt hatte kurz gezögert, wie jemand, der einen Windhauch ehrlichen Interesses über einem stillen Meer der Sinnlosigkeit verspürt. Ich schicke Ihnen ein paar Sachen, hatte er gesagt.

Und Finzi hatte sich das übersetzen lassen, er hatte es selbst enträtselt, und er hatte selber weitergeforscht. Er konnte es nicht begründen, aber er fand, dass er ein Recht darauf hatte, dass es wichtig war, zu wissen, wer der Mensch war, der versucht hatte, ihm das Leben zu nehmen.

Die Senyora war ihm so nah gekommen wie nie wieder ein Mensch zuvor oder danach, damals, als sie sich im Keller über ihn gebeugt und mit ihm gesprochen hatte wie mit einem Kind, das Angst vor einer Spritze hat, um ihn leichter töten zu können. Er hatte kaum irgendwelche Erinnerungen an diesen Abend, und ihm war, als hätte die Senyora damals einen Teil von ihm mitgenommen, von dem er gar nicht wusste, dass er ihn gehabt hatte. Und als hätte sie etwas hinterlassen, auf paradoxe, perverse Weise, ohne das er heute gar nicht in der Lage wäre, mit Meta Jurkschat so zusammen zu sein, wie sie zusammen waren: eine Sehnsucht nach Nähe.

Zu zwei Dingen im Material über die Senyora kehrte er immer wieder zurück, wenn Meta auf Schicht war. Das eine war ein Gerichtsbeschluss von Weihnachten 1957, mit Erläuterungen, aus denen hervorging, dass die Senyora das Kind von Gegnern der Franco-Regierung war. Die Senyora hatte ihr Leben lang nicht gewusst, dass sie ihrer Mutter unmittelbar nach der Geburt weggenommen worden war, um unter staatliche Vormundschaft gestellt zu werden. Beide Eltern der Senyora waren im Laufe der sechziger Jahre im Gefängnis gestorben, ohne ihre Tochter je wiedergesehen zu haben.

Finzi hatte die Kopien der Dokumente chronologisch geordnet, aber dazwischen klafften Lücken, die er selbst füllen musste. Es gab eine Todesurkunde des Vaters vom

17. Mai 1968, dann ein Abschlusszeugnis der Senyora von einer Mittelschule in Palma de Mallorca vom 28. Juni 1974, aber keine Informationen darüber, wo sie gelebt hatte und bei wem. Erst das nächste Dokument, vom September 1978, gab ein wenig Aufschluss darüber, es war ein Gerichtsurteil gegen die Senyora zu fünf Jahren Haft wegen «staatsfeindlicher Umtriebe». Erst hatte Finzi spekuliert, die Senyora hätte sich mit Anfang zwanzig wie so viele im Europa Ende der Siebziger einer linksterroristischen Organisation angeschlossen. Aber dann ließ er sich ein paar Dokumente aus den Gerichtsakten übersetzen, und das Bild veränderte sich. Die Senyora war mit sechzehn nach der Schule von einer paramilitärischen Organisation des faschistischen Diktators Franco in Madrid angeworben worden. Nach dem Tod Francos Ende 1975 waren Teile der Organisation in den Untergrund gegangen, um weiter für den Faschismus zu kämpfen und einen Putsch gegen die erste demokratisch gewählte Regierung Spaniens herbeizuführen.

Das waren so Momente, in denen Finzi gern was Stärkeres getrunken hätte als grünen Tee: wenn einem klarwurde, dass ein Mädchen, das seinen Eltern nach der Geburt von den Faschisten weggenommen worden war, später im Untergrund für genau diese Faschisten gekämpft hatte. Nach ihrer Gefängnisstrafe war die Senyora untergetaucht und hatte sich offenbar nach und nach der Tätigkeit gewidmet, in deren Verlauf Finzi sie vor zweieinhalb Jahren getroffen hatte.

Finzi goss sich was aus der Thermoskanne in den Becher, nahm einen Schluck Tee und strich mit den Fingern über den Aktendeckel, den er als Nächstes aus dem Stapel gezogen hatte. Darin waren drei Dokumente, die er nicht ganz verstand: eine Geburtsurkunde vom 17. Februar 1981 und eine Sterbeurkunde, ausgestellt am gleichen Tag. Ein Baby, das die Senyora in der Haft zur Welt gebracht hatte und das anderthalb Stunden später gestorben war. Kurz nach der Nottaufe. Und ein Auszug aus dem Einwohnerregister der Stadt Malaga vom vorvergangenen Jahr: Juana Benitez, geboren am 17. Februar 1981 in Alcalá de Henares.

Wobei, eigentlich verstand Finzi das ganz gut. Er hatte den Ort gegoogelt. In Alcalá de Henares gab es vor allem eins, das Prisión de Alcalá Meco. Und er verstand, dass die Senyora im Gefängnis schwanger geworden war und ein Kind zur Welt gebracht hatte, das man ihr genauso weggenommen hatte, wie sie am Anfang ihres Lebens weggenommen worden war. Und er glaubte zu verstehen, dass die Senyora vermutlich wie ihre eigene Mutter geglaubt hatte, dass das Kind nicht gelebt hatte. Und das wünschte er ihr sogar, auf eine Art, im Nachhinein, auch wenn es nichts mit ihm zu tun hatte und obwohl sie versucht hatte, ihn zu töten.

Was er aber nicht verstand, war, was das für ihn bedeutete. Ob es bedeutete, dass er mit der Tochter Kontakt aufnehmen und mit ihr über ihre Mutter reden musste. Er schloss den Aktendeckel, füllte seinen Mund mit dem bitteren Tee, der nie heiß genug war, und ahnte, worauf das hier hinauslief.

39. Kapitel

Von einer Sache war Silke Brakel überzeugt: davon, dass sie aus Liebe handelte. Wobei sie fand, dass Liebe nicht das war, was die meisten Menschen darunter verstanden. Sie wusste, dass Liebe im Prinzip zwei Funktionen hatte, die über den Erhalt der Art hinausgingen. Man liebte, um zurückgeliebt zu werden, weil einem das resultierende Wohlgefühl größere Stabilität, Belastbarkeit und damit einen evolutionären Vorteil verschaffte. Und Liebe war zweitens ein Organisationsprinzip, das einem half, Ordnung ins Chaos des Lebens zu bringen. Man entschied, wen man liebte und wen nicht, und dann handelte man im Sinne derer, die man liebte.

Weil sie ihren Sohn Ludger liebte auf eine, wie sie als Erste zuzugeben bereit war, komplizierte, komplexe, manchmal gar widersprüchliche Weise, war sie ihm in einer Nacht gefolgt, als er von zu Hause heimlich Essen geholt hatte. Es war nicht so, dass Ludger dumm war, aber seit dem, was Silke Brakel für sich «den Unfall damals» nannte, konnte er sich nicht mehr auf alle Dinge gleich gut konzentrieren. Er war sehr gut in technischen Dingen, ein erfahrener und angesehener Mechaniker bei der Silventia. Aber er war zum Beispiel schlecht darin, sich selbst etwas zu essen zu machen. Er war schlecht darin, mit Gewohnheiten zu brechen. Darum war es ein Leichtes gewesen, ihn zu ködern. Silke Brakel hatte ihm eine SMS geschickt: «Wann kommst du wieder nach Hause? Wo bist du?» Keine Antwort. Dann hatte sie geschrieben:

«Bist du zum Abendessen da? Ich habe Grünkohl gekocht. Wenn es spät wird, er steht auf dem Herd.»

Sie wusste, dass Ludger nicht zum Abendessen kommen würde. Etwas war gerissen zwischen ihnen, das spürte sie, und sie wusste, dass es mit dem Unfall damals und dem Tod der Mädchen zu tun hatte. Darum hatte er auch die Sachen von Corinna mitgenommen, weil er sich irgendwas zurechtspann, ohne das wirklich zu können. Oder vielleicht doch. Das musste sie wissen. Weil sie ihn liebte.

Dann hatte sie gehört, wie nachts um drei, der Stunde der Depressiven und derer, die was im Schilde führten, der Kies unter den Rädern seines Autos knirschte, leise die Eingangstür aufging und wieder zu, und dann behutsames Klappern in der Küche. Sie hatte den Grünkohl extra in den alten Emailletopf ihrer Mutter getan, denn mit dem kochte sie nicht gern, und sie wusste, dass Ludger ihn mitnehmen würde.

Jetzt saß sie hier im Morgengrauen im Bushaltestellenhäuschen gegenüber vom Ferienpark, geschützt und von außen verborgen durch die verwitterte Holzwand. Ihr Auto hatte sie um die Ecke geparkt. Der Ferienpark war ein gutes Versteck, das sie Ludger gar nicht unbedingt zugetraut hätte.

Sie sah ihren Atem im Schein der Straßenlaterne und dann, wie ein Schatten sich auf dem Parkplatz gegenüber bewegte. Ludger, ganz kurz von hinten, eine Plastiktüte in der Hand. Er immer mit seinen Plastiktüten. Es gab ihr einen Stich. Sie vermisste ihren Sohn. Dann fuhr Ludgers Audi über die Ausfahrt auf die Straße, an ihr vorbei und Richtung Silventia. Sie lehnte sich in die Dunkelheit, als er auf gleicher Höhe war.

Als er hinter der Biegung verschwunden war, überquerte sie die Straße. Wohnung 104. Sie hatte keinen Schlüssel, aber den brauchte sie auch nicht. Es war ihr egal, ob sie Spuren hinterließ. Sie kannte die Anlage und konnte sich vorstellen, was die Türen aushielten und was nicht.

Die Halbstiefel hatte sie vor fünf Jahren auf der Schwäbischen Alb eingelaufen, danach war sie damit auf dem Rennsteig gewesen im Thüringer Wald, im Harz und in Oberbayern. Und sie wusste, seit sie zwölf oder dreizehn war und ihr Vater es ihr gesagt hatte, was für außerordentlich kräftige Oberschenkel sie hatte.

Silke Brakel stellte sich stabil und im richtigen Abstand vor die Tür der Ferienwohnung 104, hob das Bein, nahm all ihre Kraft zusammen und trat zu. Sie zählte darauf, dass Ludger die Tür nur zugezogen hatte, darüber stritten sie zu Hause schon seit fast dreißig Jahren.

Nach dem dritten Tritt schwang die weiße Holzimitattür ins Innere der Ferienwohnung. Mit dem fahlgrauen Bild des Flurs und der halb offenen Wohnzimmertür dahinter kam eine Erinnerung zurück: Hier hatte Ludger sie einmal eingesperrt, vor vielen Jahren, bevor die letzten Leuchtturmkinder gekommen waren. Wulf und Ludger und sie waren zum Saubermachen in die Ferienwohnung gefahren, und auf dem ganzen Weg hatte Wulf sie wahnsinnig gemacht, weil er die Hälfte vergessen hatte, weil er sich um nichts gekümmert hatte, weil er unfähig war. Sie musste alles machen, in diesem Fall sogar fahren und schimpfen zugleich. Wulf im Beifahrersitz war immer kleiner geworden, bis Ludger, als sie hier auf den Parkplatz gebogen waren, «Hört auf, hört auf!» geschrien hatte. Das ließ man sich natürlich nicht sagen von einem vielleicht

Zwölfjährigen, da hatte sie erst recht weitergemacht, und als sie und Wulf vor Ludger in die Ferienwohnung gegangen waren, die damals noch ganz neu war, hatte Ludger die Tür hinter ihnen zugeschlagen, den Schlüssel zweimal umgedreht und abgezogen und durch die Milchglasscheibe gebrüllt: «Ihr bleibt jetzt da drinnen, bis es aufhört! Ihr bleibt da drinnen, bis alles wieder gut ist!» Sie erinnerte sich noch an die Woge von Wut, die sie zur Terrassentür gespült hatte, aber der Griff war verriegelt und der Schlüssel auch an Ludgers Bund, und am Ende waren sie und Wulf wirklich in der Ferienwohnung geblieben, bis ihre Wut verraucht war. So weit, dass nur eine Ohrfeige für Ludger übrig blieb, als er die Tür schließlich wieder aufgeschlossen hatte.

Jetzt roch es hier nach außerhalb der Saison und nach Ludger. Das untere Stockwerk war leer bis auf ein paar Essensreste, Krümel von weißen Broten. Oben lag eine Tüte vor Ludgers Bett, aus der die Sachen von Corinna Karlsson und den anderen quollen, als hätte er abends darin geschmökert wie früher, vor dem Unfall, in den dummen Büchern. All die Sachen, die die Mädchen immer geschrieben hatten, Erlebnisse, Phantasien und Pläne oder alles miteinander vermischt.

Sie bückte sich nach der Tüte. Ludger würde das verstehen wie eine Zeichensprache. Die eingetretene Tür und die verschwundene Tüte, wenn sie ihm die jetzt wegnahm. Zeichen, die bedeuteten: Komm nach Hause, was willst du denn hier alleine, guck mal, das bringt doch nichts.

Als sie die Tüte aufnahm, fiel ihr auf, wie leicht sie war. Das konnte nicht der ganze Inhalt der Kiste sein, die leer in Ludgers Zimmer gestanden hatte. Sie hatte die Kiste mit den ganzen alten Kritzeleien selbst vor Urzeiten ganz hinten im Keller verstaut. Sie stützte sich mit dem Knie ab, griff hinein und meinte, dass eine Menge fehlte.

Dann dachte sie an die Plastiktüte in Ludgers Hand. Er hatte das Zeug aufgeteilt, um es an verschiedenen Orten zu verstecken oder um es weiterzugeben, keine Ahnung, in wie vielen Tüten. Ludger liebte Tüten, und er liebte Verstecke. Und wie so oft verwandelte ihre Liebe sich in Wut.

40. Kapitel

Seit Ludger Brakel ihn ins Hotel gebracht hatte, war es wie nach einer Geisteraustreibung. Danowski konnte wieder hin. Brakel war im Grunde die ideale Hilfe, er nahm alles wörtlich und stellte keine Fragen.

«Würden Sie bitte mal sehen, ob im Bad jemand ist oder ob ich das benutzen kann?», hatte Danowski ihn vom Flur aus gefragt, und Brakel hatte nach einer Weile gesagt: «Da ist frei», als wäre es darum gegangen.

Nach dem Helikopterflug mit Sven Schlohn fuhr Danowski direkt ins Hotel. Solange es draußen noch hell war, konnte er zumindest versuchen, an den Ort zurückzukehren, wo seine Mutter tot von der Decke gehangen hatte. Er ging hoch und merkte, dass er das Zimmer aushielt, seine seltsame Stille und die Leere zwischen den Möbeln. Er glaubte nicht an Geister: Als er das dachte, musste er über sich selber lächeln. Im Vorbeigehen schloss er die Tür zum Bad, ohne hineinzusehen. Dann legte er sich aufs Bett und schloss die Augen.

Als Danowski aufwachte, war ihm, als hörte er noch immer das Schlagen des Hubschrauberrotors, seine Ohren rauschten. Er wälzte sich zur Seite und tastete nach seiner Frau. Wie immer, wenn er unterwegs war.

Dann roch er das Hotelbett und spürte die unvertrauten Federn unter seiner Hüfte. Jemand klopfte an die Tür. Danowski wälzte sich aus dem Bett und zog im Gehen sein Hemd über, ohne es zuzuknöpfen. Es war kurz nach fünf in der Früh, die unangenehme Stunde, die zu früh zum Aufstehen und zu spät zum Liegenbleiben war.

Im Flur stand die Frau von der Rezeption mit einer Plastiktüte in der Hand, als wollte sie eine improvisierte Reise antreten und sich von ihm verabschieden.

«Ich schwöre», sagte Danowski und zeigte seine Handflächen, «ich war gerade auf dem Weg unter die Dusche. Mit Seife und alles.»

Sie hielt ihm die Plastiktüte hin. «Das ist gerade für Sie abgegeben worden. Es wäre nett, wenn Sie Ihre Kollegen oder … Kontaktpersonen darum bitten würden, die gängigen Geschäftszeiten einzuhalten. Wir sind auch kein Postamt hier.»

«Warum sagen Sie das denn nicht gleich», sagte Danowski und nahm ihr die Tüte ab. Edeka, die bessere Plastikvariante mit verstärkten Henkeln, voller Unterlagen, die auf den ersten Blick handgeschrieben und gemischt aussahen. Auf die eine Seite der Tüte hatte jemand mit schwarzem Edding einfach «An die Polizei, Hamburg» geschrieben. «Das mache ich natürlich gern. Das ist ja auch wirklich gar nicht vorschriftsmäßig adressiert und frankiert», sagte er.

«Das hing draußen an der Klinke, als ich die Zeitungen reinholen wollte.»

Danowski fror ein wenig an den Beinen und fragte sich, wie eigentlich die Hoteltürgesprächsetikette war: Bat man jemanden herein, der einem gerade im Morgengrauen eine Plastiktüte mit Papiermüll überreicht hatte, um sich in Ruhe weiter unterhalten zu können? Erst mal stehen bleiben.

«Ich verstehe», sagte er.

«Das hat vermutlich mit Ihrer Arbeit zu tun. Also mit dem Fall. Mit den Fällen. Mit dem Tod der beiden Frauen. Es ist ja ein Jammer.»

«Das ist es, ja.»

«Na gut. Ich dachte, Sie brauchen das.»

Danowski merkte, dass sie nicht gehen wollte. «Ganz bestimmt», sagte er. «Ich kümmere mich gleich darum. Vielleicht sogar noch vor dem Duschen.»

Sie nickte. «Wissen Sie, ich sag es nicht gerne, denn Sie arbeiten ja auf eine Art auch fürs Gemeinwohl und so, also, Sie werden ja auch vom Staat bezahlt. Aber es ist keine einfache Situation für uns, ich hoffe, Sie verstehen das.»

Danowski fand die Tüte interessanter als das, was sie ihm zu erzählen hatte, darum schaute er ungeduldig und sagte: «Nein, ehrlich gesagt nicht, aber das macht ja auch nichts.» Edeka-Tüten gab es viele, aber das hier war die von Ludger Brakel.

Die Frau von der Rezeption gab sich einen Ruck. «Was ich damit sagen will, lange Rede, kurzer Sinn, Sie bringen ganz schön Unruhe hier in die Gegend mit der Reihenuntersuchung und den Gerüchten und so weiter … also, und dann, wer weiß, was morgen bei mir an der Türklinke hängt.»

«Ganz bestimmt», sagte Danowski und fing an, die Vorstufe eines Türschließens einzuleiten, indem er einen Schritt zurück ins Zimmer trat. «Wir kriegen das hin. Ich kümmere mich darum. Aber erst», er hob die Tüte in die Luft und schwenkte sie ein wenig wie etwas, worauf er sich schon lange freute, «das hier.»

«Danke, ja», sagte die Frau von der Rezeption. «Es wäre wirklich schön, wenn Sie, also vielleicht nicht heute, aber ich wäre doch sehr dafür, dass Sie sich eine neue Unterkunft suchen.»

Danowski zog die Augenbrauen hoch. Ach so. Na gut. «Und wenn nicht», sagte er, «dann, äh, rufen Sie die Polizei?»

Die Frau von der Rezeption sah ihn erschrocken und dann ein wenig gequält an. Früher wäre ihm das egal gewesen, heute tat es ihm ein bisschen leid.

«Ich mach nur Spaß», sagte er. «Bald bin ich weg. Versprochen.»

Sie nickte, und als er die Tür schloss, sah er, dass sie sich eher jetzt gleich vorgestellt hatte.

Im Dunklen zog er die Hose an, von der er mühsam den getrockneten Deichschlamm gebürstet hatte. Er machte das Licht an, holte geduckt eine Pinzette aus dem Bad und schüttete den Inhalt der Plastiktüte auf die dunkelgrüne Schreibtischunterlage.

Ein vergilbtes Foto von Kurt Cobain. Eins von diesen chinesischen Notizbüchern, die früher so modern gewesen waren, mit changierendem blau-grünem Seideneinband und einem blassen Schwanenornament auf jeder Seite. Schwarzweißfotos, selbst gemacht, künstlerisch mit dem Anspruch einer anderen Zeit und eines anderen Lebensalters: Mädchen und ein Junge mit weiten Anziehsachen vor Brandmauern mit Graffiti, auf der Motorhaube eines Schrottautos.

Danowski bückte sich über die lächerlich kleine Arbeitsfläche und nahm eines der Fotos, nur um festzustellen, dass die Zeit und die Feuchtigkeit sie zusammengeklebt hatten und dass er gleich einen ganzen Klumpen von fünf oder sechs in der Hand hatte. Er betrachtete das Foto im schummerigen zeitgenössischen Hotelzimmerlicht. Eine junge Corinna Karlsson, dunkle, aufgefederte Haare, auf die sie mit einer Hand einen Hut drückte, der nach Flohmarkt aussah, und die sich mit der anderen auf der Schulter eines anderen Mädchens abstützte, irgendwas zwischen dreizehn und fünfzehn Jahre alt. Das Mädchen kam ihm vage bekannt vor, ihre Züge passten nicht ganz zu den neuen Fotos aus den Akten, die er in den letzten acht, neun Tagen studiert hatte, und nicht zu seiner Begegnung mit Imke Billings. Aber sie war es. Fast die gleiche Frisur, aber ein ganz anderer Ausdruck im Blick als heute: abgründig auf diese jugendliche Art, verneinend selbstbewusst, was kostet die Welt, aber ich will sie nicht. Keine Spur von Salzteig. Daneben Stephanie Rother, die seitlich rechts aus dem Bild schaute, nicht weil dort was war oder weil dort jemand was sagte, sondern weil man das damals so gemacht hatte. Anfang der Neunziger, schätzte Danowski.

Er drückte den Bilderklumpen mit dem stumpfen Ende eines Kugelschreibers und nahm die Pinzette, um das oberste Bild vorsichtig abzulösen. Darunter war eins, auf dem statt des Mädchens, das er nicht einordnen konnte, ein Junge zu sehen war, vielleicht ein Jahr jünger oder zwei, mit einem weichen Lächeln, der über den Rand einer Rayban-Wayfarer-Imitation schaute, die er ein Stück nach vorn auf die Nase hatte gleiten lassen. Ludger. Offenbar hatte er vergessen, weshalb er die Sonnenbrille überhaupt aufgesetzt hatte: weil er dahinter ein beeindruckendes blaues Auge hatte.

41. Kapitel

Jemand hatte drei verschiedene Tagebücher, Notizbücher oder Kalender zerschnitten und die einzelnen Einträge chronologisch oder thematisch geordnet; nicht immer war ein Datum zu erkennen. Es gab also immer Schnipsel, manchmal auch ganze Seiten aus drei verschiedenen Quellen, die leicht voneinander zu unterscheiden waren, weil derjenige, der dieses Kompendium angelegt hatte, den drei Quellen am Anfang jeweils einen Namen zugeordnet hatte. Aber auch inhaltlich waren die Beiträge recht unterschiedlich.

Am Anfang stand immer ein Ausschnitt aus einem Taschenkalender. Danowski studierte die blasse Schrift und die Sinnsprüche, die hin und wieder neben kleinen Zeichnungen unten auf der Seite standen. Offenbar der Kalender einer Frauenzeitschrift. «Stephanie» stand als Verfasserin neben diesen Kalenderschnipseln, die sehr nüchtern und knapp gehalten waren. Darum war es eine gute Entscheidung der Archivarin oder des Kurators gewesen, diesen Schnipsel jeweils an den Anfang des Themas oder des Zeitraumes zu setzen: Er gab einen zeitlichen und inhaltlichen Rahmen vor.

Danach folgte immer der Ausriss einer oder mehrerer Seiten aus einem Tagebuch, dessen Einträge mit einer breit dahinfließenden, selbstbewusst schwingenden runden Handschrift versehen waren und die, wie Danowski auf einen Blick feststellte, verplaudert, prätentiös und durch und durch jugendlich waren. Daneben stand in der gleichen Schrift, die oben «Stephanie» als Kalenderführerin identifiziert hatte, «Corinna». Die Ausrisse der Seiten aus Corinnas Tagebuch waren mit einem Tesastreifen an einer Seite so angeklebt, dass man sie auch von der Rückseite lesen konnte.

Ebenso die Ausrisse, die immer als Drittes folgten. Sie waren knapper, unvollständiger, meistens nur Stichpunkte, denen das Theatralische und Emotionale der Tagebucheinträge von Corinna fehlte, obwohl die Handschrift auf den ersten Blick ähnlich war, rund und scheinbar fließend, aber auf den zweiten Blick sah man an den Ornamenten und an kleinen, nachdenklichen Stricheleien am Rand, dass sich jemand hier viel Zeit gelassen hatte beim Schreiben, aus Nachdenklichkeit oder Lustlosigkeit. Und zwar, wie vermerkt war, «Imke».

Die drei Namen waren in Großbuchstaben geschrieben, mit einem Bleistift, den jemand zu stark aufgedrückt hatte, einmal sah man beim «I» von Imke, dass die Spitze im Buchstaben gebrochen war.

Danowski bückte sich zu seiner Tasche und zog ein Paar Gummihandschuhe über. Die Daten der Einträge waren teilweise aus dem Sommer und Herbst 1992 und endeten im Frühjahr 1994. Er versuchte sich daran zu erinnern, was er zu der Zeit gemacht hatte. Direktion 4, Abschnitt 43, Alemannenstraße 10 in Südberlin. Oder war er da schon in der Direktion Zentrale Aufgaben, Königstraße 5, auch in Südberlin? Jedenfalls aus einem perversen Antrieb ganz in der Nähe seines Vaters, der ja im Grunde schuld war an seiner Berufswahl. Weil Danowski ihm damit richtig eins hatte auswischen wollen. Er erinnerte sich noch daran, wie er in der neunten oder zehnten mit seiner Klasse im Berufsinformationszentrum am Ernst-Reuter-

Platz gewesen war, und ihr Klassenlehrer hatte gesagt, sie sollten sich «doch einfach mal ein bisschen umgucken» und dann später im Stuhlkreis erzählen, was sie herausgefunden hatten über den Beruf, der sie interessierte.

Stuhlkreise hatte ihr Lehrer geliebt. Und Danowski hatte damals nicht geahnt, wie die Stuhlkreise ihn durch sein weiteres Leben begleiten würden, von den Feedback-Runden auf der Polizeihochschule in Münster bis zu der Selbsthilfegruppe für Hypersensible, zu der der Amtsarzt ihn vor zwei Jahren verdonnert hatte, nachdem Danowski den Meditationskurs abgebrochen hatte.

Jedenfalls hatte Danowski sich aus dem Regal mit den Mappen die über den «Lehrberuf Tankwart» gezogen und sie recht eingehend studiert. Nach dem Stuhlkreis hatte das Ärger vom Klassenlehrer gegeben, der Danowski beiseitenahm und ihm Arroganz vorwarf, weil er, ein guter und begabter Schüler, der sein Potenzial bei weitem nicht ausschöpfte, sich lustig machte über die weniger qualifizierten Schüler, indem er mit irgendwelchen Quatschberufen kokettierte. Aber Danowski war es ernst gewesen. Zwar interessierte er sich tatsächlich nicht für den Verkauf von Kraft- und Schmierstoffen, und insbesondere die «Chemie der Mineralöle» ging ihm vierspurig am Arsch vorbei, mit Standstreifen und, wenn man so wollte, Raststätte mit Tankstelle, aber er hatte ein romantisches Bild von sich als jemandem, der hinter einer Kasse saß und durch eine große Glasscheibe auf eine leere Landstraße schaute.

Zu Hause hatte sein Vater gesagt: «Und? Wat willste werden?» Wie der manchmal berlinerte, um seine großbürgerliche Herkunft zu verschleiern und sich einen proletarischen Anstrich zu geben: Damals war es Danowski peinlich gewesen, heute erfüllte es ihn vage mit einer Art Nostalgie, der er nicht traute.

«Tankwart», hatte Danowski gesagt, innerlich darauf eingestellt, sich einen Vortrag über die zerstörerische Kraft des Individualverkehrs und die zu Ende gehenden fossilen Brennstoffe anzuhören, aber sein Vater hatte nur gestutzt, ihn angesehen, als verstünde er ihn, und dann gesagt: «Na, Hauptsache nicht Polizei.»

Und damit war das entschieden gewesen. Zehn Jahre später, als die Mädchen hier in ihre Tagebücher schrieben, saß Danowski im gleichen Stadtteil wie sein Vater und war Polizist, und manchmal lief er sogar in Uniform an dem Haus vorbei, in dem er aufgewachsen war und in dem sein Vater seine immer weniger gut besuchten Vorlesungen über politische Ökonomie vorbereitete.

Danowski strich sich mit der Hand durchs Gesicht und erschrak über den Kautschukgeruch und das Gefühl, als fasste einen jemand Fremdes an. Dann fing er an zu lesen.

> *(Stephanie)*
> *Wir sind angekommen. Familie Brakel ist sehr nett. Frau Brakel ist auch unsere Lehrerin. Sohn Ludger, aber jünger. Ein Jahr. Wir haben gleich unser «Reich» in Besitz genommen, ich bin unter Cory, gegenüber ist Imke, unten im Etagenbett. Aber darüber ist das Bett leer, denn wir sind ja nur zu dritt. Wir dürfen noch das Zimmer einräumen, wenn wir wollen. Imke will einen Vorhang. Ich glaube, ich nicht. Dann durften wir Mama und Papa anrufen. Also*

Danowski konnte sich gut daran erinnern, wie das war, er hatte in dem Alter jedes Jahr aufs Neue einen Kalender angefangen. Und immer mit derselben Unentschiedenheit wie Stephanie: Wenn man knapp notierte, was passiert war, um es nicht zu vergessen, dann klang es kindlich und unbedarft, und wenn man ausführlicher wurde, wusste man nicht, was man weglassen sollte, der Platz wurde knapp, und die Hand tat einem weh, und dann brach man einfach ab.

Dann fiel ihm ein, dass Stephanie Rother tot war. Für einen Moment hatte er es tatsächlich vergessen. Was er hier las, war in jedem Fall keine Geschichte, die ein gutes Ende genommen hatte.

Beim nächsten Textabschnitt fehlte offenbar die vorherige Seite.

> *(Corinna)*
> *ausgehalten. Ich habe dann alles immer nur wie durch einen Schleier gesehen, obwohl die Familie wirklich sehr nett ist und sie haben versucht, uns zu trösten und ein herzliches Willkommen zu bereiten. Das Zimmer ist im Keller, aber es macht nichts, weil es sehr groß ist und wir schlafen in Stockbetten. Ich kann von oben, also wo ich schlafe, an die Decke fassen, aber das finde ich eigentlich schön. Ich habe gedacht, dass ich mir in Friederikenburg beim Woolworth so Leuchtsterne kaufe, wie ich sie früher hatte. Aber kaum habe ich daran gedacht, und dann hat mich Imke so angesehen mit diesem durchdringenden Blick, und dann musste ich weinen, weil ich so Heimweh hatte.*
> *Wir wollten dann eigentlich nur alleine sein und haben gesagt, wir können allein reinlaufen nach Friederikenburg, um noch ein paar Sachen zu kaufen für unser Zimmer, aber wir wollten eigentlich nur,*

dass wir irgendwo in Ruhe weinen können, weil wir haben alle gehofft, dass dann das Heimweh weniger wird. Also ich habe gewusst, die anderen sehen das genauso. Das ist einfach wenn man so lange zusammen aufgewachsen ist auf der Insel, wir kennen uns ja schon vom Sandkasten her. Dabei hatten wir gar keinen, Mama hat immer gesagt, die ganze Insel ist euer Sandkasten. Ich hab also gewusst, die anderen wollen auch Hauptsache nur in Ruhe weinen. Und die Familie Brakel ist sehr nett, aber ich glaube sie würden das nicht verstehen. Außer vielleicht Ludger. Der ist noch klein, würde ich mal sagen, ich habe ihn gefragt und er hat richtig ein bisschen gestottert, also er ist ein Jahr jünger.

Endlich hatten wir dann die Familie abgeschüttelt und konnten unser Vorhaben in Angriff nehmen. Imke hatte wie immer die beste Idee und schon einen Plan, zumindest glaubt sie, dass sie immer die beste Idee hat und ich muss sagen, die war nicht schlecht. Sie hat ja gehört, wie die Eltern abends auf der Insel gesagt haben schon letzten Sommer, und bald werden wir Leuchtturmkinder, und Imke hat gesagt, gehen wir also zum Leuchtturm.

Es war nicht so einfach, weil gerade keine Ebbe war, also das heißt, der Leuchtturm liegt ein bisschen draußen im Watt und ist so umgeben von ein paar Geröllsteinen. Und wir können zwar die Insel nicht richtig sehen von da, weil es zu bedeckt ist und regnet, aber Imke hat gesagt die Eltern können den Leuchtturm sehen und denken dann an uns.

Außerdem habe ich erst mal vergessen zu erwähnen, dass wir als wir mit der Familie besprochen haben, wie wir das alles im Zimmer machen dürfen, gesehen haben, dass es da einen Ghetto-Blaster gibt, und Imke hat gleich ihre Nirvana-CD rausgeholt, sie war ganz ungeduldig, dass die endlich die Tür zumachen und uns alleine lassen, damit wir schon mal Nirvana hören können.

Danowski rieb sich die Stirn. Nirvana war in einer anderen Farbe geschrieben, Rosa. Dieses redundante Gefasel rührte ihn zwar, aber es war trotzdem schwer auszuhalten. Nirvana hatte er aber auch noch gemocht.

Aber dann hatte der als die endlich draußen waren nur Cassette!!!
Jedenfalls war es wie wenn man pinkeln muss, wir sind die letzten Meter nur noch gerannt und wir hatten alle nasse Füße, und wir haben nur noch gehofft, dass kein anderer da ist am Leuchtturm und dass uns keiner sieht, und so wie manchmal wenn man ganz dringend pinkeln muss doch schon was in die Hose geht, haben wir alles schon angefangen zu heulen als wir noch gerannt sind.
Imke hat gesagt, das ist jetzt unser Heimwehplatz, und Stephanie hat ganz ernst genickt als wäre das eh klar und auch ein bisschen albern, und als kann sie jetzt schon voraussehen, dass wir in zwei, drei Wochen sowieso kein Heimweh mehr haben, das haben Mama und Papa ja auch gesagt und darum sollen wir bis dann auch erst mal nicht telefonieren.

Danowski blätterte um.

(Imke)

- *tragbarer CD-Spieler bei Woolworth: DM 89,90;*
- *Anschlusskabel ???*
- *Ghetto-Blaster mit eingebautem CD-Spieler bei Woolworth: DM 249,90;*
- *Ludger bitten, dass er CD überspielt (hat Anlage);*
- *Leercassetten BASF 90er, 10er-Pack: DM 49,90;*
- *Geld dabei: ca. 60 DM;*
- *Taschengeld: 5 DM die Woche;*

➢ *Cassetten kaufen;*
- *warum ist das Zimmer unter der Erde?*
- *mir hat's zu Hause nicht so gefallen seit ein paar Jahren (ca. 1989?), warum habe ich dann hier so Heimweh nach zu Hause?*
- *Tidenplan hängt bei Brakels am Kühlschrank*
  ➢ *abschreiben damit wir immer wissen, wann wir zum Leuchtturm können;*
- *ich finde es irgendwie eklig hier, also wie überall.*

In dem Stil ging es weiter. Dann stieß er auf eine Seite, die keinem der drei Mädchen zugeordnet war, aber er meinte, die Schrift von Imke Billings zu erkennen, verändert, ein wenig älter, vielleicht zwei Jahre. Eine Art Prosagedicht.

Es gibt hier
Dinge in der Dunkelheit
Die Dunkelheit der Dinge
gibt es hier
Die Dunkelheit der Dinge
ist ein Trost
Dinge in der Dunkelheit
sind es nicht

Danowski rieb sich die Stirn. Bis eben war er davon ausgegangen, dass Ludger Brakel ihm die Tüte auf diese ein wenig seltsame Weise übergeben hatte. Weil er Brakel am Deich mit der Tüte in der Hand gesehen hatte, der Tüte, die Brakel aus seinem Auto geholt hatte. Vermutlich Sachen, die vor zwanzig Jahren im Haus der Brakels geblieben waren, als die Leuchtturmkinder wieder ausgezogen waren.

Aber es gab keinen Grund, der ihm schlüssig schien. Wenn Ludger Brakel wollte, dass Danowski das Material las, hätte er es ihm vorhin geben können. Und alles, was das alte Tagebuchmaterial beschrieb, war die enge Verbundenheit zwischen den drei Frauen, von denen heute zwei tot waren.

Danowski legte die Seiten wieder zusammen, lehnte sich zurück und schloss die Augen. Weil er immer mehr sah, als er im Augenblick verarbeiten konnte, gelang es ihm manchmal, in die Bilder seiner Erinnerung zurückzureisen wie in eine begehbare Landschaft. Und auch wenn er seiner Erinnerung nicht immer traute, fand er dort manchmal doch Details, die ihm weiterhalfen.

Am Deich. Ludger erst mit der Plastiktüte. Dann Ludgers Zusammentreffen mit Imke Billings. Ihr gemeinsamer Sturz. Wie sie weggelaufen war auf diese merkwürdige schräge Art und Weise, ins Watt. Und als Ludger ihm dann gegenübergestanden hatte, war er ohne Tüte gewesen.

Das Frühstücksbuffet klang fast wie eine gute Idee. Zwei Sachen wurden ihm klar. Er brauchte einen Kaffee. Und Imke Billings musste ihm die Sachen in der Nacht zum Hotel gebracht haben. Weil sie die Tüte von Ludger bekommen, sie ihm abgenommen oder später am Deich gefunden hatte. Und gerade weil das, was darin war, ihre enge Verbundenheit mit den anderen beiden beschrieb. Imke Billings wollte ihm zeigen, dass sie Angst hatte, die Nächste zu werden.

Noch bevor er duschte, versuchte er wieder, Steckmann zu erreichen. Diesmal ging sie ran.

«Könnt ihr mal ein Auge auf Imke Billings werfen?», fragte er.

«Als mögliches drittes Opfer?» Sie klang hellwach, und er meinte zu hören, wie im Hintergrund Kinder frühstückten. Das liebte er an zu Hause am meisten. Jetzt kriegte er doch langsam Heimweh. «Ich habe deine Nachricht bekommen. Die Kollegen sind bei ihr vorbeigefahren und haben gesehen, wie sie heute Morgen zur Arbeit bei der Raiffeisenbank in Friederikenburg gefahren ist. Warum?»

«Ich glaube, sie hat Angst. Mehr, als sie uns je erzählen würde.» Und meine Mutter hat auch was gespürt bei ihr, dachte er, ohne es wirklich ernst zu meinen. Es schien lange her. «Das erkläre ich dir später.»

«Gern», sagte Steckmann. «Und solange Imke Billings bei der Arbeit ist, sollten wir vielleicht eine Bootstour machen.»

Danowski wühlte mit einer Hand nach seinen Anziehsachen. «Wohin?»

«Zur Insel der verwaisten Eltern.»

42. Kapitel

Als Danowski sich mit dem Polizeiboot näherte, schien es ihm, als hätte die Insel Kellum sich mit letzter Kraft über den Meeresspiegel gedrückt, ein flacher grüner Sockel über dem gleichgültigen Wattgrau, gerade hoch genug, um nicht bei jeder Flut überspült zu werden. Sandra Steckmann versicherte ihm, die Warft in der Mitte der Insel halte selbst den Sturmfluten stand, die sie jetzt für die nächsten Tage und Wochen erwarteten wie in jedem Herbst und Winter.

Sie waren noch etwa einen halben Kilometer entfernt. Danowski konnte die Werft erkennen und dahinter durchs Fernglas die Dächer der Gebäude, die sie umgaben. Die Insel war etwa drei Kilometer breit von Westen nach Osten, zwei Kilometer von Norden nach Süden, sie bestand aus einigen hundert Hektar Salzwiesen, Stränden und flachen, abgewehten Dünen mit dem Sand, den der Ostwind über sie wehte, und aus den Prielen, die sich bei zulaufendem Wasser Teile der Landschaft außerhalb des Deichs zurückeroberten. Steckmann hatte ihm das alles erklärt: drei oder vier Fischerfamilien, die hier seit dem Ende des 19. Jahrhunderts gesiedelt hatten, und seit den sechziger Jahren Vogelkundler mit ihren Familien. Vogelwarte nannte man die. Von den Namen der Vögel, auf die sie warteten, hatte Danowski nicht alle behalten, aber Austernfischer, Seeschwalben, Wanderfalken, Löffler und sieben Arten Möwen.

Sandra Steckmann stand neben ihm im engen Cockpit

des Hilfsstreifenboots «Burhave» und steuerte selbst. Das große Küstenstreifenboot «Nordenham» konnte die Insel nicht anfahren, weil es zu viel Tiefgang für die Fahrrinne hatte, die nur für Fischerboote und die kleinen Motorschlauchboote der Vogelforscher vorgesehen war. «Sind wir unter uns», hatte sie gesagt. «Steuermann oder so brauchen wir nicht, das kann ich auch.» Hier hatte offenbar jeder die passenden Lizenzen für alles. Ihm sollte es recht sein. Leuken hatte sie gesagt, das Boot sei zu klein für drei, was natürlich gar nicht stimmte. Und was Leuken mit Sicherheit wusste. Die beiden verstanden sich offenbar nicht mehr so gut.

Danowski genoss das Spritzwasser, die anrollende Flut unter seinen Beinen, den Benzingeruch und das Hämmern des Außenborders, das ihn angenehm durchschüttelte. Nur die Schwimmweste ärgerte ihn. Weil er sie zugemacht hatte. Steckmann trug ihre lässig offen, sie war nur pro forma reingeschlüpft.

An der Südseite der Insel war ein kleiner Anleger, im Grunde nur ein windschiefer Steg mit ein paar rostigen Pollern.

Steckmann zeigte mit dem Kinn auf eine daumendicke Leine.

«Weißt du, wie man einen Knoten macht?»

«Preußischer Paketknoten, ja.»

Sie nahm ihm die Leine mit der Linken aus der Hand, während sie mit der Rechten weitersteuerte.

«Halt mal.»

Dann zeigte sie ihm den Achterknoten, mit dem er sie festmachen sollte.

«Aber nicht reinfallen. Dann ist der Ausflug vorbei.»

Danowski ärgerte sich über seine Gummistiefel, weil

er mit ihnen kaum Halt fand auf dem schmalen nassen Plastikdeck. Steckmann ließ das Boot elegant an den Steg gleiten, Danowski schnaufte ein wenig, als er sich vorbeugte, um die Klampe zu erreichen, aber dann fand er, dass er seine Sache eigentlich ganz gut machte.

«Lernst du auch noch», sagte Steckmann und zog den Knoten und die Leine noch mal fest. Auf dem Weg über den Deich wär's dann nicht gegangen ohne Gummistiefel. Als sie über die Kuppe kamen, kriegte Danowski einen städtischen Schreck. Er hatte sich das anders vorgestellt hier auf der einsamen Insel, naturbelassener, romantischer, wenn man so wollte. Aber die Häuser standen in Zweier- und Dreierreihen, voneinander getrennt durch Hecken und Jägerzäune, als wären sie in einem x-beliebigen norddeutschen Vorort und nicht auf einer Vogelschutzinsel, die außerhalb der Zäune sich selbst überlassen war.

Aus dem Deichgrün löste sich ein Pfad, der Schotter wurde, als sie den Häusern näher kamen. Ihre niedrigen Fenster unter den tief gezogenen Reetdächern sahen ihnen entgegen, eher reserviert als erwartungsvoll. Es war gar nicht so kalt, aber wie seine Mutter immer gesagt hatte, wenn West-Berlin sich im Novemberwind krümmte: Diese Feuchtigkeit, die kriecht einem überall rein.

Theatralisch schlug Steckmann sich vor die Stirn.

«Au weia», sagte sie, noch etwa zwanzig, dreißig Meter entfernt vom Haus der Rothers, in dem sie sich treffen wollten, «ich tu jetzt so, als müsste ich zurück zum Schiff, weil ich das Funkgerät vergessen habe. Und dann stelle ich fest, dass der Knoten nicht hält, und dann fummele ich da eine Weile rum.»

«Du hast ja hellseherische Fähigkeiten», sagte Danowski, «ich wundere mich, dass ihr mich überhaupt braucht.»

«Wie gesagt, ich tu nur so.»

«Schon verstanden. Und warum?»

«Damit du in Ruhe mit denen reden kannst.»

«Weil du sie alle seit zwanzig, dreißig Jahren kennst und weil du vielleicht gar nicht mehr merkst, wenn sie was Merkwürdiges erzählen. Oder weil ihr irgendwelche Verbindungen habt, wegen derer sie gar nicht auf die Idee kämen, dir manches zu erzählen. Vielleicht auch, weil es ihnen zu selbstverständlich erscheint.»

«Nicht schlecht. Und ganz ohne hellseherische Fähigkeiten.»

«Ich galt mal als sehr sensibel.»

«Merkt man schon noch ein bisschen.»

«Stellst du mich denn noch vor?»

«Ja, ich sag noch kurz hallo.»

Danowski musste den Kopf einziehen, als sie durch die Haustür traten, obwohl er nicht groß war. Die Wärme fiel ihm auf nach der unnachgiebigen Kälte der Draußenwelt, das gedämpfte Licht und der Geruch von Tee und Keksen, die jemand offenbar gebacken hatte, vielleicht einfach, weil die Polizei kam, um nach den toten Töchtern zu fragen. Also, die Gemütlichkeit fiel ihm auf. Vielleicht, weil sie genau das war, was er an der Nordsee erwartete. Die Behaglichkeit. Das Gefühl, nach einem langen herbstlichen Strandspaziergang oder eben nach einer Bootsfahrt im Regen wieder ins Haus zu kommen, die nassen Sachen an der Garderobe aufzuhängen, und jetzt würde alles gut werden.

Das Erdgeschoss der Rothers bestand außer der Diele und dem Gästeklo und einem kleinen Treppenhaus nur aus einem Raum, über Eck, mit Kaminfeuer. In dessen Nähe eine Sitzecke, aber sie wirkte an den Rand geschoben, wenig benutzt. In der Mitte des Raumes stand ein großer Tisch, Zeitungen und eine Blumenvase und Krimskrams am einen Ende, und dann trotzdem noch genug Platz für zwei Paare Anfang, Mitte sechzig, die Danowski auf der Trauerfeier von hinten gesehen hatte und die sich gegenübersaßen, Plätze für Steckmann und Danowski, komplett mit Teetassen und kleinen braunen Steinguttellern für die Kekse, die in einer Holzschale in der Mitte standen. Heidesand.

Steckmann stellte ihn vor und ihm die anderen, links, mit dem Rücken zur Tür, die Karlssons, rechts, nah an der Küche, um nachzureichen, die Rothers. Er nahm zwischen ihnen am Kopfende Platz. Die Karlssons trugen mehr Wolle und waren ein wenig grauer und schwerer, die Rothers hagerer, glatter, Fleece-Pullover in diesen schwer nachvollziehbaren Farben, in denen Sachen aus diesem Material meist kamen. Danowski sagte, wie leid es ihm tat, sehr, zu beiden Seiten, rechts ein wenig länger verharrend. Den Rothers war anzusehen, dass ihr Leid noch sehr viel frischer war, unverbrauchter. Aber verzweifelt waren sie hier alle. Plötzlich hasste er die Gemütlichkeit, und er beneidete Steckmann darum, dass sie rausgehen konnte ins Freie und am Boot rumfummeln. Vielleicht war das der wahre Grund: Sie haute ab. Als sie die Tür hinter sich schloss, blieb für einen Atemzug Kälte im Raum stehen und verschwand dann, als hätte die Traurigkeit sie absorbiert. Als Frau Rother ihm Tee eingoss, knisterte der Kandis in seiner Tasse, und ihm lief ein Schauer über den Rücken.

«Wir haben ja alles schon ein paarmal erzählt», sagte

der Vater von Corinna Karlsson nach ein paar Augenblicken, in denen Danowski nur sein eigenes Heidesandkauen gehört hatte. «Aber es ist schön, dass Sie sich jetzt auch dafür interessieren, was Cori so für ein Mensch war. Und Stephi.»

Die Rothers nickten.

«Erzählen Sie mir doch erst mal was über sich», sagte Danowski.

«Wir sind pensionierte Vogelkundler», sagte Karlsson. «Da gibt es nicht viel zu erzählen. Verbeamtete Sachbearbeiter. So wie Sie.»

Danowski nickte. «Sie sind alle vier Vogelkundler?»

«Natürlich nicht», sagte Corinna Karlssons Mutter, als wäre die Vorstellung grotesk. «Nur die Männer. Elke und ich haben uns um den Haushalt und die Kinder gekümmert.»

«Wie wird man denn Vogelkundler hier auf der Insel?» Danowski nippte an seinem Tee.

Die beiden Männer verständigten sich mit einem Blick, wer auf die Frage antworten sollte.

«Also, klar, Ornithologie muss sein, Promotion in Biologie mit entsprechendem Schwerpunkt, meine ich, und dann», sagte Herr Karlsson, «gehört dazu natürlich die Bereitschaft, hier das ganze Jahr über auf der Insel zu leben, um das Verhalten der Vögel zu beobachten, also Wanderung, Brut, Nisten, alles. Wir zählen ja auch. Also, haben wir gemacht. Inzwischen können Sie viel davon auch mit Webcams und Micro-Sendern und so machen, aber damals, also, als das hier angefangen hat mit der Vogelstation …»

«Ist ja auch ein Prestige-Ding gewesen», sagte Herr Rother, seine Stimme dünn wie Papier auf dem Weg zum

Container, «also, die Station hier, da gab's lange Wartelisten, immer, wenn was frei geworden ist. Auch wenn das hieß, hier mit der Familie zu leben. Mit den Kindern.»

«Es tut mir leid, dass ich Ihnen diese Fragen stellen muss. Sie haben beide Ihr Kind verloren.» Immer besser, die schmerzhaften Dinge offen auszusprechen, statt um sie herumzureden. «Aber ich muss auch ganz grundsätzliche Dinge fragen, ich versuche einfach, mir ein Bild zu machen.»

«Wir haben doch die Kinder schon viel länger verloren», sagte die Mutter von Corinna Karlsson halblaut. Danowski ließ die Hand ruhen, die er gerade noch einmal nach seiner Tasse ausstrecken wollte.

«Wie kannst du so was sagen», sagte Stephanie Rothers Mutter dumpf.

Danowski sah, wie Frau Karlsson, die ihr gegenübersaß, errötete und leicht betreten den Blick senkte. Sachte schüttelte sie den Kopf, ohne noch etwas zu sagen.

«Stephi ist tot», sagte Frau Rother, fest und klar. «Vor ein paar Tagen war sie noch am Leben. Da war sie noch da. Da haben wir sie vielleicht nicht oft gesehen, aber … sie war da. Ich konnte sie anrufen, sie ist am Wochenende manchmal mit dem Boot rausgefahren, um uns …»

«Ich weiß», sagte Frau Karlsson. «Das weiß ich doch. Um Gottes willen. Glaubst du, ich weiß das nicht?»

Die Männer sahen auf ihre Hände mit den breiten Fingern.

«Was meinten Sie denn damit, Frau Karlsson?», fragte Danowski. «Auch wenn es vielleicht übertrieben war. Damit, dass Sie Ihre Tochter schon vorher verloren haben.»

Es dauerte einen Moment, bis sie antwortete. «Ich hab das damals unterschätzt. Als wir hier rausgezogen sind, waren Stephi und Cori und Imke fünf oder sechs. Im ersten Sommer haben sie Schultüten bekommen, und wir haben drüben bei den Billings eins von den Zimmern wie ein kleines Klassenzimmer eingerichtet und die drei da unterrichtet, abwechselnd. Für die Mädchen war das schön, das war wie Schule spielen. Jahrelang. Und natürlich haben sie was gelernt.»

«Die Billings sind inzwischen weggezogen?»

«Ja, schon lange. Imke ist irgendwann, da waren sie schon auf dem Gymnasium in Friederikenburg, sehr krank geworden. Jedenfalls mussten die dann Richtung Bremerhaven ziehen.»

«Aber Sie sind alle am Anfang hier zusammen hergekommen?»

Der Karlsson-Vater räusperte sich, dem fiel es nicht leicht, mal ein paar Atemzüge nichts zu sagen. «Der Jürgen, also Jürgen Billings, der Vater von Imke, war damals in unserer Forschungsgruppe. Wir haben zu dritt dieses ganze Austernfischerprojekt aus der Taufe gehoben, das war die größte Austernfischerforschung, die es damals weltweit gab. Das ist ja die Grundlage für ganz viel Naturschutzgesetzgebung hier im Endeffekt.»

Danowski nickte, ölig anerkennend, um das hier abzubiegen, bevor es in die Selbstverliebtheit alter Männer ausartete.

«Und Jürgen Billings und seine Frau …»

«Anke.»

«Richtig. Die Billings sind Richtung Bremerhaven gezogen mit ihrer Imke und …»

«Ja, die sind vor ein paar Jahren gestorben», sagte Frau Rother.

«Zehn. Zehn Jahre. So lange ist das schon her», korrigierte ihr Mann sachte, aber bestimmt. «Imke lebt von den geerbten Ersparnissen im Haus ihrer Eltern», ergänzte er. «Bei der Raiffeisen macht die, glaube ich, nicht viel. Sie hat sich ganz lieb gemeldet. Dem armen Kind ... also, der geht es natürlich auch nicht gut. Auch wenn Stephi und Cori mit ihr nicht mehr so viel Kontakt hatten wie früher. Vor allem, seit sie zusammen bei der Silventia arbeiten.»

Danowski nickte. Nicht zuletzt, weil er das grammatikalische Problem verstand, das zu allen anderen Problemen des Todes dazukam. Es klang immer falsch, über die gerade Gestorbenen in der Vergangenheit zu sprechen, und die vollendete Gegenwart zu vage. Aber das Wort im einfachen Präsens stand zu lange im Raum, darum sagte er: «Das muss ja schwierig für Sie gewesen sein, dass Corinna und Stephanie da beide angefangen haben, bei der Silventia. Ich stelle mir vor, dass die Austernfischer oder überhaupt die ganzen Seevögel nicht so gut klarkommen mit den Windkraftanlagen.»

Der Karlsson-Vater nickte. «Das ist schon ein Thema, ja. Aber wie gesagt, die strengen Bestimmungen, die es jetzt überhaupt gibt, die sind auch auf der Grundlage unserer Arbeit damals entstanden.»

«Aber um noch mal darauf zurückzukommen, was Sie eben gesagt haben, Sie hätten die Kinder schon vorher verloren», sagte Danowski. Er merkte, dass drei bis vier der Anwesenden gehofft hatten, er würde diesen speziellen Faden nicht noch einmal aufnehmen. Sie schwiegen.

«Leuchtturmkinder», sagte die Mutter von Corinna Karlsson.

«Das Wort habe ich schon gehört, ja», sagte Danowski.

«Die Kinder haben dann bei den Brakels gewohnt, um in Friederikenburg aufs Gymnasium gehen zu können.

Zur siebten Klasse haben sie da angefangen, da waren sie dreizehn, Imke, glaube ich, sogar erst zwölf. Auf alle Fälle waren sie gut genug, um da mitzukommen. Das war seit den fünfziger Jahren so, seit es die Vogelwarte hier gibt.»

«Oder gab», sagte ihr Mann. «Die Mittel sind ja längst gestrichen.»

«Seitdem haben Familien auf dem Festland die Kinder von der Insel aufgenommen, damit sie da zur Schule gehen können. Ich weiß nicht, wie die Fischer das früher gemacht haben, denen war das egal, oder deren Kinder sind irgendwie durchs System gerutscht. Also, die Leuchtturmkinder waren eigentlich von Sonntag bis zum nächsten Freitag in Friederikenburg und bei ihren Gastfamilien.»

«Warum nicht Montag?», fragte Danowski, der in Gedanken gerade durchgegangen war, wie viel Zeit er noch mit seinen Töchtern zu Hause hätte, wenn er auf einer Insel lebte, die sie verlassen müssten, um zur Schule zu gehen. Nicht genug jedenfalls.

«Wegen der Gezeiten. Es gibt immer nur ein, zwei Gelegenheiten am Tag, an denen man die Überfahrt machen kann», sagte die Mutter von Stephanie Rother. «Und die Schule fängt Montagfrüh um acht an, da warten die nicht auf ein paar Kinder von der Insel.»

«Manchmal hat sich das gar nicht gelohnt, und das ist ja auch so ein Alter, da beginnt die Pubertät, die Kinder verändern sich sowieso, die glauben, sie könnten einen nicht mehr aushalten», sagte Frau Karlsson. «Und dann kommen sie manchmal Wochen hintereinander nicht. Manchmal haben wir Cori nur alle zwei Monate gesehen. Obwohl sie fast in Sichtweite war. Also, zumindest den Leuchtturm haben wir ja immer gesehen.»

«Na ja, das ist jetzt ein bisschen übertrieben», sagte der Vater von Stephanie Rother leise, offenbar ein Pedant. «Zwei Monate. Ich glaube nicht, dass die Mädchen je so lange am Stück weg gewesen sind. Imke vielleicht.»

«Man erinnert sich ja auch nicht mehr so gut», sagte Frau Karlsson, was, dachte Danowski, wohl eher heißen sollte: Du erinnerst dich nicht gut.

«Wie haben die Mädchen sich denn verändert in den Jahren», fragte er, «also, wenn man das irgendwie beschreiben kann. Über die normale Pubertät hinaus. Wenn das zu trennen ist.»

Wie redete er eigentlich. Ihm schien, als ächzten die Eltern unter der Erinnerung an ihre Töchter. Dann sagte Stephanies Mutter: «Es waren fröhliche Kinder, alle drei. Also, ich fand die immer sehr unbeschwert. Klar, das lag auch an der speziellen Situation hier, an dieser Abgeschiedenheit und Geborgenheit. Aber sie haben sich auch gefreut, als sie aufs Festland kamen. Für die war das ein großes Abenteuer, und sie waren ja zu dritt. Aber im Laufe der Jahre sind sie … also, sie haben sich schon sehr zurückgezogen. So in sich. Aber das ist wohl ganz normal.»

«In dem Alter, klar», sagte einer der beiden Väter. Danowski war abgelenkt. In einem dunklen Regal neben dem Kaminofen stand ein Foto der drei Mädchen vor einer Brandmauer mit Graffiti. Aus der gleichen Serie, von der er auch ein paar Exemplare hatte, in der Edeka-Tüte, die ihm Imke Billings hinterlassen hatte. Er hatte eine Seite aus dem zerrissenen Tagebuch dabei, vielleicht für einen Moment wie diesen, wenn die Eltern nichts erzählten. Vorsichtig holte er den durchsichtigen Beweismittelbeutel aus seiner Tasche und legte ihn vor sich auf den Tisch.

Es war die Seite, auf der eines der drei Mädchen über die «Dinge in der Dunkelheit» schrieb. Er schob es in die Mitte des Tisches.

«Ich muss Sie um einen Gefallen bitten, der womöglich sehr schmerzhaft für Sie ist, das tut mir leid. Können Sie mir sagen, wessen Schrift das ist? Die von Corinna oder von Stephanie? Wenn nicht, dann nehme ich an, dass es die von Imke ist.»

Danowski lehnte sich zurück in den leicht knarrenden Holzstuhl mit dem Bastgeflecht am Rücken und wartete. Es war unglaublich, wie intensiv die vier am Tisch miteinander durch Blicke kommunizierten, während er danebensaß. Als würde er sie nicht verstehen. Was ja im Prinzip auch stimmte. Er verstand nur die Grundlage ihrer stillen Kommunikation: Sie verschwiegen ihm etwas. Und wenn es nur die Abgründe ihrer Trauer waren, und wie gerne sie ihn jetzt langsam oder schon von Anfang losgeworden wären.

Nachdem sie sich die verpackte Seite eine Weile weitergeschoben hatten, und zwar so, dass jeder von ihnen sie hatte lesen können, sagte der Vater von Corinna Karlsson, als wäre er der Sprecher ihrer verwaisten Gruppe: «Nein, das ist einfach zu lange her. Und die Mädchen haben in dem Alter ja auch alle eine sehr ähnliche Schrift. Also, so rund. Und blumig.»

Danowski nickte, als sähe er das auch so. Er zog den Beutel wieder an sich, und bevor er ihn wegsteckte, besah er ihn ein wenig, als betrachtete er ihn zum ersten Mal gründlich.

«Aber was hier steht, ist schon seltsam, oder», sagte er, «also, diese Dinge in der Dunkelheit und so weiter.»

Nichts. Selbst das Holz im Ofen knackte nicht. Dann

ging die Tür auf, und Sandra Steckmann kam rein und mit ihr die Kälte. Man hörte, wie sie sich im Flur die Füße abtrat.

«Ich weiß nicht mal, ob das von einem der Mädchen ist», sagte die Mutter von Corinna Karlsson.

«Aber glauben Sie, dass es damals auf dem Festland irgendeine Art von Bedrohung für die Mädchen gegeben haben könnte?», fragte Danowski. «Ich meine, ganz ehrlich, ich sage das nicht gerne, aber drei Mädchen in einer Familie mit Vater und halbwüchsigem Sohn, also …»

«Sie meinen, so eine Missbrauchsgeschichte oder so?», fragte der Vater von Corinna Karlsson. «Wollen Sie sagen, dass wir unsere Kinder nicht beschützt haben?»

Danowski schüttelte beschwichtigend den Kopf. Sandra Steckmann war in den Raum gekommen und hinter ihn getreten, jetzt legte sie ihm die Hand auf die Schulter, als wollte sie ihn ihrerseits besänftigen. So, als hätte er sich auf gefährliches Gebiet begeben und bräuchte nun Hilfe, um wieder da rauszufinden.

«Was ist das?», fragte sie und griff nach der Seite. Danowski steckte sie ein, bevor sie sie erreichte. «Das besprechen wir später», sagte er und stand auf. «Ich würde gern mal das Zimmer von Stephanie sehen.»

Ihre Eltern warfen sich einen Blick zu, in dem Schmerz lag und ein Hauch von: Gott, ist der Mann aus der Stadt schwer von Begriff.

«Stephi hat hier seit … zwanzig Jahren kein Zimmer mehr. Alles, was ihr damals was bedeutet hat, hat sie mit aufs Land genommen. Zu den Brakels. Da hat sie ja auch viel mehr Zeit verbracht. Das war bei Corinna und Imke genauso, oder?»

Elternnicken.

Nicken konnte er auch. Zu Steckmann: «Na gut, dann reden wir jetzt noch mal mit der Familie Brakel.»

Als sie standen, sagte Frau Rother, die bisher von allen am wenigsten gesprochen hatte, mit abwesendem Blick ins Kaminfeuer: «Denken Sie nicht, Sie müssten sich mal um Imke kümmern?»

Danowski sah, dass seine Schuhe beim Reinkommen nasse und schmutzige Spuren auf den Bohlen hinterlassen hatten, die er jetzt gewissermaßen zurückverfolgte.

«Was meinen Sie damit?», fragte er.

«Wir reden immer von Stephi und von Cori, und das ist ja auch richtig, das sind ja unsere Kinder», sagte Frau Rother. Die anderen beobachteten sie nachsichtig, aber auch mit ersten Zeichen von strapazierter Geduld: Es war ja auch gut jetzt und immer schöner, wenn die Polizei ging, als wenn sie kam oder blieb. «Aber das waren ja drei. Die waren immer zu dritt.»

Danowski dachte an die Fotos mit Ludger Brakel, auf denen er ein blaues Auge hinter der Sonnenbrille hatte, aber er lachte mit den Mädchen. Sie waren immer zu dritt. Oder zu viert.

«Und manchmal denke ich, also, ich hätte einfach Angst, dass Imke die Nächste ist.»

Danowski warf Steckmann einen Blick zu. Du oder ich?

«Warum sagst du das?», fragte Sandra Steckmann. Klar, die duzte hier fast jeden. «Wir haben uns das natürlich angeschaut, also, wir haben mit Imke Billings gesprochen. Nach dem Tod von Corinna. Sie hatte praktisch keinen Kontakt mehr zu den beiden anderen, sie wohnt ja auch ganz schön weit außerhalb. Die haben sich nur manchmal zufällig beim Einkaufen getroffen. Und Leuken hat gestern mit ihr gesprochen, wegen Stephi. Die beiden haben sich Anfang der Woche getroffen und ein bisschen über Corinna geredet. Getrauert.»

Bei der letzten Silbe fing die Mutter von Stephanie Rother an zu weinen. Die drei anderen Eltern wandten sich ab, jeder in eine etwas andere Richtung. Insgesamt wurde jetzt sehr flach geatmet hier im Raum. Danowski spürte, wie heiß es war, wenn man in der Nähe des Kamins stand. Er dachte an die Begegnung zwischen Ludger Brakel und Imke Billings. Nachdem er ihr davon erzählt hatte, fand Steckmann, man müsste das im Auge behalten und wenn möglich Ludger Brakels Gentest besonders schnell bearbeiten, um ihn als Täter ausschließen zu können.

«Willst du auf irgendwas Bestimmtes raus?», fragte Steckmann und traf dabei einen ebenso sachlichen wie mitfühlenden Ton, der gleichzeitig unverbindlich genug war, um nicht mehr endlos hier bleiben zu müssen. Um diesen Ton bemühte Danowski sich vergeblich, seitdem er im Job war.

«Also, der Mann, der das gemacht hat», sagte die Mutter von Stephanie Rother, und Danowski schien es, als krümmten die anderen Eltern sich unter ihren verschluckten Worten. «Mit Stephi und Cori. Ich finde, ihr müsst verhindern, dass er das auch mit Imke macht.»

«Warum sollte er das tun?», fragte Steckmann.

«Weil aller Dinge immer drei sind», sagte die Mutter von Stephanie Rother, und noch als sie wieder auf dem Boot waren und Danowski sich beim Leinelosmachen über seine ruhigen Finger wunderte, hallte ihm das Wort «guten», das sie nicht gesagt hatte, in den Ohren nach wie ein negatives Echo von etwas Dunklem.

Als sie abgelegt hatten, sah er im Profil, dass Sandra Steckmann sich die Lippe blutig gebissen hatte.

43. Kapitel

Nach der Überfahrt, wieder auf dem Festland, schnurrte Danowskis Telefon nur so vor Benachrichtigungen.

«Wie denn, die haben nicht mal Netz da drüben auf der Insel?», fragte er, während er durch die Mitteilungen scrollte.

«Nein, jedes Jahr aufs Neue stimmen sie ab und entscheiden sich gegen einen Sendemast. Nur Festnetz.» Sandra Steckmann hielt ihm die Beifahrertür auf, als wäre er ein Ehrengast oder als wollte sie ihn kontrollieren. Unwillkürlich beeilte er sich beim Einsteigen, das Zweite funktionierte also schon.

Auf der Fahrt vom Hafen zur Polizeiwache bekam er einen Anruf von Reinhold Leuken. Den ersten seines Lebens.

«Kommen Sie bald?»

«Wir sind auf dem Weg.»

«Ist Sandra bei Ihnen?»

«Ja.»

«Ich hab mir mal ein paar Sachen angeschaut. Die Sven Schlohn betreffen», sagte Leuken. «Sie wissen ja vermutlich, dass Sandra da eine enge Verbindung hat.»

«Sven Schlohn?», fragte Danowski, ohne aufzupassen, und registrierte im nächsten Moment, wie Sandra Steckmann ihn prüfend von der Seite ansah und ihre recht kleinen, ein wenig schrägen Ohren spitzte.

«Der Silventia-Vorstand, mit dem Sie Ihren Helikopterrundflug gemacht haben.»

«Und?»

«Ich würde gern noch mal in Ruhe mit Ihnen reden. So von Mann zu Mann.»

Danowski seufzte innerlich.

«Ich dachte, ich könnte Ihnen vielleicht noch ein bisschen Hintergrundmaterial liefern. Einschätzungen, auf deren Grundlage Sie den Zeugen besser einschätzen können.»

«Das kommt jetzt, ehrlich gesagt, ein bisschen spät.» Er hatte das Gefühl, Steckmann führe langsamer, so genau hörte sie zu.

«Ach, das würde ich nicht sagen. Also, Sven Schlohn ist nominell der Geschäftsführer einer Bürgerstiftung, über die Bürger an einem Teil des Silventia-Windparks Anteile erwerben können.»

«Bürger, ja, wie der Name schon sagt. Und ich glaube, das wusste ich schon.»

«Und wussten Sie auch, dass Corinna Karlsson am Anfang mit diesem Projekt betraut war?»

Hm. «Nein?»

«Das geht aus einer alten Pressemitteilung hervor, die zwar von der Silventia-Homepage aus dem Pressebereich gelöscht ist, die aber doch ein paar Spuren im Netz hinterlassen hat. Das ist nicht mein Spezialgebiet, Technik und so, darum hat das ein bisschen länger gedauert. Ich komm damit zu Ihnen, weil ich weiß, dass Sandra den Schlohn an Sie delegiert hat.»

«Hm.» Danowski musterte Sandra Steckmann kurz von der Seite, ihr Gesicht im Zwielicht aus Nachmittagsgrau und Armaturenbrettanzeige. Ein paar viele Auslassungen inzwischen. Von Sven Schlohn. Sollte dessen Gedächtnis wirklich so schlecht sein, dass Schlohn selbst diese Verbindung vergessen hatte?

«Wie lange ist das her?»

«Vier Jahre. Kennen Sie sich aus mit Bürgeranlagen?», fragte Leuken.

«Jein.»

«Das ist eine hochriskante, aber unter den derzeitigen politischen Rahmenbedingungen durchaus lohnende Geldanlage», sagte Leuken, der den Hintergrundgeräuschen zufolge auf einem Parkplatz zu stehen schien, womöglich vor der Wache. «Und sie hat den Vorteil, dass man zudem noch das gute Gefühl haben kann, sein Geld in erneuerbare Energien zu investieren. So 'ne Ökosache halt, finden ja viele Leute gut.»

«Ja, ne, besser als Kernkraft oder Braunkohle», sagte Danowski, der das Gefühl hatte, sich nicht gezielt äußern zu können, weil es hier um den Liebhaber von Sandra Steckmann ging. Und Liebhaber, was war das eigentlich für ein Wort. Je einfacher die Sachlagen wurden, desto mehr fehlte es an allen Ecken und Enden an klarer Begrifflichkeit.

«Es gibt jedenfalls einen Informanten.»

«Mit dem haben Sie geredet?»

«Wir haben eine gemeinsame Bekannte», sagte Leuken ausweichend. «Also, ich habe ihn noch nicht gefunden. Den Informanten. Aber ich weiß, dass er was zu erzählen hat.»

Danowski musste fast lachen. Wer hatte ihm noch gleich von Bullen und Bankern erzählt, die gerne redeten? «Sie meinen Nadine?»

Leuken, diesem unerschütterlichen Wattfindling, fiel jetzt zum ersten Mal gar nichts ein. Was vermutlich der Grund für seine Gegenfrage war: «Sie kennen Nadine?»

«Wer nicht», sagte Danowski, bemüht weltmännisch,

also für hinterm Deich vielleicht ausreichend. Besser als die Wahrheit: Ja, ich hatte die seltsame Idee, bei einer Prostituierten zu übernachten, weil alle Hotels geschlossen waren und in meinem Badezimmer eine Halluzination meiner toten Mutter nach ihrem Selbstmord von der Decke hing. Darum Nadine.

«Und?»

«Sie meinen, was mit den Konten ist?»

«Genau das meine ich.»

«Darüber können wir im Moment nur spekulieren, aber …»

«Und deshalb rufen Sie mich an? Ist das Geld weg oder nicht?», fragte Danowski. Sollte Sandra Steckmann daraus machen, was sie wollte. Sie schien sowieso einen Umweg zu fahren, um die Zeit auszudehnen, während der sie sein Telefonat belauschen konnte.

«Dafür müsste man den Informanten finden», sagte Leuken. «Ich hab nur eine Telefonnummer. Aber da geht keiner ran.»

«Dann probieren Sie's bei Nadine.» Er legte auf.

Sandra Steckmann hielt ihren Blick stur nach vorn auf die Straße gerichtet, die definitiv nicht der direkte Weg zur Polizeiwache von Friederikenburg war.

«Was ist mit Sven Schlohn?», fragte sie.

Danowski zuckte die Achseln. «Das ist er, oder? Der Silventia-Mann, mit dem du die Affäre hast?»

Sie sah ihn an und nickte. «Ich habe ein Problem, stimmt's?»

«Es gibt irgendeine Geldsache, mit der sowohl Sven Schlohn als möglicherweise auch Corinna Karlsson zu tun hatten», sagte er, «und jemand hat mir heute Morgen einen Haufen altes Zeug von Corinna Karlsson oder Stephanie Rother zukommen lassen, aus der Zeit, als sie bei den Brakels gewohnt haben. Wegen unseres Ausflugs hatte ich noch nicht so viel Zeit, mir das in Ruhe anzuschauen, aber … Es ist relativ unheimlich, würde ich sagen.»

Das Gefühl, das er hatte, erinnerte ihn an die Winter, die er auf den zugefrorenen Südberliner Seen verbracht hatte, und zwar an die nicht ganz so kalten Winter. Wenn man mit den Schlittschuhen, die dieses Jahr schon ein bisschen zu klein waren und an den Zehen weh taten, aber die Brüder brauchten ihre ja auch noch, auf das Eis lief und es sirren hörte und sich nicht sicher war, ob es wirklich halten würde, denn im Radio hatten sie gesagt, man sollte noch nicht rauf. Es fühlte sich gut an, aber nicht nur.

«Dann fahren wir jetzt zu den Brakels», sagte Sandra Steckmann, ohne sich für seine Offenheit zu bedanken. «Das wolltest du doch. Nach zwanzig Jahre alten Kinderzimmern sehen.»

Danowski nickte. Er wäre lieber zur Raiffeisenbank gefahren und hätte Imke Billings da rausgeholt, um mit ihr über Sven Schlohn und die Konten der Bürgerstiftung zu reden, aber das ging erst, wenn Leuken den Informanten gefunden und der ihnen mehr Hintergrundinformationen gegeben hatte. Also entschied er sich erst mal fürs Einfache: nach der Insel der verwaisten Eltern jetzt das ehemalige Haus der einsamen Mädchen.

44. Kapitel

«Das ist doch sowieso für dich.»

Sven Schlohn ließ den Löffel sinken und zwang sich, einen Moment verstreichen zu lassen, bevor er antwortete. Das war das Schlimmste: die heiligen Abendessen mit der Familie, während deren er so tun musste, als wäre alles halbwegs in Ordnung. Niemand verlangte von ihm, so zu tun, als wäre alles, aber auch wirklich alles okay; aber nicht mal halbwegs kriegte er mehr hin, musste er feststellen.

«Also, ich steh bestimmt nicht auf», sagte seine Frau. «Ich erwarte niemanden. Du kennst viel mehr Leute als ich. Männer. Frauen. Alles Mögliche.» Die Zwillinge kicherten nervös. Sven Schlohn wollte ihnen einen beruhigenden, im Idealfall vielleicht sogar aufmunternden väterlichen Blick zuwerfen, aber sie sahen weg, als hätten sie was falsch gemacht. Er konnte alles verdrängen, was er getan hatte, solange er mit Sandra zusammen war. Oder mit diesem Danowski aus Hamburg. Also solange er die Polizei im Blick hatte. Sobald er sich selbst überlassen war, spülten die Gedanken in seinen Kopf wie Flutwasser in einen Priel: Was wussten die? Und wenn nicht viel, wann würden sie dann mehr wissen? Und wenn sie mehr wussten, warum sagten sie dann nichts? Worauf wartete dieser Danowski, und worauf wollte Sandra Steckmann hinaus, wenn sie mit ihm schlief? Auf wie viele verschiedene Weisen nutzte sie ihn aus, oder war es immer noch umgekehrt, und er war der, der sie ausnutzte? Aber was nutzte ihm all das?

Ja, die Abendessen waren das Schlimmste. Und er fragte sich, was er tun konnte, um die Polizei von sich abzulenken, um ihre Aufmerksamkeit zu zerstreuen, ihre Ressourcen zu binden.

«Sven, sag mal, spinnst du? Gehst du jetzt vielleicht mal?»

Das Wummern an der Tür hatte nicht aufgehört, aber für ein paar stumme Momente war es ihm unmöglich gewesen, es vom allgemeinen Zustand seines Kopfes zu unterscheiden. Er wischte sich unwillkürlich den Mund ab und hasste die Stoffserviette, die er neben seinen Teller sinken ließ. Dann stand er auf und ging durch die große, zugige Diele zur Tür.

Als er die Tür aufmachte, war draußen niemand. Aber das harte Licht über ihrer Haustür schien auf den Kiesweg, also hatte jemand den Bewegungsmelder ausgelöst. Schlohn trat einen Schritt ins Freie und fror in seinem weißen Hemd. Ilona mochte es nicht, wenn er sich im Sweatshirt an den Abendbrottisch setzte.

Am Reifengeräusch eines vorbeifahrenden Autos hörte er, dass es nieselte, aber er spürte nichts davon auf seiner Haut. Dann packte ihn jemand am Arm und zog ihn von der kleinen Eingangstreppe auf den Rasen. Er merkte, dass seine Füße in den Filzpantoffeln von unten fast sofort nass wurden und dass er gar nicht daran dachte, sich zu wehren. Es war, als hätte er gar keine Kapazitäten mehr frei, mit deren Hilfe er noch hätte kämpfen können.

Dann bekam er Angst. Aber der Mann, der ihm außerhalb des Lichtkegels im Nassen gegenüberstand, ließ seinen Arm wieder los, sein Griff war nicht allzu fest gewesen. Noch bevor seine Augen sich an die neue Dunkelheit gewöhnt hatten, erkannte Schlohn ihn. Es war der Techniker aus der Firma, den er auf dem Parkplatz der Ferienanlage gesehen hatte, als er da zum ersten oder zweiten Mal den Nachmittag mit Sandra Steckmann verbracht hatte. Brakel irgendwas. Holger. Volker. So ein Name eben.

«Ich habe euch neulich gesehen», sagte der Techniker langsam, eine sorgfältige Tatsachenfeststellung. Er hatte was Getriebenes und zugleich Gebücktes an sich, obwohl er ganz aufrecht stand. Sven Schlohn war alarmiert. Er hatte feine Sensoren dafür, wenn Leute, die weisungsgebunden waren, anfingen, sich Dinge herauszunehmen. Duzen, am Arm packen, private Besuche zur Unzeit, in umgekehrter Reihenfolge. Es waren seiner Erfahrung nach Anzeichen dafür, dass die Dinge außer Kontrolle gerieten.

«Was fällt Ihnen ein, hier so aufzutauchen? Wer sind Sie überhaupt?» Die Kontrolle erlangte man zurück, indem man sich möglichst abgedroschener Floskeln bediente. Floskeln waren wie Rituale, und Rituale waren ein Zeichen von Stärke, und wenn sie abgedroschen waren, dann deshalb, weil sie immer benutzt wurden, um auf Leute einzuschlagen.

«Ich hab euch gesehen, Sandra und dich.» Unbeirrbar. Irritierend. «Was macht denn Sandra? Was wissen Sandra und der Hamburger Polizist über die toten Mädchen?»

Sven Schlohn registrierte, wie unpassend er das Wort Mädchen fand, aber vor allem erschreckte ihn, dass hier ein Mann, den er so gut wie gar nicht kannte, genau die gleichen Fragen stellte wie er sich selbst. Indem er diese Fragen laut ausgesprochen hörte, wurden sie grotesk und unerträglich, wie das Gefühl, wenn jemand neben einem anfing zu singen und man wollte das nicht. Er hasste es, wenn Leute in seiner Gegenwart sangen.

«Was sollten sie denn wissen?», fragte Schlohn und fand sich recht geschickt.

«Nee, ne?», sagte der Techniker. «Willst du mich verarschen, oder was? Glaubst du, ich erzähl dir irgendwas, bevor du mir sagst, was du weißt?»

Jetzt wurde ihm auch klar, woran ihn dieser Tonfall, die Wortwahl und die Satzmelodie erinnerten. An den Schulhof. Dieser Mann, der im Abendlicht wie Anfang, Mitte dreißig aussah, redete wie ein dreizehn-, vierzehnjähriger Junge.

«Es zieht!» Ilona von innen. Irgendetwas zwischen Rufen und Schreien. Er wollte einen Schritt Richtung Tür machen, aber der Techniker hielt ihn wieder am Arm fest. Diesmal fester, endgültiger.

«Wir unterhalten uns.»

«Aber nicht jetzt.»

«Das hast du mir gar nicht zu sagen.»

«Meine Frau kommt gleich raus und holt die Polizei.»

«Die Polizei. Red doch keinen Stuss. Die Polizei ist das Letzte, was deine Frau holt. Die nehmen euch doch sonst alles weg. Ist doch alles futsch dann. Da hat deine Frau doch nichts von. Was erzählst du hier für einen Scheiß.»

Sven Schlohn schwieg. Das beim Reden seltsam zur Seite und nach unten gedrehte Gesicht des jüngeren Mannes widerte ihn an. Er merkte, wie alles zusammenschnurrte auf ganz einfache, klare Gedanken: Egal, was seine allgemeine Situation war, seine aktuelle wäre besser, wenn dieser Mann nicht da wäre. Sein Leben wäre besser ohne diesen Mann. Es wäre ihm lieber, es gäbe diesen Mann nicht. Er könnte diesen Mann töten.

Dann schluckte er. «Was soll das heißen?», fragte er.

«Ich weiß alles von dem Geld», sagte der Techniker. «Die Mädchen haben mir alles erzählt.»

45. Kapitel

Bei den Brakels hinterm Deich machte ihnen erst mal keiner auf. Er betrachtete die Butzenscheiben in der Tür und fand sie unfriesisch oder unweserisch. Butzenscheiben gehörten für ihn in den Schwarzwald oder zu Restaurants, in die man nur mit zusammengebissenen Zähnen ging. Jedenfalls war hier dahinter alles dunkel.

Sandra Steckmann läutete noch mal. Westminster, klassisch. «Das kann einfach nicht sein, dass keiner von denen zu Hause ist», sagte sie. «Wo sollen die denn sein?»

Danowski nickte, weil er nichts anderes zu tun hatte. Er wäre gern ein bisschen allein gewesen, um seine Gedanken zu ordnen, aber zur Not konnte er sich auch damit abfinden, neben Steckmann rumzustehen. Sie war angespannt, weil sie wusste, dass sie hier ihre Zeit verschwendeten: Die angenagte Lippe nahm er als Zeichen, dass sie wusste, wohin die Reise ging. Alte Tagebucheinträge und trauernde Eltern waren das eine, aber spätestens seitdem Sven Schlohn womöglich kreative Kontoführung betrieben und Corinna Karlsson davon gewusst hatte, spätestens seitdem würden die weiteren Ermittlungen sich auf die Silventia konzentrieren müssen. Und das waren keine guten Nachrichten für Sandra Steckmann.

Danowski scharrte ein bisschen mit den Füßen. Er mochte das Geräusch. Es lenkte ihn für einen Augenblick ab. Denn für ihn war das auch Mist: Ab welchem Punkt der Ermittlungen würde er eigentlich aufhören müssen,

Sandra Steckmann und ihre dusselige Affäre mit einem Silventia-Manager zu decken?

Dusselige Affäre mit einem Verdächtigen, korrigierte er sich und verzog das Gesicht. Nicht nur innerlich, wie er daran sah, dass Sandra Steckmann ärgerlich wegguckte.

Dann wurde es hell hinter den Butzenscheiben der schweren Fertighaustür, genauer: Es wurde hellbraun. Steckmann nickte ihm mit einem Anflug von Triumph zu.

Als der alte Brakel den Kopf durch den Türspalt steckte, sah er aus, als hätten sie ihn gerade schlurfen hören müssen. Zersaust, knittrig, insgesamt alt.

«Sandra», sagte er, nachdem er sie beide gemustert hatte. «Wie schön, dass du noch kommst.»

«Ja, ich … Stimmt, du wolltest mich ja neulich sprechen.»

«Ach, das war nicht so wichtig.» Der Alte, der so alt gar nicht war, erinnerte Danowski an seinen Vater um diese Uhrzeit. Zum Mittagessen ein Glas Wein oder drei, dann ein Mittagsschlaf, der außer Kontrolle geriet, und wenn er dann nach achtzehn Uhr vom Sofa geweckt wurde durch einen seltenen Anruf von Adam, klang seine Stimme genauso wie jetzt die von Wulf Brakel: unscharf, nicht ganz von dieser Welt. Bei seinem Vater machte es ihn wahnsinnig. Hier ging's.

«Was war denn los?», fragte Steckmann, weil Brakel keine Anstalten machte, sie ins Haus zu bitten.

«Ich dachte, wir hätten noch ein paar Sachen. Alte Sachen. Von früher. Von Corinna.» Er unterbrach sich, als fiele ihm etwas ein. Topf auf dem Herd. Oder etwas, das ihm jemand gesagt hatte. Er hatte jetzt Danowskis ungeteilte Aufmerksamkeit, was ihm aber völlig egal zu sein schien.

«Hatten wir aber nicht», sagte er mit einem leichten

Seufzer, als wäre er erleichtert, die Lösung gefunden zu haben für ein Dilemma, das seine Zuhörer nicht kannten. Auch wieder interessant. Der alte Brakel wusste also von dem Material, das Danowski hatte.

«Hm», machte Steckmann. «Können wir mal reinkommen?»

Brakel wiegte den Kopf. «Das ist ganz schlecht gerade. Also, wenn du mit Silke sprechen willst, die haben ja jetzt immer Sitzung vom Festkomitee, also wegen dem Wattfest, das steht ja jetzt demnächst an.»

«Wattfest», sagte Danowski mit produzierter Vorfreude. Einfach aus der Erfahrung, dass es nicht leichter wurde, in ein Gespräch reinzukommen, wenn man länger nichts gesagt hatte. Die anderen beiden ignorierten ihn, ohne sich das groß anmerken zu lassen.

«Und Ludger, ist der denn da?»

Brakel zog die Mundwinkel nach unten, und es hätte nur noch gefehlt, dass er ihnen seine leeren Handflächen präsentierte.

«Nee, der ist nicht da.»

«Wo ist er denn?» Danowski merkte, dass Steckmann das einfach fragte, weil es ungewöhnlich war, dass Brakel nicht von sich aus eine Erklärung für die Abwesenheit seines erwachsenen Sohnes anbot.

Brakel hob die Schulter. «Keine Ahnung. Der Junge ist ja schon groß, nech.»

Es war kalt, und langsam fiel auf, dass Brakel sie nicht hereinbat.

«Eigentlich sind wir auch wegen was anderem da», sagte Steckmann. «Mehr so pro forma. Der Kollege aus Hamburg unterstützt uns bei den Ermittlungen, und er würde sich gern mal ein Bild machen.»

«Ein Bild machen», sagte Brakel. «Das versteh ich nicht.»

«Also, wegen damals und so. Als Corinna Karlsson und Stephanie Rother bei euch gewohnt haben. Und Imke Billings. Haben Sie eigentlich noch Kontakt zu Imke?»

«Ja, also, ich nicht. Ich glaube, Ludger hat sie mal getroffen oder so, die sind sich über den Weg gelaufen, da hat er neulich mal von erzählt. Die waren ja alle ganz dicke damals, aber das wisst ihr doch. Was hat denn das mit damals zu tun?»

Danowski merkte, wie er die Geduld verlor, sie fiel einfach von einem Moment auf den nächsten ab von ihm.

«Lassen Sie uns jetzt bitte mal rein», sagte er. «Mir ist kalt.» Er sah, dass Wulf Brakel das gar nicht passte und dass er innerlich kurz ausprobierte, ob irgendeine der gängigen Redewendungen in seinen Mund passte: Das muss ich nicht; haben Sie einen Durchsuchungsbeschluss; kommen Sie morgen wieder – aber nichts davon kam.

«Keiner soll hungern, keiner soll frieren», sagte Brakel halblaut zu sich selbst und machte die Tür weit genug auf, dass sie reinkonnten, und es fühlte sich wie schlüpfen an. Danowski kannte den Spruch von seiner Großmutter, die im übrigen tot war. Winterhilfswerk der NSDAP, 1934/35. In der Diele der Brakels roch es nach Bismarckhering, abbezahltem Kredit mit dreißigjähriger Laufzeit und Nachmittagsschlaf.

«Ich hab gar keinen Hunger, danke», sagte Danowski. Er trat sich ein bisschen die splittigen Schuhe auf einer davon heillos überforderten Fußmatte ab und fragte: «Hatten Sie denn eigentlich noch andere Leuchtturmkinder nach den drei Mädchen?»

«Nach den drei Grazien?» Wieder so ein Moment, wo

Brakel älter redete, als er eigentlich war. Der versteckte sich in einem nicht ganz echten Greisentum. Aber wovor? «Nein. Ludger ...» Er zögerte.

Steckmann wies Richtung Küche, damit sie sich dort an den Tisch setzen konnten. Aber Danowski stand lieber. Ihn interessierte, welche Richtung Brakel vorgeben würde. Was war mit Ludger?

«Ludger wurde dann ja immer älter und brauchte mehr Platz. Also, er war dann schon fünfzehn oder sechzehn, als die drei ausgezogen sind, das wurde einfach ... unpraktisch.»

«Ist zwischen den Mädchen und Ludger irgendwas vorgefallen?», fragte Sandra Steckmann mit einer seltsamen Härte in der Stimme. An ihrer Stelle wäre er auch für jede Möglichkeit dankbar gewesen, vom ganzen Silventia-Debakel abzulenken.

«Was? Wie meinst du das, Sandra?»

«Weiß ich nicht.»

«Die waren ja ein bisschen älter, aber die haben Ludger richtig, also, die haben sich gut verstanden, die haben ihn richtig unter ihre Fittiche genommen.»

«Warum?»

«Also, warum. Sie haben ihn mitgenommen auf ihre Feten und so, das war uns eigentlich nicht so recht, aber ... Ludger ist ja schon immer sehr zurückhaltend gewesen, also, ein bisschen anders, sein eigener Mensch. Darum hat ihm das natürlich gut getan.» Der Alte sah sich fast hilfesuchend zu Danowski um.

«Und was hatten Sie für ein Verhältnis zu den drei Mädchen?», fragte er, weil er nicht einsah, warum er irgendjemandem helfen sollte. «Sie waren, was, Mitte vierzig damals, und die Mädchen waren Teenager?»

«Ja. Ganz normal. Also, man hat sich nicht füreinander interessiert über den alltäglichen Umgang hinaus.» Plötzlich sehr geschwollen. «Da hält man automatisch Abstand, ohne es überhaupt zu versuchen.»

Danowski ließ das mal so stehen. «Sie waren doch Lehrer», sagte er.

«Ja. Natur und Technik und Latein.»

«Sehr gut. Was bedeutet eigentlich Silventia, können Sie mir das erklären? Also, woher kommt der Name von dieser Firma?»

Die Miene von Wulf Brakel hellte sich auf. «Darüber habe ich auch schon mal nachgedacht. Sehen Sie, die machen ja in Wind. Und ich vermute, in dem Namen sollen die Sylphen anklingen. Deshalb.»

«Gut», sagte Danowski, «und Sylphen waren jetzt noch mal was?»

«Windgeister», sagte Wulf Brakel. «Der Luftgeist Ariel oder Oberon. Eine mittelalterliche Vorstellung. Belebung der Materie und so weiter.»

«Wie kommst du jetzt darauf?», fragte Steckmann.

«Wenn schon mal ein Fachmann in der Nähe ist», sagte Danowski.

«Wir wollten uns doch eigentlich die Kinderzimmer angucken», sagte Steckmann. «Also die Zimmer von Corinna, Stephanie und Imke damals.»

Danowski lächelte freundlich in Brakels Richtung. Der wirkte ein wenig betreten. «Genau genommen war es nur ein Zimmer», sagte er. «Aber recht groß. Groß genug für drei. Oder vier.»

«Sind da noch Sachen drin?», fragte Danowski. «Wir haben ein paar alte Tagebücher oder so was von Corinna Karlsson oder Stephanie Rother, und da fehlt ein bisschen was, wir können damit nicht so richtig viel anfangen. Aber vielleicht gibt es hier bei Ihnen ja noch was?»

Brakel rieb sich die Stirn. «Woher haben Sie das?»

Bevor Steckmann was sagen konnte, antwortete Danowski: «Das könnte ich Ihnen jetzt gar nicht so konkret sagen.»

«Wir haben nichts mehr», sagte Brakel. Dann zeigte er Richtung Kellertreppe. «Aber Sie können sich gern den Raum ansehen.» Und ein wenig entschuldigend: «Er hat sich aber verändert, wir nutzen den ja heute ganz anders.»

«Im Keller?», fragte Sandra Steckmann.

«Souterrain», widersprach Brakel, während sie die Kellertreppe hinuntergingen, die hinter einer im gleichen Holz wie die Wandvertäfelung gehaltenen Tür begann. «Mit Tageslicht.»

Am Fußende der Treppe standen in einem offenen Raum eine Waschmaschine und zwei Wäscheständer, einer davon mit Männerunterwäsche aus zwei Generationen: weißes Feinripp neben Boxershorts. Es roch nach Ariel oder Persil, jedenfalls konnte Danowski sich nicht dagegen wehren, den Geruch zu mögen.

«Hier ist der Heizungskeller», sagte Brakel und zeigte nach links, «daneben ist noch ein kleines Bad, und das hier war das Zimmer der Mädchen.»

Er öffnete die Tür, und Danowski war enttäuscht. Ein großer Eckraum von etwa fünfundzwanzig, dreißig Quadratmetern, definitiv groß genug für drei Personen. An zwei Seiten etwa einen Meter hohe Souterrainfenster, in die am Tag vermutlich wirklich Licht fiel und die etwa zur Hälfte auf die Grasnarbe schauten. Danowski hatte sich ein Verlies vorgestellt, aber das hier war vermutlich richtig gemütlich gewesen. Leider waren auf den ersten Blick keine Spuren von ihnen zu sehen: Im Raum standen drei Reihen von Baumarktregalen, beladen mit den typischen Utensilien, die sich im Laufe von dreißig, vierzig Jahren in einem Haus ansammelten. Altes Werkzeug, Einweckgläser, selten benutzte technische Geräte von der Sonderverkaufsfläche bei Aldi.

«Wir hatten hier zwei Etagenbetten, als wir Leuchtturmkinder hatten», sagte Brakel. «Die standen ungefähr da und da. Ich weiß nicht mehr, wer wo geschlafen hat. Aber das hat eigentlich immer ganz gut geklappt.»

Danowski sah sich noch mal um und nickte. Gehen Sie weiter, hier gibt es nichts zu sehen. Er warf Steckmann einen Blick zu, und sie zuckte mit den Achseln. Als er sich der Tür zuwandte, dunkelbraun furniertes Standardmodell aus dem Baumarkt mit inkongruent geschwungener goldfarbener Türklinke, sah er an ihrem Rand einen schwarzen Streifen, der unter der weißen Raufasertapete Erfurt hervorschaute. Beim Näherkommen sah er, dass auch die Fußleiste an der Oberseite noch schwarz war.

Brakel schnaufte ein wenig, und erst beim zweiten Mal merkte Danowski, dass es eine Art Lachen war.

«Das haben die Mädchen gemacht», sagte er. «Sie haben uns damals gefragt, ob sie das Zimmer streichen dürfen. Wir fanden das eigentlich ganz gut. Dass sie die Initiative übernehmen und so. Silke und ich sind damals ein Wochenende nach Braunlage gefahren. Das war ja eine andere Zeit, heute kommt mir das auch komisch vor, aber damals hat man so ein paar Fünfzehnjährige schon mal zwei Nächte alleine gelassen. Wir haben ihnen Geld dagelassen, auch für Farbe, damals gab es noch den Hansen an der Markstraße, wo heute der McPaper drin ist. Und als wir dann wiederkamen …» Brakel breitete die Arme aus und zeigte leicht theatralisch durch den ganzen Raum, dabei brauchte seine Geschichte keine Kunstpause, denn Danowski und Steckmann kannten ja bereits die Pointe. «Als wir wiederkamen, war alles schwarz. Sogar die Decke. Wie in einer Gruft. Ich dachte, ich seh nicht richtig. Aber das war damals ja modern.»

«Wie in einer Gruft», sagte Steckmann. Danowski studierte die schwarze Farbe, die nach zwanzig Jahren noch zu sehen war. Matt, nicht mal glänzend. Die hatte viel Licht geschluckt. Die Dinge der Dunkelheit.

«Was meinst du, wie wir versucht haben, das überzustreichen später. Aber da ging nur noch Tapete.»

«Gut», sagte Danowski. «Haben Sie und Ihr Sohn eigentlich schon Ihre DNA-Probe nehmen lassen?»

Brakel nickte irritiert, schien dann aber erleichtert, berichten zu können, dass er sich richtig verhalten hatte: «Ja, gleich gestern. In der Volkshochschule. Oder vorgestern. Also, ich. Ludger, das weiß ich nicht. Der ist ja …»

«Sein eigener Mensch», vollendete Danowski.

Draußen, vorm Wagen, die Tür der Brakels wieder ein dunkles blindes Butzenscheibengesicht, sagte Danowski zu Steckmann: «Von dem Brakel hätte man aber schon gern ein bisschen schneller die Ergebnisse, oder?»

Steckmann zögerte neben der Fahrertür. «Meinst du wirklich?»

«Weiß ich nicht. Aber die hatten schon sehr engen Kontakt mit den beiden toten Frauen über einen ziemlich langen Zeitraum.»

«Der recht lange zurückliegt. Und du siehst doch den Brakel. Der bringt doch niemanden um.»

«Ich möchte mir einfach nicht mehr so viele Gedanken über die Familie machen», sagte Danowski. «Ich möchte mich auf die Silventia konzentrieren.»

46. Kapitel

Oben auf dem Deich sog Danowski die kalte dunkle Luft in seine Lungen. Er war froh, einen Moment allein zu sein. Steckmann war zum Labor nach Bremerhaven gefahren, um dort Druck zu machen, falls die DNA-Probe von Wulf Brakel noch nicht analysiert war. Ludger mit dem blauen Auge fand er seltsam, aber dass der noch keine Probe abgegeben hatte, war eher normal. Tatsächlich, daran meinte Danowski sich zu erinnern, versuchten Täter entweder, dem DNA-Test aus dem Weg zu gehen, oder sie waren unter den Ersten, die sich freiwillig meldeten. Kognitive Dissonanz: Sie wussten, dass sie dadurch mit höchster Wahrscheinlichkeit entdeckt werden würden, schafften es aber, diesen Gedanken so von sich abzuspalten, dass sie trotzdem glaubten, sie müssten den Test einfach nur erledigen wie einen lästigen Zahnarztbesuch. Jedenfalls wollte er das Thema vom Tisch haben. Und die DNA von Ludger Brakel war der seines Vaters ähnlich genug, sodass man, wenn die DNA des Alten wenig Matches mit dem Sperma des Mörders hatte, den Jungen gleich mit würde ausschließen können.

Zur Wache war es nicht so weit vom Haus der Brakels aus, und Danowski wollte seine Gedanken sammeln, bevor er noch mal mit Leuken über die Raiffeisen-Spur sprach. Es ging langsam auf zwanzig Uhr. Warme Küche war dann auch bald wieder vorbei. Wobei, Bratkartoffeln. Eine heiße Tasche von der Tankstelle hinterm Kreisverkehr schien ihm da vergleichsweise schmerzloser.

Die nächsten Punkte waren, mit Imke Billings zu reden und ein Gefühl dafür zu kriegen, ob stimmen konnte, was die Mutter von Stephanie Rother gesagt hatte. Dass aller Dinge drei waren. Das war dann eigentlich auch wieder eine Sache, über die man mal nachdenken musste. Die Schnittstelle von Täterprofil, Mathematik und Aberglauben. Viel wichtiger aber: Imke Billings Verbindung zu Sven Schlohn.

Und darum mussten sie als Nächstes Sven Schlohn auf die Wache in Friederikenburg holen. Und dann, je nachdem, würde er entweder die Empfehlung abgeben, Sandra Steckmann von dem Fall abzuziehen und die Soko-Leitung neu zu besetzen, oder er würde diesen Aspekt der ganzen Geschichte auf sich beruhen lassen. Das hing davon ab, ob und wie schnell Sven Schlohn die finanziellen Unregelmäßigkeiten zugab und ob diese Unregelmäßigkeiten wirklich zu den beiden toten Frauen führten.

Wenn jemand viel Geld genommen hatte, und jemand anders wusste davon, dann war er immer der größte Feind des Ersten. Und je mehr Leute davon wussten, desto mehr Feinde hatte der, der das Geld genommen hatte. Jeder, der ein Risiko war, war ein Feind. Das war ein kriminalistisches Grundprinzip.

Danowski angelte nach seinem Telefon in der Innentasche, wobei ihm kalte Luft unter die Kleidung fuhr. Er ärgerte sich, dass er sich angewöhnt hatte, einmal am Tag Leslie und die Kinder anzurufen. Warum nicht dreimal? Oder kein Mal? Warum überhaupt für alles immer ein festes Ritual und eine feste Anzahl? Aber es war kurz vor Lichtauszeit, und wahrscheinlich warteten sie auf seinen Anruf. Vage registrierte er, dass es eigentlich zu windig war, um hier draußen im Gehen zu telefonieren.

Während er das Freizeichen hörte, beschloss er, den Deich hinunterzusteigen, um in dessen Windschatten reden zu können. Der Wind kam vom Land, also musste er, überlegte er sich, meerseitig den Deich hinuntergehen, auf dem schmalen Weg durch die Salzwiesen, der ein, zwei Kilometer weiter östlich irgendwann auch zum Leuchtturm abzweigte.

Ein Stück vor ihm kam ihm die Silhouette eines Spaziergängers entgegen, vermutlich mit Hund. Danowski war es nicht unrecht, dass jetzt Leslies Mailbox ranging, weil er nicht gern telefonierte, während er in eher unbelebter Gegend an jemandem vorbeiging. Da hörte man ja jedes Wort, und es schien ihm außerdem angebrachter, sich dann kurz aufs Grüßen zu konzentrieren.

Er sah nach unten, um im unzureichenden Mondlicht den Weg und seine Schritte zu prüfen, und als er wieder aufsah, war die andere Person aus seinem Blickfeld verschwunden.

Danowski blieb stehen. Das war ungewöhnlich. Es gab ein bisschen Gebüsch und Gestrüpp am Deichrand und Richtung Watt ein paar Findlinge, aber keinen Weg, der hier irgendwo abgezweigt wäre.

Er hörte nichts als das auf- und abschwellende Rauschen des Windes in seinen Ohren, und als er gerade anfangen wollte, sich umzudrehen, riss durch, was auch immer ihn mit dem Rest der Welt verband, und alles war erst mal weg.

47. Kapitel

Hast du das Watt von oben gesehen? Hast du gesehen, wie sich bei Ebbe die Priele durch den Schlick ziehen, in Grautönen, mit denen man das ganze Universum abbilden könnte?

Graue Sternschnuppen vor einem grauen Firmament.

Weil Grau nicht nur eine Farbe ist, sondern unendlich viele. Elefantenhaut habt ihr als Kinder gesagt. Und ihr habt euch vorgestellt, das Watt ist ein schlafender Elefant, groß bis zum Horizont und so unendlich müde, dass er niemals aufwacht.

Und dann, als du gesprungen bist, war das Watt das Letzte, was du gesehen hast. Das Meer war schon zurück, aber du hast zum Land geschaut, wo das Land aus dem Watt zu kommen schien wie ein grünbrauner Gedanke, und im Fallen dachtest du, dass das Watt mit seinen Prielen und seinen Falten, mit seinen Runzeln, Kurven und Furchen aussieht wie ein Gehirn, das Gehirn der ganzen Welt.

Wenn man fällt, kommt der Wind von unten. Ein Leben lang hast du gelernt, dass der Wind hier am Meer der Feind ist. Der Wind, der die Flut über die Deiche treibt, der die Inseln Sandkorn für Sandkorn ins Meer abträgt, der den Eltern die Worte aus dem Mund nimmt und der die Rufe der Kinder tonlos macht. Und plötzlich, im letzten Moment, kommt der Wind von unten, als wollte er dich schützen, tragen, zurückheben in Sicherheit. Wind, den es nur im Fallen gibt, Wind mit schlechtem Gewissen und guten Absichten. Aber wenn der Fallwind kommt, ist es zu spät, dann bist du auf dem Weg ins Graue.

Und als du wieder aufwachtest, war das der erste Gedanke, den du weitergedacht hast, weil du ihn nicht einfach loslassen konntest wie alles andere: Sind wir und das Leben, das wir hier haben, nur Gedanken, die das Watt sich macht, und wenn ja, sind wir dann Einfälle, die das Watt gerade hat, oder sind wir, was das Watt vergessen hat?

Der Gedanke, dass hinterm Deich die Welt endet, war älter, und als du zum ersten Mal ein Computerspiel gesehen hast, bei einer der anderen zu Hause vielleicht oder bei ihrem Vater, du warst vielleicht zehn und das Computerbild hell auf dunklem Hintergrund, mehr grau als schwarz, sagtest du: Es ist wie das Watt. Es war egal, dass dich keiner verstanden hat. Die besten Gedanken sind nur für einen selbst. Es war wie das Watt, weil beim Computerspiel die Welt auch immer an den Rändern vorbei war, man konnte nicht einfach die Figur hinbewegen, wo man wollte, sie ging nur von links nach rechts oder von vorne nach hinten, aber je nachdem gab es überall Ränder ins Grau.

Wie das Watt. Eine Grenzzone, die da ist, weil irgendwo die Welt zu Ende sein muss. Und du hast nie verstanden, wie man ohne Watt leben kann, ohne einen Rand der Welt.

Bis heute weißt du nicht, ob das Watt der Anfang oder das Ende von allem ist. Ob du daher kommst oder ob du dorthin gehst.

Einmal hat das Watt dich ausgespuckt. Beim nächsten Mal wirst du kein Risiko eingehen.

In der Schule solltet ihr ein Märchen schreiben. Die Lehrerin kannte euch noch nicht. Du warst ganz neu. Du wusstest noch nicht, dass man nur eine Chance hat, einen ersten Eindruck zu machen. Du dachtest, das ganze Leben ist eine einzige Chance, die sich vor einem in Zeitlupe eröffnet, und die man im Grunde gar nicht vermasseln kann. Die Erkenntnis, dass man die Chance vielleicht ganz ausschlagen kann, kam erst später.

Dein Märchen handelte von einem schlafenden Elefanten, der eines Tages aufwacht und aufsteht, und weil er die Welt auf seinem Rücken trägt, müssen die Menschen sich festklammern. Aber sie sind erhöht, sie sind näher an den Sternen. Die vielleicht genauso grau sind wie alles andere auch.

Aber dem Elefanten gefällt es nicht, wach zu sein, es gefällt ihm nicht, zu stehen und zu laufen. Darum dauert es nicht lange, und der Elefant legt sich wieder hin. Es dauert eine Weile, bis er seine perfekte Schlafposition gefunden hat, er dreht und wendet sich ein bisschen und wälzt sich schließlich auf die Seite, wo die Menschen wohnen, bevor er endlich wieder in den Schlaf findet.

Die Lehrerin wusste ja, wo deine Eltern sind, darum fragte sie nicht nach ihnen. Eine Schulpsychologin, so was gab es noch nicht. Obwohl es vielleicht nur ein Vierteljahrhundert her ist. Aber die Lehrerin sprach im Lehrerzimmer, in all dem Zigarettenqualm und dem Geruch nach Umdruck-Matritzen und Overheadprojektorfolien-Stiften mit den Brakels, mit beiden.

Das merktest du an den Blicken, die sie einander beim Abendessen zuwarfen.

Ich habe dein Märchen gelesen, sagte Frau Brakel.

Geht es dir gut? Hast du Sorgen?, fragte Herr Brakel.

Und Ludger holte sich, was du geschrieben hattest, und lachte darüber. Das tat dir weh, aber auf eine Weise, die nicht tief ging, wie ein leichter Niesel der Gefühle. Es war ja auch komisch. Aber die Ohrfeige, die Frau Brakel ihm gab, spürtest du durch und durch, länger, als sie auf Ludgers Wange zu sehen war.

Der Elefant hörte noch ein bisschen, wie die Menschen schrien und um ihr Leben flehten, während er sich wälzte, aber die Menschen waren klein, und der Elefant war müde, darum dachte er nicht weiter darüber nach. Höchstens, dass er erleichtert war, als die Geräusche leiser wurden und schließlich ganz aufhörten.

Auch das stand in deinem Märchen. Und es ist genau diese Stille, nach der du dich sehnst.

48. Kapitel

Danowski wusste nicht, wo genau er war, er hatte keine Ahnung, wie er dorthin gekommen war, und er konnte die Frau nicht einordnen, die mit ihm hier in diesem Generatorraum saß. Aber sie machte ihm Angst. Welche Art von Angst, dessen war er sich noch nicht ganz sicher: Angst vor ihr? Angst um sie? Angst ganz allgemeiner Natur? Weil er sich insgesamt nicht gern mit Leuten, die er nicht oder nicht so gut kannte, über unbestimmte Zeiträume in engeren Räumen aufhielt.

Unwillkürlich rutschte er ein Stück weiter zur Wand, um den Abstand zu ihr zu vergrößern. Sie stöhnte und warf ihren Kopf zur einen und anderen Seite, und mit Beklommenheit wartete er darauf, dass im Laufe dieser Bewegung genug Licht auf ihr Gesicht fallen würde, damit er sie erkennen konnte.

Es war kalt, und er meinte, ein leichtes Schwanken unter sich zu spüren. Das Rauschen war auch immer noch da. Danowski räusperte sich. Er merkte, dass er seine zweite Reaktion bisher unterdrückt hatte: Fassungslosigkeit. Wieso war er in der Gondel einer Windkraftanlage? Wer hatte ihn hier reingeschleppt?

Er versuchte aufzustehen, aber dass seine Beine ihn nicht tragen würden, merkte er schon, als er ungefähr in Kniehöhe war. Mit einem scharfen Zischen ließ er sich wieder an der Wand herabgleiten. Es war kalt. Er sah an sich hinunter. Er trug die gleichen Sachen, die er angehabt hatte, als er auf dem Deich war, Anzug, die synthetisch gefütterte Funktionsjacke mit abknöpfbarer Kapuze aus dem Kofferraum, also genauer gesagt: ohne Kapuze, wo war die eigentlich. Wahrscheinlich in dieser einen großen Schublade, die sie im Flur hatten, wo alles drin war, was man auf den Kopf setzen und um den Hals wickeln konnte, von zwei Mädchen, die sich immer um ihre Mützen stritten, von seiner Frau, die viele Kopfbedeckungen besaß, aber nie welche trug, und wenn sein Vater bei ihnen gewesen war, fand er später eine Schiebermütze oder Prinz-Heinrich vom Alten, und wenn er sie kurz aufsetzte, rutschte sie ihm bis auf die Ohren. Hier oben jedenfalls war seine aktuelle Mütze auch weg. Ebenso Danowskis Schal. Und vor allem seine Schuhe. Er hasste es, Dinge sockfuß erledigen zu müssen, und wenn es nur benommen rumsitzen und Angst haben war.

Nimm lange Unterhosen mit. Pack Wollsocken ein. Du weißt nicht, wie das Wetter sich da entwickelt am Meer, das ändert sich ja schnell. Hatte Leslie das zu ihm gesagt? Oder am Ende sogar Ahrens, sein Chef? Er bekam das nicht mehr zusammen, aber egal, er hatte sich nicht daran gehalten. Ich sitz doch eh immer nur in irgendwelchen Konferenzräumen, hatte er gesagt. Von wegen.

Er sah nach links, wo er zwischen den Elektroschränken und den Steuerungseinheiten im Dunkeln das mit einer runden Platte verkleidete Loch in der Gondel ahnte, hinter dem sich die Nabe verbarg. Was hatte Schlohn gesagt? Wenn die Rotorblätter in Y-Stellung waren, dann musste man aufpassen, weil man, wenn man die Nabe wartete, ins nach unten zeigende Rotorblatt fallen konnte, hundert, hundertzwanzig Meter tief. Nun, Danowski hatte nicht vor, sich näher mit der Nabe zu befassen. Eigentlich wollte er bei diesem Fall mal weder tief fallen noch tief kriechen.

Das Einzige, was ihn im Moment an der Nabenöffnung interessierte, war, dass vor der Verkleidung zwei Paar Schuhe durcheinander lagen, darunter auch seine schlammigen Halbstiefel. «Vernünftiges Schuhwerk» nannte sein Vater so was, solide, gut verarbeitet, dicke Sohle, ein bisschen klobig. Vermutlich hatte ihnen jemand beim Transport die Schuhe ausgezogen, um sie leichter auf- oder abseilen oder in den Fahrstuhl verfrachten zu können. Oder an einem Flaschenzug über die enge Notleiter.

Danowski registrierte Freude, weil seine Schuhe noch da waren. Das war eine gute Sache, ein schöner psychologischer Halt. Entweder sie würden innerhalb der nächsten halben Stunde von jemandem hier entdeckt und gerettet, oder er wäre bis dahin wieder stabil genug, um aufstehen zu können und sich seine Schuhe wieder anzuziehen. Es gab also so oder so etwas, worauf er sich freuen konnte.

Außer, der oder die Entführer kämen wieder, um irgendwas mit ihm und der Frau anzustellen. Danowski wunderte sich über seine eigene Wortwahl. Irgendwas Richtung «peinigen» wäre vielleicht angemessener, das Wort klang so, als würde man es gerade noch aushalten.

Im Moment peinigte ihn sein Schädel. Und er war offenbar nicht der Einzige, dem es so ging. Die Frau in seiner Nähe stöhnte. Danowski betrachtete, was er von ihr sehen konnte, ihr Gesicht hatte sie abgewandt.

Okay. Er musste sich konzentrieren. Das war Imke Billings, die dritte der drei Freundinnen. Diejenige, mit der er sich gern mal in Ruhe über Sven Schlohn und Konten hatte unterhalten wollen. Waren das nicht in etwa seine letzten Worte Richtung Steckmann gewesen?

Sei vorsichtig, was du dir wünschst, dachte Danowski.

Es könnte in Erfüllung gehen. Zeit, sich mit der in Ruhe zu unterhalten, hatte er schlimmstenfalls jetzt genug.

Der Schlüssel seines ungeplanten Aufenthaltes an diesem unwirtlichen Ort lag jedenfalls definitiv bei der Frau und nicht bei ihm. Oder hatte er etwas übersehen, eine Begegnung, etwas, das jemand gesagt hatte?

Das Einzige, was ihm einfiel, war, was Sven Schlohn ihm über die Windkraftanlagen und den Offshore-Windpark erzählt hatte. Klar, die Silventia war auf die eine oder andere Art durch fast alle Gespräche gegeistert, die er in den letzten Tagen in Friederikenburg geführt hatte. Aber ins Detail gegangen war nur Sven Schlohn. Der auch der Einzige war, von dem sie wussten, dass er in Schwierigkeiten war. Und Sven Schlohn hatte eine Offshore-Lizenz. Und einen Hubschrauber.

Aber so ganz allein … Hatte Sven Schlohn auch einen Komplizen?

Danowskis Gedanken waren wie die Murmeln, die er als Kind in diesen dünnen, engen blauen Plastiknetzen gekauft hatte. Zwei Arten hatte es gegeben, und wenn er sich richtig erinnerte, gab es sie immer noch. Stella und Martha spielten auch mit denen, oder? Die eine Art war aus Glas mit diesen symmetrischen Schlieren darin, und die andere Art aus weißer Keramik mit bunten Augen.

Seine Töchter. Danowski biss die Zähne zusammen, weil ihm eine Art Schmerzlinie durch den Kopf zog, die sich dann aber im Unendlichen verlor und schwächer wurde. Ihm reichte es jetzt, beschloss er. Sobald er hier raus war oder hier runter oder wie auch immer der Fachbegriff dafür war, ein verdammtes Windrad so schnell wie möglich zu verlassen, möglicherweise sich entwinden. Sobald er sich also hier entwunden hatte, würde er in Friederikenburg alles hinschmeißen, sich krankmelden und nach Hause abhauen. Die konnten ihn alle mal.

Stella und Martha. Jedenfalls Gedanken wie Murmeln. Die Versuchung war für ihn immer riesengroß gewesen, das Netz mit den Murmeln so straff zu ziehen, bis es platzte und sie alle aufs Fischgrätparkett prasselten und sich im Erdgeschoss des alten Hauses in Südberlin verteilten. Als er noch ein Kind war. Und dann war es schwer, alle Murmeln wieder einzusammeln und zu ordnen, und so ging es ihm jetzt mit seinen Gedanken.

Warum sperrte einen jemand ein? Warum wurden Menschen entführt und an einen entlegenen Ort verschleppt?

Die naheliegende und zugleich statistisch unwahrscheinlichste Antwort war: Menschen verschleppten Menschen, um sie zu quälen, aus sadistischer, psychopathischer Neigung. Wie gesagt, die Statistik, da machte er sich erst mal nicht allzu viele Sorgen. Vor allem deshalb nicht, weil er nicht ins klassische Beuteschema von Sadisten und Psychopathen gehörte: unscheinbarer Mann mittleren Alters, damit lockte man keinen Folterer hinter dem Ofen vor.

Andererseits, vielleicht hatte der nur die Frau entführen wollen, und Danowski war irgendwie dazwischengeraten, Beifang gewissermaßen. Dagegen wiederum sprach der zugleich seltsam halböffentliche und absurd entlegene Ort.

Die zweite Sache war natürlich Lösegeld. Danowski war auch in dieser Hinsicht nicht das klassische Entführungsopfer. Weil das mit dem Haus in Finkenwerder, das er bei sich zwanghaft «das kleine Haus» nannte, ein wenig problematisch gewesen war (Bereitstellungszinsen, Folgekosten), wusste er ziemlich genau, wie viel er wert war. Sie hatten noch etwa siebentausend Euro, wenn sie alles verkauften, was verkaufbar war, Auto inklusive. Und wenn sie das Haus verkloppten und den Kredit auflösten, könnte Leslie noch mal etwa vierzigtausend drauflegen. Aber ganz ehrlich, niemand entführte jemanden für kaum fünfzigtausend Euro.

Vielleicht irgendwas, was der Alte noch am Stecken hat, dachte Danowski. Dreck. Die Toten der Väter. Abwegige Vorstellung, dass nach all den Jahren irgendwas aus der Vergangenheit seines Vaters auftauchte, was ihm das Leben schwer machen könnte.

Ha. Oder eben gerade nicht. Denn festzuhalten war ja erst mal mindestens, dass sein Vater ihm nie die Wahrheit gesagt hatte über den Tod seiner Mutter. Im Kopf probierte Danowski das Wort Freitod aus, im Beruf sagten sie eigentlich Suizid oder Selbsttötung, das war ihm zu weit weg von seiner Mutter, aber Freitod, das war zu schön, um klar zu sein, das klang nach Freibad und Freizeit, also: Selbstmord.

Wie lange dauerte es eigentlich, bis jemand merkte, dass man nicht mehr da war? Danowski war diesbezüglich in einer schwierigen Dreierkonstellation: Wenn er weg war, würde Steckmann denken, er wäre bei ihrem Kollegen Leuken und umgekehrt. Das konnte eine Weile dauern, bis die beiden sich über den Weg liefen und ihn vermissten. Andererseits, durch die Anwesenheit von Imke Billings verdoppelte sich die Chance, dass jemand einen von ihnen vermisste.

Danowski streckte seine Beine und bewegte die Füße und Zehen, um sich aufzuwärmen. Aber die Kälte steckte nicht nur in seinen Füßen. Wenn jemand ihn und die Frau betäubt hatte, dann womöglich jemand, der wusste, wie das ging, jemand, der Erfahrung mit Betäubungen hatte. Und zwar deshalb, weil er schon zweimal eine Frau betäubt hatte. Um sie dann zu töten.

Seine Zehen stießen an was Mittelhartes, Schweres aus Plastik, unwillkürlich zog Danowski sie zurück. Er musste an seine Fallanalyse denken. Die Leichenablage am Weg zum Leuchtturm, dieser öffentliche Aspekt, ein Serientäter, der ein Publikum suchte. Leukens islamkritischer Unsinn.

Danowski merkte, dass ihm sein Kopf plötzlich egal war. Ruckartig kam er in die Senkrechte. Er zog die Füße zurück und sah, dass er mit den Socken einen Sechserträger Wasser berührt hatte, Eigenmarke von Lidl, «Saskia», Anderthalbliterflaschen, medium. Sehr gut, dachte Danowski mit einem kleinen Sarkasmus, um sich selbst aufzuheitern. Hauptsache, nicht zu viel aufstoßen müssen, wenn man sich hydrierte, während man darauf wartete, dass ein Serienmörder die dritte Frau umbrachte. Aller Dinge sind drei. Und er, Adam Danowski persönlich, würde das Publikum abgeben.

Er stellte fest, dass er zwar Durst hatte, aber im Moment kein Interesse, Wasser zu trinken, das von jemandem bereitgestellt worden war, der einen betäubt hatte. Danowski beugte sich vor, weil er sich fragte, wie gut die Planung des Entführers war: Gab's auch was zu essen? Wie lange sollte das hier dauern? Neun Liter Wasser deuteten erst mal auf mehr als einen Tag hin.

Hinter den Wasserflaschen waren nur die Schränke und die Dunkelheit, aber Danowski sah einen Zettel, der mit Tesafilm an die Wasserflaschen geklebt war, seltsam sorgfältig, ausgedruckt und ausgeschnitten:

Alle Antworten sind hier

Nichts anfassen, dachte Danowski, um irgendwas zu denken und nicht instinktiv den Zettel abzureißen. Er lehnte sich wieder an die Wand und stöhnte und rieb sich die Augen. Ein Serientäter, der mit der Polizei spielen wollte. Das kam nur alle Jubeljahre vor, und es war das Schlimmste, was einem passieren konnte. Weil man, wenn jemand anders die Spielregeln machte, nur gewinnen konnte, indem man das Spielbrett vom Tisch fegte.

Als Danowski wieder sehen konnte, war die Frau ihm schräg gegenüber aufgewacht. Zumindest starrte sie ihn an, und während er ihren Blick hielt und nach den richtigen Worten suchte (Hallo, Sie auch hier? Was macht eine Frau wie Sie an einem Ort wie diesem? Gut geschlafen?), merkte er, dass sie, langsam, aber stetig gleitend, vor ihm zurückwich, ihr Mund fest und schmal und ihre Augen hart wie schockgefroren.

Er streckte den Arm nach ihr aus, um sie zu beruhigen.

Imke Billings schüttelte den Kopf.

«Bitte», sagte sie, «bitte tun Sie mir nichts.»

49. Kapitel

«Ich dachte, er ist bei dir?»

«Warum sollte er bei mir sein?», fragte Leuken und räusperte sich.

«Weil du mit ihm telefoniert hast wegen dieser Geldsache von Sven Schlohn und wegen einem Zeugen, der mit Danowski reden wollte und nicht mit mir.»

«Aber er ermittelt doch für dich.»

«Begleitend. Unterstützend. Aber wie du siehst, bei mir ist er auch nicht.» Steckmann beschrieb mit dem Arm einen ausladenden Halbkreis durch den Konferenzraum.

«Wann hast du ihn denn zuletzt gesehen?» Fragen, die sie beantworten konnte, statt immer nur was zu verschweigen, gefielen ihr eigentlich ganz gut.

«Gestern Abend. Er wollte, dass wir das mit der Reihenuntersuchung voranbringen, und vor allem mit Vorabergebnissen für die Brakels. Darum hab ich mich gestern noch gekümmert.»

«Kriegen wir denn jetzt was? Erste Ergebnisse?»

«Also, von Ludger Brakel nicht, die haben dessen Probe noch gar nicht prozessiert. Wenn sie überhaupt schon vorliegt. Jedenfalls ist sie nicht im Labor. Aber wir können heute Morgen eine erste Einschätzung kriegen, was den Vater von Ludger Brakel angeht. Wulf Brakel. Und wenn es da Übereinstimmungen mit der DNA gibt, die wir bei den Opfern gefunden haben, dann können wir davon ausgehen, dass Ludger Brakels DNA die gleichen Ähnlichkeiten hat, und dann beschleunigen wir die Analyse. Zur Not machen wir die dann in Hannover oder Hamburg.»

Sie kannte Reinhold Leuken, seitdem sie Polizistin war. Also gefühlt seit immer. Er war ihr Vorgesetzter gewesen, als sie hier Streifenwagen gefahren war, was auf dem Land bedeutete, auf der Wache zu sitzen und darauf zu warten, dass irgendwo ein Zaun umgetreten wurde. Dann hatte sie ihn überholt, obwohl sie erst nach ihm zur Kripo gewechselt war. Bevor es angefangen hatte mit den Morden in Friederikenburg, hätte sie gedacht, dass sie Freunde waren. Jetzt fragte sie sich, was Reinhold Leuken über sie und ihre Affäre mit Sven Schlohn wusste. Eine rhetorische Frage, wenn sie ehrlich war. Im Gegensatz zu: Was genau war das für eine Geldsache, von der Adam gestern gesprochen hatte?

Natürlich hätte sie Sven Schlohn fragen können. Aber er ging nicht mehr ans Telefon, wenn sie ihn anrief. Ob wegen der Geldsache oder wegen was anderem oder weil ihre Verbindung schneller als sonst ihren Weg gegangen war und diesen Punkt erreicht hatte, konnte sie nicht sagen. Sie wusste nicht mal, ob sie ihn vermisste. Sie hatte die ganze Zeit wie im Augenwinkel das unscharfe, unangenehme Gefühl, dass ihr all das demnächst um die Ohren fliegen würde und dass es keinen Weg für sie gab, das zu verhindern. Also machte sie einfach einen Schritt nach dem nächsten, denn was blieb ihr übrig.

«Kümmert sich Adam Danowski um Sven Schlohn?», fragte Leuken.

«Was meinst du mit kümmern, Reinhold?»

Leuken betrachtete seine Hände, die er vor sich auf den Tisch gelegt hatte, als sähe er sie zum ersten Mal.

«Ich habe gestern einen Tipp aus der örtlichen Raiffeisenkasse bekommen, die Zustände von Konten betreffend, für die Sven Schlohn Vollmachten hatte oder hat. Hat Danowski dir das nicht erzählt?»

«Das höre ich zum ersten Mal.» Auf dem Niveau log sie wie keine Zweite.

«Das überrascht mich», sagte Leuken. «Jedenfalls ist der Informant, der mir davon erzählt hat, nicht mehr zu erreichen für mich.»

«Wer ist dieser Informant?», fragte Steckmann.

Leuken sah zur Tür. «Ich würde lieber warten, bis Danowski kommt, dann können wir zu dritt darüber reden.»

Eine Frechheit eigentlich. Aber sie wusste nicht, ob Leuken sie schützen wollte oder ob er sich ihr widersetzte, und für einen entscheidenden Moment fehlte ihr der Mut, es drauf ankommen zu lassen. «Also, dass wir uns hier um neun treffen, weiß er», sagte sie lahm.

Die Tür zum Konferenzraum ging auf, und Steckmann wollte gerade irgendeine Verballhornung von «Wenn man vom Teufel spricht» loslassen, aber dann war's nur ein Kollege aus Hannover. Na gut. Jetzt Daumen drücken. Denn der Kollege hatte einen E-Mail-Ausdruck in der Hand, als wäre die Information ohne Papier nicht kommunizierbar.

«So», sagte er, «die Leute vom Labor in Bremerhaven haben heute Nacht die Zentrifugen kreisen lassen oder wie man das auch immer nennen will ...»

Ja, dachte Steckmann, red weiter, red weiter, so lange du willst. Und dann bitte, bitte, bitte die gute Nachricht: Die DNA von Wulf Brakel passt ziemlich gut, hohe Wahrscheinlichkeit, und wenn wir davon ausgehen, dass es der alte Brakel nicht war, dann können wir uns auf Ludger stürzen. Und den kannte sie zwar und mochte ihn auch, aber wen kannte und mochte sie nicht. Es musste Ludger sein. Das war ihre letzte Hoffnung. Denn eine Fahndung in diese Richtung und eine Klärung des Falles mit einem anderen Tatbeteiligten als Sven Schlohn würde bedeuten, dass auch sie am Ende womöglich mit einem blauen Auge davonkam, und zwar einem, das nur sie selber sehen konnte.

«Jedenfalls», der Kollege tippte mit dem Zeigefinger aufs Papier, «hier ist eine erste Einschätzung, Wulf Brakel und damit die Familie Brakel betreffend, DNA-technisch, bezogen auf die Spurenfunde bei den geschädigten Frauen, nicht wahr.»

«Und?», fragte Steckmann.

«Ach so, nee», sagte der Kollege. «Is' nich.»

«Wie», sagte Steckmann, Gänsehaut auf dem Rücken, das fühlte sich an, als würde sie Grippe kriegen.

«Steht hier. Probe inkonklusiv, das müssen die schreiben, weil die nicht durch sind mit der Analyse, so oder so, aber dazu haben sie geschrieben: Übereinstimmung auszuschließen, unter Vorbehalt.»

Unter Vorbehalt? Konnte man sich daran klammern? «Aber Vorbehalt ist nur, weil, die sind eben noch nicht ganz fertig. Aber am Telefon haben die mir ganz klar gesagt: Die DNA-Spuren sind nicht von Wulf Brakel.»

«Na gut», sagte Leuken, «also können wir die Familie Brakel ausschließen, was die Urheberschaft des Spermas angeht.»

Steckmann nickte langsam.

Manchmal wünschte sie sich, dass irgendjemand sie fragen würde, warum sie sich alle paar Monate eine neue Affäre suchte. Wenn schon nicht ihr Mann, dann eine Therapeutin, eine Freundin, Mutter oder Schwester. Nichts davon hatte sie so richtig oder zumindest nicht greifbar.

Also hätte sie sich die Frage selbst stellen müssen, aber dafür fehlte ihr die Zeit. Und vielleicht, dachte sie jetzt, war das sogar der Grund: Es war schön, wenn einem die Zeit fehlte, um über bestimmte Dinge nachzudenken wie etwa das eigene Leben. Und ihre Affären halfen ihr, allerhand Fragen immer wieder wegzuschieben, weil es immer etwas und jemanden gab, der aktuell interessanter war und ihre ganze Aufmerksamkeit erforderte.

Sodass sie in diesem Fall möglicherweise gerade durch die Affäre mit Sven Schlohn keine Gelegenheit gehabt hatte, sich die Frage zu stellen, was eigentlich wäre, wenn gerade er doch und wirklich was mit dem Tod von Corinna Karlsson und Stephanie Rother zu tun haben sollte.

Sie glitt am emotionalen Kern dieser Frage ab und landete bei einem praktischen Aspekt. Imke Billings arbeitete bei der Raiffeisen, Teilzeit und nur als Sekretärin, nichts direkt mit Geld, aber jetzt, wo die Brakels aus dem Spiel waren, war das der eine Zufall zu viel. Ihr wurde schlecht von Sven Schlohn.

«Wir sollten über Polizeischutz für Imke Billings nachdenken», sagte sie in den Raum.

«Oder wir könnten sie als Köder benutzen», sagte Leuken. «Unter kontrollierten Bedingungen hat sich das Verfahren bei Serientätern bewährt.»

«Lebendköder», sagte Sandra Steckmann. «Das ist nicht dein Ernst, oder?»

«Wie gesagt, unter kontrollierten Bedingungen.»

Sandra Steckmann sah auf ihre Oberschenkel, die olle Jeans, und konzentrierte sich auf ihren Atem. Sie dachte an die Hosen der toten Frauen. Die Hosen hatten keine große Rolle gespielt in den Ermittlungsakten. Der Täter hatte nichts zerrissen oder so, der war ganz sorgfältig und vorsichtig, beinahe behutsam mit den Opfern umgegangen. Wie war das eigentlich bei ihr und Sven Schlohn gewesen? Hatte er ihr die Sachen runtergerissen, ungeduldig, fordernd, oder war er geduldig und sanft gewesen?

Weder noch. Sie hatte sich selbst ausgezogen. Das ging schneller und war ihr auch ansonsten lieber, dann musste man seine Plünnen danach nicht im ganzen Zimmer zusammensuchen.

«Sandra?»

Sie sah auf.

«Wie geht's denn jetzt weiter, Sandra?» Leukens Augen, immer feucht.

«Du fährst zu Imke Billings», sagte sie zu Leuken, «und wenn ihr Auto vor der Tür steht, wartest du einfach ein bisschen, bis sie rauskommt. Und dann schaust du mal einen halben Tag, was sie so treibt.»

«Also Polizeischutz oder observieren jetzt?», fragte Leuken.

«Auge drauf werfen», sagte Steckmann.

Leuken nickte und klaubte seine Sachen zusammen. «Und was machst du? Redest du mit Sven Schlohn? Glaubst du, dass das eine gute Idee ist?»

Sie dachte daran, wie lange sie Reinhold Leuken kannte und wie gut und wie klein die Welt hier trotz allem war und wie wenig es ihr gefiel, dass jeder zu viel über sie wusste.

«Ich fahr zum Hotel und hol den Hamburger Kollegen», sagte sie.

50. Kapitel

Sobald Sandra weg war, ging Reinhold Leuken auf den Parkplatz und setzte sich in seinen Dienstwagen, um zu Nadine zu fahren. Eigentlich musste er das ins Fahrtenbuch eintragen. Schrieb er eben einfach nur «Dienstfahrt».

Er wusste nicht mehr so genau, wie das angefangen hatte mit Nadine. Irgendein Einsatz, ein Freund von ihr, was mit Drogen. Und vor allem wusste er nicht, wie es aufhören sollte. Wenn schon einer aus Hamburg das nach zwei Wochen mitkriegte, dann wusste es wahrscheinlich jeder im Ort. Und seine Frau? Leuken rieb sich das Kinn. Danowski hätte er das gar nicht zugetraut. War halt auch nur ein Mann.

Das Problem an Nadine war, dass sie viel redete. Offenbar dachte sie, Leuken käme hauptsächlich deshalb zu ihr. Nadine sah einen relativ alten Knacker, wenn sie Leuken sah, und normalerweise wollten relativ alte Knacker offenbar reden. Und weil sie ihm Sachen von anderen Kunden erzählte, wollte Reinhold Leuken noch weniger reden, als er ohnehin schon reden wollte. Wodurch noch mehr Stille entstand, die Nadine mit noch mehr reden füllte.

Zum Beispiel hatte sie ihm auch erzählt, dass einer ihrer Kunden bei der Raiffeisenbank arbeitete. Nadine hatte ein mystisches Bild von Geld: Offenbar konnte man ihrer Einschätzung nach nur entweder einen großen Mangel daran haben oder einen völligen Überfluss, der dann einer Art Allmacht glich. Er entnahm ihren Schilderungen, dass sie zwar nicht unbedingt der Ansicht war, dass Geld glücklich und sehr viel Geld sehr glücklich machte, aber es ging in die Richtung. Wer Geld hatte, musste sich über nichts anderes mehr Gedanken machen, den bedrohte gar nichts mehr. Oder, in Nadines Worten: «Anderer Kunde von mir, der hat ja auch seine Schäfchen im Trockenen. Der ist bei der Raiffeisen. Die schieben das Geld von den Leuten da nur so hin und her, und am Ende bleibt immer was bei ihnen hängen.»

Er hatte gedöst und sich ein bisschen von ihr berieseln lassen. Vielleicht erleichtert, dass ihre Schicht in der Geizoase in Bremerhaven vorbei war und dass sie jetzt nur noch ihn hatte, und er lag einfach nur da und atmete. Aber nach einer Weile hatte er begriffen, worüber sie redete: Stiftungsgelder, Anlagegelder auf termingebundenen Konten, Gelder, die sich lange keiner anguckte, Gelder, die über Jahre nur auf dem Papier existierten und die mit der privaten Investition in Windkraftanlagen der Silventia zu tun hatten. Oder, wie Nadine es sagte: «Diese Windräder sind ja auch eine Gelddruckmaschine, aber nicht für den kleinen Sparer. Wir gucken am Ende natürlich wieder in die Röhre.»

Sie war erschrocken gewesen, als er sich aufgesetzt und angefangen hatte, sie nach allen Regeln der Kunst zu befragen. Unter anderem deshalb war das genau die falsche Vorgehensweise gewesen, weil es sie erschreckt hatte. Und vor allem, weil sie sich nicht konkret äußern konnte, es war erhellender, wenn sie sich in Gemeinplätzen äußerte. Er ließ von ihr ab, und als sie später im Bad war, angelte er mit einem Taschentuch ihr Smartphone vom Nachttisch.

Wenn Nadine so gestrickt war, wie er sie einschätzte, dann hatte sie den Stammkunden unter einer naheliegenden Verschlüsselung im Telefon gespeichert, die es noch einfacher machen würde, ihn zu finden, als wenn sie seinen Klarnamen verwendet hätte. Leuken hatte die Mobilnummer für den Eintrag «Raiffeisen» auf Anhieb gefunden und fotografiert. Dann hatte er Nadines Telefon zurückgelegt.

Morgens hatte er «Raiffeisen» angerufen und ihm eine Nachricht hinterlassen. Dass er zur Polizei kommen sollte, um mit ihm und seinetwegen Adam Danowski zu reden. Uhrzeit gestern Abend. Aber keine Antwort. Mehr hatte er nicht.

Und die Telefonnummer war Prepaid, das hatte er schon an der Vorwahl erkannt.

Jetzt würde er noch mal mit Nadine reden. Ganz offen. Polizei. Gut, er war ein Kunde, aber er konnte ihr Schwierigkeiten machen. Also, wie hieß der Typ von der Raiffeisenbank, und wo konnte Leuken ihn finden? Er wollte Nadine nicht unter Druck setzen, zumal er vermutete, dass das seine eigene Beziehung zu ihr unter Umständen belasten würde.

Er parkte und stieg aus. In der Einfahrt stand ein dunkler BMW, und ein Mann mit Undercut, dicken Oberarmen und gerippter Daunenjacke war dabei, Ikea-Taschen in den Kofferraum zu stopfen. Nadines Wohnungstür am oberen Ende der Außentreppe stand offen.

Leuken zögerte einen Moment. Den kannte er nicht. Wohl ein Typ aus Bremerhaven, Milieu.

«Was gibt's zu glotzen?» Der Mann hatte innegehalten, den Kofferraumdeckel in der Hand, und musterte ihn über das Wagendach hinweg.

Leuken räusperte sich und legte den Kopf ein bisschen schräg, harmloser älterer Bauer.

«Ist Nadine da?»

Der Mann in der Daunenjacke schnaufte und knallte den Kofferraumdeckel zu, was Mitleidiges, Abfälliges im Blick: Scheißfreier.

«Nadine ist ausgezogen.»

Leuken sah zur offenen Wohnungstür. Der Winkel war schlecht, aber ihm schien, als wäre die komplette Garderobe leer.

«Ich muss mit ihr sprechen.» Leuken nahm sein Telefon raus und wählte die Nummer von Nadine. Mehr zum Zeichen, dass er sich nicht abwimmeln ließ, als in der Hoffnung, dass sie rangehen würde. Ohne Klingeln kam sofort diese nicht ganz neutrale, sondern immer ein klein wenig triumphierende Frauenstimme, die einem sagte: «Die Rufnummer, die Sie gewählt haben, ist zurzeit nicht vergeben …»

Als er wieder aufsah, stand der Mann mit den dicken Oberarmen direkt vor ihm. Leuken hatte früher eine Menge Kampfsport gemacht, aber seit er wusste, dass er aus Friederikenburg nie wieder rauskommen würde, hatte er das schleifen lassen.

«Nadine hat von 12 bis 20 Uhr Schicht in Bremerhaven», sagte der Mann mit flacher Intonation. «Wo, brauch ich dir ja wohl nicht zu sagen. Und jetzt verpiss dich.»

Leuken schüttelte unwillkürlich den Kopf. Das konnte man doch auch netter sagen.

«Ich muss sie jetzt sprechen», sagte er. «Nadine …»

Sein Irrtum war, dass er den Mann, der Nadines Sachen ins Auto packte, für aufgeblasen und ineffektiv hielt wie die meisten Zuhälter. Die machten Show, wollten aber keinen Ärger. Sehr dumm, denn es hatte ihn seine Wachsamkeit vergessen lassen. Der Mann war ein Profi, der die

Regeln kannte: Immer als Erster zuschlagen. Und zwar dann, wenn der andere noch mit was anderem beschäftigt ist, zum Beispiel reden. Und zwar so, dass der andere danach im Idealfall gar nicht mehr auf die Idee käme, zurückzuschlagen. Wobei der andere in diesem Fall Reinhold Leuken war.

Leuken saß mit ausgestreckten Beinen auf seinem Hintern mitten in der Garageneinfahrt und hatte ein taubes Gefühl linksseitig im Kiefer sowie auf der gleichen Seite ein Pfeifen und Sirren im Ohr. Der Asphalt unter seinen Händen fühlte sich nass und splittig zugleich an. Der Mann beugte sich über ihn und musterte ihn mit einem ganz leicht entnervten Ausdruck im Gesicht wie ein Einzelhändler für einen Sekundenbruchteil einen Kunden, der ihm mehr Mühe machte, als er wert war.

«Steh auf und verpiss dich», sagte er.

Leuken streckte seine Hand aus, weil er hoffte, der andere würde instinktiv zugreifen und ihn hochziehen, dann hätte er ihn der Länge nach in die Einfahrt gelegt, egal, was die Nachbarn sagten. Aber der Mann, der Nadines Auszug besorgte, war nicht so dumm, wie Leuken fand, dass er aussah. Er trat einen Schritt zurück und verschränkte die Arme vor der Brust.

«Geizoase», sagte er, als wollte er seine Aktion signieren oder als kleinen versöhnlichen Service für Leuken, falls der vergessen haben sollte, wo Nadine ihre Schicht hatte. Dann wandte er sich ab.

Als er wieder im Auto saß, grübelte Reinhold Leuken einen Moment darüber, dass er sich eben von einem dritt-, ach, viertklassigen Zuhälter in eine Garageneinfahrt hatte setzen lassen und dass er nichts dagegen getan hatte. Der nächste Schritt wäre eine Festnahme des Zuhälters oder zumindest eine triste Einfahrtschlägerei gewesen, aber er war einfach aufgestanden und gegangen. Aus Scham oder Bequemlichkeit oder weil er nicht in Erklärungsnot kommen wollte, falls es irgendwann um die Herkunft seiner Informationen gehen würde. Dann dachte er an seinen Auftrag, Imke Billings im Auge zu behalten. Und dann daran, dass ihm Sandra Steckmann im Moment eigentlich gar nichts zu sagen hatte. Und dann fuhr er in eine etwa drei Kilometer entfernte Kneipe und trank ein relativ frühes Bier und dann noch zwei mehr.

51. Kapitel

Imke Billings zitterte. Danowski nahm es aus dem Augenwinkel wahr wie die Bewegung von Blättern an einem Strauch, Zeichen der allgemeinen Witterungsbedingungen, auf die man keinen Einfluss hatte. Ja, ein Strauch. Darunter oder daneben hätte er jetzt gern gesessen.

Den Höhepunkt seines Tages hatte er hinter sich, und dieser Höhepunkt war eine Enttäuschung gewesen. Nach einer halben Stunde oder mehr war Danowskis Kopf stabil genug gewesen, damit er zu seinen Schuhen kriechen konnte. Die von Imke Billings hatte er auch mitgebracht, aber sie hatte auf dieses Angebot nur mit weiterem Zurückweichen reagiert. Vielleicht hatte er sogar ein Wimmern gehört, aber das war schwer auszumachen im allgemeinen Rauschen. Jedenfalls waren seine Schuhe nass, von innen und von außen. Der Regen und das Meer. Gut fühlte sich das nicht an. Imke Billings hatte vorwurfsvoll geguckt, als wäre das irgendwie seine Schuld, nachdem sie sich ihre Schuhe dann doch geangelt hatte. An seinen Füßen wurden die Schuhe auch jetzt nicht trockener, aber er bildete sich ein, dass die Feuchtigkeit langsam wärmer wurde.

«Telefon haben Sie nicht zufällig, oder?»

Sie schüttelte den Kopf, das las er aus einer Frequenzerhöhung ihres Zitterns.

«Ich auch nicht.» Vielleicht half es, wenn er ganz normal mit ihr redete. «Uhr auch nicht. Aber meine Brieftasche ist noch da. Wenn Sie möchten, zeige ich Ihnen meinen Dienstausweis.»

Keine Reaktion.

«Ist Ihnen kalt?»

Nichts.

«Okay, wir vereinbaren eine Zeichensprache. Wenn Sie weiter zittern und nichts sagen, bedeutet das Ja, alles andere Nein. Einverstanden?»

Sie sagte nichts und zitterte.

«Also gut», sagte Danowski. Was war das eigentlich für eine Scheiße hier. Wie viel Uhr war es, und wie lange dauerte es, bis einen hier oder überhaupt im Leben irgendjemand vermisste?

«Nächste Frage. Wissen Sie, wer uns hierhin gebracht hat?»

Sie sagte nichts. Und zitterte.

«Interessant. Also ja. Und was mich fast noch mehr interessiert, wissen Sie auch, wann wir wieder abgeholt werden und was das hier soll?»

Es wirkte fast, als würde sie versuchen, mit dem Zittern aufzuhören, damit er die Albernheiten ließ.

«Gut. Hm. Würden Sie es mir verraten? Alles?»

Jetzt schnaufte sie verächtlich oder einfach nur erschöpft. Das konnte er immer schwer unterscheiden, vor allem bei sich selbst.

«Okay. Noch mal von vorne. Ganz in Ruhe.»

Sie seufzte.

«Glauben Sie wirklich, ich wäre eine Bedrohung für Sie?»

Er hörte, wie ihre Zähne aufeinanderschlugen, schnell und klein, als sie den Mund öffnete, um ihm zu antworten. «Jedenfalls sind Sie keine Hilfe für mich», sagte sie schließlich.

Er wog den Kopf. «Das mag sein. Aber wir könnten gemeinsam daran arbeiten, uns aus dieser Situation hier zu befreien. Oder daran, die Situation überhaupt erst mal zu verstehen.»

«Vielleicht», mühsam, «hört uns jemand zu.»

«Das stimmt. Aber bevor wir es sicher wissen und bevor es sich irgendwie negativ auf unsere Einschätzung der Situation auswirkt oder auf unsere Versuche, diese Situation zu verändern, ist das unser geringstes Problem.»

Jetzt wandte sie ihm das Gesicht zu, und er sah ihre Zähne im Halbdunkel. Versuchte sie zu lächeln? «Warum sind Sie hier?», fragte sie.

«Das weiß ich nicht», sagte er. «Und Sie?»

Ihre Zähne verschwanden. «Was steht auf dem Zettel, der am Wasser hängt?»

«Alle Antworten sind hier», zitierte Danowski.

«Und Sie», wieder zitternd, «sind jemand, der Antworten sucht. Also sind Sie deshalb hier. Also wissen Sie, warum Sie hier sind. Aber ich weiß nicht, warum ich hier bin.»

Hm. Immerhin konnte er sich nicht beschweren, mit einer Gesprächspartnerin eingesperrt worden zu sein, die ihn unterforderte. «Ist Ihnen kalt?», fragte er.

Sie schnaufte wieder. «Ihnen nicht?»

Danowski beschloss, dass es am besten war, was zu tun zu haben, und noch besser, nicht darüber nachzudenken, um seinen Schwindel und seine Übelkeit gewissermaßen zu überlisten. Als er stand, merkte er, dass es ging, wenn er nicht auf den Boden sah. Der schien sich immer noch zu bewegen. Er stützte sich nacheinander an den Schränken ab, während er sich in ihre Richtung bewegte.

«Was haben Sie vor?»

Der erste Schrank war verschlossen. Der zweite war

auf Augenhöhe voller Schaltelemente und hatte zwei Displays, die er kaum erkennen konnte. Weil sie nichts anzeigten. Sie waren tot, die Schaltkreise heruntergefahren. Was hatte das zu bedeuten? Dass die Windkraftanlage, in deren Gondel sie sich befanden, heruntergefahren oder schadhaft war?

Danowski hatte den ersten Anflug einer Idee: Wenn die Windkraftanlage schadhaft war, dann würde bald jemand kommen, um sie zu warten, und dann wären sie frei. Falls nicht, dann gab es vielleicht eine Möglichkeit für sie, die Schaltelemente selbst zu bedienen. Vielleicht könnten sie irgendwelche sinnlosen Funktionen einleiten, die im Kontrollzentrum für Aufklärungsbedarf sorgen würden. Aber es schien ihm kompliziert, und er hatte den Eindruck, dass er noch etwa ein, zwei Stunden brauchen würde, bis er sich derart komplexen Unterfangen würde widmen können.

«Eigentlich nichts», sagte Danowski. «Ich versuche, mich mit meiner Umgebung vertraut zu machen. Ist Ihnen auch so schlecht? Wattiges Gefühl? Kopfschmerzen?»

Sie nickte.

«Ich glaube, jemand hat uns betäubt. Wie die beiden Frauen, die in Friederikenburg ermordet worden sind. Ihre alten Freundinnen Corinna und Stephanie.»

Zum ersten Mal wandte sie ihm frontal das Gesicht zu. Sie hatte ihre Augen dunkel geschminkt, oder sie war noch müder als er, und ihr Blick war so starr, dass Danowski nicht wusste, ob das ein Zeichen von Teilnahmslosigkeit oder im Gegenteil von höchster Anspannung war. Sie wartete darauf, was er als Nächstes sagen würde. Um es dann vermutlich wieder wortlos über sich ergehen zu lassen. Ihre Lippen waren blau, was im Halbdunkel der Gondel grau aussah.

Der dritte Schrank war eine Art Spind mit zwei Reihen von Luftlöchern in Kniehöhe und einer leeren Auslassung für ein Namensschild oder eine Nummer. Die Tür klemmte. Sie musste beiseite rücken, damit er sich daran zu schaffen machen konnte. Er hörte, wie der Boden unter ihr quietschte.

Danowski hielt inne und bückte sich, wobei ihre recht begrenzte Welt auf ihn einzustürzen schien, als wäre er ein Trichter und alles sonst aus schwarzem Sand. Er schloss die Augen und hielt sich an der glatten Spindtür fest. Dann streckte er die Hand nach der Frau aus und berührte sie mit zwei, drei prüfenden Griffen am Oberarm und an der Schulter. Bevor sie sich dagegen wehren konnte, war er schon fertig.

Sie war klatschnass.

«Kann es sein, dass Sie ins Wasser gefallen sind?»

Sie zuckte die Achseln. «Was fällt Ihnen ein, mich anzufassen!»

«Sie haben recht, das tut mir leid.» Wenn er ehrlich war, dann hatte er sich von ihrer Stofflichkeit überzeugen müssen, davon, dass sie wirklich da war. Zum ersten Mal in seinem Leben war er sich bis eben nicht sicher gewesen, ob er wirklich wach und wirklich an einem echten Ort war. Und er hatte in den letzten Wochen zu viel Zeit mit seiner Mutter verbracht, um immer all seinen Sinnen zu vertrauen.

«Ich habe einen salzigen Geschmack im Mund, und mein Hals brennt», sagte sie. Ihre ersten einigermaßen freiwilligen Worte. «Als hätte ich viel Salzwasser geschluckt.»

Danowski zog sich langsam mit der Hand am Spind nach oben und rüttelte an der Tür, die klemmte. Als sie endlich aufschwang, hatte er so viel Kraft investiert, dass er mit der Schulter gegen den Schrank daneben schlug.

Ein oder zwei graue Wolldecken wie vom Bund und fünf blaue Tüten, oben zugeschweißt, mit weißem Etikett. Er nahm eine raus.

«Sind Sie Vegetarierin?»

«Nein.»

«Schade.»

«Wieso?»

«Na ja, zum einen wegen der Tiere. Und wegen der ganzen Umweltzerstörung und so weiter. Zum anderen aber, weil Sie dann jetzt sehr erleichtert hätten sein können. Hier: ‹Tagesration vegetarisch›. Waldpilz-Sojaragout mit Nudeln. Nudeln in Soja-Bolognese. Vollkorn-Früchtemüsli. Und so weiter. Das können wir uns gut teilen. Tagesration 3660 Kalorien. Offenbar arbeiten die Vegetarier hier oben auf den Windkraftanlagen deutlich härter als ich sonst. Oder Sie. Was machen Sie eigentlich noch mal genau?»

Sie sah zu ihm hoch, als hätte sie beinahe geantwortet, aber dann sagte sie: «Wieso Tagesration? Heißt das, da ist Essen für fünf Tage?»

«Wenn wir's uns einteilen oder wenn uns nach drei, vier Tagen das Waldpilz-Sojaragout zum Hals raushängt, vielleicht auch für länger.» Danowski zog die Decken aus dem Schrank und stellte fest, dass es nur eine war, doppelt gefaltet. Er ließ die Spindtür blechern zufallen und glitt neben der Frau auf den Boden, sodass sie beide in die gleiche Richtung schauten, fast einen Meter zwischen ihnen.

«Ich dachte irgendwie … Also, Sie könnten das aufklären, und Sie müssten jetzt nur Ihre Kollegen rufen, und dann …» Sie hörte auf zu reden, und es klang, als wäre es ihr beim Sprechen in gewisser Weise immer egaler geworden. Dann zitterte sie.

«Leider nicht», sagte Danowski. «Aber es ist eine super Gelegenheit, ein paar Tage auf Fleisch zu verzichten. Falls wir hier einen Kocher finden. Sonst wird das eine sehr trockene Angelegenheit.»

Sie sagte nichts.

Er rüttelte an der Tür zum Fahrstuhl und zur Nottreppe. Schwer, industriell, fest verschlossen und kalt. Er hörte, wie sie hinter ihm seufzte.

Die Wolldecke war dünn genug, dass er sie zusammenballen konnte, aber besser als nichts. Er holte ein bisschen aus und warf die Decke in ihre Richtung. Weil sie keine Anstalten machte, darauf zu reagieren, fiel die Decke neben ihr zu Boden. Danowski schloss die Augen und schob den Kopf in den Nacken. Das fühlte sich angenehm an. Nach einer Weile hörte er trotz der Nebengeräusche von außen oder in seinem Ohr, dass sie die Decke entfaltete und sich damit zudeckte. Durch ganz kleine Lidschlitze sah er, dass sie es gleichgültig tat und anscheinend, weil er es von ihr erwartete, nicht weil die Nässe und Kälte für sie wirklich unerträglich gewesen wären.

Und dann dachte er daran, wie hoch sie über dem Meer waren und wie wenig gewonnen wäre, falls sie einen Weg finden würden, sich aus der Gondel zu befreien.

52. Kapitel

Sandra Steckmann fuhr zum Hotel, um den Kollegen Danowski zu holen und sich von ihm erklären zu lassen, was jetzt zu tun war. Der sollte sich um Sven Schlohn kümmern. Also, ihn aufs Revier holen und mit ihm reden. Auf dem Weg hielt sie sich exakt an die Faustformel: zulässige Höchstgeschwindigkeit plus zehn Prozent Fahrzeugtoleranz wegen der Tachoungenauigkeit plus noch mal drei Prozent mittlere Blitzsystem-Toleranz laut Physikalisch-Technischer Bundesanstalt. Auf der Landstraße nach Friederikenburg fuhr sie also hundertdreizehn km/h, da sie es für sich ablehnte, die rechnerisch korrekten hundertdreizehn Komma drei anzustreben. Und alles ohne Tempomat, nur damit sie an was anderes dachte als an Sven Schlohn und wo der wohl gerade war und wo sie morgen oder nächste Woche oder in einem Jahr sein würde, wenn Sven Schlohn der Mörder von Corinna Karlsson und Stephanie Rother war. Um zu vertuschen, was auch immer «die Geldsache» war, von der Danowski geredet hatte.

Im Foyer des Hotels stolperte sie über zwei Gepäckstücke von jemandem, der seinen Töchtern offenbar mal erlaubt hatte, sie mit Fillypferd- und anderen Stickern zu bekleben. Das sah nach Adam Danowski aus. Aber der konnte jetzt nicht einfach abreisen, den brauchte sie noch.

Es kostete sie Überwindung, die Signalglocke auf dem Rezeptionstresen zu betätigen, weil sie Sabine Schröder vom «Brinkman's North Sea Haus Schröder» noch aus der

Schule kannte und schon damals nicht gern nach ihr geläutet hätte. Nachdem sie sich dazu durchgerungen hatte, haute sie mit einem Anflug von Wut so doll darauf, dass der helle Ton an sich selbst erstickte.

Sabine Schröder kam von hinten und wischte sich dabei die Hände an einem Geschirrhandtuch ab, kauend.

«Kein Grund, die Glocke kaputt zu machen», sagte sie, allerdings leicht defensiv, Polizei und so weiter. «Moin, Sandra.»

«Warum stehen die Sachen von Adam Danowski hier?», fragte Steckmann. «Reist der gerade ab?»

«Na, also, der kann von mir nicht erwarten, dass ich tatenlos mitansehe, wie er … dass ihr …», sagte ihre alte Mitschülerin. «Also, ich habe deinem Hamburger Kollegen ja gesagt, dass ich möchte, dass er sich ein anderes Quartier sucht. Und ich sag dir, dass wir außerordentlich behutsam umgegangen sind mit seinen Sachen, wir haben nichts angefasst, also, natürlich haben wir die Sachen angefasst, aber mit Handschuhen, frischen … um zu packen. Es ist alles drin. Und ordentlicher als vorher, wenn ich mir die Bemerkung erlauben darf.»

«Was hast du meinem Kollegen gesagt?»

«Ich hab ihm vor ein paar Tagen gesagt, dass er bitte ausziehen solle. Weil er ja sowieso, also er war ja zwischendurch praktisch nicht da, aber das ist natürlich seine Sache, es ist nur so, dass die Stimmung hier im Ort nicht gerade … das brauche ich dir ja nicht zu sagen, Sandra. Habt ihr mal überlegt, was das hier für die Hotellerie bedeutet, also wenn jetzt alle … sich den Mund auswischen lassen müssen und so weiter? Und jetzt, wo er wieder die Nacht über nicht hier war, würde ich sein Zimmer doch lieber anderweitig vermieten, eigentlich ist ja seine Reservierung jetzt auch abgelaufen, er hatte ja nur bis gestern oder vorgestern …»

Sandra Steckmann fehlte schon unter normalen Umständen die Geduld für die Komplexität des Banalen in den Äußerungen von Hotelpersonal, Handwerkern oder Einzelhändlern, aber jetzt war es ihr endgültig zu viel.

«Wie, der war die Nacht über nicht hier?»

«Das Bett war schon wieder völlig unberührt, die ganze Nacht, keine Spur von ihm.»

«Hauptkommissar Danowski war die letzte Nacht nicht hier?»

«Nein und beim Frühstück auch nicht, aber das hatte er vorreserviert, das muss ich ihm abziehen, das sieht er dann auch auf der Rechnung, nicht dass er sich wundert, aber wir müssen ja auch planen, und …»

Steckmann drehte sich um, weil sie jetzt doch verstanden hatte, und ihr Interesse an den Feinheiten der Frühstücksabrechnung hielt sich ebenfalls in Grenzen. Danowski hatte einen kleinen Rollkoffer und eine weiche Reisetasche, wahrscheinlich alles Tchibo. Und Adam Danowski war weg.

53. Kapitel

Sie lag auf dem Sofa im Wohnzimmer und hörte die Geräusche ihrer Kinder im Hintergrund. Ein bisschen Malen, ein bisschen Streiten, hier eine Tür, da eine Tür, die Klospülung, dazwischen das Zeitungrascheln und manchmal ein Brummen von Adams Vater. Eigentlich mochte sie diese Alltagsgeräusche als Untermalung, aber diesmal war sie erschöpfter als sonst. Lieber wäre sie ins Bett gegangen, aber es wäre ihr vorgekommen, als ließe sie ihren Schwiegervater im Stich.

Adam war jetzt fast zwei Wochen weg, und langsam reichte es. Irgendwann kam immer dieser Punkt, an dem sich rausstellte, dass in Wahrheit das ganze Leben auf Kante genäht war und dass die Nähte nur so lange hielten, bis sie es plötzlich nicht mehr taten.

Außerdem hatte sie manchmal das Gefühl, dass Adams Abwesenheiten sie in die Irre führten, seit er in seiner neuen Abteilung arbeitete und immer wieder unterwegs war. Früher hatte sie gespürt, dass er sich entzog, dass er oft nicht zu greifen und gar nicht richtig da war. Aber jetzt war es immer schön, wenn er wiederkam, die Kinder freuten sich, und davon ließ sie sich mitreißen, und wenn sie dann merkte, dass er mit seinen Gedanken schon wieder ganz woanders war, dann konnte sie sich das immer damit erklären, dass er noch nicht ganz wieder da war. Aber kaum lag seine letzte Reise lang genug zurück, dass er sich wieder eingelebt hatte, musste er auch schon wieder weg. Es schien ihm zu gefallen, ohne dass er selbst es so genannt hätte: da zu sein und weg zugleich.

Das Telefon klingelte mit seiner seltsamen New-Age-Melodie, die Martha eingestellt hatte, zuversichtlich und beruhigend wie der Jingle einer Lebensversicherung und dadurch für Leslie heute schlecht auszuhalten. Sie wollte was rufen, da war Martha schon rangegangen.

«Martha Danowski», sagte sie mit dieser aufsässigen Fröhlichkeit, mit der sie eines Tages die Welt retten würde. Leslie musste trotz ihrer Erschöpfung ein bisschen lächeln.

«Nein, die liegt auf dem Sofa und schläft. Ich weiß nicht, ob das geht, ich schau mal.»

Sie hörte, wie Martha durchs Wohnzimmer zu ihr huschte.

«Mama, kann ich dich wecken?»

Sie streckte die Hand nach dem Hörer aus. «Klar kannst du das.»

«Da ist ein Mann, der sich unfreundlich anhört», sagte Martha mit einem Bühnenflüstern, etwa zehn Zentimeter vom Sprechende des alten Schnurlostelefons entfernt.

«Na, dann wollen wir doch mal sehen», sagte Leslie und richtete sich auf. So weh tat ihr der Kopf also im Sitzen.

«Hallo?»

«Frau Danowski?» Eine Männerstimme, die sie nicht kannte.

«Wer ist denn da?»

«Ich heiße Reinhold Leuken, ich bin ein Kollege von Ihrem Mann.»

Jetzt saß sie wirklich. Durch ihren Körper schoss dieses Gefühl, von dem sie jetzt erst, in diesem Augenblick, merkte, dass sie darauf gewartet hatte, seitdem Adam bei der Polizei war. Ein heißer Schmerz, der dadurch entstand, dass sich alles in ihr zusammenzog, gespannt, bereit. Sie schob Martha weg, die immer noch neben ihr stand.

«Ist was mit Adam?»

«Nein», sagte der Kollege, «es tut mir leid, ich wollte Sie nicht alarmieren, das heißt, also ... Es ist nichts passiert, soweit ich weiß.»

«Soweit Sie wissen?» Die Hitze und der Schmerz ließen nach, und sie spürte ihr Herz schlagen.

«Können Sie mir sagen, wo er ist?»

Leslie verstand nicht, sie verzog das Gesicht. «Wie meinen Sie das?»

Sie spürte, dass Adams Kollege zögerte, um seine Worte richtig zu wählen. «Wir haben ihn seit gestern nicht gesehen. Das heißt, er hat zwei Besprechungen verpasst. Das Auto steht noch hier, seine Sachen waren im Hotel. Wir sind ein bisschen ratlos. Haben Sie irgendeine Idee, wo er sein könnte?»

Leslie schüttelte den Kopf.

«Mama, was ist denn? Ist was mit Papa?», fragte Martha, deren Stimmung ins exakte Gegenteil gekippt war, Angst am Rande der Verzweiflung. Leslie streichelte ihren Arm und lächelte und sagte leise, dass Reinhold Leuken es nicht hören konnte: «Nein, es ist alles gut, alles in Ordnung, mit Papa ist nichts. Ein Missverständnis.»

«Frau Danowski?»

«Nein.»

«Nein?»

«Ich habe keine Ahnung.»

«Sehen Sie meine Nummer?»

«Ja.»

«Rufen Sie mich an, wenn Sie in Ruhe sprechen können.»

«Okay.» Sie beendete das Gespräch, holte seine Nummer noch mal aufs Display, notierte sie auf den Rand der Zeitung und sank ein bisschen in sich zusammen.

«Was ist denn los?», fragte Adams Vater vom Esstisch und sah über den Rand seiner Brille.

«Nichts Besonderes», sagte Leslie, die Martha inzwischen im Arm hatte, und mit den Augenbrauen und den Mundwinkeln signalisierte sie ihm: Nicht jetzt, wir reden später, es passiert gerade etwas, das ich nicht verstehe, und hoffentlich ist es keine Katastrophe.

«Bist du sicher?», fragte Adams Vater, der offenbar nicht gut darin war, alle Zeichen einer versteckten Mimikbotschaft zu lesen. «Du siehst aus, als wäre eine Katastrophe passiert.»

«Ist was mit Papa?», fragte Martha schrill, und plötzlich stand auch Stella im Wohnzimmer. «Ist Papa verletzt? Oder tot?» Das Wort hatte zwei Silben aus Marthas Mund.

«Nein.» Leslie stand auf, das Telefon in der Hand. «Euer Vater ist nicht verletzt und erst recht nicht tot. Und jetzt lasst mich kurz telefonieren.»

Sie ging in die Diele und machte die Tür zum Wohnzimmer hinter sich zu, der Fliesenboden kalt unter ihren Sockenfüßen. Dann wählte sie nicht die Nummer von Adams Kollegen, sondern aus dem Kopf die von Finzi. Und während sie die Tasten drückte, wurde ihr klar, dass Reinhold Leuken die ganze Zeit vermieden hatte, den einzigen Satz zu sagen, der sinnvoll gewesen wäre: Adam ist verschwunden.

54. Kapitel

Zwischendurch dämmerte er weg. Als er wieder aufwachte, war Imke Billings auf den Beinen. Dann konnte er das wahrscheinlich auch. Sein Kopf tat noch weh, aber er konnte sich auf den Beinen halten. Als sie merkte, dass er neben ihr stand, ging sie wieder zurück, setzte sich auf den Boden und hüllte sich bis zum Kinn in die Decke.

«Und, haben Sie einen Ausgang gefunden?»

Sie schüttelte den Kopf. «Drei. Also, es gibt offenbar eine Luke aufs Dach, aber keine Leiter. Und dort hinter der Tür vermutlich den Ausgang zum Fahrstuhl.»

«Fahranlage», sagte Danowski, der sich an die Formulierung von Sven Schlohn erinnerte.

«Keine Ahnung. Und da ist sicher auch eine Nottreppe. Aber die Türen sind verschlossen. Und da vorn hinter der runden Abdeckung …»

«Das ist die Nabe, ja», sagte Danowski. «Aber da kommen wir nicht raus.» Das klang, als würden sie überhaupt nirgendwo rauskommen.

Sie nickte. «Am besten warten wir, dass jemand uns hier findet.»

Danowski rieb sich die Arme und den Brustkorb, ein Schaudern lief durch seinen Körper. «Sie meinen, dass uns jemand vermisst, uns sucht und dann ausgerechnet auf die Idee kommt, dass wir in einer Offshore-Windkraftanlage sind.»

Sie hob die Schultern unter der Decke. «Oder dass jemand hier zufällig vorbeikommt.»

Zum ersten Mal entstand so was wie eine gewisse Nähe zwischen ihnen, weil sie beide zumindest zur gleichen Zeit zu lächeln versuchten.

«Wir könnten versuchen, hier was zu manipulieren», sagte Danowski und streifte an den Elektroschränken und Schaltelementen vorbei. Zwei davon hatten Bildschirme und rudimentäre Tastaturen. Er klapperte auf einer davon herum. Der Bildschirm wurde ein wenig heller, und in der Mitte tauchte ein Dialogfeld auf: «Enter Code». Na gut. So viel dazu. «Vielleicht wird dann ein Alarm ausgelöst oder so was. Wenn wir hier was kaputt machen.»

Sie sah zu ihm hoch, skeptisch, ob er jetzt was zerstören würde.

«Oder wir können einfach warten», sagte sie.

Danowski setzte sich wieder dahin, wo er vorhin aufgewacht war, etwa einen Meter entfernt von Imke Billings.

«Warum haben Sie Angst?», fragte er nach einer Weile.

Sie stieß die Luft durch die Nase. An ihrer Form sah er, dass sie unter der grauen Wolldecke die Knie mit den Armen umschlungen hielt.

«Wollen Sie wirklich anfangen, sein Spiel zu spielen?», fragte sie nach einer Weile.

«Was meinen Sie damit? Wessen Spiel?»

«Keine Ahnung. Aber das Spiel von dem, der hier auf den Zettel geschrieben hat, dass hier alle Antworten sind. Wenn hier die Antworten sind, dann will er, dass wir uns gegenseitig darüber ausfragen.»

«Hm. Die Frage hätte ich Ihnen aber auch so gestellt. Mit der Angst.»

«Wirklich? Liegt das nicht auf der Hand? Zwei meiner ältesten Freundinnen sind tot, und ich wache an einem fremden Ort neben einem Mann auf, den ich nicht gleich erkenne, und dann fragen Sie sich, warum ich Angst habe?»

Danowski bekam langsam Durst, aber der Gedanke, vom bereitgestellten Wasser zu trinken, war ihm immer noch zuwider. Er beugte sich vor, löste quietschend eine Flasche aus der Plastikumhüllung, studierte sie im Halbdunkel und drehte dann den offenbar nicht verletzten Schraubverschluss auf. Er trank und merkte, dass es ihm besser ging. Dann reichte er die wabblige Flasche nach rechts, ohne richtig hinzusehen. Er merkte, dass Imke Billings zögerte, aber dann nahm sie die Flasche doch, und er hörte, wie sie schluckte.

«Wer hat denn einen Grund, erst Ihre beiden Freundinnen und dann Sie zu töten?»

Sie sagte nichts.

«Also, erst mal hätte ich vielleicht gedacht, Ludger Brakel. Weil es durchaus Serientaten gibt, bei denen eine persönliche Beziehung zwischen Täter und Opfer besteht, und wenn, dann ist die Wahrscheinlichkeit groß, dass diese Beziehung in einer biographischen Verbindung begründet ist.»

Sie wartete. Und er jetzt auch. Mal sehen, ob sie das nicht doch interessant fand. «Aber?», fragte sie nach einer Weile.

«Ich dachte, Sie wollen sich nicht unterhalten?», sagte er. Einen Moment überlegte er, ob es nicht logischer wäre, sich zu duzen, aber den Gedanken verwarf er gleich wieder.

«Ich würde lieber einfach warten», sagte sie. «Bis uns jemand findet.»

«Und dann?», sagte Danowski. «Wenn wir hier wieder rauskommen, müssen wir uns sowieso unterhalten. Darüber, dass offenbar jemand glaubt, Sie hätten die Antworten auf meine Fragen, und uns hier gemeinsam einzusperren wäre der richtige Weg, damit ich diese Fragen stelle und Sie mir diese Antworten geben.»

«Ein Irrer», sagte Imke Billings.

«Oder jemand, der es gewohnt ist, sich an nicht besonders guten Ideen festzubeißen und diese dann gegen viele Widerstände und Unwahrscheinlichkeiten in die Tat umzusetzen», sagte Danowski. Er merkte, dass er jetzt langsam anfing zu zittern. Hin und wieder, alle paar Minuten, wie etwas, das durch ihn hindurchging. Das kalte Wasser hatte nicht geholfen. Aber ihm fehlte die Energie, noch einmal aufzustehen, um einen Kocher zu suchen.

«Sven Schlohn scheint ja zum Beispiel nicht so gute Ideen zu haben, an denen er lange festhält», sagte er. Es fiel ihm schwer, für jedes Wort die Zähne weit genug auseinanderzukriegen. Imke Billings reagierte nicht.

«Sie kennen Sven Schlohn», sagte er.

«Das war ein Kollege von Cori und Stephi, ja. Also, Chef.»

«Und ein Kunde bei Ihnen in der Bank.»

«Ich bin nicht im Kundendienst. Ich bin Sekretärin. Also, das nennt sich Office Management.»

«Aber Sie kennen ihn persönlich.»

«Kaum. Mehr aus Erzählungen.»

«Und als Office-Managerin hatten Sie auch mit seinen Stiftungskonten zu tun.»

«Nein, natürlich nicht. Das wäre dann ja Account-Management.»

«Und was würden Sie sagen, was ist das für ein Typ, Sven Schlohn?»

Sie schüttelte den Kopf. «Wie gesagt, wir spielen nur sein Spiel.»

«Sven Schlohns?»

«Das Spiel von wem auch immer.»

«Trauen Sie's ihm zu?»

«Was?»

«Jemanden zu töten. Zwei Frauen, um genau zu sein.»

Sie sagte nichts. Er hörte, wie sie auf dem Boden herumrutschte und in ihren Taschen herumwühlte. Es tat ihm leid um die warme Luft, die unter ihrer Decke entweichen musste.

«Suchen Sie was?»

«Meine Tabletten», sagte sie nach einer Weile, schon leicht resigniert. «Ich dachte, ich hätte noch was dabei.»

«Was Ernstes?», fragte Danowski.

«Frauenleiden», sagte sie, und er wusste nicht, ob sie sich über ihn lustig machte. Die Heftigkeit, mit der sie nach ihren Tabletten suchte, erinnerte ihn an Zeugen, die ihr Methadon suchten oder Psychopharmaka, Stimmungsaufheller, irgendwas, von dem sie überzeugt waren, ihr Seelenheil hinge davon ab. Sie sprach leise vor sich hin. Er räusperte sich. Ihre Stimmen im Raum klangen dünn und resonanzlos, wie wenn man Ohrenschützer trägt und sich selber sprechen hört. Dann hörte sie auf zu suchen und lehnte sich wieder an die Wand.

Nach einer Weile sah er aus dem Augenwinkel, dass sie die eine Seite der Decke hob.

«Hier, ich sehe doch, dass Sie zittern», sagte sie.

Er rückte näher an sie heran, fast so, dass er sie berührte, und nahm dankbar die Hälfte der Decke entgegen. Sie war gerade breit genug, dass sie beide nebeneinander darunter sitzen konnten, wenn auch nicht so bequem wie bis eben alleine.

«Und, verpassen Sie was?», fragte er nach einer Weile.

«Während wir hier eingesperrt sind? Na ja, ich würde gern anfangen, meinen Stand zu dekorieren. Fürs Wattfest. Das geht ja morgen los. Meine Sachen sind schon da, in Kartons, ich muss die nur noch aufbauen. Ich hab da eine Bude gemietet. Direkt neben dem Glühweinstand. Das ist eigentlich der beste Standort auf dem Wattfest. Da habe ich Glück gehabt.»

«Also vermisst Sie spätestens morgen jemand.»

«Ja. Vielleicht hat auch Silke Brakel ein gutes Wort für mich eingelegt. Der Stand neben dem Glühwein ist ja sehr begehrt. Aber sie kennt mich ja.»

Er verstand ihren Ton nicht, darum sagte er nur: «Sie haben den Stand mit dem Salzteig.»

«Ja. Das ist …»

«… ein sehr vielseitiges Material, ich weiß.»

«Nein, ich meine, das ist was, das mir einfach gefällt. Ich hab schon gemerkt, dass Sie das furchtbar fanden und dass das für Sie alles ein spießiger Scheiß ist.»

Danowski nickte, wie er hoffte, leicht zerknirscht. «Das wollte ich mir eigentlich nicht anmerken lassen.»

«Man merkt immer, wenn Ihr auf uns runterschaut.»

«Wir? Sie meinen, die Polizei?»

«Hm. Nein. Leute aus der Stadt.»

«In der Stadt gibt es auch Salzteig.»

«Quatsch.»

Dann schwiegen sie wieder. Nach einer Weile sagte sie: «Und was ist mit Ludger?»

«Ja», sagte Danowski. «Was ist mit Ludger?»

«Warum haben Sie ihn vorhin erwähnt und dann nach Sven Schlohn gefragt? Warum nicht nach Ludger Brakel?»

Jetzt hatte er keine Lust, darauf zu antworten. Dafür wurde er nicht schlau genug aus ihr.

«Haben Sie Angst vor Ludger?», fragte er.

Sie schwieg einen Moment. «Ludger ist Ludger. Vor Ludger hat niemand Angst. Glauben Sie, er hat uns hierher gebracht?»

«Ich denke, wir wollen das Spiel nicht spielen», sagte Danowski. Wenn man nicht mehr weiterwusste, einfach mal sagen, man würde das Spiel nicht spielen. «Seins. Oder von wem auch immer.»

«Also warten wir.»

Er nickte, aber er wusste nicht, worauf sie warteten. Auf Rettung oder darauf, dass die Bedrohung sich manifestierte und handfest wurde?

«Wir könnten uns unterhalten, über irgendwas anderes. Sie könnten mir erzählen, warum Sie Polizist geworden sind. Oder von Ihrer Familie.»

«Sie fangen an», sagte Danowski.

Sie schwieg wieder, und nach einer Weile merkte er, dass ihm wärmer wurde, und er dachte: Das war's jetzt. Von der kommt nichts mehr. Aber er hatte sich getäuscht. Es war schwierig, sie hier im Dunkeln und mit all den Hintergrundgeräuschen zu lesen.

«Warum nicht», sagte sie, und an ihrer Stimme hörte er, dass sie sich ihm zugewandt hatte. «Ich erzähle Ihnen eine Geschichte. Von früher. Eine Geschichte von drei Mädchen.»

55. Kapitel

Sandra Steckmann fing an, verstohlen in der Nase zu bohren, wie immer, wenn sie eine Situation endgültig nicht mehr einschätzen konnte.

«Ist die Vermisstenmeldung schon raus?», fragte Leuken, und sie hoffte, dass sie nicht halb so müde aussah wie er.

«Ich hab mich nicht darum gekümmert», sagte sie und tat so, als juckte es sie an der Nase und sie hätte sich dort gekratzt. «Außerdem brauche ich dir nicht zu erklären, dass wir bei einem Erwachsenen und ohne konkreten Hinweis auf eine Straftat nach zwölf Stunden, oder wie wenig das jetzt sind, sowieso keine Vermisstenfahndung machen können.»

Leuken schnaubte. «Du meinst, bei einem Polizeibeamten, der in die Ermittlungen in einem Kapitalverbrechen involviert ist? Oder besser gesagt, den du in diese Ermittlungen involviert hast?» Betonung auf du und hast.

Sandra Steckmann merkte, dass sie beide zögerten, den Parkplatz zu verlassen und ins Gebäude der Wache zu gehen, und dass sie, während sie miteinander sprachen, den Blick nicht von der Straße nahmen, als würde da jeden Augenblick Adam Danowski um die Ecke gelatscht kommen, und für alles gäbe es eine halbwegs rationale Erklärung. Latschen war das einzige Wort, das ihr einfiel für seine Art, sich durch die Gegend zu bewegen. Und weil Leuken eben nicht zu ihr guckte, popelte sie wirklich noch mal schnell in der Nase. Sie wusste, dass er einerseits recht hatte, andererseits mochte sie sich das Chaos und die Probleme nicht ausmalen, die entstehen würden, wenn sich ihre Ermittlungen im Doppelmordfall mit einer groß angelegten Vermisstensuche überlagerten.

«Die Kollegen sind informiert», sagte sie schließlich. «Und im Moment fahren wir mit Hilfe der Kräfte aus Hannover die gängigen Wege ab und suchen an den Orten, die Adam Danowski in den letzten beiden Wochen besucht hat. Das ist eher informell, aber dadurch können wir schon mal eine ganze Menge ausschließen. Und wahrscheinlich bringt das sogar was.»

«Kann sein», sagte Leuken. Ihn beschäftigte was, das merkte sie.

«Glaubst du wirklich, Adam Danowski ist ermordet worden oder verletzt oder entführt? Glaubst du nicht, dass es eine viel einfachere Erklärung gibt?»

«Und die wäre?»

«Kennst du seinen Hintergrund?», fragte sie.

«Was meinst du damit?»

«Wie man's nimmt. Adam Danowski ist psychisch labil.» Das klang fies. Sie schämte sich kurz.

«Wie bitte?»

«Er ist amtsärztlich evaluiert worden wegen mangelnder Belastbarkeit und so einer Art klinischer Überempfindlichkeit, Hypersensibilität nennt man das. Er hat ein paarmal bei Einsätzen Kollegen dadurch in Schwierigkeiten gebracht. Und er ist bekannt für Alleingänge bei Ermittlungen. Es wäre, soweit ich weiß, nicht das erste Mal, dass er einfach verschwindet.»

«Hm», machte Leuken. Das hatte er nicht gewusst. Aber sie hatte nur einen Anruf dafür gebraucht in Danowskis alter Dienststelle. Da war ein alter Kollege am

Apparat gewesen, der nicht viel zu tun hatte, aber sehr auskunftsfreudig war. Belling oder Behling oder so. Er hatte geklungen, als hätte er noch eine Rechnung offen mit Danowski. Aber das musste sie ihrem Kollegen ja nicht auch noch auf die Nase binden.

Leuken scharrte mit den Füßen im Nieselregen. «Das gefällt mir nicht. Das sind Gerüchte.»

«Vermisstensuche bedeutet immer, auf Gerüchte zu hören. Ganz ehrlich: Ich mag ihn ja sogar. Und wenn wir, weil er kurz von der Bildfläche verschwunden ist, eine Riesenfahndung ausrufen, tun wir ihm am Ende am allerwenigsten einen Gefallen. Dann kriegt er nämlich den Ärger, und wenn es da schon Präzedenzfälle gegeben hat, dann ist er den Job los.»

Leuken nickte, überzeugt mehr durch ihren Dienstgrad als ihre Argumente. Er wollte sich gerade zum Weggehen wenden, Richtung Wache, als ein Fünfer-BMW-Kombi mit leicht überhöhter Geschwindigkeit über die ansonsten schwach befahrene Hauptstraße in ihre Richtung kam, vor dem Parkplatz kaum verlangsamte, halsbrecherisch, ohne zu blinken, nach links zog, mit einem unangenehmen Stoßdämpferschlag über den Gehweg setzte und zwei, drei Meter vor ihnen auf dem Parkplatz zum Stehen kam.

Hamburger Kennzeichen.

Beide Türen ging auf, und aus der Fahrerseite stieg eine relativ junge Frau mit kurzen Haaren, die Sandra Steckmann sofort einordnen konnte an der Art, wie sie über das Autodach schaute. Aus der Beifahrerseite stieg ein großer, fast kahler Mann, zehn, fünfzehn Jahre älter als seine Begleiterin, Kapuzenpulli unter der Winterjacke, und auch er hatte diese leicht angespannte Aura und diesen ein wenig unsteten Blick. Das waren Kollegen.

Die Frau sprach zuerst. «Hauptkommissarin Jurkschat, LKA Hamburg. Stimmt es, dass Sie Adam Danowski verloren haben?»

Steckmann wandte sich langsam zu Leuken. «Wen hast du angerufen, Reinhold?»

«Eigentlich nur die Ehefrau.»

Der große Polizist kam hinter der Tür hervor, knallte sie im Gehen zu und streckte ihr die Hand hin: «Andreas Finzel, auch von der Hamburger Polizei.»

Sie drückte ihm die Hand und sagte: «Sandra Steckmann, freut mich.»

«Na», sagte der Hamburger Kollege, «mit dem Namen haben Sie auch nicht immer Freude gehabt, oder?»

56. Kapitel

Nach einer Weile merkte Danowski, dass ihr Körper sich ein ganz klein wenig mehr in seine Richtung gelehnt hatte, so, dass ihre Beine sich berührten. Das war angenehm, denn sie waren beide inzwischen getrocknet, und ihre Beine waren warm. Erst dachte er, sie wäre eingeschlafen, aber dann fing sie an zu reden.

«Wissen Sie, was das Schlimmste am Heimweh ist?», fragte sie.

Danowski überlegte. Er hatte jetzt gerade welches, darum musste er das eigentlich wissen. «Dass man es sich selber eingebrockt hat, meistens?» Er hätte einfach nach Hause fahren können, denn die Verlängerung der OFA-Anforderung hatte ja gar nicht vorgelegen. Und dann würde er jetzt in Finkenwerder auf dem Sofa liegen, statt hier mit einer fremden Frau zu frieren.

«Nein», sagte sie. «Jedenfalls ging uns das damals nicht so. Das war ja nicht unsere Entscheidung, aufs Festland zu gehen und da auf die Schule. Das war gewissermaßen ... das war vorgezeichnet, wir wussten es nur nicht. Nein, das Schlimmste am Heimweh ist, wenn andere es auch haben. Cori und Stephi ging es ja wie mir. Wir kannten jedes Büschel Hafergras und jeden Austernfischer auf der Insel, jede Muschel und jeden Augengneis.»

«Und das ist was?»

«Steine. Schwarz, dunkelgrau. Mit so rosa Flecken.»

«Augengneis.»

«Wir konnten alles auf der Insel heraufbeschwören und

uns da jederzeit reinsteigern. Wenn es nur einer von uns so gegangen wäre, hätten die anderen sie vielleicht trösten oder auf andere Gedanken bringen können, aber das ging nicht, wir hatten das immer zu dritt, wie eine Krankheit.»

Danowski dachte daran, dass er genau darüber natürlich schon in ihren Tagebüchern gelesen hatte, aber er beschloss, nichts darüber zu sagen. Wenn er im Job von irgendwas lebte, dann davon, einen Informationsvorsprung zu haben.

«Also, wir haben uns da richtig reingesteigert. Eine von uns war immer traurig, und dann haben die anderen auch damit angefangen, das ging immer im Kreis.»

«Aber irgendwann wird es besser, oder?»

«Ja, wenn man andere Sachen findet. Und wir haben was gefunden, bei den Brakels dann.»

«Die Schule spielt sicher auch eine Rolle, stelle ich mir vor», sagte Danowski, der wusste, dass das nicht stimmte. Nach dem Tod seiner Mutter hatte er von der Schule jahrelang nichts mehr wahrgenommen und trotzdem Arbeiten geschrieben und Referate gehalten und Noten gekriegt. Die Schule lenkte einen von gar nichts ab.

«Nein, da sind wir eher so mitgeschwommen», sagte Imke Billings. «Irgendwie waren wir's von diesem kleinen Leben da mit unsern Eltern auf der Insel gewöhnt, uns immer im kleinsten Kreis zu bewegen. Schwer zu beschreiben.»

Psychosozialer Nahbereich, dachte Danowski.

«Jedenfalls haben wir irgendwann Ludger entdeckt, sozusagen. Der wurde unser Projekt.»

Ihre Stimme war ziemlich gleichförmig, immer auf der gleichen Linie, wenig Dynamik, aber hier im Halbdunkel gefiel es ihm, ihr zuzuhören. Er war sich nicht sicher, weshalb sie ihm das alles erzählte, aber es entspannte und beruhigte ihn. Er hatte das Gefühl, dass er sie nur lange genug reden lassen musste, bis ihm einfallen würde, was als Nächstes zu tun war.

Weil sie schwieg, sagte er: «Also, Sie haben den sozusagen adoptiert. Und sind mit ihm tanzen gegangen und so was. Der soll ja sehr schüchtern und ein bisschen zurück gewesen sein, oder?»

Es schien, als würde sie überlegen, aber als sie sprach, war es wohl eher so, dass sie sich hatte durchringen müssen. «Haben Sie Frau Brakel kennengelernt? Silke Brakel? Seine Mutter?»

«Ja, aber nur kurz», sagte Danowski.

«Finden Sie es nicht komisch, dass er immer noch zu Hause wohnt?»

Schon. Aber wenn er ehrlich war, gehörte das für ihn auch so ein bisschen aufs Land. Die Eltern hatten halt große Häuser, und die Kinder waren nicht so beweglich, sonst wären sie ja gleich ganz weggegangen.

«Das ist ein ganz seltsames Verhältnis», sagte Imke Billings. «Ganz krank.» Das Wort schnitt durchs Halbdunkel und durchs Rauschen im Hintergrund.

«Krank.»

«Ja. Die hat ihn geschlagen, obwohl er schon zwölf oder dreizehn war. Also, nicht dass das bei kleineren Kindern okay wäre. Aber … Ich meine, es hat eine Weile gedauert, bis wir das verstanden haben. Warum er immer so geduckt und gebückt war.»

«Okay. Das ist furchtbar», sagte Danowski. Und dann, ganz der besorgte Polizist, er kannte diesen ratlos-betroffenen Tonfall von sich, wenn er nicht weiterwusste: «Konnten Sie denn mit irgendjemandem darüber reden?»

Imke Billings lachte ein bisschen, es klang flach und leer, und er erkannte das Geräusch erst mal gar nicht. «Das wäre sicher gut gewesen», sagte sie. «Aber … Also, mit den Lehrern hätten wir da nicht drüber reden können, auf die Idee wären wir gar nicht gekommen, weil … die Brakels waren ja auch Lehrer an der Schule. Und eine Krähe … Sie wissen schon.»

«Und Ihre Eltern?»

«Hm. Mir kommt es so vor, als wäre das damals … also, das ist ja erst zwanzig Jahre her. Also, als wäre das trotzdem nicht das Thema gewesen, das man automatisch mit seinen Eltern bespricht.»

«Wahrscheinlich wollten Sie Ihre Eltern auch nicht beunruhigen», sagte Danowski, immer noch in diesem ölig verbindlichen Sozialarbeiterton. «Ich meine, Ihre Eltern hatten ja wahrscheinlich sowieso schon ein schlechtes Gefühl, weil sie Sie bei relativ Fremden lassen mussten, und dann zu erzählen, dass die Mutter den Sohn …»

«Ja, das mag wohl angehen», sagte Imke Billings. «Wir haben das jedenfalls alles mit uns ausgemacht. Und wir haben so eine Art Pakt geschlossen. Dass wir für Ludger einstehen. Die drei Muskeltiere. Also, dass wir ihn beschützen.»

Danowski dachte an den Kellerraum mit den Stockbetten, den die Mädchen schwarz gestrichen hatten, eine Höhle für die Muskeltiere. Und an Ludger Brakel, ja, den konnte er sich als Geschlagenen vorstellen.

«Glauben Sie denn, dass die Mutter, Frau Brakel, ihn heute immer noch schlägt?»

«Ja, natürlich», sagte Imke Billings nüchtern.

«Jedenfalls ein ganz schön großer Plan damals», sagte er, weil er wissen wollte, wie ihre Geschichte weiterging.

«Für drei kleine Mädchen, meinen Sie?»

«Für jeden wäre das ein großer Plan gewesen. Ehrlich gesagt ist es das Schwierigste überhaupt, ein Kind, das geschlagen wird, davor zu bewahren, dass es weiter geschlagen wird. Selbst für Leute wie mich. Also, Polizei. Vielleicht vor allem für Leute wie mich.»

«Wir hatten damals eigentlich einen ganz guten Plan», sagte sie. «Also, das fing mit ganz praktischen Sachen an. Wir haben uns am Abendbrottisch so gesetzt, dass Ludger immer in unserer Mitte war. Damit sie nicht so einfach zuschlagen konnte. Da musste sie erst mal mit der Hand an Cori und mir vorbei. Zum Beispiel. Und dann, sobald wir abends weggehen durften, haben wir ihn immer mitgenommen, damit er nicht allein zu Hause ist mit den furchtbaren Eltern.»

«Hat der Vater auch geschlagen?», fragte Danowski.

«Nein», sagte Imke Billings. «Aber was noch schlimmer ist: Er hat es auch nicht verhindert. Ich glaube, er hatte selber die ganze Zeit Angst.»

Danowski nickte. «Am Ende wird er selbst geschlagen. Das wäre ein ganz gängiges Muster.»

Imke Billings schwieg, als hätte er sie rausgebracht. «Langsam kriege ich Hunger», sagte sie schließlich. Und dann: «Aber wissen Sie, was noch schlimmer als Heimweh ist?»

Danowski musste im Halbdunkel ein bisschen lächeln. Sie hatte noch immer die Liebe zum Superlativ, die ihn mehr an ein Mädchen von vierzehn, fünfzehn erinnerte als an eine erwachsene Frau. Seiner Erfahrung nach war gar nichts das Schlimmste, sondern das änderte sich immer, und wenn die Dinge schlecht standen, dann gab es keine Hierarchie des Schlimmen.

«Nein», sagte er. Durst wollte er nicht sagen.

«Im Stich gelassen werden», sagte sie. «Irgendwann haben wir Ludger im Stich gelassen. Wir konnten ihn nicht beschützen. Und seine Mutter hat ihn so geschlagen, dass er in die offene Geschirrspülmaschine gestürzt ist. Schädelhirntrauma. Danach war er nie mehr derselbe. Deshalb ist er so, wie er heute ist. Noch langsamer. Stur. Wie einer vom Schulhof. Der Unfall hat das bei Brakels immer geheißen.»

Der Unfall. «Wissen Sie, was der Anlass war?» Wie er sich immer anhörte.

«Für diesen besonders schlimmen Ausraster?», fragte Imke Billings. «Ich glaube, dass sie so lange keine Gelegenheit gehabt hatte. Und wir waren ... wir waren nicht da an dem Tag. Wir waren am Leuchtturm.»

Danowski nickte. Er hörte nicht richtig zu, das merkte er, und er kämpfte dagegen an. Für einen Moment meinte er, im Augenwinkel seine Mutter zu sehen, hier oben, in der Gondel der Windkraftanlage.

57. Kapitel

Einen halben Tag später glaubte keiner mehr, dass Danowski einfach so wieder auftauchen würde.

Anfangs hatte Finzi gezweifelt, ob es eine gute Idee war, einfach so in die Deichmarsch aufzubrechen, obwohl Adam vielleicht auch einfach nur vergessen hatte, sein Telefon aufzuladen und seinen Terminkalender durchzugeben. Loszufahren, das war Metas Idee gewesen. Ohne uns kommt der nicht klar, hatte sie gesagt. Was vielleicht stimmte, wenn man sich den letzten Fall anguckte, den Meta und Adam zusammen bearbeitet hatten und bei dem Finzi am Ende die Situation gerettet hatte. Aber dann hatte er gemerkt, dass die Soko-Leiterin hier von seinem alten Kollegen Behling gebrieft war, einem erklärten Intimfeind von Adam, der wieder alles auf dessen Schrulligkeit und Überlastung schob: Adam, der irgendwo welt- und selbstvergessen über den Deich irrte und mit den Schafen sprach oder so was. Und das hatte seinen Beschützerinstinkt geweckt. Erst recht, als Steckmann zugab, dass Adam vorige Nacht schon nicht im Hotel geschlafen hatte. Oder Sandra, wie er jetzt sagte. Er hatte erst mal dafür gesorgt, dass sie sich alle duzten, Sandra, Meta, der knurrige alte Sack Reinhold und er. Und Meta hatte vorgeschlagen, also im Grunde organisiert, dass sie so eine Art kleine Taskforce innerhalb der Soko bilden sollten: vier Leute, die nach Adam Danowski suchten, während der Rest der Soko weiter die Logistik und Auswertung der DNA-Untersuchung abwickelte. Von denen fragte eh keiner so richtig nach Adam.

Sandra Steckmann hatte ihnen den Fall und die daran beteiligten Leute erklärt. Finzi und Meta hatte vor allem interessiert, wer Adam zuletzt gesehen hatte und wo. Sandra Steckmann, vorm Haus der Familie Brakel.

Und darum saßen sie jetzt davor im Auto, nur Meta und er, die anderen beiden waren auf der Suche nach Imke Billings, einer Zeugin, die sie für bedroht hielten, weil zwei Freundinnen von ihr getötet worden waren. Finzi fand das nicht so überzeugend, aber es war ja nicht sein Fall. Sein Fall war jetzt, wenn im Hamburger Stadtpark jemand seinen Hund irgendwo hinkacken ließ, ohne gleich mit der schwarzen Knistertüte hinterher zu sein. Oder sein Fall war, wenn eine Mutti mit dem Fahrrad bei Rot über die Ampel rollte. Er wurde nur noch aktiv, wenn die Sachlage absolut klar und vor Ort von A bis Z abzuwickeln war. Das fand er gut, vor allem, wenn er sich im Vergleich diesen Scheiß hier anguckte. Zwei Tote, und alle riefen Serienmörder. Sexualverbrechen. DNA-Massentests. Furchtbares Zeug. Aber Adam hatte irgendwie eine Schwäche für so was, auch wenn er immer so tat, als wäre ihm das alles zu viel. Außerdem war es ihm unangenehm gewesen mitzuerleben, wie die Kollegin Steckmann hier den anderen Polizisten, Leuken, vor ihnen zusammengefaltet hatte, weil er diese Imke Billings nicht im Auge behalten hatte, und jetzt war sie weg. So was mochte er gar nicht. Er konnte sich noch zu gut daran erinnern, wie es war, Dinge falsch zu machen im Job.

«Na, was grübelst du?», fragte Meta, die Hand schon am Öffner der Fahrertür. Auf die Schnelle konnte er das nicht sagen. In Wahrheit versuchte er nur, sich keine Sorgen zu machen. Adam war keiner, der einfach so verschwand. Er stieg aus.

Keiner machte auf. Sie standen eine Weile unschlüssig vor der Tür mit den Kneipenfenstern, die Finzi gleich einen Phantomgeschmack von Kräuterschnaps und Rumverschnitt im Mund machten. Dabei hatte er immer am liebsten allein zu Hause getrunken. Er dachte daran, wie oft er im Laufe der Jahre mit Adam vor irgendwelchen Türen gestanden und gewartet hatte, dass einer aufmachte. Insgesamt waren es wohl Stunden, wenn nicht Tage.

Meta machte ihm ein Zeichen und ging links ums Haus herum, um in die Fenster zu sehen. Das eine oder andere Licht war an. Nicht ganz koscher, hier so durch den Vorgarten zu schleichen, aber er merkte, dass Meta das mit den Regeln und Vorschriften entspannter sah, weil sie nicht ermittelten, sondern Kollegenhilfe leisteten, die im Moment keinen offiziellen Rahmen hatte. Er drehte sich um und studierte die Einfahrt, in der nur ihr eigener Wagen stand. Den gleichen Blick hatte Adam gehabt, der schaute sich auch immer um beim Warten, Richtung Deich, und da hinten runter zum Leuchtturm, den sah man ein Stück über den grünen Rand der Welt, das Watt dahinter konnte man nur ahnen an den Flugbahnen der Möwen darüber. Sie mussten mal auf dem Deich gucken, Adam war einer, der ging auf so was spazieren.

Finzi hörte ein Geräusch hinter sich und fuhr herum. Seitdem er selbst zweimal Ziel eines Mordanschlags gewesen war, neigte er zu einer gewissen Schreckhaftigkeit, von der dann immer ein leichtes Nachflimmern blieb. Da hindurch sah er eine ältere Frau, die ihn fragend anschaute, die Lehrerin, von der Sandra Steckmann erzählt hatte.

«Frau Brakel», sagte er.

«Sind Sie gar nicht wegen dem Heizöl hier?», fragte sie.

Nein, dachte Finzi, ich bin der Klempner, ich möchte

mir mal Ihre feuchte Stelle anschauen. Das waren so die Sprüche gewesen, mit denen er Adam immer genervt hatte.

«Nein», sagte Finzi. Ich bin der Klempner. Ich möchte hier bei Ihnen ein Rohr verlegen. «Ich bin von der Polizei. Aus Hamburg. Wir sind auf der Suche nach einem Kollegen von uns, der zuletzt hier bei Ihnen war. Hauptkommissar Danowski. Ich glaube, Ihr Mann hat mit ihm gesprochen und ihm das Kellerzimmer gezeigt, in dem damals die Deichkinder gewohnt haben.»

«Leuchtturmkinder», korrigierte Silke Brakel. Finzi hörte was in ihrer Stimme, das dazu passte, wie sie aussah. Als hätte sie geweint und eine Weile gebraucht, um das wegzuwischen, bevor sie die Tür aufmachte.

«Darf ich reinkommen?», fragte Finzi.

Sie trat nicht beiseite, aber sie machte die Türöffnung auch nicht kleiner. Sie stand einfach nur da und sah zum Deich. Finzi schlüpfte an ihr vorbei. Auch ein Vorteil der Zeit mit Meta. Vor einem Jahr hätte er hier nur mit Mühe seinen Bauch durchgezwängt. Aber er vermisste alles, was er früher gern gegessen hatte. Mehr als den Alkohol. Warum dachte er jetzt daran? Weil die Frau danach roch. Es war noch nicht mal mittags. Als er in der Diele stand, sah es aus, als müsste sie sich an der Tür festhalten. Dann drehte sie sich zu ihm um, abwartend, während sie langsam die schwere Tür zufallen ließ.

«Ich habe nicht mit Kommissar Danowski gesprochen», sagte sie. «Ich weiß nicht, was Sie wollen.»

«Ist denn Ihr Mann zu Hause?»

Silke Brakel schnaufte und streifte ihn von oben bis unten mit einem langen Blick. Finzi dachte: Ich kenne diese Frau. Also, nicht persönlich. Aber ich weiß genau, was gerade in ihr vorgeht. Das ist keine Gewohnheitstrinkerin, die ist noch ganz am Anfang, aber die hat gerade was ertränkt, die hat gerade versucht, sich zu betäuben, und jetzt ist genau der Punkt, wo sie merkt, dass das zwar nicht funktioniert hat, nein, der Schmerz und alles, was an ihm hängt, ist noch da, aber es ist ihr jetzt in diesem Moment gerade egal geworden, was die anderen denken. Zum ersten Mal seit langer Zeit. Er konnte sich an das Gefühl noch ganz genau erinnern: als wenn man in einen Abgrund tritt und sich über den erfrischenden Wind beim Fallen freut.

«Ich habe keinen Mann», sagte sie. «Ich habe nur Wulf. Wulf Brakel. Pensionierter Lehrer. Und nein, Wulf Brakel ist nicht zu Hause. Wulf Brakel hilft den Landfrauen, ihren Scheiß für das Wattfest aufzubauen. Wulf Brakel hilft immer. Er würde sicher auch Ihnen gern helfen, wenn er jetzt da wäre. Also, er ist keine Hilfe. Aber er hilft gern.»

Das Wort Scheiß passte erstaunlich gut in ihren Mund, das hörte er gleich. Finzi versuchte sich zu erinnern, wie es gewesen war, wenn er sich so gefühlt hatte. Es war lange her, denn die Phase, in der er besoffen vor anderen verletzende oder exhibitionistische Vorträge gehalten hatte, war nur kurz gewesen im Vergleich zu der sehr langen, in der er heimlich auf dem Klo getrunken hatte, um ganz normal funktionieren zu können. Er entschied sich dafür, ganz neutral zu bleiben.

«Und Ihr Sohn? Ist der zu Hause?»

Sie wandte sich von ihm ab, indem sie ihr Gesicht zu Boden senkte und sich, an die Tür gelehnt, ein kleines Stück nach unten sinken ließ.

«Meinen Sie unseren Sohn oder meinen Sohn?», fragte sie. «Wir haben keinen Sohn. Und ich habe nur Ludger.» Finzi wartete, welche Beschimpfung von Ludger Brakel sich daran anschließen würde, aber es kam keine. Nach zwei, drei Atemzügen richtete Silke Brakel sich wieder auf und sagte stattdessen: «Ich habe nur Ludger. Und ich weiß gar nicht, wer das ist.»

Und dann, bevor Finzi auch nur einen Schritt in ihre Richtung machen konnte, drehte sie sich zur Tür, holte aus und schlug mit ihrer Faust durch eine der hellbraun getönten Butzenscheiben. Die Scheibe splitterte nicht beim ersten Mal, aber Silke Brakel war so stark oder so wütend, dass sie es schaffte, sich aus Finzis Umklammerung zu entwinden und ein zweites Mal ins Glas zu schlagen. Beim Zurückziehen schnitt sie sich den Unterarm der Länge nach auf, augenblicklich waren sie, Finzi und die Diele voller Blut, nicht buchstäblich, aber Blut, fand Finzi, war mit einem Mal das vorherrschende Element, so wie es bis eben Verzweiflung gewesen war.

Meta war besser in der Erstversorgung als er, obwohl er häufiger als sie irgendwelche Leute vom Asphalt kratzen musste, die sich was aufgeschlagen oder aufgeschnitten hatten. Sie war gerade wieder vor der Tür und rannte jetzt zum Auto, um den Notfallkoffer zu holen. Silke Brakel war, kontrolliert von Finzi, zu Boden gesunken und starrte an die Decke. Schock. Als Meta ihren Arm versorgte, öffnete sie vorsichtig die Hand, die Silke Brakel zur Faust geballt hatte. Darin war ein Zettel, voller Blut, das schnell braun wurde auf dem Papier, und undeutlich zu lesen etwas in Kinderschrift:

Mama, ich geb die Probe nicht ab. Aber es ist alles anders, als ihr dann denkt. Bitte such mich nicht.
Ludger

58. Kapitel

Er wachte davon auf, dass ihn jemand am Arm rüttelte. Sein erster Gedanke war: Wo bin ich?, sein zweiter: Wir sind gerettet. Aber dann machte er die Augen auf.

Imke Billings beugte sich über ihn. Danowski tat der Schädel weh, wie von einem Kater. Alle Reste des Betäubungsmittels waren offenbar abgebaut, denn er fühlte sich übertrieben wach. Ein Zustand, der überschätzt wurde.

«Wir haben ein Problem», zischte Billings leise, als könnte ihnen jemand zuhören.

Danowski richtete sich auf. Der Rücken tat ihm weh, er hatte in schlechtem Winkel gegen die Wand des Elektroschranks gedöst. Außerdem hatte er Hunger. Und er musste pinkeln. Wenn er ehrlich war, fühlte er sich wie immer beim Aufwachen.

«Ich weiß», sagte er. «Wir sind in einer Windkraftanlagengondel über dem Meer gefangen.»

Imke Billings schüttelte wild den Kopf, seiner tat ihm schon vom Anblick noch mehr weh.

«Wenn Sie das offensichtliche Problem meinen, dass wir irgendwann auf die Toilette müssen», sagte Danowski, «dann steht da vorn ein Eimer. Den ich im Übrigen gleich benutzen werde. Vielleicht möchten Sie zuerst. Wir können ihn dann ja abdecken. Mit irgendwas. Es wird uns später als besonders demütigendes Detail unserer Gefangenschaft in Erinnerung bleiben, aber wir müssen ja niemandem davon erzählen.»

Billings packte ihn an den Oberarmen, durch den Stoff seiner Kleidung waren ihre Finger schmerzhaft kräftig. Vielleicht vom vielen Salzteigkneten.

«Ich brauche meine Medikamente», sagte sie. «Ich hab eigentlich immer welche in der Tasche. Aber jetzt hab ich keine dabei. Die hat mir jemand weggenommen.»

Danowski richtete sich endgültig auf. «Was für Medikamente?», fragte er. «Haben Sie Diabetes oder so was? Insulin?»

Sie sah ihn an nach dem Motto: Schöner Versuch, mein Freundchen, aber da musst du früher aufstehen. Als wären sie hier im Boulevardtheater. Danowski kam da irgendwie nicht ganz mit.

«Wollen wir eigentlich du sagen?», fragte sie plötzlich, ließ ihn los und hielt ihm die Hand hin, übertrieben gerade. «Wenn wir jetzt hier schon zusammen eingesperrt sind? Und wer weiß, für wie lange?»

Danowski nahm ihre Hand und beschloss, sie erst mal nicht wieder loszulassen. Er hatte ein paar Fragen, und dafür war es gut, sein Gegenüber zu irritieren.

«Was für Medikamente?», fragte er noch mal.

«Brauche ich dir nicht zu sagen. Arztgeheimnis.»

Na gut. Er vermutete was in Richtung Psychopharmaka: eine relativ junge Frau, die allein in einem Fertighaus Salzteig machte, um ihn auf einem Wattfest zu verkaufen, das reichte eigentlich schon.

«Das Problem ist», sagte sie, «dass ich die sowieso nicht so regelmäßig nehme, wie ich müsste. Und jetzt.» Sie seufzte ein bisschen theatralisch. «Jetzt wäre so langsam der Moment, wo ich echt mal wieder müsste. Verstehst du?»

Danowski nickte. Er musste jetzt wirklich auf die Toilette, aber erst hatte er noch eine Frage, weil er hoffte, dass sie damit gerade nicht rechnete.

«Worüber hast du mit Ludger gestritten, als ich euch auf dem Weg zum Leuchtturm gesehen habe?»

Sie sah ihn an, und da erst merkte er, dass es das erste Mal war, seit er wieder aufgewacht war. Vorher hatte sie in seine Richtung geblickt, sie hatte markiert, aber jetzt sah sie ihn wirklich.

«Er macht mir immer noch Vorwürfe», sagte sie. «Weil wir ihm damals nicht geholfen haben.»

Danowski nickte, weil er ihr nicht glaubte. «Und warum bist du weggelaufen, als ich gerufen habe?»

Sie zog die Mundwinkel nach unten. Ach, so lange her, die einen sagen so, die anderen sagen so. Dann: «Ich laufe immer weg, wenn jemand was von mir will.» Fing sie jetzt an zu flirten? Danowski zog die Augenbrauen hoch. Dann ging er pinkeln. Unvermittelt, weil er das Gefühl hatte, sie höchstens durch möglichst erratisches Verhalten noch weiter aus der Reserve locken zu können. Aus dem Augenwinkel sah er, wie sie den Kopf abwandte. Er war es nicht mehr gewöhnt, im Stehen Wasser zu lassen. Es plätscherte billig im Plastikeimer. Dann durchsuchte er die Spinde nach was zum Zudecken. Er fand ein Ringbuch mit Bedienungsanweisungen. Erst mal prüfte er die gängigen Stellen, Seitenränder, Einbandkanten, Rückseite, nach einem notierten Passwort für das Steuerungssystem, fand keins, dann deckte er damit den Eimer zu. Je mehr er tat, desto weniger kalt war ihm. Seitdem sie einander duzten und sie angefangen hatte, auf ihn als Laien leicht manisch zu wirken, war ihm der Gedanke unangenehm, mit ihr unter einer Decke zu sitzen. Also bewegte er sich weiter durch den kleinen Raum, keine anderthalb Meter breit zwischen den Einbauten, in der Länge dort, wo er ihnen zugänglich war, vielleicht acht Schritte. Sie saß etwa zwei vorm hinteren Ende, also blieben ihm fünf große oder sechs mittlere, um ein bisschen hin- und herzulaufen. Dann nahm er den noch verschweißten Campingkocher heraus, den er im Spind gesehen hatte.

Danowski schwenkte ihn und die blaue Tüte mit vegetarischer Notfallration wie die Miracoli-Mutter und sagte: «Mittagessen? Oder Abendessen? Zweites Frühstück? Keine Ahnung.»

Imke Billings schüttelte den Kopf. «Davon esse ich gar nichts. Das ist alles vergiftet.»

Danowski kniete sich hin und fing an, sich am Kocher zu schaffen zu machen. «Sollten Sie aber. Du. Gerade ohne Medikamente.»

Imke Billings legte den Kopf auf die Arme, die sie über den Knien verschränkt hatte. «Essen hält Leib und Seele zusammen», sagte sie. «Haben die Brakels früher auch immer gesagt. Und wenn's Fisch gab: Wer Kopf und Schwanz kriegt, hat kein Glück, am besten ist das Mittelstück. Und wir haben alle immer gekichert. Wegen Schwanz.»

Danowski setzte sich auf den Hintern, fand einen Energieriegel in der blauen Tüte und verlor seinen Enthusiasmus für das Projekt Campingkocher. Der Riegel schmeckte, als wäre ein Sack Nüsse im Kuhstall verbrannt.

Bevor er was Überraschendes in Sachen Schwanz fragen konnte, sagte Imke Billings: «Du bist dran.»

Danowski kaute. Das wurde immer mehr im Mund. Gut, hatte man länger davon. «Womit?»

«Mit was erzählen. Vorhin hab ich ja.»

«Und was soll ich erzählen?»

«Wie ich. Eine Geschichte über Freundschaft.»

Danowski biss wieder ab, obwohl er noch was im Mund hatte. Um Zeit zu gewinnen. Was wusste er über Freundschaft. Finzi, den könnte er auch mal wieder anrufen. Aber was redete man dann, wenn man andere anrief, mit denen man nicht den Tag oder die Arbeit regeln musste. Hey, was macht dein Fahrrad? Wieder heil. Ja, gut. Okay. Na dann. Er war einfach nicht gut in so was. Vor zwei Jahren, als Finzi ein paar Wochen bei ihnen gewohnt hatte, weil im Pflegeheim jemand versucht hatte, ihn umzubringen: Das war gut gewesen. Einfach was zusammen machen, und wenn's nur wohnen war. Statt immer nur zu reden. Und wenn er ehrlich war, glaubte er nicht, dass es Finzi viel anders ging. Was immer der gerade auch machte: Unwahrscheinlich, dass er dabei an Adam Danowski dachte, dachte Adam Danowski.

«Nicht so mein Thema», sagte er.

«Dann was anderes», sagte Imke Billings mit Nachdruck in der Stimme, als hinge davon was ab. Und vielleicht hatte sie sogar recht. Vielleicht konnte sie sich so davon ablenken, dass sie ihre Medikamente nicht hatte. Oder die Zeit rumbringen, bis einem von ihnen etwas einfiel zur nachhaltigen Verbesserung ihrer Situation. «Was Trauriges. Über Verzweiflung.»

Hm. «Wäre es nicht … also, schöner, so zur Aufheiterung oder so, wenn ich was Lustiges erzähle? Ich könnte von allerhand Missgeschicken …»

«Nein, das passt nicht. Die Sachen müssen ja zusammenpassen. Ich hab ja auch was Trauriges erzählt.»

Danowski ging weiter. Er hatte eine körperliche Erinnerung daran, wie in den letzten Tagen beim Rumlaufen immer wieder seine Mutter am Rande seines Gesichtsfelds aufgetaucht war. Bis sie sich ein zweites Mal aus seinem Leben entfernt hatte.

Nein, dachte er, beim zweiten Mal, das war ich.

«Leben deine Eltern noch?», fragte er.

Sie fixierte ihn einen Moment und schien zu überlegen, ob sie diesen Regelverstoß dulden sollte. «Nein», sagte sie schließlich.

«Warum?», fragte Danowski, weil ihm das leichter über die Lippen ging, als nach ihren Todesursachen zu fragen.

«Vater Auto, Mutter Herz», sagte Imke Billings, als fasste sie damit gängige Enden ländlicher Lebensläufe zusammen.

«Bisschen ausführlicher?»

Sie schüttelte den Kopf.

«Meine Mutter ist tot», sagte Danowski.

«Das ist traurig», sagte sie. «Aber normal.» Es reichte ihr noch nicht.

«Ich hab sie ein paarmal gesehen. Seitdem», sagte Danowski. Dann dachte er: eine Frau, der offenbar ihre Psychopharmaka fehlen. Die sich seltsam verhält, und man weiß nicht, ob sie gleich in Panik gerät, in Gelächter ausbricht oder in eine Depression fällt. Vielleicht keine gute Idee, der so was ausgesprochen Verrücktes zu erzählen.

Oder gerade.

«Das kenne ich», sagte Imke Billings. «Also, ich würde nicht sagen, dass es normal ist. Aber es passiert halt. Dass die Toten nicht loslassen können und unter den Lebenden sind.»

Das hörte sich für ihn nach Halloween an und ein bisschen aufgesagt.

«Hm, nicht loslassen können. Nein, ich glaube, das war

was anderes», sagte er. «Also, nicht dass meine Mutter nicht loslassen konnte. Sondern ich.»

«Oder so», sagte sie.

«Weil ich zwölf war und nicht verstanden habe, dass sie plötzlich weg war. Also, ich habe mir nicht erlaubt, darüber nachzudenken. Getrauert habe ich. Aber nicht versucht zu verstehen, was wirklich passiert ist. Weil – und du hattest mich ja nach Verzweiflung gefragt –, weil es zu schmerzhaft gewesen wäre.»

«Ihr Tod? Dass sie weg war?», fragte Imke Billings.

«Nein. Mir einzugestehen, dass sie sich umgebracht hat.» Er wunderte sich, wie viel er von sich erzählte. Aber es beruhigte ihn auf seltsame Weise, sich selbst darüber reden zu hören. Und er hatte das Gefühl, dass er bei Imke Billings etwas auslösen musste, dass sie mehr zu erzählen hatte über Ludger Brakel, sich und die anderen beiden Frauen, wenn er nur den richtigen Schlüssel fand. Im Moment probierte er gewissermaßen das ganze Bund aus, einen nach dem anderen.

Er blieb stehen und drehte sich um. Sie sah ihn an, als hätte sie ihre Gesichtszüge gerade wieder unter Kontrolle gebracht.

«Das ist furchtbar», sagte sie.

«Dass sie sich umgebracht hat?», fragte Danowski. «Klar. Und damals hätte ich es nicht verstanden, darum war es womöglich gut, dass ich es nicht sehen wollte. Heute weiß ich, dass Leute sich umbringen, weil sie depressiv sind und weil sie eine verzerrte Wahrnehmung der Wirklichkeit haben, nicht weil sie sich einer Verantwortung entziehen wollen. Heute verstehe ich das. Denke ich. Damals hätte ich es nicht verstanden. Also war es vielleicht …»

«Nein», unterbrach sie ihn. «Das meine ich nicht. Nicht sich umbringen. Sondern jemanden zurücklassen, der das nicht aushält. Das ist furchtbar.»

Danowski hielt inne und fragte sich, ob sie womöglich recht hatte. Dann rieb er sich die Stirn. Was sie gesagt hatte, klang tiefsinnig, war aber bedeutungslos, unpraktisch, wie ein yogaklamottenfarbener Sinnspruch im Facebook-Profil einer ehemaligen Mitschülerin, die auch ihre Kuchen fotografierte. Dann meinte er, eine Bewegung oder einen Reflex am Rande seines Gesichtsfelds zu sehen, und ohne es zu wollen, fuhr er herum. Ihm war, als stünde seine Mutter dort am anderen Ende der Gondel, die Körperhaltung vorwurfsvoll: Ihr redet über mich, hinter meinem Rücken?

Als er fokussierte, war sie verschwunden, aber die Bewegung blieb. Die Abdeckung des kleinen Wartungsraums vor der Rotornabe bewegte sich kaum merklich. Für den Bruchteil einer Sekunde dachte er, ob da jemand versuchte, zu ihnen einzudringen, und plötzlich schien ihm ihr Gefängnis wie ein Schutzraum, den es zu verteidigen galt. All das merkte er zuerst daran, dass seine Nackenhaare sich aufstellten und er Gänsehaut am ganzen Körper bekam. Dann verstand er: Die Abdeckung vibrierte, weil sich dahinter etwas in Bewegung gesetzt hatte.

Alle Antworten sind hier, dachte er. Aber das war nur eine Behauptung. Die er am besten überprüfen konnte, wenn es ihnen gelang, sich von hier zu befreien.

59. Kapitel

Sandra Steckmann betrachtete den Hamburger Polizisten Andreas Finzel, der sich ihr als Finzi vorgestellt hatte, weil er angeblich Italiener war, wofür sie aber keine Hinweise fand. Egal. Jedenfalls sah sie ihn mit einer Gefühlsmischung an, die viel Dankbarkeit enthielt und so viel Erleichterung, dass sie ihn am liebsten geküsst hätte. Wenn dessen knopfäugige Kollegin nicht so streng geguckt hätte. Die hatten sich zwar nicht als Paar vorgestellt, aber das brauchte Steckmann nicht ausbuchstabiert, dafür hatte sie einen Riecher.

«Ludger Brakel», sagte sie, fast andächtig, und es war ihr egal, dass Reinhold Leuken den Kopf wiegte, bedauernd, wenn nicht pietätvoll. Also doch einer von hier, was für ein Scheiß.

«Ja, dass Ludger Brakel gar nicht der leibliche Sohn seines Vaters ist, ändert natürlich die ganze Einschätzung der bereits vorliegenden DNA-Analyse von Wulf Brakel», sagte Meta Jurkschat, als hätte sie den Fall von Anfang an begleitet. «Klar, dass ihr bisher davon ausgegangen seid, dass auch Ludger entlastet ist, wenn schon die DNA seines Vaters so krasse Unterschiede zur bei den Opfern gefundenen aufweist, aber …»

«Wir haben einen Verdächtigen, der sich der DNA-Probe entzieht und der sich schriftlich im Grunde genommen selbst bezichtigt hat», unterbrach Sandra Steckmann. «So traurig das auch ist. Ist die Fahndung raus, Reinhold?»

«Längst passiert», sagte Leuken.

So traurig das auch war, sie war erleichtert. Weil Sven Schlohn aus der Sache raus war. Das mussten sie jetzt nur noch pro forma weiterverfolgen.

«Und was ist mit Sven Schlohn?», fragte Reinhold, mehr unflexibel als fähig, ihre Gedanken zu lesen. «Ich meine, ich hab mir ziemlich den Arsch aufgerissen, um an den Namen von dem Informanten zu kommen. Sternberg von der Raiffeisen. Mit dem sollten wir jetzt mal reden und dann Sven Schlohn konfrontieren.»

«Ja», sagte sie, und der grau-beige Konferenzraum kam ihr leuchtend und frei vor wie eine Almwiese im Sonnenschein, sie atmete die verbrauchte Luft wie ein Elixier der Freiheit, Frühling im November, denn sie war noch mal aus der Schlinge geschlüpft. Sie dachte immer an die Berge, wenn sie an Freiheit dachte, nie ans Meer. Denn die Berge kannte sie kaum.

«Darum kümmern wir uns. Du und ich.» Sie wandte sich an die beiden Hamburger. «Ihr habt ja so einen guten Draht zu Silke Brakel, redet doch bitte noch mal in Ruhe mit der, vielleicht erzählt sie euch, wo Ludger sein könnte.» Auch dafür war sie dankbar: ihrer alten Lehrerin jetzt nicht gleich unter die Augen treten zu müssen. Wo es jetzt darum ging, dass ihr Sohn als Mordverdächtiger gesucht wurde.

«Ich bin nicht sicher, ob Silke Brakel noch viel erzählen wird, wenn sie wieder nüchtern ist», sagte Meta Jurkschat. Finzi neben ihr bewegte nicht das Gesicht. Sandra Steckmann fand, dass in seinem Blick eine gewisse Erschöpfung und Mitleid lag. Er hatte immer noch Blut am Hemd. «Und es bleibt natürlich die Frage nach dem Motiv», sagte Jurkschat.

«Schüchterner Junge wächst unter einem Dach mit drei

jungen Mädchen auf, die ihn später schneiden, jahrelang, und dann entwickelt er eine fixe Idee, eine Besessenheit, und beschließt, sich zu rächen», sagte sie und fand, dass es grausam klang. Sie musste aufpassen, dass man ihr nicht anmerkte, wie sehr sie mit ihrer eigenen Erleichterung beschäftigt war. «Das ist natürlich reine Spekulation.»

Meta Jurkschat nickte. «Ja. Aber es wäre eine ziemlich typische Vergewaltiger-Motivation.»

Im Auto fragte sie Reinhold, woher er den Namen Sternberg hatte, woher er wusste, dass der darüber redete, wie bei der Raiffeisen Geld verschoben wurde.

Reinhold sah aus dem Fenster in den Regen und sagte: «Ehrlich gesagt musste ich mich dafür verprügeln lassen.»

«Okay.» Reinholds Geschichten fingen manchmal umständlich an und lösten sich dann am Ende in Wohlgefallen auf, da brauchte man mitunter ein bisschen Geduld, das wusste sie.

«Also, nicht direkt. Aber sagen wir mal, ich musste was einstecken. Zuhälter aus Bremerhaven hat mich umgehauen, und eine gemeinsame Bekannte hat davon erfahren und dann angerufen, um mich zu trösten. Und dann hat sie mir das erzählt.»

«Eine gemeinsame Bekannte.»

«Ja. Nadine halt.»

«Ich merke, dass wir uns lange nicht mehr privat unterhalten haben.»

«Hat sich so ergeben.»

«Und machst du weiter?»

«Mit Nadine? Natürlich nicht. Die ist eh abgehauen.»

«Ich werde das nie verstehen.»

«Was.»

«Warum Männer zu Prostituierten gehen.»

«Wirklich nicht, Sandra?»

Sie schwieg und fuhr und merkte, dass sie keine Lust hatte, jetzt ihre Affären gegen Reinhold Leukens Nuttenbesuche aufrechnen zu lassen. Nicht mal dass er vorsichtiger sein sollte, konnte sie ihm sagen.

Dummerweise erwartete sie Klaus Sternberg, Filialleiter der Raiffeisenbank in Friederikenburg. Was man daran merkte, dass sein Anwalt mit am Tisch saß. Niemand, den Sandra Steckmann kannte, der Visitenkarte nach einer aus Bremen. Ganz was Feines. Und dementsprechend verlief dann auch ihr Gespräch.

Klaus Sternberg, wenig Haare, wenig Kinn, aber auch wenig Bauch und wenig Schnickschnack, eigentlich fast ein bisschen ihr Typ, legte den Kopf schief, als wollte er ihr besonders gut zuhören. Dabei antwortete nur sein Anwalt, dunkelblauer Zweireiher und das dazu passende Gesicht.

«Mein Mandant hat keinerlei private Kenntnisse über die Finanzgeschäfte von Sven Schlohn oder über die Kontobewegungen der Bürgerstiftung Silventius-Park.»

«Ach, das Private können wir gern außen vor lassen», sagte Sandra Steckmann. «Eine geschäftliche Einschätzung würde uns schon reichen.»

«Dafür», sagte der Anwalt, und sie wusste natürlich, dass sie ihm den Ball zugespielt hatte, «müssten Sie dann wiederum die entsprechenden Schriftstücke vorlegen. Was Sie, soweit ich sehe, im Moment nicht können und, soweit ich vermute, auch demnächst nicht tun werden, da die Verdachtsmomente nicht ausreichen, um gegen meinen Mandaten die entsprechenden Gerichtsbeschlüsse zu erwirken.»

Klaus Sternberg hielt weiter den Kopf schräg und schaute fast bedauernd.

«Bei Nadine warst du aber gesprächiger», sagte Reinhold Leuken grob, und für einen Moment flatterte Sternbergs Gesicht, als wäre Wind über eine Plane geweht.

«Ich weiß nicht, worauf Sie anspielen, aber Ihr Ton ist unangebracht.» Der Anwalt.

«Wären Sie so nett», wechselte Sandra Steckmann das Thema und die Taktik, weil man damit immer was erreichen konnte, auch wenn man nicht wusste, was, «uns mal die Frau Billings herzuholen? Imke Billings? Mit der würden wir uns auch gern ein bisschen unterhalten. Wir haben sie zu Hause verpasst, aber ihr Wagen steht unten auf dem Parkplatz.»

Sternberg und sein Anwalt tauschten einen etwas ratlosen Blick. Bevor sie was einwenden konnten, sagte Steckmann: «Frau Billings ist nicht zu Hause, aber wir möchten sie als Zeugin in der Mordsache Karlsson und Rother befragen. Dafür», ein Seitenblick auf den Anwalt, «brauchen wir keine Schriftstücke.»

Klaus Sternberg hob an zu sprechen, und als der Anwalt ihn hindern wollte, winkte er ab. «Frau Billings ist seit zwei Tagen nicht zur Arbeit gekommen.»

Steckmann merkte, wie Leuken neben ihr auf dem Stuhl unruhig wurde. «Ihr Auto steht draußen», sagte sie.

«Ja, seit zwei Tagen», sagte Sternberg.

«Und das kommt Ihnen gar nicht komisch vor?», fragte Leuken.

Sternberg schüttelte den Kopf. «Sie arbeitet nur 20 Stunden die Woche und teilt sich das, soweit ich informiert bin, relativ flexibel ein. Die Schreibarbeiten, die sie macht, sind auch nicht gerade termingebunden. Und wenn sie sich um so Sponsoringsachen kümmert wie jetzt mit dem Wattfest, also, da habe ich auch keinen genauen Überblick.»

Sandra Steckmann merkte, wie die Erleichterung darüber verflog, dass sie einen anderen Tatverdächtigen als Sven Schlohn hatten, und wie sie stattdessen unruhig wurde: Wo war Imke Billings? Was hatte ihr Verschwinden mit dem von Adam Danowski zu tun? Was war jetzt alles zu tun? Der einfachste Gedanke kam ihr zuerst: Imke Billings war auch tot, und Adam Danowski hatte den Täter, den sie für sich immer noch nicht so ganz und gar Ludger nennen wollte, überrascht oder etwas Vergleichbares, und dann hatte der Täter ihn auch geschädigt. Ein anderes Wort fiel ihr gerade nicht ein.

«Was wusste Imke Billings über die Finanzgeschäfte von Sven Schlohn?», fragte Reinhold Leuken in einem trockenen, leicht aggressiven Tonfall, als hätten sie die ganze Zeit über nichts anderes geredet.

Klaus Sternberg hielt wieder den Kopf schief, und der Anwalt im Zweireiher winkte ab: schöner Versuch.

«Merkst du selbst, ne?»

Sie nickte. Ja, jetzt mussten sie zu Sven Schlohn.

«Könntest ihn ja anrufen.»

«Versuche ich ja die ganze Zeit. Der geht nicht ran. Und bei der Silventia sagen sie, er hat Urlaub genommen. Bis Freitag. Will das Wattfest nicht verpassen.»

«Lass mich mal fahren. Du hältst dich ein bisschen im Hintergrund.»

Als sie vor der Tür von Sven Schlohn standen und das große alte Niedersachsenhaus, einen Tick zu aufwendig hergerichtet, keinen Eindruck auf sie machte als den, dass sie hier nicht hingehörte, hatte sie unmittelbare, unverdünnte Angst. Das Gefühl war ihr ganz fremd. Was wusste denn Ilona, die Frau von Sven Schlohn, die sie vom Schulhof und vom vorletzten Elternabend kannte? Alles oder nichts oder irgendwas dazwischen.

Dann zum zweiten Mal an diesem Tag unfassbare Erleichterung. Sie fand, dass sie sich an das Gefühl gewöhnen könnte. Erleichterung, weil die Miene von Ilona Schlohn sich aufhellte, als sie sie vor der Tür erkannte. Noch bevor die Sorge kam: Warum Polizei?

«Es ist nichts passiert, Frau Schlohn», sagte Reinhold gleich, «wir würden nur gern mit Ihrem Mann sprechen. Noch mal wegen der ganzen Sachen, die uns hier seit Wochen beschäftigen. Können Sie sich ja vorstellen. Die beiden toten Frauen, die bei der Silventia arbeiteten.»

Da ging die Tür unbewusst wieder ein Stück zu, das merkte Steckmann. «Also, Sven hat seine Probe längst abgegeben», sagte Ilona Schlohn. «Wenn es das ist.»

«Nein, nein», sagte Reinhold Leuken, «wir wollten uns nur ein paar Sachen erklären lassen, für die uns der Sachverstand fehlt. Corinna Karlsson hat ja auch für diese Bürgerstiftung gearbeitet, und da ist uns einfach die Funktionsweise nicht klar, also, wie das genau läuft mit dem ganzen Geld.»

Ilona Schlohn schnaubte ein bisschen, ein kleines, elegantes Reiterstiefel- und Steppwesten-Schnauben, das Sandra Steckmann von den Frauen aus dem Ort kannte, die sich vielleicht nicht für was Besseres, aber für was anderes hielten. «Das Scheißgeld», sagte Ilona Schlohn leise.

«Ja, ich hasse diesen ganzen Papierkram auch», sagte Reinhold, jovialer denn je.

Ilona Schlohn sah zu ihm auf. «Ja, nein. Ist ja auch egal. Sven ist gar nicht da. Der hat Urlaub.»

«Ist er verreist?», fragte Reinhold Leuken.

«Nein», sagte Ilona Schlohn. «Nicht direkt. Er ist ein paar Tage mit dem Boot rausgefahren. Den Kopf freikriegen. Jetzt, wo der Sturm sich wieder verzogen hat. Richtung offene See.»

60. Kapitel

«Ich glaube, dass der Rotor angefangen hat, sich zu drehen. Also, die Windkraftanlage ist aktiviert worden. Das heißt, wir könnten versuchen, sie zu deaktivieren, um dadurch auf uns aufmerksam zu machen oder so was.»

Danowski tigerte durch den Raum und fragte sich, wie weit sie schon ins Wochenende vorgedrungen waren. Durchs Dösen zwischendurch, von dem er nicht wusste, ob es vielleicht doch echter Schlaf war, und durch das gleichmäßige Rauschen fuhr er fort, jedes Zeitgefühl zu verlieren. Er wusste nicht, ob er redete, um sich wachzuhalten oder um sich zu beruhigen. Imke Billings, der es vorhin oder neulich oder gestern noch ums Duzen und Geschichtenerzählen gegangen war, saß in der Ecke und schwieg, keine Ahnung, ob sie nachdachte, ihm folgte oder in einer ganz anderen Welt war.

«Aber dafür müssten wir die Abdeckung von der Nabe lösen», sagte Danowski und legte noch mal seine Hand darauf. Doch, die bewegte sich, die vibrierte, vielleicht vom Wind, der von außen an der Gondel rüttelte, oder eben von der Drehbewegung des Rotors. «Und dafür bräuchten wir Werkzeug. Spezialwerkzeug. Was ja andererseits hier irgendwo sein muss. Wo, wenn nicht hier.»

Imke Billings hielt sich jetzt den Bauch, und er sah, dass sie angefangen hatte, sich vor- und zurückzuwiegen. Danowski dachte langsam, dass es vielleicht einfacher gewesen wäre, hier oben allein zu sein. Es schien ihm, als müsste er für sie mitdenken, sie mitreißen, ihm bei der

Suche nach einem Ausweg zu helfen. Dabei war sie es, die Medikamente brauchte.

«Ist doch sowieso zwecklos», sagte sie schließlich.

«Mit dem Werkzeug?», fragte Danowski. «Ach, ich kenn das von zu Hause. Man denkt, man hat schon alles durchsucht, und so viele Orte gibt es gar nicht, wo der Schlüssel oder die Brieftasche liegen könnte, und am Ende hat man dann einfach was übersehen und …»

«Und selbst wenn. Wie willst du den Rotor anhalten? Das klingt irre.»

Danowski hob die Schultern. «Keine Ahnung. Aber man kann sich das ja mal angucken. Vielleicht kann man da was blockieren. Da muss es ja so Bolzen geben, irgendwas, womit die Sicherheitsstellung fixiert wird oder so …»

«Du hast keine Ahnung, wovon du sprichst», sagte sie, und das Du klang viel fremder aus ihrem Mund als damals das Sie, als sie einander Geschichten erzählt hatten.

«Das stimmt zwar», sagte Danowski, «aber ich weiß, dass ich hier nicht einfach rumsitzen kann.»

«Warum eigentlich nicht?», fragte sie.

Danowski fuhr mit den Fingern die Kanten eines stählernen Materialschranks ab, der mit einem Sicherheitsschloss abgesperrt war. Ja, warum eigentlich nicht. Vielleicht hatte sie gar nicht so unrecht. Aber ihre Passivität reizte ihn. Es war, als bliebe ihm hier gar keine andere Rolle als die, Aktivitäten zu entwickeln und zu versuchen, ihre Situation zu ändern. Die Kanten waren scharf und seine Finger schon wund vom Suchen nach einer winzigen Öffnung, einer Unebenheit, die er hätte vergrößern können. Aber womit auch. Er hatte nicht mal mehr einen Gürtel, und wenn er stand, musste er sich alle paar Minuten die Hose hochziehen.

Warum wollte er eigentlich nicht tatenlos rumsitzen. Die Frage war ja berechtigt. War das nicht immer so was wie ein Traum von ihm gewesen: tatenlos rumsitzen?

«Na ja», sagte er. «Also, man muss doch was tun.»

«Muss man?», fragte Imke Billings.

«Ich wüsste zum Beispiel gern, wo wir sind. Also, ich würde das gern sehen können. Es macht mich wahnsinnig, dass es hier kein Fenster gibt», sagte Danowski.

«Das sieht doch alles gleich aus da draußen», sagte sie. «Kennst du ein Windrad, kennst du alle Windräder. Und drum herum die Nordsee.»

«Die sieht doch immer anders aus», sagte Danowski und ließ vom Materialschrank ab. «Habt ihr nicht irgendwie hundert Wörter für die Meeresoberfläche oder so, wie die Eskimos für Schnee? Wobei, man sagt ja nicht mehr Eskimos, und das mit dem Schnee stimmt auch nicht. Man kann nur irgendwie nicht verhindern, dass einem das immer wieder einfällt.» Es faszinierte ihn ein wenig, wie seine Stimme auf dem Weg zu Imke Billings immer wieder vom schmalen, engen Raum verschluckt zu werden schien, darum konnte er, wenn er einmal angefangen hatte, kaum aufhören zu reden.

«Quatsch. Eskimos», sagte Imke Billings. «Hundert verschiedene Wörter für Grau vielleicht.»

«Wieso Grau?»

«Wenn die Touristen kommen, die sagen immer, ja, da ist das Watt, toll, das sieht doch immer gleich aus. Aber das stimmt gar nicht. Das …» Sie brach ab, als hätte sie das Interesse an ihrem eigenen Thema verloren.

«Ich würd jedenfalls gern mal rausgucken», sagte Danowski nach einer Weile. «Nur mal den Kopf rausstecken. Frische Luft atmen.» Das hörte sich wirklich gut an. Was sie hier drin vor sich hin atmeten, schien ihm ebenso kalt wie verbraucht, eine furchtbare Mischung.

Imke Billings drehte den Kopf zur Seite, wo die verschlossene Tür Richtung Fahranlage war. «Selbst wenn wir die aufkriegen, und dann gibt es eine Notleiter, oder wir kriegen den Fahrstuhl in Gang, und unten kriegen wir die nächste Tür auf: Dann stehen wir drei Meter über dem Wasser oder so auf einer schmalen Anlegerplattform. Und dann sind wir froh, wenn wir wieder drin sind.»

«Eben», sagte Danowski. «Ich wär vielleicht einfach gern froh, wieder drin zu sein. Im Moment bin ich nämlich nicht froh, drin zu sein.»

Er holte den Campingkocher aus dem Schrank, um ihn als Tritt zu benutzen, weil er nicht bis ganz an die Decke des Maschinenraums reichte. Die Leiter, für die es Halterungen an der Wand gab und mit der man die Luke auf die Oberseite der Gondel leicht hätte erreichen können, hatte jemand weggenommen. Der Verschluss der Luke war mit einem Kipphebel gesichert, es gab kein Schloss.

«Wenn ich dich da hochhebe, kannst du das aufmachen», sagte Danowski und stieg vom ächzenden Alukocher.

«Kann sein», sagte Imke Billings. «Aber was meinst du, warum die Leiter weg ist?»

«Damit wir hier nicht durch die Luke abhauen?»

Sie schnaufte. «Quatsch. Wie willst du denn vom Dach einer Windkraftanlagengondel abhauen? Wegfliegen?»

Danowski rieb sich das Kinn. Der Nacken fing an, ihm wehzutun, also hörte er auf, nach oben zu gucken. Er hatte einfach die Vorstellung, dass man, wenn es irgendwo eine Öffnung gab, auch rauskam. Es war ein Instinkt. Aber sie hatte natürlich recht.

«Die Leiter ist weg, um uns zu schützen», sagte Imke Billings. «Wenn man ohne Ausrüstung und unangeseilt rausgeht, landet man sofort im Meer.»

Danowski nickte. Alle Antworten sind hier.

«Gut», sagte er und setzte sich wieder auf seinen Platz neben sie. «Reden wir noch mal über Ludger.»

Sie reagierte nicht.

«Einmal habt ihr ihn ja ausgeschlossen», sagte Danowski.

Immer noch nichts.

«Ich war oben auf dem Leuchtturm. Nachdem wir Stephanie Rother dort gefunden hatten. Viele Graffiti und so. Und eins ist mir natürlich aufgefallen: Imke plus Cori plus Stephi, habt ihr da geschrieben, und dann noch ein Plus hinter Stephi, aber den letzten Namen habt ihr weggelassen, also Ludger, als ob er euch doch nicht so wichtig gewesen wäre. Oder als hättet ihr ihn aufgegeben.»

Er meinte, dass sich die Atmosphäre rechts von ihm verändert hatte. Als er in ihre Richtung sah, starrte Imke Billings ihn an. Helle Augen, klar und seltsam trocken.

Nach einer Weile sagte sie: «Das bedeutet was ganz, ganz anderes. Das hat mit Ludger gar nichts zu tun.» Dann drehte sie sich weg.

61. Kapitel

«Küstenwache? Könnt ihr vergessen.»

Reinhold hatte ihnen vorhin den besten Döner der Stadt gezeigt und dabei für Finzis Geschmack ein bisschen zu ausführlich erzählt, wie er einen Zuhälter zusammengeschlagen hatte. Meta hatte richtig aufgehört zu essen dabei, den Falafel weggelegt und dann gesagt: «Mag ja sein, dass das jemand war, der sich nach Paragraph 181a strafbar gemacht hat, aber der hat auch Rechte, weißt du.» Und Reinhold Leuken hatte Finzi angeschaut nach dem Motto: Wie ist die Alte denn drauf? Aber Finzi hatte Meta kurz auf die Schläfe geküsst, sodass man in Reinhold Leukens Blick lesen konnte, dass er, Finzi, unterm Pantoffel stand oder wie immer man das hier an der Küste nannte, unterm Gummistiefel oder was, und dann hatte Finzi gesagt: «Das Schlimme ist, die Kollegin Jurkschat hat eigentlich immer recht, da kann man sich kaum gegen wehren.» Und seitdem fand Reinhold Leuken all ihre Vorschläge dumm. Wie jetzt gerade den, Sven Schlohn in seiner Segelyacht von der Küstenwache auftreiben und an Land bringen zu lassen.

«Da gibt's doch gar keine rechtliche Grundlage für», sagte Leuken.

«Weil ihr's nicht schafft, genug Verdachtsmomente für einen Haftbefehl gegen den zusammenzukriegen», stichelte Finzi ein bisschen. Inzwischen saßen sie wieder im Konferenzraum, aber den Dönergeruch hatten sie mitgeschleppt.

«Wir könnten ihn zumindest orten lassen», sagte Sandra Steckmann. «Um die Jahreszeit muss er sich eh ganz nah an der Küste halten. Wahrscheinlich liegt er in irgendeinem Hafen oder sitzt auf Juist in der Spelunke oder so was.»

«Du hast doch gute Verbindungen zur Küstenwache», sagte Reinhold Leuken zu ihr. Es klang ein bisschen hämisch, fand Finzi. «Die könnten ihn inoffiziell ein bisschen in die Mangel nehmen, ihm erklären, dass er sich durch eine schnelle Rückkehr und indem er sich hier auf dem Kommissariat meldet, das Leben leichter machen kann.»

«Oder wir schwindeln», sagte Meta.

«Ach nee», sagte Reinhold Leuken, «jetzt plötzlich.» Als wäre das dasselbe, wie einen Zeugen zu verprügeln.

«Die könnten eine Unwetterwarnung an alle Freizeitboote rausgeben, die auf dem Wasser sind, mit der Anweisung, ihren Standort durchzugeben und den nächsten Hafen anzulaufen. Alle, die's nicht betrifft, kriegen eine Entwarnung, das können ja nicht viele sein um diese Jahreszeit, und Sven Schlohn empfangen wir, wenn er einläuft», sagte Meta. «Oder ihr.»

Finzi grinste ein bisschen in sich rein. Er hatte ein paar Monate gebraucht, um zu erkennen, was das für ein Gefühl war. Anfangs hatte er es für einen leichten Alkoholflashback gehalten, so, als würde sein Körper beim Dünnerwerden die letzten Alkreserven aus den Fettzellen abbauen, aber das war, physiologisch gesehen, natürlich Unsinn. Dann dachte er, vielleicht leichtes Fieber, es ging ja immer was rum. Aber inzwischen wusste er, dass es sich so anfühlte, wenn man sich über jemanden freute. Das Wort stolz mochte er gar nicht.

«Ist eine gute Idee», sagte Sandra Steckmann. Leuken

rieb sich die Stirn und machte was mit seinen Lippen: Na ja, mal sehen. «Aber das machen wir dann.»

«Gut», sagte Finzi. «Ich würde gern noch mal mit Silke Brakel reden. Heute Morgen war sie nicht ansprechbar. Ich glaube einfach nicht, dass sie nicht weiß, wo Ludger ist.»

Sandra Steckmann, die selbst die Fahnung nach Ludger Brakel eingeleitet hatte, sah plötzlich aus, als hätte sie auf was Schlechtes gebissen.

«Scheiße», sagte sie. Finzi dachte erst, es wäre was mit Silke Brakel passiert und sie hätte vergessen, es ihnen im Laufe des Vormittags zu erzählen, aber das war's nicht. Sie sah plötzlich wahnsinnig erschöpft aus, und er hatte den Eindruck, dass allein eine gewisse bodenständige Abneigung gegen jede Form von Theatralik sie daran hinderte, den Kopf in die Hände sinken zu lassen.

«Schaut mal im Ferienpark da hinterm Deich. ‹Nordsee 2000› oder wie der heißt.»

«3000», korrigierte Leuken.

«Wo?», fragte Meta.

Sandra Steckmann schrieb was auf ihren Notizblock, riss die Seite raus und schob sie Meta über den Tisch.

«Da.»

«Warum?», fragte Meta.

«Weil», sagte Sandra Steckmann, «ich Ludger da letzte Woche gesehen habe.»

Im Auto fragte Meta: «Machst du dir eigentlich Sorgen? Um Adam?»

Finzi überlegte. «Weiß ich nicht.»

Meta knetete beim Fahren das Lenkrad, aber eher gedankenverloren als angespannt. «Ich schon», sagte sie schließlich. «Ich meine, ich war mit ihm vor zwei Jahren unter Beschuss. Wir haben buchstäblich im Kreuzfeuer zweier Kiezbanden gelegen, mit …»

«Ich weiß», sagte Finzi, der das gar nicht gern hörte.

«Und dann hab ich zugeschaut, wie er unter der Elbe stecken geblieben ist. Ganz zu schweigen davon, dass am Ende fast ein Hubschrauber auf uns gelandet wäre und ich meine Schusswaffe …»

«Ist gut.»

«Aber … diesmal fühlt sich das anders an. Ich hab ein ganz ungutes Gefühl.»

«Kein Wunder», sagte Finzi. «Du bist ja auch nicht bei ihm, um ihn zu beschützen.»

Dann stiegen sie aus. Silke Brakel hatte bestätigt, dass Ludger sich im Ferienpark aufgehalten hatte. Und sie hatte ihnen erzählt, was sie dort gesucht hatte, als sie in sein Quartier eingedrungen war: Dinge aus der Vergangenheit, die Ludger von zu Hause mitgenommen hatte. Was, konnte sie nicht genau beschreiben, altes Zeug von den drei Leuchtturmkindern. Aber wenn Ludger es versteckte, dann musste es wichtig sein. Dann musste es etwas zu tun haben mit den Morden an Corinna Karlsson und Stephanie Rother. Und vielleicht an Imke Billings, dachte Finzi düster.

Ein paar Kollegen aus Friederikenburg waren vorgefahren und hatte eine provisorische Spurensicherung gemacht: die aufgebrochene Tür, Gouda, Margarine und Weißbrotscheiben im Kühlschrank, das Bett ungemacht, aber keine Tasche, keine Kleidung, kein in irgendeiner Weise interessantes Material.

Finzi atmete den Geruch nach Ferienwohnung im Winter, schimmelig, schwiemelig, von allen guten Geistern verlassen, und es erinnerte ihn daran, wie seine Wohnung in Hammerbrook gerochen hatte, als er nach einem halben Jahr im Pflegeheim zurückgekehrt war.

Auf dem Esstisch lag ein weinroter Plastikordner, A4, den Finzi erst für das Gästebuch hielt. Was für den Stier das rote Tuch, ist für uns das Gästebuch, dachte er nebenhin. Aber auf dem Deckel stand in Goldprägung und entsprechender Schrift «Zeugnisse». Er zog die Gummihandschuhe an, die ihm die Kollegin an der Tür gegeben hatte, und schlug den Ordner auf. Zeugnisse in Klarsichthüllen, ein bisschen starr und klebrig geworden von den Jahren. Das erste von vor fast dreißig Jahren, mit vergilbten Aufklebern und Lachgesichtern, die man damals noch Smileys und nicht Emoticons genannt hatte: *Ludger Brakel, 1. Klasse. Wir freuen uns, dass du da bist. Aber es wäre schön, wenn du die Klasse mehr an deinen Gedanken teilhaben lässt*. Und so weiter. Der Schmus, den sie einem da reinschrieben.

Meta stellte sich neben ihn. «Was ist das?»

«Alte Zeugnisse. Von Ludger Brakel.»

Sie sah ihm über die Schulter, und nach drei weiteren Seiten übernahm sie das Blättern. Und das Lesen. Oder, besser gesagt, das Verstehen.

«Nein», sagte sie nach einer Weile. «Das ist so was wie eine Selbstauskunft.»

«Weil Ludger das hierhin gelegt hat, damit wir oder jemand wie wir es findet?» Je länger er sie kannte, desto schneller kam er mit. Immerhin.

«Vielleicht. Hier.» Sie zeigte auf die letzten Zeugnisse: Technikerausbildung, Ingenieurstudium, Zusatzschulungen. Alle mit besten Noten. Da war bei jemandem der Knoten geplatzt, dem mittendrin (Meta blätterte in die neunziger Jahre, kurz vor der mittleren Reife) Lernschwächen attestiert worden waren und der gefördert und betreut worden war, wie auf zwei Zeugnissen von vor zwanzig Jahren vermerkt war. Finzi hatte ein bisschen Probleme, den Überblick zu behalten. Es fiel ihm leichter, sich mit Akten und Schriftstücken zu beschäftigen, wenn er es in seinem eigenen Tempo tat, in seinem eigenen Keller.

Meta blätterte hin und her, und schließlich fasste sie zusammen: «Ein schüchterner, stiller Grundschüler, der zunehmend Probleme bekommt. Immense Fehlzeiten in der neunten, zehnten Klasse, danach Förderung und ein mäßiger Abschluss, der, ehrlich gesagt, wie geschenkt aussieht, vielleicht weil seine Eltern auch Lehrer waren. Und dann ein paar Jahre Pause, in denen er offenbar sein Talent entdeckt hat, vielleicht sogar so was wie eine Inselbegabung für alles, was mit Technik zu tun hat.»

Inselbegabung, fand Finzi, klang wie Leuchtturmkinder. «Du meinst, das war ein ängstliches Kind, und Mitte der Neunziger ist was vorgefallen», sagte er. Sie nickte.

«Das nennt man Pubertät», sagte Finzi.

«Vielleicht.»

Bevor er weiter darüber nachdenken konnte, klingelte sein Telefon. Sandra Steckmann.

«So», sagte sie ohne Begrüßung, «wir haben das extrem beschleunigt in Bremen, die haben die entsprechenden Geräte, und die DNA-Proben, die wir von Ludger Brakels Zahnbürste und Kamm genommen haben, waren gut.»

«Und?», fragte Finzi. Meta steckte ihren Kopf zu seinem, um mitzuhören, und er spürte ihr kurzes Haar an der Wange.

«Die haben ein Rapid-DNA-Profiling gemacht, erstes Match. Dann die gründlichere Analyse, zweite Stufe: das gleiche Ergebnis. Jetzt machen sie quantitative PCR, dann STR-Multiplex-PCR, vielleicht noch kapillarelektrophoretische Auftrennung und …»

«Also war er's», unterbrach Finzi.

«Ja», sagte Sandra Steckmann. «Oder sagen wir: Das Sperma, das wir bei Corinna Karlsson und Stephanie Rother gefunden haben, stammt mit absoluter Sicherheit von Ludger Brakel.»

Als das Gespräch vorbei war, hatte Finzi irgendwie das Gefühl, die Mordfälle seien geklärt, und das sei im Prinzip ein Grund zur Freude. Aber Adam war immer noch weg.

«Na gut», sagte Meta. «Aber warum verwendet jemand, der ein hervorragender Ingenieur ist, kein Kondom, wenn er jemanden vergewaltigt?»

Finzi nahm noch mal die Zeugnismappe und fand, was er suchte.

«Hier», sagte er. «Neunte Klasse. Mangelnde Impulskontrolle.»

Meta nickte. Aber sie wirkte nicht überzeugt.

62. Kapitel

«Was?», fragte Danowski. «Was bedeutet das?»

Die Pausen, in denen sie nichts gesagt hatte, waren immer länger geworden. Anfangs schien es ihm fast, als würde sie nach einem Weg suchen, ihm etwas zu erklären, oder einfach die passenden Worte, hundert Wörter für Grau, aber dann merkte er, dass sie wegdriftete.

Nach einer Weile legte sie sich schräg in den Gang zwischen den Elektroschränken, der nicht breit genug war, um sich darin auszustrecken, und etwas an der Art, wie sie sich bewegte, erschreckte ihn. Sie legte sich hin wie ein krankes Tier, resigniert, in Erwartung von etwas Unabwendbarem.

Danowski legte sich neben sie. Nicht auf Tuchfühlung, aber sein Instinkt sagte ihm, dass hier irgendwas Animalisches ablief und dass es vielleicht gut wäre, wenn sie einfach seine Nähe spürte, die Anwesenheit einer weiteren Kreatur, der es nicht gleichgültig war, was mit ihr passierte. Er sah ihre Hand, die sie neben ihrem Kopf hatte, wie um sich jederzeit schützen zu können, mit kurzen Nägeln, schmucklos, die Hände von jemandem, der damit arbeitete. Er dachte an das Schwarze unter den Fingernägeln seiner Frau, das er mehr liebte als fast alles andere auf der Welt, weil es zeigte, dass seine Frau lebte und in der Welt unterwegs war und dass dieses Leben Spuren hinterließ, das Schwarze unter den Fingernägeln seiner Frau schien ihm jetzt, wo er immer mehr Mühe hatte, sich zu konzentrieren, wie ein Sieg der Lebensspuren über die Vergänglichkeit, eine Art Ewigkeit für jeden Tag. Er stellte sich Leslies Hände vor, und dann wurden sie in seiner Vorstellung überblendet von denen von Imke Billings, und vor seinem inneren Auge entstand ein Bild, wie Imke Billings «Imke + Cori + Stephi +» auf den Fenstersims des Leuchtturms schrieb.

Danowski schlug die Augen auf. Nein, das passte nicht, das war nicht ihre Schrift. Und dann wurde ihm plötzlich klar, dass er die Pluszeichen missverstanden hatte: Das waren Kreuze. Und Ludger fehlte da gar nicht, da war keine Leerstelle hinter dem letzten Plus, sondern es bedeutete Imke tot, Cori tot, Stephi tot. Und zwar, wenn er an den Verwitterungsgrad dachte, schon seit vielen, vielen Jahren.

Eine jahrzehntealte Todesdrohung im Leuchtturm. Von Ludger Brakel an die drei Mädchen, von denen Imke selber sagte, dass sie ihn im Stich gelassen hatten.

Danowski wollte Imke Billings anfassen, um sie auf sich aufmerksam zu machen und mit ihr zu reden, aber er ließ die Hand wieder sinken und drehte sich von ihr weg. Warum sollte er ihr Angst machen. Oder noch mehr Angst, als sie wahrscheinlich sowieso schon hatte. Das Bodenmetall war kalt unter seinem Körper und an seiner Wange, er hatte nicht die Kraft, sich aufzurichten. Müde starrte er vor sich hin. Wann würde Ludger Brakel kommen, um was mit ihnen zu tun? Ludger, der als Ingenieur und Techniker durchaus die Mittel und Wege hatte, um ihn und Imke Billings hier auf die Windkraftanlage zu verfrachten. Mit einem Komplizen? Danowski merkte, dass er den Gedanken bisher verdrängt hatte und dass er ihm jetzt keine Erleichterung verschaffte. Vielleicht.

Seinem Vater? War vor zwanzig Jahren in der Familie

der Brakels mit den Leuchtturmkindern noch mehr vorgefallen? Im Keller, der Gruft, wie Wulf Brakel gesagt hatte?

Oder mit Sven Schlohn? Hatte der einen alten Hass von Ludger Brakel wieder anfachen können, damit Ludger Brakel ihm half, ein paar Frauen aus der Welt zu schaffen, die alle auf ihre Weise mit der Silventia zu tun hatten und mit dem, was Reinhold Leuken vor zwei Tagen oder so als «die Geldsache» bezeichnet hatte?

«Ich muss mal», sagte Imke Billings und stand abrupt auf. Sie stieg über ihn hinweg, und Danowski wurde aus seinen Überlegungen gerissen. Er atmete tief ein, die Luft metallisch, elektrisch und schal, und bevor er den Kopf vom Boden hob, wurde sein Blick scharf, und er sah, dass unter dem verschlossenen Materialschrank etwas lag.

Während Imke Billings ihm den Rücken zuwandte und er hörte, dass sie in der letzten Zeit wenig getrunken hatte, streckte Danowski sich aus und klemmte seine Finger und so viel von seiner Hand wie möglich in den etwa drei Zentimeter hohen Raum unter dem Materialschrank. Eine weitere Tüte, und sofort dachte er an die, die er im Hotel bekommen hatte und nach der er Imke Billings noch nicht gefragt hatte.

Er bekam ein Ende zu fassen und zog, was unter dem Schrank war, heraus. Wieder Edeka. Und als Danowski mit spitzen Fingern vorsichtig die Öffnung auseinanderzog, selbst in seiner misslichen Lage bemüht, keine Spuren zu beschädigen, wurde ihm klar, dass «Alle Antworten sind hier» sich womöglich nicht auf Imke Billings bezog, sondern auf diesen weiteren Schwung alter Aufzeichnungen, die hier im Raum versteckt waren.

63. Kapitel

Sie standen im Yachthafen am Steg und beobachteten, wie das Segelboot von Sven Schlohn unter dem niedrigen Himmel eine klare, keilförmige Spur durchs metallfarbene Wasser zog. Auf sie zu, noch etwa hundert Meter entfernt. Finzi hörte den Außenbordmotor und seinen eigenen Atem. Er war besorgt.

Nachdem Sandra Steckmann sie angerufen hatte, um ihnen zu sagen, dass die Küstenwache Sven Schlohn aufgetrieben hatte und er innerhalb der nächsten Stunde im Yachthafen einlaufen würde, hatte es noch einen zweiten Anruf gegeben, von Reinhold Leuken. Die Kollegen aus Bremen, die sie bei der Suche nach Adam Danowski und Imke Billings unterstützten, hatten die Handydaten der beiden ausgewertet. Oder zumindest das, was sie in der kurzen Zeit von den Telefonanbietern bekommen hatten. Die Spur beider Telefone verlor sich in etwa um die gleiche Zeit vor mittlerweile fast zwei Tagen, und zwar hinter der Küstenlinie.

«Wieso hinter der Küstenlinie», hatte Finzi gesagt, «das verstehe ich nicht.»

«Na ja, irgendwann ist Schluss mit den Sendenmasten.» Leuken, lakonisch. «Im Watt gibt's keine. Und auf dem Meer verlierst du irgendwann den Kontakt.»

Hätte er Leslie anrufen sollen? Und ihr sagen, dass die Spur von Adam sich zusammen mit der einer Frau, die die Kollegen im aktuellen Mordfall für gefährdet hielten, im offenen Meer verlor? Wasser hat keine Balken, und was

Finzis Mutter früher sonst noch gesagt hatte. Nein, Leslie musste er noch früh genug anrufen.

Denn wie war Adam aufs Meer gekommen? Mit einem Schiff oder einem Boot, wohl kaum geschwommen. Und wer kam da gerade mit einem Schiff vom Meer? Ein Typ, den Finzi noch nicht kannte, aber der Geld verschoben hatte. Wovon möglicherweise die verschwundene Frau und vielleicht die beiden Toten gewusst hatten. Eine relativ überzeugende Motivlage: Geld und Vertuschung. Andererseits hatte der Typ, Sven Schlohn, ein Alibi. Von seiner Frau. Aber er hatte ein Boot. Und Finzi fragte sich in banger Erwartung, ob sie an Bord des Schiffes Spuren von Adam und der verschwundenen Frau finden würden. Es hatte ein bisschen gedauert, bis er Sandra Steckmann von dieser Logik überzeugt hatte. Aber am Ende war es ihm gelungen. Weshalb jetzt hinter ihnen am Steg-Ende ein Bully von der Kriminaltechnik wartete.

Hoffentlich brauchen wir den nicht, dachte Finzi. Oder ist das so eine Geschichte, wo man einfach zwei Leichen an Bord findet, Adam und die Frau, Imke Billings, und einen völlig überforderten Täter, der nicht mal mehr die Kraft und den Plan gehabt hatte, sie im Meer zu versenken? Hatte er alles schon erlebt.

Im Auto hierher, allein mit Meta, hatte sie ihm erklärt, warum Sandra Steckmann so seltsam war und warum sie sie dabeihaben wollte, aber anscheinend irgendwie auch wieder nicht, jetzt, wenn Sven Schlohn anlegte.

«Die haben eine Affäre», hatte Meta gesagt. «Zumindest gehabt.»

«Wer hat dir das denn erzählt?»

«Sie selbst. Damit wir nicht die Einzigen sind, die keine Ahnung haben.»

Na gut. Er spannte den Rücken und beobachtete Meta, Steckmann und Leuken, während ein malerisch zerzauster, normalerweise aber wohl recht glatter, wenn nicht gelackter Sven Schlohn seine Yacht längsseits vor ihnen anlegte. Keiner hatte Blickkontakt, keiner sagte was, auch Sven Schlohn nicht. Bis er das Boot vertäut hatte und über die Bordwand auf den Steg trat.

«Großes Empfangskommando für eine Unwetterwarnung», sagte er resigniert. «Und ganz schön glattes Wasser.»

«Die Ruhe vor dem Sturm», sagte Sandra Steckmann mit Spurenelementen von Ironie in der Stimme.

«Hab ich sowieso nicht geglaubt», sagte Sven Schlohn. «Aber mir ist schon klar, dass ich nicht ewig da draußen rumkreuzen kann, um den Kopf freizukriegen.»

«Das heißt, du hast ihn jetzt freigekriegt», sagte Steckmann. Finzi merkte, dass Meta und Leuken genau wie er selbst das Gefühl hatten, hier erst mal nur Publikum zu sein, vielleicht sogar nur Kulisse, für zwei, die untereinander was auszumachen hatten.

«Schon, ja.»

«Und mit welchem Ergebnis?»

«Ich hab meinen Anwalt angerufen. Der kommt aber aus Hannover. Jetzt möchte ich erst mal nach Hause.»

Sandra Steckmann griff in ihren grauen, abgeriebenen Anorak und zog ein gefaltetes Schriftstück heraus, das augenblicklich nass wurde, weil es wieder angefangen hatte zu nieseln.

«Wir suchen zwei vermisste Personen, die möglicherweise auf See verschwunden sind und die mit den Anschuldigungen zu tun haben könnten, die gegen dich erhoben werden könnten.»

«Das klingt recht vage», sagte Schlohn und nickte dem Papier zu, sodass Steckmann es wieder einpackte.

«Für den Richter hat's gereicht. Bei Booten sind die nicht so.»

Schlohn nickte wieder, und Finzi fand, dass er gleichgültig wirkte. So, als wären sie auf der falschen Fährte. Wenn das stimmte, war er erleichtert und enttäuscht zugleich, wenn sie von Adam und Imke Billings keine Spur an Bord finden würden.

«Glaubst du nicht, dass du ein bisschen zu eng mit all diesen Problemen zu tun hattest, um mir Vorwürfe zu machen?», sagte Sven Schlohn zu Sandra Steckmann und deutete mit den Augenbrauen Richtung Finzi, Jurkschat und Leuken. Kleine Drohung. Guck mal, wie die hier alle stehen und wie die sich dafür interessieren würden, was ich über uns zu erzählen habe.

«Die wissen Bescheid», sagte Sandra Steckmann. «Und das sind auch keine Vorwürfe. Eher Ärger bei der Arbeit, wenn man so will.»

Sven Schlohn nickte. «Na gut», sagte er. «Bin ich festgenommen oder so was?»

«Nein», sagte Steckmann. «Aber halt dich zur Verfügung. Damit wir mögliche Ergebnisse der Untersuchung deines Bootes mit dir besprechen können. Ob und welche Anschuldigungen erhoben werden, sehen wir dann. Oder du erzählst einfach selbst mal was. Darüber, wie du mit Corinna Karlsson Geld verschoben hast.»

Sven Schlohn nickte, betont gelassen. «Die Details sind für Laien vielleicht ein bisschen schwer zu verstehen. Und das Geld ist ja in dem Sinne auch nicht weg. Aber ich greife vor, sage ich mal. Ich würde wirklich lieber auf den Anwalt warten.»

In diesem Moment klingelte ein Telefon, und alle griffen sich an die Hüfte oder die Brust. Aber es war bei Sven Schlohn.

«Ah, endlich wieder Netz», sagte er, fast leichthin, drehte ihnen den Rücken zu und ging ran. Offenbar sprach er mit seiner Frau, er hatte diesen produziert liebenswürdigen, in Wahrheit aber ungeduldigen und zutiefst erschöpften Ton, den Finzi bei Paaren hasste und der einer der Hauptgründe war, warum er sich jahrelang davor gefürchtet hatte, wieder Teil eines Paares zu werden. Wann würde es bei ihm und Meta so klingen?

«Nein, nein. Ich bin jetzt zurück. Ja, am Yachthafen. Nein, Schatz, ich habe nichts gefangen.»

Finzi registrierte, wie Reinhold Leuken die Kollegin Steckmann am Arm nahm, sie ein wenig beiseitezog und ihr etwas in die Kapuze flüsterte. Und dann vor allem, wie entsetzt Sandra Steckmann für eine Sekunde guckte. Und wie sie sich nach einer weiteren wegdrehte, aber sachte nickend.

Leuken ließ ihren Arm los, und in der Bewegung strich er ein bisschen darüber, das wird schon, und obwohl Finzi ihn miesepetrig und stinkstiefelig fand, sah das schön aus, nach alter Verbundenheit. Leuken stellte sich zu Schlohn und streckte die Hand nach dem Telefon aus.

«Was?», fragte Leuken und hielt das Sprech-Ende zu.

«Kann ich mal kurz mit Ihrer Frau sprechen?»

«Wieso das denn?»

«Ist nur gerade eine Gelegenheit. Eine Aussage von ihr überprüfen.»

Sven Schlohn schien nicht undankbar, einen Grund zu haben, den ehelichen Austausch beenden zu können, aber sobald er Leuken das Telefon gegeben hatte, sah Finzi Reue auf seinem Gesicht.

«Frau Schlohn», sagte Leuken und wandte sich Richtung Meer, aber mit einer Theaterstimme, die sie gut hören konnten. «Ganz kurze Frage nur, und vielleicht noch was Unangenehmes, was wir besprechen müssen. Wir gehen hier, weil jetzt noch eine Frau verschwunden ist, die möglicherweise Opfer des gleichen Täters werden könnte, der Corinna Karlsson und Stephanie Rother getötet hat, also, wir gehen alle Aussagen noch mal durch. Sie haben ja gesagt, dass Ihr Mann im fraglichen Zeitraum, den ich neulich beschrieben habe, bei Ihnen zu Hause war und dass Sie ein Brettspiel … ja, soll ich Ihnen noch mal genau … Also, das war der … Gut, brauche ich nicht. Sie sind da sicher.»

Sven Schlohn schüttelte ein bisschen den Kopf: Alles Schikane, mich kriegt ihr nicht so leicht weichgekocht. Ich hab vielleicht Ärger wegen Geld, aber das ist dann auch alles, und Ärger mit Geld, dafür gibt es Anwälte.

Reinhold Leuken räusperte sich, jetzt noch ein bisschen theatralischer. «Ja, und dann noch eine Sache, die ich Ihnen gern sagen würde, also, einfach, weil es unschön wäre, wenn Sie das irgendwann von anderer Seite erfahren, so was geht ja schnell rum hier. Meine Kollegin, Hauptkommissarin Steckmann, die Sie … ja, kennen Sie, genau … also, das ist für mich auch unangenehm, das jetzt so zu sagen, aber Frau Steckmann hat zu Protokoll gegeben, dass sie ein Verhältnis mit Ihrem Mann hatte, also, ja, mit Sven Schlohn. Das ist jetzt hier aktenkundig, das berührt leider auch die aktuellen Ermittlungen. Wie gesagt, nicht dass Sie das …»

Sandra Steckmann stand mit völlig unbewegtem Gesicht da, wie jemand, der zusieht, wie ein Urteil vollstreckt wird, das er gegen sich selbst verhängt hat. Meta schien irgendwie protestieren zu wollen, aber Finzi legte ihr die Hand auf die Schulter. Er hatte das Gefühl, dass die Kollegen wussten, was sie taten. Und dass es unangenehm war und unfair, aber einen Zweck hatte, den er ahnte. Sven Schlohn aber warf sich mit einem Schritt auf Reinhold Leuken, und jetzt erst wurde so richtig der Unterschied in Masse und Breite der beiden deutlich. Schlohn versuchte, Leuken das Telefon zu entwinden, aber der hielt ihn mühelos mit dem anderen Arm auf Abstand, bis Schlohn nur noch was von «Das ist mein Eigentum, geben Sie das zurück!» rief.

«Ja, es tut mir leid», sagte Leuken ins Telefon. Und nach einer Weile, in der er nur zugehört hatte, sagte er: «Gut, aber das müssen Sie wissen. Nein, das war kein Meineid, also, wie das am Ende juristisch bewertet wird, kann ich Ihnen jetzt nicht im Detail sagen, aber Sie sind ja nicht vereidigt worden oder so was, also insofern …» Dann hörte er wieder zu. Schließlich: «Und da sind Sie sich sicher? Eben nicht. Gut. Okay. Und mit wem war das? Das wissen Sie ganz bestimmt? Den Namen könnten Sie nicht, aber … Okay. Ein Techniker von der Silventia. Schön. Und würden Sie aufs Kommissariat kommen, um das schriftlich … Gut, klar, wenn die Kollegin Steckmann nicht … Ja. Nein, ich glaube nicht, dass ich ihr das ausrichten werde. Oder, gut, vielleicht doch.»

Als Leuken fertig war, warf er Schlohn das Telefon zu. Der verpasste es knapp, es rutschte an ihm ab, fiel auf den Steg, halb stürzte er, halb bückte er sich hinterher, jedenfalls sah es würdelos aus, und für einen Moment reckte er ihnen den Hintern entgegen. Als er wieder hochkam, sagte

Leuken, ein bisschen rot im Gesicht, der war es nicht gewohnt, einen heroischen Augenblick zu haben: «So, Herr Schlohn, Ihre Frau hat im Rahmen einer routinemäßigen Aussageüberprüfung Angaben zu Ihrem Aufenthaltsort im vermuteten Tatzeitraum der Tötungsdelikte Karlsson und Rother geändert, und zwar dahingehend, dass sie sich nicht sicher ist. Außerdem hat sie ihre Aussagen zum Tatumfeld dahingehend ergänzt, dass sie Sie vor einigen Tagen in aggressiver Beratung mit einem Techniker der Silventia abends vor Ihrem Haus beobachtet hat. Hierzu wird sie sich im Laufe des Tages auf dem Kommissariat detaillierter äußern.» Er warf Steckmann einen Blick zu. «Und dir soll ich ausrichten …»

«Ist gut», sagte Sandra Steckmann. «Ich kenn die Sprachregelung.» Dann wandte sie sich Sven Schlohn zu, der, seitdem er wieder stand, nicht mehr ganz so groß war wie zuvor.

«War's das wert?», fragte er, Richtung wehleidig.

«Von deiner Frau gehasst zu werden und ein Disziplinarverfahren wegen Verdacht auf Zeugenbeeinflussung zu bekommen?», fragte Steckmann. «Ja, doch.»

Leuken nickte. Dann sagte er zu Sven Schlohn, dass er vorläufig festgenommen sei, wegen Falschaussage, Behinderung von Ermittlungen und zur Klärung seiner Beziehung zu einem gesuchten Mordverdächtigen. «Gefahr im Verzug und so weiter.»

Finzi nickte Meta zu. Er vermisste seine Fahrradrunden im Stadtpark kein bisschen.

64. Kapitel

Nachdem er die Unterlagen auf seinen Knien ausgebreitet hatte, um sie im schwachen Licht der Kontrollelemente zu studieren, fragte Danowski: «Hast du was dagegen, wenn ich dein Tagebuch lese?»

Imke Billings reagierte erst nicht, dann sagte sie: «Das ist nicht meins. Das bin ich nicht mehr.»

Er musste seine Augen anstrengen. Während er darauf wartete, die geschwungenen Buchstaben auf dem leicht vergilbten Papier besser erkennen zu können, sagte sie: «Ich versteh nicht, welcher Tag heute ist. Hat das Wattfest schon angefangen?»

Danowski ließ das Papier sinken und sah sie an, aber sie hatte den Kopf wieder weggedreht. «Ganz ehrlich, ich glaube nicht, dass du rechtzeitig zum Auftakt vom Wattfest hinter deinem Stand stehen und Salzteig verkaufen wirst», sagte er. «Wegen der Betäubung bin ich selbst nicht ganz sicher, ob wir einen Tag verloren haben oder nur einen halben, aber ich vermute, das Wattfest ist noch ein bisschen entfernt. Trotzdem, selbst wenn sie uns in der nächsten Stunde hier rausholen, erst mal wird es allerhand Fragen geben, dann ein paar Untersuchungen im Krankenhaus, und, ganz ehrlich, wenn ich mich an meine bisherigen Erfahrungen mit derartigen Ereignissen erinnere: Du wirst plötzlich sehr müde sein und kein Interesse daran haben, dich in größeren Menschenmengen aufzuhalten. Salzteig hin oder her.»

Sie wollte etwas antworten, aber Danowski fuhr fort,

indem er die Unterlagen, die er unterm Materialschrank gefunden hatte, ein bisschen in ihre Richtung schwenkte. «Hast du das hier versteckt?», fragte er.

Sie kämpfte sich hoch, als wäre sie jetzt schon müde. «Natürlich nicht», sagte sie.

«Aber die Unterlagen, die Ludger Brakel neulich am Deich verloren hat und die er dir zeigen wollte, die hast du gefunden und mir ins Hotel gebracht, nachts», sagte Danowski. «Damit ich die Verbindung zwischen euch und Ludger erkenne. Eine Verbindung, die du nicht in Worte fassen kannst, aber die dir Sorgen macht. Angst. Angst, die Nächste zu sein. Die dritte.»

Sie antwortete nicht.

«Dir ist klar, was das bedeutet, oder?», fragte Danowski. «Dass die Sachen hier versteckt sind?»

«Ludger», sagte sie nach einer Weile, und er fand, dass der Name aus ihrem Mund fremd klang, so, als hätte sie ihn seit Jahrzehnten nicht gedacht.

«Ja», sagte Danowski. «Ludger hat uns hierher gebracht. Ich glaube nicht, dass er das allein war. Obwohl, vielleicht doch. Er ist ja Ingenieur und hat vielleicht irgendwas konstruiert, keine Ahnung, um uns leichter vom Boot hier raufziehen zu können. Oder Sven Schlohn hat ihm geholfen.»

Imke Billings sah ihn an, mühevoll, fand er. Sie schien es nicht gewöhnt, sich mit konkreten Theorien zu beschäftigen, warum die Dinge waren, wie sie waren. «Wieso Sven Schlohn?», fragte sie schließlich.

Danowski glättete das Papier auf seinem Schoß, um ein bisschen Zeit zu gewinnen. Die Unversehrtheit von Spuren war ihm inzwischen ein bisschen egal. Betäubt und gekidnappt zu werden machte das mit einem. «Weil ihr alle davon gewusst habt, dass er Geld verschiebt», sagte er. «Und Ludger hat seine eigenen Ziele, irgendeine Besessenheit aus der Vergangenheit, die Tatsache, dass ihr ihn im Stich gelassen habt.»

Er fand, dass sie guckte, als könnte das sein, als hätte sie nie auf diese Weise an Sven Schlohn gedacht.

«Verbrechen schafft manchmal seltsame Allianzen», sagte er.

«Verbrechen», sagte sie. Halblaut, staunend.

«Oder fällt dir noch was dazu ein, bevor ich das hier lese? Irgendwas, worauf ich achten sollte?»

Erst mal nicht. Aber als er schon nicht mehr damit gerechnet hatte, sagte sie: «Die Dinge sind ja nicht immer, wie sie scheinen.»

Jetzt sah Danowski doch noch mal auf und in ihre Richtung. Er wurde nicht schlau aus ihr. Und vielleicht lag es daran, dachte er jetzt, dass sie einfach nicht besonders helle war. Er kannte das schon, es war ein Berufsrisiko: Man traute den Leuten, von denen man etwas wissen wollte und von denen man vermutete, dass sie einen an der Nase herumführten, oft zu viel zu. Mehr, als sie zu leisten imstande waren oder die Absicht hatten. Das hier zum Beispiel, Imke Billings' Lebensweisheit.

«Ganz ehrlich», sagte Danowski, einfach, weil er die Zeit hatte. «Wir kennen uns ja nicht so gut, und hier ist jetzt diese Nähe entstanden, also, von wegen zusammen eingesperrt sein und so weiter. Aber wenn ich mal so ganz unmittelbar darauf antworten darf: Ja, ach so, verdammt. Wow!» Augenblicklich tat ihm sein Sarkasmus leid. So redete man nicht mit einer Geisel, auch dann nicht, wenn man selbst eine war, Co-Geisel sozusagen.

«Weißt du», sagte Danowski, ein bisschen versöhnlicher, aber er hatte sie schon verloren, sie hörte ihm gar nicht mehr zu, «wenn die Dinge immer so wären, wie sie scheinen, hätte ich gar keinen Beruf. Also, anders gesagt, danke, das weiß ich bereits.»

Warum beschäftigte ihn das so? Warum reagierte er darauf überhaupt in dieser Ausführlichkeit?

Danowski blätterte die Unterlagen durch, um sich auf andere Gedanken zu bringen. Auf die richtigen. Wieder viel über die «dunklen Dinge» und so weiter, der Anteil von Imke Billings am Geschriebenen wurde größer.

«Schreibst du immer noch Gedichte?»

Keine Antwort.

Dann ein paar Seiten über die Freundschaft. Wenn er ehrlich war, dann war das wie eine Fremdsprache für ihn. Dass es aus der Sicht von fünfzehn-, sechzehnjährigen Mädchen geschrieben war, spielte da fast keine Rolle. Er verstand einfach diesen Kram über Treue und Füreinandereinstehen und Immerzusammenhalten nicht. War das nicht entweder selbstverständlich, oder man machte es auch dadurch nicht realer oder wahrscheinlicher oder bindender, indem man es aussprach?

«Wir drei bleiben immer zusammen, oben und unten, im Leben wie im Tod», las er mit einer extratheatralischen Betonung, seine guten Vorsätze gegen Geiselsarkasmus hatte er schnell über Bord beziehungsweise aus der Gondel geworfen, «meine Güte, eine Nummer darunter hat man's nicht in dem Alter, oder?»

Während sie nichts sagte, überlegte er, was eigentlich aus seinen Freunden geworden war, die er mit sechzehn oder so gehabt hatte. Er wusste es nicht. Im Zweifel was mit Menschen. Oder mit Computern. Vielleicht auch was mit Medien. Aber etwas, das er nicht wusste. Das waren auch keine Freunde gewesen, mit denen er so was wie «Pakte» geschlossen hatte. Es fiel ihm schwer, das kurze und in Schreibschrift verschnörkelte Wort überhaupt zu entziffern: «Pakt».

«Meine Güte», sagte er und gruselte sich ein bisschen davor, wenn Stella und Martha in die Pubertät kommen würden, «ihr wart auch wirklich ganz schön ... großspurig? Theatralisch? Pakt.»

Dann wiegte er den Kopf, als müsste er das erst mal in Ruhe auf sich wirken lassen, aber in Wahrheit war es, weil ihm im gleichen Moment einfiel, dass sie hier immer noch über drei Frauen redeten, von denen zwei tot waren und die dritte saß neben ihm. Beziehungsweise er, er redete. Und zweitens, weil der Gedanke an Stella und Martha ihm nicht gefiel.

«Was hat dir denn Sven Schlohn eigentlich erzählt?», fragte Imke Billings, als wollte sie das Thema wechseln. «Also, über Corinna. Und Stephi.»

Danowski pulte mit dem Fingernagel an einem der aufgeklebten Seitenausschnitte herum und atmete langsamer. Er hatte Hunger, er war müde, er wollte hier raus. Und in seinem Kopf entstand plötzlich ein Korridor der Klarheit, ausgelegt mit einem gespannten Teppichboden aus «theatralisch» und «was Sven Schlohn erzählt hat».

«Ach du Scheiße», sagte er und stand auf, wobei ihm völlig egal war, dass die womöglich kostbaren Seiten auf den Metallfußboden glitten. «Meine Fresse. Jetzt wird mir ... Ich glaub, ich spinne.»

Imke Billings sah zu ihm hinauf, ein wenig besorgt. Keine schöne Aussicht, dass der Mensch, mit dem man irgendwo nicht wegkonnte, langsam durchdrehte.

«Was?», fragte sie.

Danowski kniete sich zu ihr und packte sie am Oberarm, aber erleichtert, voller Vorfreude darauf, ihr seinen Heureka-Moment mitzuteilen.

«Du hast natürlich völlig recht», sagte er und versuchte, den Enthusiasmus in seiner Stimme zu zügeln. «Die Dinge sind anders, als sie scheinen. Denn Sven Schlohn hat mir neulich ganz nebenbei was ziemlich Interessantes erzählt.»

Sie musterte ihn ängstlich.

«Und zwar», sagte Danowski und sprang auf, wobei er versuchte, sie am Arm mit hochzuziehen, aber sie war schwerer als gedacht. «Dass sie auf dem Schulungsgelände der Silventia eine Übungsgondel haben.»

«Okay.» Leicht gedehnt.

Danowski ließ sie los und breitete die Arme aus: Willkommen auf der Showtreppe. Beziehungsweise in der Übungsgondel.

«Das ist sie», sagte er. «Wir sind in der Übungsgondel. Auf dem Silventia-Gelände. Wir müssen nur diesen Deckel da oben aufmachen und kommen in irgendeiner Werkshalle raus und sind frei.»

65. Kapitel

Finzi hatte die Geduld gefehlt, Steckmann dabei zu unterstützen, die Befragung von Sven Schlohn vorzubereiten. Und er hatte das deutliche Gefühl, gerade genug über den Fall nicht zu wissen, um keine große Hilfe zu sein.

«Außerdem sind wir wegen Adam gekommen und nicht, um denen ihren Fall zu lösen», sagte Meta, als sie wieder im Auto saßen. Finzi vermisste sein Fahrrad. Das neue, das er bekommen hatte, nachdem Adam das alte kaputt gefahren hatte.

Eine Sache immerhin hatten sie mitbekommen von Sven Schlohn. Auf die Frage, wo Ludger Brakel sei, hatte er erst gar nichts gesagt und dann, weil es vielleicht doch nicht direkt mit ihm zu tun hatte: «Seit seiner letzten Schicht habe ich ihn nicht gesehen. Und da nur kurz, auf dem Gelände.»

Und dann wieder eine gute Idee von Meta, die Schlohn nach dem Sicherheitssystem der Silventia gefragt hatte. «Magnetkarten», hatte er gesagt. «Wer reinkommt und rausgeht, wird automatisch erfasst.»

«Das haben wir natürlich alles längst überprüft», hatte Sandra Steckmann gesagt. «Ludger Brakel hat das Gelände nach dem Ende seiner Schicht verlassen. Seine Karte ist ganz klar am Ausgangspunkt erfasst worden.»

«Aber hat ihn auch jemand gesehen?», hatte Meta gefragt, und Sandra Steckmann hatte mit den Schultern zucken müssen.

Jetzt standen sie am Pförtnerhäuschen der Silventia und ließen sich erklären, wie das System funktionierte.

«Die Kollegen halten die Ausweiskarte da draußen im Vorbeigehen an das Lesegerät», sagte der Pförtner und zeigte in die entsprechende Richtung, «und wir sehen hier drinnen, wer gerade geht. Ludger Brakel steht hier als abgängig um ...»

«Ja», sagte Meta, während Finzi sich im modernen Pförtnerhäuschen umsah, glatt gebürstet und kostbar spartanisch wie eine Edelstahlküche, «aber hat ihn auch jemand gesehen?»

Der Pförtner zeigte noch mal auf seinen Bildschirm. «Ja, ich seh doch hier, dass sein Bild und seine Daten aufgerufen werden, und ...»

«Nein, aber ich meine, haben Sie ihn auch draußen gesehen, beim Gehen?»

Der Pförtner zuckte die Achseln. Der Bildschirm schien ihm zu genügen. Finzi berührte Meta an der Schulter und zeigte mit dem Kinn auf die Browserfenster, die der Pförtner auf einem zweiten Bildschirm übereinander geöffnet hatte, Dutzende übereinander.

«Aber es könnte doch sein», sagte Meta, «dass zum Beispiel jemand anders den Ausweis von Ludger Brakel durch den Ausgang getragen und vors Gerät gehalten hat.»

«Vielleicht», sagte der Pförtner skeptisch, «aber warum sollte jemand so was tun?»

«Vielleicht nicht mit Absicht», sagte Finzi, der sich immer wohlfühlte, wenn er rausbekam, worauf Meta hinauswollte, «es würde ja reichen, dass er jemand anderem seinen Ausweis in die Brieftasche getan hat, und dann werden beide zugleich abgemeldet, so, als wären sie zusammen gegangen.»

Der Pförtner schüttelte skeptisch den Kopf.

«Aber es wäre möglich?», sagte Meta.

«Na ja», sagte der Pförtner, «aber das würde ja bedeuten, dass Ludger Brakel immer noch auf dem Gelände ist.»

«Eben», sagte Meta.

Jetzt liefen sie an der Werkshalle entlang und suchten einen Eingang. Ein Techniker im dunkelgrauen Schutzanzug mit neongelben Signalstreifen, der ihnen entgegenkam, sagte: «Brakel, der Ludger? Nee, der war zuletzt im Schulungszentrum, der betreut da die neuen Aufbauten, die haben da viel stillgelegt, das ändert sich ja ständig.»

Die Gebäude waren lang und gleichförmig, der Wind riss an ihnen entlang, und wenn man so weit nach oben sah, dass man seine Füße nicht mehr am unteren Rand des Gesichtsfeldes wahrnahm, schien es einem, als würde man in ein Universum aus Himmel und Metallfassade stürzen. Sie umrundeten die Werkshalle und überquerten dann das Schwerlastkai zur Weserseite, von wo aus die Bauteile für die Windparks entweder zur offenen See verschifft wurden oder wo ihre Komponenten mit Küstenmotorschiffen aus Rotterdam oder Newcastle eintrafen.

Das Schulungszentrum war eine graue Halle, die nicht ganz die Höhe und die Länge der oben hell- und unten dunkelblauen Werksgebäude hatten. Die Sicherheitsvorkehrungen waren weniger restriktiv, Geheimhaltung offenbar weniger wichtig als in der Fertigung. Ihre Hamburger Polizeiausweise, mit denen sie an der Werkshalle abgeblitzt waren, reichten hier, damit eine Gruppe von Männern, die alle die gleichen Windjacken trugen und sich über das Essensangebot in der Kantine unterhielten, ihnen die Tür aufhielt und sie durchließ.

Das Innere der Schulungshalle sah aus, als wären zwei, drei Windräder auf der Erde gelandet und würden jetzt hier, zerlegt in ihre Einzelteile, von irdischen Wissenschaftlern analysiert. Es gab mehrere Turmkomponenten, die bis unter die Hallendecke reichten, und an einer fand gerade eine Abseilübung statt. Es gab mindestens zwei wie amputiert aussehende Maschinenhäuser ohne Rotor und ohne Turm, direkt auf der Erde, und dahinter, am anderen Ende der Halle, vielleicht sogar noch ein drittes. Es gab im Querschnitt geöffnete Maschinenräume, aufgeklappte Rotornaben und dazwischen einen Parcours von Schränken mit Schaltelementen und Bildschirmen. Außer den Männern, die gerade das Abseilen eines bewusstlosen oder verletzten Kollegen übten und die einander mit ein- bis zweisilbigen Rufen anwiesen, war niemand in der Halle zu sehen. Die Rufe drangen durch einen Lautbrei aus Rauschen und Brausen zu ihnen, als wäre das Wetter der ganzen Nordsee in der Halle gefangen.

Meta zeigte auf ihr Ohr und drehte mit der Hand einen schwindligen Kreis daneben: Was ist denn das, warum höre ich hier so gut wie nichts? Finzi wusste, dass sie auf dem einen Ohr nicht mehr besonders gut hörte und dass das Adams Schuld war, weil er bei einem Einsatz vor zwei Jahren eine Situation falsch eingeschätzt und neben Meta im Dunkeln einen Warnschuss abgegeben hatte.

Finzi schüttelte den Kopf, nein, er wusste auch nicht, warum es hier so laut war, und, ja, es stresste ihn. Er schluckte.

«Hier dürfen Sie nicht weiter ohne Helm und Sicherheitsschuhe!», brüllte jemand neben ihnen, aber gar nicht unfreundlich, es war nur wirklich nicht so leicht, sich hier verständlich zu machen. Ein Ingenieur mit der entsprechenden Ausrüstung, dünner Brille und diesem Bart, den alle Männer in technischen Berufen und – wenn Finzi es genau bedachte – allen anderen Berufen seit ein paar Jahren hatten. Als sie ihn nach Ludger Brakel fragen wollten, schüttelte er den Kopf. Er angelte nach einer Schalteinheit, die an einem Kabel von einer Metallstrebe in etwa zehn Metern Höhe hing, drückte den roten Knopf, und der Lärm in der Halle verklang. Finzi hatte das paradoxe Gefühl, wieder besser atmen zu können, als hätte die Lautstärke ihm die Luft genommen, und sein Mund fühlte sich trocken an. Meta hielt sich unglücklich das Ohr.

Der Schulungsleiter stellte sich vor und erklärte ihnen, dass sie keine Besucher erwartet hätten. «Sonst hätten wir den Soundsim erst später angemacht.» Und er erklärte ihnen, dass sie hier, wenn sie Außenübungen in der Halle machten so wie jetzt die Abseilschulung, zur Unterstützung des Lerneffekts elektrisch erzeugte Geräusche einsetzten, die etwa die Dezibelzahl von Meer und Wind auf hoher See bei Windstärke sechs bis acht hatten.

«Also nichts Extremes», sagte der Schulungsleiter, «aber ganz schön schwierig, wenn man sich mit Kommandos außerhalb der Anlage verständigen muss.»

Finzi nickte. Er fühlte sich hohl, seit es so still war. Die Abseilgruppe hatte innegehalten, und der Schulungsleiter machte ihnen ein Zeichen: Geht gleich weiter.

Meta fragte nach Ludger Brakel. Nein, der war schon seit zwei Tagen nicht mehr hier gewesen oder seit drei, aber da müsste man in die Dienstpläne sehen oder die Pförtner … Ja, aber einen Spind oder so was müsste der hier doch …

Finzi nahm sie am Arm.

«Was ist das?», fragte er. Wie von weit her war ein Hämmern oder Schlagen zu hören, auf Metall, aber gedämpft.

Der Schulungsleiter sah sich suchend in der großen Halle um und zeigte vage in Richtung der Maschinenhäuser.

«Da wird vielleicht was gewartet oder so», sagte er, jetzt langsam ein bisschen ungeduldig, «ich kenn da die Dienstpläne nicht so. Ich bin hier mehr für den Ablauf der Schulungen zuständig. Um den ich mich dann jetzt auch gern mal wieder kümmern würde. Diese Wartungen und so, das macht zum Beispiel der Ludger Brakel», sagte er.

«Dürfen wir mal schauen, ob er das vielleicht doch ist?», fragte Meta.

«Von mir aus. Aber nur mit Helm und Spezialschuhen.» Er wies auf die entsprechende Wand, wo in Fächern, nach Größen geordnet, die Ausrüstung aufbewahrt wurde.

«Na ja», sagte Meta, die nicht so gern fremde Schuhe anzog, das wusste Finzi, seit er sie einmal mit zum Bowlen geschleppt hatte. «Muss vielleicht auch nicht sein.»

66. Kapitel

Zuerst überraschte ihn die Reaktion von Imke Billings: Auf ihrem Gesicht sah er mehr Enttäuschung als Erleichterung. Vielleicht lag's am Licht, gerade hell genug, um Gesichtszüge wahrzunehmen, aber zu dunkel, um sie zuverlässig zu lesen.

Dann stand sie auf, offenbar doch angesteckt von seinem Enthusiasmus.

«Übungsgondel?», sagte sie.

«Ja. Wir sind irgendwo auf dem Silventia-Gelände. Kennst du dich da aus, warst du mal da, um Corinna oder Stephanie zu besuchen?»

Sie schüttelte den Kopf. «Wir hatten fast keinen Kontakt mehr.»

«Okay. Egal. Wir werden schon sehen, wo wir rauskommen.»

Danowski rüttelte an den Schränken, um einen umzustürzen und als Tritt zu benutzen, weil er dem Campingkocher nicht traute. Aber die Schränke waren mit der Wand verschraubt.

«Räuberleiter?», fragte er.

Imke Billings sah ihn zweifelnd an. «Ich bei dir, nicht du bei mir», sagte er und faltete seine Hände für sie demonstrativ zum Tritt.

«Und warum hatte ich dann Salzwassergeschmack im Mund?», fragte sie und reagierte nicht.

«Hattest du wirklich? Bist du sicher, oder war das ein Nachgeschmack von der Betäubung und du hast dir eingebildet, Salz zu schmecken, weil wir davon ausgegangen sind, übers Meer gebracht worden zu sein?»

«Und die Geräusche?»

Danowski zuckte die Achseln. «Keiner von uns ist je im Schulungszentrum gewesen. Wer weiß, was die da für Möglichkeiten haben.» Außerdem schienen die Geräusche leiser geworden zu sein.

Imke Billings schien ihnen nachzulauschen, dann traf sie eine Entscheidung.

«Okay», sagte sie. Er positionierte sich genau unter der Dachluke, und nachdem sie einen Sekundenbruchteil gezögert hatte, stieg sie mit dem Fuß in seine gefalteten Hände, hielt sich mit einer Hand an seiner Schulter fest und griff mit der anderen nach dem Riegel der Dachluke. Danowski streckte sich, um ihr die Aufgabe zu erleichtern. Sie war ein wenig schwerer, als sie aussah, oder er ein wenig geschwächter, als er angenommen hatte.

Dann gab es ein sattes Geräusch, ein leichtes Schmatzen, mit dem der Riegel zurückglitt und die Dachluke sich von der Gummi-Isolierung löste, die den Rand der Öffnung umgab. Sie ging offenbar mit einigem Gewicht nach innen auf, zu schwer für Imke Billings, und sie wankten, bis er sie ungelenk zu Boden ließ. Die Luke war ihnen entgegengekommen, und mit ihr eine zusätzliche ausklappbare Leiter, die auf der Außenseite angebracht war und die ihnen jetzt ermöglichen würde hinauszuklettern. Als Danowski die Leiter anfasste, spürte er, dass sie eiskalt war.

Jetzt erst merkte Danowski, wie verbraucht ihre Luft gewesen war. Gierig sog er die kühle Luft von draußen in seine Lungen. Nachdrücklich geheizt wurde offenbar nicht im Schulungszentrum, aber das war ja auch ökologisch sinnvoller. Realbedingungen und Strom sparen. Und apropos, sie mussten das Dach nachisolieren in Finkenwerder. Da hatten die Vorbesitzer geschlampt. Danowski freute sich nicht auf ein oder fünf Wochenenden mit Glas- oder Steinwolle, aber, merkte er im nächsten Moment, doch, er freute sich in Wahrheit eben doch sehr darauf.

Was einem eben so an Nebensächlichem durch den Kopf ging, wenn die Situation eigentlich die ganze Aufmerksamkeit erforderte. Zum Beispiel das Licht. Grau, heller als hier drinnen, aber Festbeleuchtung hatten die offenbar auch nicht in der Halle. Er stand ein bisschen abseits, weil er zurückgewichen war, um der Leiter Platz zu machen, als sie ausklappte. Imke Billings war näher an der Öffnung geblieben und sah jetzt nach oben. Danowski wollte zu ihr treten, aber seine Beine waren plötzlich schwer, und die Entschlusskraft wich aus seinem Körper. In seinen Ohren spielte das Rauschen, das entstand, wenn leichter Wind auf eine Öffnung in großer Höhe traf. Das Möwenkreischen bildete er sich sicher ein, es klang zu sarkastisch, um wirklich von draußen zu kommen.

Imke Billings wandte ihm das Gesicht zu, und er meinte, so was wie Triumph darin zu sehen. Sie streckte den Arm aus und zeigte in Richtung Öffnung. «Wir sind auf See», sagte sie.

67. Kapitel

In der Übungsgondel kniete ein Techniker und hämmerte mit selbstvergessener Inbrunst auf ein Wandblech. Während Meta versuchte, seine Aufmerksamkeit zu erregen, klingelte Finzis Telefon. Er ging ohne draufzuschauen ran, weil er Steckmann erwartete.

«Sandra?»

Schweigen am anderen Ende, insgesamt eine gedämpfte Geräuschlandschaft, die für Finzi nicht nach Ortsgespräch klang. Aber das war natürlich Aberglaube. Wer wusste schon, über welche Umwege die Telefonate selbst mit den Leuten gingen, die direkt neben einem standen.

«Hola?»

Finzi erstarrte. Natürlich kannte er die Stimme nicht. Er kannte niemanden, der Spanisch sprach. Also, nicht direkt. Aber er hatte neulich selbst versucht, die Tochter der Senyora zu erreichen. Und im letzten Moment die Verbindung beendet. Offenbar nicht schnell genug, bevor seine Nummer sich mitgeteilt hatte. Die spanische Frauenstimme fragte noch einmal, und Finzi überlegte, was eigentlich sein Plan war.

Meta sah ihn an, als hätte er schlechte Nachrichten. Wahrscheinlich sah sein Gesicht so aus. Er drückte die Anruferin weg und steckte das Telefon wieder ein.

«Was ist denn?», fragte Meta.

Er machte einen Gesichtsausdruck, der «keine Ahnung» bedeuten sollte. Seine erste Lüge. «Keine Ahnung», sagte er. «Falsch verbunden.»

Meta deutete mit dem Kinn auf den Mechaniker, der dabei war, die Innenwand der Übungsgondel auszubessern. «Ludger war seit Tagen nicht hier, sagt der Kollege.»

«Kennen Sie den Herrn Brakel gut?», fragte Finzi, um sich abzulenken.

«Besser als manche», sagte der Techniker und nahm seine Schutzbrille ab, um sich die Augen zu reiben. «Er redet ja nicht viel, und ich versuch immer, ihn aus der Reserve zu locken. Bisschen langsam, der Junge, aber fachlich gibt's keinen Besseren.» Herrlich, wenn man auf jemanden stieß, der gerne redete, dachte Finzi. Auch wenn der hier gerade Zweifel an seiner eigenen Mitteilsamkeit bekam. «Ich hoffe, er hat sich nichts zuschulden kommen lassen?», fragte der Techniker, leicht gestelzt und leicht komisch zugleich, offenbar jetzt besorgt.

Wo anfangen.

«Wir würden gern ein bisschen mit ihm reden», sagte Meta, die in so was geschmeidiger war als er, er hätte gleich mit der Fahndung angefangen, eins zu eins, die Dinge vereinfachen, nicht um den lauwarmen Pannfisch rumreden. «Er kennt die beiden Frauen, die hier zu Tode gekommen sind, von früher, und wir versuchen einfach, uns ganz gründlich ein Bild zu machen. Wir sind aus Hamburg und versuchen, noch mal einen frischen Blick auf die Dinge zu kriegen.» Was ja sogar stimmte.

Offenbar hatte den Techniker die Information, dass nach Ludger Brakel gefahndet wurde, noch nicht erreicht, denn er nickte klug. «Frischer Blick ist immer gut», sagte er, sichtlich unschlüssig, ob er sich wieder seinem Blech zuwenden sollte.

«Soweit ich weiß, hat Ludger Urlaub eingereicht», sagte er dann und wendete das Blech, um die Rückseite zu begutachten. «Der ist immer sehr sorgfältig in so was.»

«Haben Sie irgendeine Idee, wo er sein könnte?»

«Hm», sagte der Techniker. «Sind Sie sicher, dass Sie nur mit ihm reden wollen?» Die Leute waren so naiv. Finzi seufzte. Das gefiel ihm an der Polizeiarbeit im Park besser: Da machte es wenigstens nichts, dass die Leute naiv waren, im schlimmsten Fall dachten sie, man hätte nicht gesehen, wie sie ihren Abfall nach dem verbotenen Grillen neben den Mülleimer geschmissen hatten.

«Absolut», sagte Finzi.

Der Techniker setzte die Brille wieder auf. «Nee, keine Ahnung. Ich weiß, dass er ... Also, das mit dem frischen Blick hat mich gerade an Ludger erinnert. Der hat so eine komische Art, wenn er überhaupt mal was sagt, dann redet er immer in so ganz alten Floskeln und Redewendungen.»

«Zum Beispiel?», fragte Meta.

«Na ja, er hat vor drei Tagen gesagt, er sei reif für die Insel. Er bräuchte mal frischen Wind oder so was. Bei jedem anderen würde ich sagen, das bedeutet einfach nur, dass er mal rauswill. Bei Ludger würde ich sagen, das bedeutet wirklich, dass er auf eine windige Insel fahren will. Aber das müssten eigentlich auch seine Eltern wissen. Zu denen hat er ja ein sehr enges Verhältnis.»

«Hm», machte Meta, und Finzi merkte, dass es ihr nicht passte, wenn sie sich nicht so gut auskannte. In Hamburg kannte sie jeden Straßenbaum und jeden Straßennamen, sie hätte Taxi fahren können, aber hier wusste sie nicht mal, was für Inseln es so gab. «Und wo ...»

«Kellum vielleicht», sagte der Techniker. «Das ist zwar echt öde da, aber frisch ist es. Und eine Insel.»

Vor der Halle rief Meta bei Sandra Steckmann an und erzählte ihr von Kellum. An ihrem Gesichtsausdruck beim Zuhören sah Finzi, dass Steckmann wenig Lust hatte, da rauszufahren, weil was anderes passiert war, das sie im Moment mehr beschäftigte. Währenddessen schien ihm sein Telefon, auf dem die Tochter der Senyora angerufen hatte, heiß in seiner Tasche. Was sollte er damit anfangen? Warum hatte er den Kontakt gesucht? Warum hatte er, was gut bei ihm im Keller hätte bleiben können, ans graue norddeutsche Tageslicht gebracht?

Vielleicht würde er nie wieder von ihr hören und sie nicht von ihm. Eine falsche Verbindung, ganz einfach. Ihn interessierte, was Adam dazu gesagt hätte. Vor zwei Jahren, als der ihn ab und zu im Pflegeheim besucht und von seinem Fall erzählt hatte, und später in seiner Küche, da hatten sie irgendwie doch miteinander reden können. Vielleicht hätte der einen Rat gewusst. Hätte. Nein, würde. Adam würde vielleicht wissen, was zu tun war. Denn er war ja noch da. Sie mussten ihn nur finden.

Meta legte ihm die Hand auf die Schulter, und er sah, dass sie fertig war mit dem Telefonieren.

«Sandra Steckmann kommt mit uns nach Kellum, oder sie schickt diesen furchtbaren Reinhold Leuken, aber die sind gerade ziemlich beschäftigt.»

«Was passiert? Irgendeine Spur von Adam und der Frau?», fragte Finzi, aber er wusste, dass sie ihm das sofort gesagt hätte.

«Na ja, nein, nicht direkt», sagte Meta. «Aber Sandra und ihre Leute haben das Haus und Grundstück von Imke Billings von Leichenspürhunden durchsuchen lassen.» Sie schwieg einen Moment, als wäre sie selbst über das Wort «Leichenspürhunde» erschrocken, aber dadurch hing es noch deutlicher zwischen ihnen in der Luft. «Sie haben nicht direkt was gefunden.»

«Nicht direkt?», fragte Finzi alarmiert und merkte, dass er es bis jetzt überhaupt kein bisschen für möglich gehalten hatte, dass Adam und die Frau tot waren. Vorgestellt hatte er es sich kurz, aber vorstellen konnte er sich alles. Jetzt schmeckte er's im Mund. Er räusperte sich und spuckte auf den Parkplatz.

«Sie sagt, einer der beiden Hunde sei auch auf Sprengstoff trainiert. Beide Leichenhunde haben sich lange im Keller aufgehalten, aber ohne eindeutige Anzeichen, dass da was war. Sie hält es für sehr unwahrscheinlich, sagt sie, weil die Hunde in Kellern oft verwirrt sind, vor allem, wenn es da mal geschimmelt hat oder wenn Asbest oder so was verbaut worden ist. Also, das ist nicht die Nachricht.»

«Sondern?»

«Sondern dass der Hund, der auch auf Sprengstoff trainiert ist, in der Küche von Imke Billings absolut ausgerastet ist. Die Formulierung von Sandra Steckmann. Ausgerastet.»

Finzi spürte eine gewisse Erschöpfung und sehnte sich nach einem Fahrradsattel.

68. Kapitel

Und du weißt, dass es nur eine Freiheit gibt.

Zwei Drittel der Freiheit hast du erreicht.

Was jetzt noch fehlt, ist das letzte Drittel.

Und du atmest tief die Luft vom Meer und vom Himmel.

Das letzte Drittel, das hast du immer gewusst, wird das schwerste sein.

Nicht, weil du Angst hättest.

Nicht, weil dir die Kraft fehlt.

Sondern weil alles, das ganze Leben, nur dazu da ist, dich zu hindern.

Und weil es schöner gewesen wäre, wenn es perfekt wäre. Wenn alles wirklich so hätte sein können, wie du es dir vorgestellt hast.

Aber plötzlich scheint alles ganz leicht, und in diesem Moment, wo du den Kopf über die Oberseite der Gondel hebst und den Wind und das Meer spürst, merkst du, dass du loslassen kannst. Die Fehler, die du gemacht hast, und die Enden, die du nicht mehr verknüpfen konntest. Die Zeit der Gefangenschaft ist vorbei, der kleinen Gefangenschaft hier oben und der großen Gefangenschaft im ganzen Leben, und alles, was dir nicht gelungen ist, damit sollen sich jetzt andere beschäftigen.

Imke Billings merkte, dass die innere Stimme, auf die sie sich immer hatte verlassen können und die den größten Teil ihres Lebens ihre einzige Ratgeberin gewesen war, drohte, sie zu verlassen. Diese Stimme hörte sie, wenn sie alleine war, und die letzten Stunden und Tage waren unerträglich gewesen, eingesperrt mit einem anderen Menschen, der den Ernst der Lage nicht erkannte, weil er wie alle anderen Menschen war.

Sie hörte seine kleine, ein bisschen arme Männerstimme, wie er sich darüber beklagte, dass sie nun doch in einer Windkraftanlage auf hoher See waren.

Ja, das hatte sie ihm doch schon gesagt.

Sie stützte sich auf den Rand der Gondel und griff dann nach der kleinen Reling, die den Dachausstieg umgab, dahinter die blinkenden roten und weißen Lichter, die man seemeilenweit übers Meer sehen konnte. Das Meer lag grau und flach im Nachmittagslicht, auch wenn sie nicht wusste, welche Uhrzeit wirklich war. Ihr Blick glitt an den anderen Windkraftanlagen entlang, die mit ihrer in einer Reihe standen. Sie schien bis zum Horizont zu reichen, aber in Wahrheit verschwand sie wohl nur in einem Nebel, der sich von unten, vom Wasser herauf, nach oben zu ihnen schob.

Sie erklomm die Leiter, bis sie mit den Füßen die Luke verließ und das Dach der Gondel hätte betreten können. Wenn er sie nicht am Knöchel festgehalten hätte.

Sie hörte, wie er ihr sagte, was absolut nicht überraschend war: dass sie nicht weitergehen sollte, dass es gefährlich war, dass sie wieder ins Maschinenhaus kommen sollte, dass sie beratschlagen mussten. Es waren viel weniger Worte, aber was sonst hätte er ihr mitteilen können. Die stärkste Mitteilung von allen aber war die, die sie in ihrem Knöchel spürte: hiergeblieben.

Sie hielt sich am Geländer der Leiter fest und suchte, indem sie ein wenig zur Seite ruckelte, festen Tritt darauf mit dem Fuß, den er am Knöchel festhielt. Dann hob sie das andere Bein, froh, dass sie ihre Schuhe wieder angezogen hatte, und trat ihm mit aller Kraft von oben ins Gesicht. Es fühlte sich an, als wenn man im Watt auf einen toten Fisch mit festen Gräten trat. Weil er nicht sofort losließ, trat sie noch einmal, aber diesmal ins Leere, sie drehte sich um und sah, dass er ein oder zwei Stufen die Leiter wieder hinab in den Maschinenraum gerutscht war, aber seine Hand war immer noch an ihrem Knöchel, und mit der anderen suchte er Halt auf der oberen Sprosse.

Sie atmete die kalte, gute Luft und trat mit ihrem freien Fuß und allem, was sie dareinlegen konnte, auf seine Sprossenhand, bis sein Griff an ihrem Knöchel sich löste und sie an einem mittellauten Geräusch hörte, wie er im Inneren der Gondel auf den Boden schlug.

69. Kapitel

Es schien ihm, als wäre sein Kopf ein Cockpit, in dem plötzlich die Hälfte der Systeme ausging, all die Schalthebel, Kontrollanzeigen und Messinstrumente waren erloschen, und was übrig blieb, war das schwache grüne Leuchten der Notsysteme.

Imke Billings. Aber ermessen und durchleuchten, warum sie gegen ihn kämpfte, dafür reichten seine Kapazitäten jetzt nicht aus. Alles, was er hatte, musste er auf zwei Aufgaben verteilen, die ihm übermenschlich erschienen: irgendwie vom Boden hochkommen. Und dann aufs Dach der Gondel, hinter ihr her.

Danowski drehte sich auf den Rücken und dachte, es würde nicht gehen. In ihm war nicht mehr genug von ihm. Blut lief ihm über die Wangen. Der Schmerz breitete sich von seiner Nase aus wie eine Decke, die groß genug für seinen ganzen Körper war. Vielleicht einfach mal liegen bleiben. Er konnte sich schon denken, was die da oben wollte. Etwas, wobei er nur störte. Warum ließ er nicht einfach alles fahren und blieb, wo und wie er war.

Den Kopf hatte er sich am Bodenblech geschlagen, seine linke Hand konnte er nicht mehr zur Faust ballen. Egal, kam er eben ohne Fäuste aus. Seine Welt bestand sowieso nur noch aus Nase. Als er versuchte, dadurch Luft zu holen, kam nichts zurück als weinroter Schmerz. Danowski fluchte, weil ihm nichts Besseres einfiel. Mehr als ein, zwei Sekunden waren nicht vergangen, seitdem sie ihn von der Leiter getreten hatte.

Erst dachte er, er müsste eine Art Kampfschrei aussto-ßen, um sich aufzuraffen und hinter ihr her die Leiter zu erklimmen, aber heraus kam nur eine Art Zischen. Dafür war er mit zwei Tritten so weit oben, dass er den Kopf über den Gondelhorizont schieben konnte.

Was er sah, passte nicht in das Bild von der Welt, wie er sie sich bis eben insgeheim vorgestellt hatte. Gut, er hatte von Berufs wegen schon mit Menschen zu tun gehabt, deren Ziel es war, sich von hohen Gebäuden zu stürzen. Besonders nachhaltig war ihm ein Vorfall auf der Köhlbrandbrücke vor über fünfzehn Jahren in Erinnerung, als er sich noch besser und unverwundbarer gefunden hatte als heute. Die Dienstwaffe, die er mit theatralischem Schwung in die Tiefe geworfen hatte, um den Lebensmüden von seinen guten Absichten zu überzeugen. Die war dann weg gewesen, Papierkram. Und der andere war trotzdem gesprungen, und nie hatte Danowski das Gefühl in seinen Beinen vergessen, als er den Körper des jungen Mannes ins Bodenlose fallen sah, weiße Gischt im braunen Hafenbecken und so was wie eine kleine Unterbrechung im Wind, die Danowski sich aber vielleicht nur eingebildet hatte. Dieses Ziehen in den Beinen, klar, das waren nur die Spiegelneuronen bei ihrer unermüdlichen Arbeit, diesem einfältigen Schuften, das doch immer nur auf einen einzigen Gedanken hinauslief: Das könntest auch du sein. Und wenn du das wärst, dann würde sich das so anfühlen.

Danowski erklomm die Schmerzleiter und glaubte nicht, was er oben sah. Imke Billings hatte die kleine Plattform verlassen, die den Lukenausstieg umgab, und ging mit gar nicht großen, aber bestimmten Schritten Richtung Rotor über das leicht abschüssige Dach der Gondel.

Den Fehler, ihr irgendwas zuzurufen, würde er auch

nicht noch mal machen. Hier konzentrierte sich am besten jeder nur noch auf sich selbst.

Das einzelne Rotorblatt, das senkrecht nach oben zu stehen schien, ragte über ihnen in den Himmel wie ein totes Tentakel oder wie ein Bruch im Himmel, eine Lücke, hinter der die metallene Gemachtheit der Welt für einen endlosen Augenblick offensichtlich wurde. Dann sah er, dass der Rotor sich langsam drehte, und weil die Linien seiner Blätter hier oben so wichtig waren und die Welt so begrenzten wie anderswo der Horizont, schien diese Welt wegzukippen, sobald der Blick daran heftete. Als Danowski über den Rand der Luke trat, spürte er, wie der Wind vom Meer auffrischte, er schien von unten zu kommen, was ihm für einen Augenblick die absurde Hoffnung machte, dieser Wind könnte sie am Ende vielleicht tragen oder ihn, und es wäre besser, als wenn der Wind von der Seite käme. Die Kälte schnitt an ihm wie ein stumpfes Messer an hartem, altem Brot, sie kam nicht ganz durch den Schmerz und das Adrenalin.

Dann drückte ihn eine Böe gegen die Reling des Ausstiegs, und die Positionsleuchten der Windkraftanlage leuchteten von schräg hinten, sodass der schmale Rücken von Imke Billings rot leuchtete vor dem stählernen Himmel. Danowski meinte, die Wellen zu hören, aber vielleicht war es nur Einbildung, weil sich zwischen den Reihen der Windkraftanlagen ihre weißen Kronen in fast gleichmäßigem Zickzack verloren. Imke Billings war noch etwa zwei oder drei Meter vom Ende des leicht abgerundeten Dachs der Gondel entfernt.

Danowski ließ die Reling los und setzte einen Fuß jenseits der kleinen Plattform. Das weiße Metalldach war feucht und schien ihm auf genau die Art und Weise glatt, die man nicht überprüfen konnte, weil man sofort ausgerutscht wäre.

Es ist paradox, dachte er. Da geht sie ganz vorsichtig, um sich hinunterzustürzen ins Meer. Warum, weiß ich noch nicht. Aber ich weiß, dass sie nicht einfach nur über den Rand gucken will. Und trotzdem geht sie vorsichtig, um nicht auszurutschen. Dabei würde es ja genau das erledigen, was sie sich vorgenommen hatte.

Wie menschlich sie alle bis zum allerletzten Atemzug blieben, wie ängstlich bemüht, nicht die Kontrolle zu verlieren und alles richtig zu machen. Sie wollte ja springen und nicht rutschen.

Danowski ging einen Schritt, dann noch einen, und er merkte es wie einen weiteren körperlichen Schmerz, dass die Reling hinter seinem Rücken nun zu weit entfernt war, um im Notfall einfach nach ihr zu greifen. Sein Gesichtsfeld war ausgefüllt mit drei Farbflächen, und er bemühte sich, sie auch wirklich als nichts anderes mehr wahrzunehmen: das Weiß des Dachs unter ihm, rechts und links das Dunkelgrau des Meeres, durchzogen von den Betonsäulen der Windkrafttürme und den stummen, stillen Rotoren, und vor und über ihm das hellere Grau des absolut gleichgültigen Himmels.

Aus den Augenwinkeln sah er die benachbarten Gondeln mit ihren Rotoren, auf gleicher Höhe wie sie jetzt, Imke Billings und er, und dann fehlte ein Stück aus seinem Leben, genau jener kleine Moment, der ihn bis eben mit der Vergangenheit und der Zukunft verbunden hatte. Er wusste nicht, wie er auf den Knien gelandet war und warum er, als er versuchte, sich wieder aufzurichten, plötzlich auf der Seite lag. Die Gondel hatte angefangen zu zittern. Dann merkte er, dass er selbst es war. Er wusste nicht mehr, wo oben und wo unten war, und er wagte nicht, sich zu bewegen, aus Angst, das Gleichgewicht und die Orientierung endgültig zu verlieren und über den Rand ins Leere zu rutschen.

Er presste die Augen zusammen und atmete, so flach er konnte. Der Wind zerrte an ihm, aber nach einer Weile spürte er die Kälte und Feuchtigkeit des Dachs unter seiner rechten Seite. Solange er damit Kontakt hielt, war alles gut. Vorsichtig streckte er den Arm aus, ohne den Kontakt mit dem Boden, der ein Dach war, zu verlieren. Langsam breitete er sich aus, bis er wie ein Seestern auf dem Bauch lag, mit jedem Quadratzentimeter seiner Vorderseite verzweifelt in Kontakt mit dem sinnlosesten Ort, den er sich denken konnte auf der Welt.

Vorsichtig drehte er sein Kinn auf dem feuchten metallenen Untergrund in die Richtung, in der er Imke Billings vermutete. Er hörte den Wind in seinen Ohren, ein Dröhnen wie von Maschinen. Die Augen schlug er nicht auf, er trennte seine Lider voneinander wie kräftige Magneten.

Das Weißgraue vor ihm war menschenleer, durchzogen nur von der dunklen Bahn des Rotorblattes. Dann kippte seine Welt ins Nichts, weil er wieder zu lange der Bewegung des Rotorblattes gefolgt war, langsam und von maschineller Majestät. Und er merkte, dass sein Kinn kälter wurde, denn es bewegte sich langsam, aber merkbar über das Dach der Windkraftanlage, und der Druck seiner Arme und Beine konnte nichts daran ändern, dass er sich mit jedem Atemzug mehr dem Rand des Dachs näherte.

70. Kapitel

Inzwischen waren alle möglichen Erklärungen erschöpft. Adam, zwei Tage weg, das konnte Leslie auf Zerstreutheit, Selbstvergessenheit, Weltabgewandtheit und ähnliche abstrakte Eigenschaften ihres Mannes schieben. Oder vielleicht wirklich auf so was wie einen Schwächeanfall, Kreislaufzusammenbruch, irgendwas, aus dem er schneewittchenartig wieder erwachen und zu ihnen zurückkehren würde. Oder eine ungeplante Undercover-Situation in Verbindung mit einem toten Akku.

Aber da war wieder dieses Wort, von dem ihr jetzt erst auffiel, wie oft sie und die anderen es jeden Tag benutzten. Was, wenn Adam tot war. Finzi ging zwar noch ans Telefon, aber dieser unternehmungslustige Das-kriegen-wir-hin-Ton, mit dem sie aufgebrochen waren, dieses: Mann, was macht denn Adam wieder für Sachen, na, dem werden wir was erzählen – das war längst vorbei, in ihren Stimmen hörte sie am Telefon diesen paradox zugleich abwesenden und superkonzentrierten Polizisten-Sound, der sie wahnsinnig machte. Die hatten inzwischen auch Angst.

Ja, was, wenn Adam tot war. Die Mädchen waren Zähne putzen gegangen oder zumindest nach oben, ihr Schwiegervater saß noch am Tisch und brütete über einem Glas Rotwein, seinem dritten oder vierten, und sie hielt sich an der Edelstahlspüle der Einbauküche fest und schloss die Augen. Sie merkte, dass die Mädchen in einer Art Niemandsland verharrten, zwischen Sorge und Ärger, und heute hatte sie angefangen, Nachrichten von Adam zu erfinden, die sie von einer Webseite auf ihr Handy schickte. Die Nachrichten beruhigten die Mädchen, sie wussten ja nicht, dass keiner wusste, wo ihr Vater war, sie merkten höchstens, dass ihre Mutter angespannt und traurig war, aber seltsamerweise trösteten die Nachrichten, die sie ihren Töchtern als Adam schrieb, sie selbst auch ein bisschen. Sie waren so nett und ein bisschen albern, väterlich erstaunlich gut informiert über den Alltag der Mädchen, die Nachrichten gefielen ihr gut, und für halbe Atemzüge vergaß sie, dass sie sie selbst geschrieben hatte, Minuten zuvor.

Aber wenn Adam tot war. Dann musste sie irgendwann auch diese Nachrichten erklären. Schon deshalb musste er wiederkommen. Weil sie sonst zu viel erklären musste. Nein, er musste wiederkommen wegen der Mädchen. Sie hatte angefangen, die Dinge zwischendurch in kalter, grausamer Klarheit zu sehen oder sich selbst zu zeigen, wie ein Pflaster, das sie wieder und wieder von einer hypothetischen Wunde riss: Wenn Adam tot war, dann würde sie alle Kraft brauchen, um den Mädchen zu helfen, und es erschreckte und tröstete sie zugleich, dass sie spürte, sie würde die Kraft haben. Für sich selbst würde sie nicht so viel brauchen.

Einen Moment erschreckte der Gedanke sie aufs Neue und überdeckte ihre Sorge, aber dann klingelte das Telefon, und sie drückte die Spüle fester, damit ihre Hände nicht anfingen zu zittern. Sie atmete vorsichtig durch und griff nach dem Hörer. Irgendeine Schulmutter, sagte ihr die Nummer. Sie legte den Hörer zurück auf den Küchentresen und hielt das Klingeln aus.

Als es aufgehört hatte und von oben aus dem Bad nur

gedämpftes Wasserlaufen und schwesterliches Schubsen und Schimpfen kamen, sagte ihr Schwiegervater vom Tisch: «Unmöglich von Adam. Ich bewundere deine Loyalität, Les, aber ich bin wirklich … ich bin, ehrlich gesagt, entsetzt, wie er mit euch umgeht.» In diesem Das-musste-jetzt-mal-raus-Ton, in dem er den größten Teil seiner Mitteilungen verkündete.

Sie seufzte, als hätten sie das schon dutzendfach besprochen. Hatten sie ja auch. Und sie wollte ihm die Wahrheit nicht erzählen, weil sie ihm nicht traute, dass er den Mädchen gegenüber würde dichthalten können. Also wieder das alte Spiel: Adam gegen sinnlose Vorwürfe verteidigen, obwohl sie in endgültiger Sorge um ihn war.

«Du weißt, dass das der Job ist», sagte sie lahm und ging ein paar Schritte Richtung Abendbrottisch, blieb aber vorher stehen und lehnte sich an den Tresen, weil die Kraft sie verließ. Besser, den Ärger von Bert Danowski auf den Job zu lenken, das konnte sie leichter über sich ergehen lassen.

Er nickte und trank noch was vom Wein, der nur noch eine Ahnung im Glas war, aber Leslie hatte keine Lust, ihm eine zweite Flasche aufzumachen. Dann sagte er: «Nein. Das ist nicht der Job, Les. Ich hab das auch immer gedacht. Dass der Junge so ist, weil der Job so ist. Aber das ist Adam. Adam haut einfach ab, so lange es ihm passt, schickt hier mal eine SMS und da mal eine, verlängert eine Woche und dann noch eine, und was mit den anderen ist, ist ihm völlig egal.»

Leslie hörte das Blut in ihren Ohren rauschen, zu laut plötzlich, und dann dachte sie, mit dem wachen Interesse der Sachkundelehrerin: So fühlt sich das also an, wenn man in Ohnmacht fällt. Aber dann spürte sie das Tresenholz im Rücken, und das Rauschen wurde wieder leiser.

«Dein Mann ist ein Egoist, Leslie», sagte Bert Danowski. «Ich kann das sagen, ich bin ein alter Mann, und das ist mein Sohn, ich liebe ihn, aber, verdammt noch mal, wie er sich jetzt wieder …»

Leslie hörte ihre Stimme, als käme sie aus der anderen Ecke des Raumes, ungefähr da, dachte sie wie blöd, wo Adam bei Gelegenheit die Lautsprecher unter Putz einbauen wollte. Bei Gelegenheit. Ha!

«Adam ist weg», hörte sie ihre Stimme sagen.

Bert Danowski sah sie an, mit dieser Alarmiertheit des Alters, die sie von ihren eigenen Eltern kannte: unsicher, ob sie etwas akustisch oder inhaltlich falsch verstanden hatten oder ob der Schmerz daher kam, dass die Nachricht wirklich schlecht war. «Habt ihr euch getrennt?», fragte er.

Sie stützte die Hände auf die Knie und beugte sich vor, weil sie ihre Stimme nicht von überall hören wollte, das war unheimlich. «Nein, er ist verschwunden, Bert. Niemand weiß, wo er ist. Seit Tagen hat keiner von den Kollegen ihn gesehen, seine Sachen sind noch im Hotel, das Auto steht auf dem Parkplatz, Adam ist einfach …»

«Aber Leslie», als wäre sie einfach ein bisschen langsam im Kopf, «er hat dir doch die ganze Zeit Nachrichten geschrieben.»

Die Sturheit ihres Schwiegervaters, die sie zweieinhalb Wochen in ihrem eigenen Haus ertragen hatte, weil ihr diese Sturheit eine Hilfe war, die einzige, die sie hatte, aber trotzdem, zehn Tage länger als geplant, das waren einfach zehn Tage zu viel, und seine Sturheit machte sie in diesem Moment so wütend, dass sie es in sich aufbranden fühlte bis in die Zähne, und zugleich wusste sie immer noch, dass es eine Wut auch auf Adam war und insgesamt auf diese Situation, in die das Leben sie gebracht hatte.

«Die habe ich geschrieben, um die Kinder zu trösten», schrie sie ihn an, wie er da saß, auf die Oberschenkel gebückt, war sie seinem Gesicht schon ganz nah, von hier schrie es sich gut, fand sie, «denn Adam meldet sich nicht, und ich habe Angst, dass er nie wiederkommt, und du hörst jetzt auf, auf ihm rumzuhacken, hörst du, sofort!»

Für den nächsten Atemzug ging es ihr besser, auf der animalischsten Ebene, weil sie nicht mehr gelogen hatte und weil sie laut geworden war, aber dann sah sie aus den Augenwinkeln, wie die nackten Füße ihrer Töchter auf die Treppe huschten und dort verharrten. Leslie drehte sich zu ihnen um und sah ihre hellen Gesichter durchs Treppengeländer.

Es tut mir leid, wollte sie sagen, ich hätte es euch längst sagen sollen, ich mach mir solche Sorgen um Papa, aber zusammen schaffen wir das, und Finzi hilft uns und Meta und ganz viele andere, und wir müssen ganz fest daran glauben, dass wir ihn finden, und jetzt kommt her … Aber sie kam nicht dazu, weil aus den Gesichtern von Stella und Martha ein Entsetzen sprach, das viel unmittelbarer war, als jede elementare Sorge um ihren Vater es hätte sein können.

«Opa!», schrie Martha, und Leslie fuhr herum.

Bert Danowski lag halb über den Tisch gebreitet, und jetzt fegte er mit dem rechten Arm die ersten unabgeräumten Gläser und Teller herunter, Butter mit Rapsöl streichzart, mittelalten Gouda vom Stück, Bio-Jagdwurst, Bio-Leberwurst, Hüttenkäse, Cocktailtomaten, Côtes du Rhône, die Karaffe mit Leitungswasser, die Apfelschnitze,

Gurkenscheiben und Karottensticks, und der linke Arm krampfte an seiner Seite, sein ganzer Körper drehte sich auf dem Tisch, als ringe er mit einem Gegner, den er nur selber sehen konnte, sein Gesicht war rot und weiß zugleich, aus seinem Mund kam Speichel und ein seltsam sanftes Zischen, und dann entwich etwas aus ihm, und er glitt seitlich vom Tisch zu Boden, sein Kopf schlug gegen die lose Fußleiste, ein Knacken mehr als ein Schlag.

Als Leslie neben ihm kniete, spürte sie keinen Puls, und während sie die Fingerbreit unter seinem Herzen zählte, um mit der Massage zu beginnen, rannte Martha nach dem Telefon, um es Stella hinzuhalten, die ganz genau wusste, was sie wählen und was sie sagen musste.

71. Kapitel

«Das ist nicht euer Ernst.»

Finzi reichte es jetzt langsam mit der Nordsee-Geduld. Vielleicht war er im Grunde seines Herzens doch Italiener, halber, es kam ihm zwischendurch immer mal wieder so vor. Und seine Mutter hatte es ja auch nie völlig ausgeschlossen, auch wenn der dunkle, gutaussehende Fremde, mit dem sie eine Winternacht Mitte der sechziger Jahre in ihrer Einzimmerwohnung auf Sankt Pauli verbracht hatte, auf einem bulgarischen Stückgutfrachter gearbeitet hatte. Der Anruf von Leslie vorhin hatte ihn jedenfalls nicht langmütiger gemacht. Es war eine Sache, hier aktiv nach Adam zu suchen, da konnte man sich jede Minute mit irgendwas ablenken, da hatte man die ganze Zeit das Gefühl, wenigstens was zu tun. Aber Leslie und ihre Nachricht von Adams Vater hatten ihm noch mal sehr klar gemacht, dass sich das aus hundertfünfzig Kilometern Entfernung sicher ganz anders anfühlte.

«Wir können nicht auf diese verdammte Scheißinsel da drüben, weil nicht genug Wasser da ist?»

Sandra Steckmann zog sich ihre Kapuze gegen den Regen über den Kopf und machte Anstalten, den Steg wieder zu verlassen. Sie schien nicht undankbar, aus den fruchtlosen Befragungen von Sven Schlohn geholt worden zu sein, aber gleichzeitig ein wenig verärgert darüber, dass Finzi und Meta sie hierher telefoniert hatten, so, als könnte man jederzeit in ein Boot steigen und nach Kellum fahren, um dort nach Ludger Brakel zu suchen.

«Das nennt man Ebbe und Flut», sagte Sandra Steckmann. «Gezeiten und so weiter. Im Moment ist der Zustand so, dass wir mit keinem Schiff darüber kommen, aber laufen oder so was können wir definitiv auch nicht. Im Sommer hätte ich gesagt, lasst uns durch die Priele waten, halbe Stunde oder so geht das noch, dann wird die Strömung zu stark und …»

«Ich fass es echt nicht.» Er drehte sich hilfesuchend zu Meta, aber ihm war schon klar, dass die zwar über allerhand Superkräfte verfügte, aber nur im metaphorischen Bereich, und eine Gebieterschaft über Ebbe und Flut war nicht darunter.

«Also, wir haben konkrete Hinweise, dass euer Hauptverdächtiger sich da drüben auf der Insel aufhält», sagte sie, und er war dankbar für die symbolische Unterstützung, «nicht zuletzt derjenige, der vermutlich weiß, wo Adam Danowski und Imke Billings sind, zumindest in der Hinsicht im Moment unsere einzige Hoffnung, und es gibt keine Möglichkeit, da rüberzukommen?»

Jetzt kam Leuken aus dem Auto Richtung Steg, braune Cordhose und Gummistiefel, und bei der Cordhose musste Finzi gleich an seinen Lieblingswitz denken. Schade, dass Adam nicht hier war. Der konnte den schon mitsprechen, der hätte sofort das Gleiche gedacht.

«In zwei, drei Stunden», sagte Sandra Steckmann. «Könnte riskant werden, weil wir Sturm kriegen.»

«Habt ihr keinen Hubschrauber oder so was?», fragte Finzi.

Meta musste lachen. «Du immer mit deinen Hubschraubern.»

Steckmann verstand nicht, aber man musste wohl dabei gewesen sein. «Wir sowieso nicht. Wir können einen aus

Bremen holen, aber bis wir das geregelt haben, ist die Flut da. Und bei Sturm kann der auch nicht fliegen.»

«Hier muss doch irgendwo ein Sportflugplatz oder so was sein», sagte Finzi, der sich vor Ungeduld am liebsten am ganzen Körper gekratzt hätte, «hier hat doch jemand eine Cessna oder so was. Ich meine, wer weiß, in was für einer Situation Adam und Imke Billings …»

«Keine Landebahn», sagte Reinhold Leuken. «Oder willst du da drüben mit dem Fallschirm abspringen oder was?»

Finzi schnaufte. Steckmann nahm ihr Telefon und ging ein paar Schritte beiseite. «Ich mach uns ein größeres Polizeiboot und Verstärkung klar, und in zwei Stunden treffen wir uns wieder hier.»

Sobald sie außer Hörweite war, sagte Reinhold Leuken: «Oder wir sehen uns noch mal ein bisschen um. Diese Theorie, die hier so ein bisschen rumgegangen ist, also, auch wenn das keiner hören wollte mit dem islamischen Serienmörder, die war von mir. Vielleicht hat euer Kollege Adam das doch weiterverfolgt, und dabei ist er in Schwierigkeiten … Also, wir könnten zumindest mal zur Flüchtlingsunterkunft fahren. Ich hab mich da inzwischen schlaugemacht, da sind fast nur allein reisende Männer ohne Familien, Irak und Afghanistan. Also alles Muslime.»

Meta betrachtete ihn nachdenklich.

Finzi sagte: «Kennt ihr eigentlich den? Also, begleitet eine Frau ihren Großvater zum Arzt, der alte Herr ist schon ein wenig gebrechlich. Sagt der Arzt …»

«Der Mörder von Corinna Karlsson und Stephanie Rother wollte definitiv ein Zeichen damit setzen, dass er die Leichen der beiden am Leuchtturm abgelegt hat», sagte

Reinhold Leuken, «und der Leuchtturm ist ein ganz starkes islamisches Symbol, Minarett heißt Leuchtturm, und das in Verbindung mit dem Frauenhass …»

«Hm», machte Meta. Leuken holte Luft, der wollte noch mal neu ansetzten.

«Ich würde jetzt gern den Witz zu Ende hören», sagte Meta. «Also, den anderen.»

72. Kapitel

Danowski schloss ab mit allem, oder zumindest fand er, dass es sich so anfühlte. Viel weniger aufgeregt, als er sich das vorgestellt hatte. Aber Panik konnte er sich nicht leisten: Er war sicher, dass er, wenn er aufspringen oder sich anders hektisch bewegen würde, sein Rutschen verstärken und noch mehr Halt verlieren würde.

Er merkte, dass sein Herz schlug und dass sein Verstand arbeitete. Wovor hatte er Angst? Mehr Schmerzen, als er erlitten hatte, weil sie ihm die Nase zertreten hatte, waren körperlich kaum möglich, und das hatte er hinter sich. Außerdem würde er keinen Schmerz spüren, wenn er ins Leere fiel. Angst davor, niemanden jemals wiederzusehen, seine Töchter und seine Frau und alle anderen? In Wahrheit sah er sie ja schon seit Tagen und Wochen nicht mehr, in Wahrheit hatte er sich von ihnen verabschiedet, als er ins Auto nach Friederikenburg stieg, man wusste nie, ob es das letzte Mal war, das war die Natur von Abschieden. Auch das hatte er also hinter sich. Hatte er Angst davor, nicht zu verstehen, was in Friederikenburg passiert war und warum, hatte er Angst, zu verpassen, ob und wie sich alles auflösen würde?

Ach, es gab so viel, was er nicht verstand und was er nicht wusste. Das ganze Universum bestand daraus, und, nein, auf ein paar Moleküle Unwissenheit mehr oder weniger kam es ihm nicht an. Angst hatte er nur davor, die Kontrolle zu verlieren, nichts mehr tun zu können, der Bodenlosigkeit ausgeliefert zu sein.

Wenn er jeden Muskel im Körper anspannte und sein Gesicht gegen das kalte, feuchte Metalldach presste, konnte er sein Rutschen verlangsamen, und für einen Moment erfüllte ihn diese Erkenntnis mit einem Hochgefühl, wie er es seit der Geburt seiner Töchter nicht mehr empfunden hatte. Aber dann krampften seine Arme und Beine, sein Rumpf und sein Hals, und als er, um sich eine Pause zu gönnen, die Muskeln entspannte, fühlte es sich an, als wollte sein rutschender Körper nachholen, was er in den letzten Sekunden totaler Anspannung an Wegstrecke versäumt hatte.

Vielleicht war das der Schlüssel. Einfach springen. Wie Imke Billings. Er hatte nicht mal gehört, wie sie in den Wind gefallen und irgendwo im Wasser aufgeschlagen war. Sie war einfach verschwunden, aber nach ihrem eigenen Plan, unter ihrer eigenen Kontrolle. Vielleicht war es genau das, was ihn vor der Angst retten konnte: die Kontrolle wieder zu übernehmen, indem er sich ins Unausweichliche fügte, losließ und sich abgleiten ließ.

Er schrie und fand, dass es wie eine Möwe klang. Vielleicht war es eine. Welchen Grund hatte er zum Schreien. Weil er plötzlich gar nichts mehr kontrollierte, weil ihn was zog, in den Beinen, wie damals auf der Köhlbrandbrücke, als er am Rand gestanden hatte und gesehen hatte, wie einer zehn Meter neben ihm sprang, und in der Luft war das auf absolut unheimliche Weise schon kein lebender Mensch mehr, obwohl er doch noch atmete und mit den Armen ruderte, sondern ein Körper, aus dem mit dem Lebenswillen alles entwichen war.

Das gleiche Ziehen in den Beinen, das Dachblech unter seinem Gesicht, er schubberte und holperte geradezu darüber, aber die Richtung stimmte nicht, es ging nicht in Richtung Dachrand und Lebensende, sondern zurück, seine Beine zogen ihn Richtung Luke.

Für einen seltsamen, wunderbaren und absolut schauderhaften Moment, an den er sich, dachte er, den Rest seines Lebens erinnern würde, dachte Adam Danowski, er wäre bereits tot und würde nun seinen Körper verlassen, und es fühlte sich gar nicht mal schlecht an. Oder er dachte, es passierte etwas Magisches, plötzlich konnte er mit den Gedanken seinen Körper kontrollieren, statt absolutem Kontrollverlust hatte er nun vollkommene Kontrolle erlangt über alles, und weil er es wollte, glitt sein Körper dachaufwärts Richtung Luke. Aber wollte er es überhaupt?

Danowski warf sich auf den Rücken oder versuchte es, weil ihm die Dynamik der Rückwärtsbewegung stark genug schien, um ihr zu vertrauen, aber es ging nicht ganz, etwas hielt ihn an den Beinen und zog ihn, und mit halbem Blick sah er, dass es Imke Billings war, die hinter ihm stand, die in ihren Landbewohnerschuhen einen sehr viel besseren Halt hier oben hatte als er und die ihn mit erstaunlich starken Händen unerbittlich Richtung Luke zog.

Der Möwenschrei, den er gehört hatte, war nicht von ihm gekommen, sondern von ihr. Sie schrie noch immer, und über ihr Gesicht liefen Tränen, die er auf den ersten Blick vom Regen unterscheiden konnte.

Doch, er wollte leben, und als er unter seinen nassen Strumpfknöcheln die Leere des Lukeneinstiegs spürte, durchströmte ihn ein tiefes, breites Glück, das auch nicht schmaler oder flüchtiger wurde, als Imke Billings sich über ihn kniete und ihm mit der Faust ins Gesicht schlug, bis seine Welt von Grau zu Karmesinrot zu Schwarz wurde und er die Kontrolle am Ende doch noch abgeben musste und weg war.

73. Kapitel

Gott, wie einfach es dann manchmal am Ende war.

Finzi hasste Schiffe, darum stand er die ganze Zeit ungeduldig vorne an der Reling, während die «Nordenham» durch die Fahrrinne nach Kellum navigierte, in einem großen, leicht unvollständigen S, der Küstenlinie der Insel mal näher kommend und sich dann wieder von ihr entfernend, bis sie endlich anlegten, und die Beine taten ihm weh, als er auf den Landungssteg trat, weil er sich so mit ihnen gegen den Seegang der einlaufenden Flut und gegen den Wind gestemmt hatte.

Meta war unter Deck gegangen und versteckte sich wie ein wundes Tier, er glaubte, sie musste kotzen, aber es hätte ihnen nicht genutzt, wenn er ihr den Kopf gehalten und das Gleiche getan hätte. Sandra Steckmann und Reinhold Leuken standen ungerührt neben ihm, die hatten den wogenden Rhythmus verinnerlicht, und ihre einzige Sorge oder zumindest ihr einziges Gesprächsthema war, ob wegen des aufziehenden Sturms das Wattfest würde abgesagt werden müssen.

«Glaube ich nicht», hatte Leuken gesagt. «Das ist doch seit Jahren nicht mehr abgesagt worden. Egal, bei welchem Wetter. Ist doch das inoffizielle Motto.»

«Na ja, windiger darf das nicht mehr werden, sonst fliegen da die Dächer von den Buden.» Steckmann. Und Finzi? Enttäuscht. An Adam dachte keiner von denen.

Und dann eben: Alles am Ende ganz einfach. Sie kamen zu viert über den Steg, hinter ihnen die Kolleginnen und

Kollegen von der Einsatzbereitschaft, das volle Dutzend, die Maschinenpistolen an der Hüfte, eigentlich überflüssig, keiner ging doch davon aus, dass Ludger Brakel bewaffnet war. Die Frauen hatte er betäubt und erwürgt, das würde er kaum mit sechzehn Polizisten versuchen, nicht mal mit vieren. Und da war Ludger Brakel. Statt dass sie lange und aufwendig und mit viel Zeitverlust nach ihm suchen mussten, lief er ihnen vor der Silhouette der Vogelforscherhäuser durchs Bild, offenbar gerade unterwegs vom einen zum anderen.

Meta sah ihn als Erste. «Zielperson auf elf Uhr!», rief sie, und Finzi musste ein bisschen über sie und ihre Ausdrucksweise grinsen. Ein einfaches «Da vorne ist er!» hätte auch gereicht, aber Meta war halt Meta.

Hinter ihnen fächerten sich die uniformierten Kollegen auf, um Ludger Brakel bei seinem Fluchtversuch den Weg abzuschneiden. Aber er machte gar keinen. Finzi und Meta hatten sowieso keine Waffen dabei, sie waren schließlich im Urlaub, das war alles eine Grauzone, und hoffentlich fanden sie Adam hier, aber Steckmann und Leuken hatten natürlich gezogen, Finger weg vom Abzug und den Lauf vorschriftsmäßig Richtung Boden. Schöner Boden übrigens. Strandhafer und dünner Sand und struppiges Heidekraut, Finzi gefiel das alles ganz gut hier, und er dachte, man könnte mal wieder nach Sankt Peter-Ording fahren, also Meta und er.

Ludger kam auf sie zu, und Finzi hörte, wie Steckmann und Leuken ihn riefen: Ludger, es ist alles okay, wir wollen mit dir reden, bleib stehen und zeig uns deine Hände. Das übliche Zeug halt, nur ungewohnt, dass das alles in Du-Form war, Finzi hatte noch nie einen verhaftet, mit dem er per Du war. Obwohl, na gut, aber das war lange her.

Weil sie über einen Strandweg kamen, der schmal war, gerieten Meta und er irgendwie vor Steckmann und Leuken, nur die Einsatzbereitschaft lief durch die Pflanzen und abseits des Weges, und Ludger Brakel blieb irgendwie nicht stehen, der kam auf sie zugelaufen und schwenkte die Arme, so nach dem Motto: Nein, nein, das ist alles ein riesiges Missverständnis, es ist alles anders, als ihr denkt. Finzi kannte diese Gestik, und meistens war sie Bullshit.

Dass jetzt bitte keiner schießt, dachte Finzi, denn die entsprechenden Warnrufe der Kollegen hörte er von links und rechts.

Aber Meta war schneller, wofür er dankbar war, bis ihm klar wurde, was es bedeutete. Sie war mit drei, vier schnellen Schritten bei Ludger Brakel, ihre Laufgeschwindigkeiten addierten sich, und mit einem gezielten Handkantenschlag auf die Schläfe streckte sie ihn zu Boden. Es war immer verblüffend zu sehen, wie ein großer, schwerer Mann im Laufen das Bewusstsein verlor und landete, als habe jemand einen Sack voll irgendwas in die Landschaft geworfen.

Sicher war das besser, als wenn jemand auf Ludger Brakel geschossen hätte. Aber dann fiel Finzi ein, dass es noch besser gewesen wäre, wenn sie Ludger Brakel erst mal hätten fragen können, ob er wusste, wo Adam und Imke Billings waren.

74. Kapitel

Danowski wachte davon auf, dass jemand weinte. Nicht er selbst, wie er mit Erleichterung feststellte. Er wollte seine Gefühle erst mal für sich behalten. Manchmal weinten die Kinder nachts. Albträume. Aber er war woanders. Das fahle Licht, das monotone Rauschen. Die Luke war wieder zu. Er saß wieder auf dem Boden. Ihm schräg gegenüber Imke Billings. Plötzlich hatte er es eilig, ihm schien, als dürfte er keine Zeit verlieren, dabei hatten sie davon womöglich noch immer mehr als genug.

«Danke», sagte er.

Sie sah ihn nicht an und schüttelte den Kopf.

«Warum hast du mich wieder reingezogen?», fragte er, und das Du schmeckte schal und scharf und salzig zugleich in seinem Mund, falsch jedenfalls, aber da gab es kein Zurück mehr.

«Ich dachte, du wärst gesprungen.»

Sie sagte nichts.

«Wolltest du nicht springen? Es sah so aus.»

Nach einer Weile: «Ich konnte nicht. Es hätte alles kaputt gemacht.»

Sie sprach, als müsste er sie verstehen, und er fand es normal, deshalb an seinem Verstand zu zweifeln.

«Das letzte Drittel. Ich bin das letzte Drittel.»

Nein, es lag doch nicht an ihm.

«Aber wenn du auch gefallen wärst, hätte niemand das verstanden. Dann wären wir vier gewesen. Und es hätte nicht gepasst.»

Im Schutze der Beleuchtung, die mehr Dunkelheit zu verursachen schien als Klarheit, musterte Danowski sie und ihre Körperhaltung und versuchte, das Risiko einzuschätzen, in dem er sich befand, falls sie ihn wieder angriff. Unter Schmerzen brachte er sich unauffällig in eine Position, aus der er jederzeit hätte schlagen oder treten können. Aber sie wirkte völlig desinteressiert an ihm.

«Was hätte nicht gepasst?», fragte er.

Sie sah ihn an, als wäre sie enttäuscht von seiner Anwesenheit, weil diese Anwesenheit bedeutete, dass auch sie immer noch hier war. Dann ging sie auf die Knie, Danowski wich sofort zurück und schützte sich mit dem vorgehaltenen Ellbogen, sein Nase hämmerte, aber sie ignorierte ihn. Mit dem Fuß zog sie die Unterlagen aus der Vergangenheit zu sich heran, aus denen Danowski vor Stunden oder Tagen nicht schlau geworden war. Sie durchsuchte sie wie jemand, der weiß, wonach, aber unvertraut mit dem Archivsystem. Dann streckte sie ihm eine Seite hin, ohne hinzusehen.

Danowski nahm das Papier entgegen und erkannte ihre Handschrift. Von weiter hinten im Konvolut, so weit war er nicht gekommen.

Pakt der Dunkelheit

stand quer über die Seite, in schmucklosen schwarzen Tintenbuchstaben, und darunter:

Das Leben ist sinnlos, und wir können es nicht ändern.
Das beste Leben haben die, die nichts damit zu tun haben.
Wenn wir wirklich da sein wollen, müssen wir weg sein.

Keiner wird uns vermissen. Sie werden es nur glauben.
Wir werden frei sein, und wir dürfen uns nicht davon zurückhalten lassen, dass sie traurig sind.
Alle haben uns allein gelassen.
Und wir lassen alle allein.
Wir bleiben zusammen.
Wir gehen zusammen.
Wir drei.

Darunter die Unterschriften, drei Mädchenschriften, und Danowski spürte seinen Herzschlag wie Hohn.

«Warum?», fragte er nach einer Weile.

Sie schnaufte ein bisschen. «Vor der Frage haben wir uns immer gefürchtet. Dass einer von uns sie noch mal stellt. Aber keiner hat sie gestellt. Weil wir alle drei wussten, warum. Man kann das nur fühlen. Das kann man nicht sagen.»

Danowskis Mutter war nie gut darin gewesen, sich auf den Boden zu setzen. Schon, wenn sie mit ihm oder seinen Brüdern gespielt hatte, war sie lieber auf dem Sofa geblieben oder hatte sich einen Stuhl herangezogen und hatte von oben mitgespielt, hier, guck, meine Cowboys können doch hier oben auf dem Stuhl sein, das ist ein Felsen, von da aus beobachten die euch.

Sie lehnte am Metallschrank, diesmal wirklich in Jeans und Zopfpullover, und sagte: «Ludger.» Oder er sagte es. Danowski war sich nicht sicher.

«Genau», sagte Imke Billings. «Wir konnten den nicht beschützen. Wir haben ihn im Stich gelassen. Und wenn wir gehen, also, wenn wir gegangen wären, zusammen, dann …» Sie gestikulierte ihm, und endlich begriff er und drehte das Papier um, das sie ihm gereicht hatte.

An alle, die es betrifft. Wir gehen, und wir gehen für Ludger. Lasst wenigstens ihn in Ruhe.

«Du musst dir die Einsamkeit vorstellen», sagte seine Mutter, die schon neulich so auf Imke Billings reagiert hatte, so deutlich und empfindlich und auf seltsame Weise fast froh. «Drei pubertierende Mädchen, von ihren Eltern in eine fremde Familie verschickt, in der die Mutter den Sohn schlägt. Diese Begeisterung für die Dunkelheit und dieser gemeinsame Gedanke, dass das Leben sinnlos ist und dass es besser wäre, wenn man nicht da wäre, diese …»

«Ja», sagte Danowski, «ich kenn die Statistik. Selbstmordopfer sind entweder ganz alt oder zwischen zwölf und fünfundzwanzig. Jeder Fünfte in dem Alter denkt daran, sich umzubringen. Aber hier hat sich ja niemand umgebracht. Das sind einfach nur Tagebuchfetzen über irgendwas, das nie passiert ist.»

Seine Mutter verschränkte die Arme vor der Brust und trat zurück in den Schatten.

«Wir haben zu dritt da oben auf dem Fensterbrett vom Leuchtturm gesessen, wo die Scheiben rausgeschlagen sind und wo unsere Namen mit Kreuzen dahinter stehen. Ich habe noch heute die Narben davon unter den Oberschenkeln», sagte Imke Billings, ihre Stimme fremd und fest wie aus einem neuen, noch unerprobten Material. «Wir haben so lange gesessen, und eigentlich war alles klar. Dass wir drei zusammen springen. Und uns an den Händen halten. Ich saß in der Mitte. Und dann fingen die Gespräche wieder von vorne an. Und wir haben geweint und gezittert, und wir haben alle drei gewusst, dass wir es tun müssen, und wir haben dutzendfach oder hundertfach gezählt: eins, zwei, drei. Aber immer hat eine von uns geschrien, nein, nicht, nein, ich kann das nicht, und am Ende habe ich nicht mal mehr unsere Stimmen voneinander unterscheiden können, und ich weiß nicht, wie oft ich es selbst geschrien habe.»

Imke Billings, immer noch auf den Knien, seit sie Danowski das Papier gereicht hatte, kam zu ihm herüber, sie krabbelte, und es lief ihm kalt den Rücken hinunter, weil sie in diesem Moment aussah wie ein altes, großes Kind. Sie schob ihr Gesicht in seins, und er wandte sich instinktiv ab, weil er erwartet hatte, schlechten Atem und fettiges Haar und Gefangenschaft und Eimerpinkeln an ihr zu riechen, aber sie roch nur wie ein Mädchen, das er in der fünften Klasse gekannt hatte.

«Aber das Entscheidende ist», sagte Imke Billings, «dass ich gesprungen bin. Beim letzten ‹drei› bin ich gesprungen, und wenn ich heute noch was spüre, dann, wie meine Hände aus ihren glitten, aus der von Cori links und aus der von Stephi rechts, und wie ich sie in diesem Moment für immer verloren habe. Und mich.»

Danowski sah sie an, aber ihre Augen blickten durch ihn hindurch, deshalb wandte er sich ab.

«Aber du bist nicht tot», sagte er, weil er dachte, vielleicht wäre all das doch ein Wahngebilde.

Sie nickte. «Wir haben zu lange gewartet, zu lange gehadert und geredet. Die Flut war noch nicht wieder da, aber genug Wasser, sodass ich nicht auf den Steinen gestorben bin. Das war unser Plan. Dass der Sturzwind uns ohnmächtig macht und dass die Felsen uns zerschmettern. Aber am Ende lag ich nur unten im Wasser.»

«Und die beiden anderen saßen oben, weil sie lieber leben wollten», sagte Danowskis Mutter.

«Genau», sagte Imke Billings. «Und vielleicht habe ich

irgendwann gedacht, das sei der größte Verrat von allen gewesen. Es gab ja nichts mehr außer uns dreien auf der Welt, und dann gab es nur noch mich, weil die anderen mich verraten haben. Aber es ging einfach so weiter. Mit dem Verratenwerden. Mein Bein war zerschmettert und meine Hüfte, ein halbes Jahr war ich im Krankenhaus, betäubt und gelähmt, und meine Eltern haben mich aus der Schule genommen und haben überall erzählt, ich hätte Kinderlähmung. Cori und Stephi haben ihren Eltern sonst was erzählt. Aber nicht, dass wir drei zusammen springen wollten. Ich weiß nicht, ob sie was geahnt haben. Weiß man so was als Eltern? Ich kenn mich mit Eltern nicht so aus.»

«Verrat», sagte Danowski, als wollte er ihr widersprechen, aber er wollte nur das Wort in seinem Mund kosten, weil es ihm so fremd war. Warum hatte er das Gefühl, niemand könnte ihn verraten? Weil er niemanden hatte, der es hätte tun können? Oder weil er sich derer, die er hatte, so sicher war?

«Und das ging weiter», sagte Imke Billings und lehnte sich gegen ihn, weil ihre Beine die unbequeme Haltung offenbar nicht mehr mitmachen wollten. «Ludger, für den wir alles getan haben, hat sich versteckt und zurückgezogen und hat nie was gesagt, er hat die Schläge weiter ausgehalten, er hat sich nicht gewehrt, und er ist nie zu mir gekommen. Nur diesen alten Scheiß …» Sie riss ihm das Papier aus der Hand und schob es ihm grob ins Gesicht, sodass Danowski wegen seiner Nase nach Luft schnappte, und zwar durch den Mund. «Den hat er aufgehoben.»

Danowski wandte sich ab. «Aber ihr wart damals Kinder», sagte er. «Das ist doch alles längst vorbei.»

«Wenn es vorbei wäre», sagte Imke Billings, «wären

wir tot. Und zwar schon lange. Jetzt. Jetzt ist es vorbei. Fast vorbei.»

Danowski hielt sie am Arm fest, weil er dachte, sie würde sofort wieder die Leiter erklimmen, die Luke öffnen und versuchen, sich vom Dach zu stürzen. Aber mühelos entwand sie sich ihm und machte Anstalten, aufzustehen.

«Und darum hat Ludger die beiden Frauen umgebracht, um dich zu rächen? Den Verrat von vor zwanzig Jahren?»

Sie sah ihm direkt ins Gesicht, und er fand ihren Ausdruck flach und regungslos, ohne eine Spur von Triumph. «Nein. Ich bin zu Ludger gekommen nach all den Jahren, weil es jetzt Zeit wurde. Und ich habe ihn gefragt, ob er dabei ist. Er hat gesagt, dass er mich liebt. Er hat gesagt, dass er mich seit zwanzig Jahren liebt und dass er mich beobachtet und dass er über mich wacht. Aber er wollte mir nicht helfen. Dass Cori zusammen mit Sven Schlohn was mit Geld gemacht hat, das hat ihn interessiert. Das passte nicht in seine Welt. Aber dass die Vergangenheit nie aufhört, davon wollte er nichts wissen. Und das war der letzte Verrat. Dass Ludger mich im Stich gelassen hat.»

Danowski rieb sich die Stirn. «Aber die Kollegen haben Sperma bei den Toten gefunden …»

«Ja», sagte Imke Billings. «Von Ludger. Er hat ja mit mir geschlafen. Ich hatte genug davon.»

«Die Spritze», sagte seine Mutter, die jetzt wieder aus dem Schatten der Maschinenschränke getreten war. «Die Spritzen, die ihr mit den anderen Salzteigutensilien gesehen habt. Als ihr bei Imke Billings wart. Ich war danach ja noch eine Weile bei ihr, da hatte ich genug Gelegenheit, mir das …»

«Sei still!», herrschte Danowski sie an. Aber an die Spritze erinnerte er sich.

«Mit wem redest du?», fragte Imke Billings, aber es schien ihr egal zu sein. Danowski schob sie von sich weg.

«Du findest mich grauenvoll», sagte sie.

«Wir kennen uns nicht», sagte Danowski.

«Ich bin grauenvoll.»

«Kein Mensch ist grauenvoll. Das ist ja das Schlimme. Wir sind alle nur …»

«Ich werde den ganzen Ort auslöschen. Oder so viele davon, wie ich kann.»

«Imke … ich weiß nicht, was von dem, was du mir hier erzählst, wirklich stimmt. Du weißt, dass ich Polizist bin. Du bist dabei, so was wie ein Geständnis abzulegen. Aber du bist nicht grauenvoll. Und du kannst nicht den ganzen Ort auslöschen oder was auch immer. Wir sind immer noch hier oben.»

«Wegen Ludger. Er hat uns hier raufgebracht.»

«Das ist kaum möglich.»

«Ludger ist geschickt. Er kann ein Motorboot auch bei hohem Seegang unten an der Plattform vertäuen. Und uns dann nacheinander betäubt mit seinem Flaschenzug hochziehen auf die Plattform. Das kriegt er hin.»

Danowski dachte an die galgenartige Konstruktion mit den Rollen, die er neben den Bierzeltgarnituren in der Garage der Brakels gesehen hatte.

«Ludger wird mich in Verdacht gehabt haben», sagte Imke Billings. «Und er wird zugleich Angst gehabt haben, dass der Verdacht vielleicht auf ihn fallen würde.»

«Warum sollte er uns hier einsperren?»

«Ludger ist ganz einfach. Er hat ganz einfache Ideen, die dann vielleicht kompliziert umzusetzen sind, aber das schafft er, dafür ist er als Techniker gut genug. Seine Eltern hat er mal eingesperrt, damit sie gezwungen waren, miteinander zu reden. Ludger wollte uns hier einsperren, damit genau das passiert: dass wir reden und dass ich schwach werde und am Ende alles erzähle. Aber es ist zu spät.»

Danowski versuchte noch einmal, sie festzuhalten, aber wieder entwand sie sich. «Es ist nicht zu spät.»

«Für die meisten ist es zu spät. Aus dem Ort. Keiner hat je gefragt, was passiert ist vor zwanzig Jahren. Alle haben sich abgefunden. Damit, dass ich plötzlich Kinderlähmung bekommen habe. Aber irgendwas müssen sie geahnt haben, denn alle haben mich immer nur von der Seite angeschaut. Und so viele haben gewusst, dass Silke Brakel ihr Kind schlägt. Und sie haben uns verraten, Ludger und mich.»

Danowski richtete sich auf. «Was hast du vor?»

«Vor? Ich hab gar nichts vor», sagte Imke Billings. «Das ist alles schon passiert.»

Sie atmete aus, und er sah, wie die Anspannung aus ihrem Körper wich. Sie setzte sich wieder auf ihren alten Platz neben ihm, etwa einen Meter entfernt.

«Das Wattfest», sagte sie. «Und der ganze Salzteig. Kennst du Semtex?»

Danowski sah, wie seine Mutter in einer Geste des Erkennens und nicht Erkennenwollens die Hände vors Gesicht schlug. Ja, durchaus. Kannte er.

«Plastiksprengstoff», sagte er.

«Ja», sagte Imke Billings. «Leicht zu bekommen. Und leicht zu verkneten. Der ganze Stand, den ich auf dem Wattfest habe, das sind zehn Kilo Plastiksprengstoff in Salzteig verknetet. Das geht eigentlich ganz gut, also, der Teig wird ein bisschen bröselig und ein bisschen gräulich, aber … ich hab das ganz gut hingekriegt.» Sie brach ab und sah ein wenig ins Leere, in Gedanken bei den kleinen handwerklichen Problemen, die sie in den letzten Wochen gemeistert hatte.

«Ich meine, ist ja klar, dass niemand das Zeug jemals kaufen würde», fuhr sie fort, «außer ein bisschen vielleicht, aus Mitleid. Aber ... es ist genug. Ich hab nicht alles so anschließen können, wie ich gern wollte, und ... es ist noch nicht schön aufgebaut und so. Aber der Zeitzünder ist programmiert. Der Zünder ist angeschlossen. Und die Kisten mit meinen Sachen stehen in der Bude, die ich auf dem Wattfest habe. Direkt neben dem Glühweinstand. Habe ich dir ja schon erzählt.»

«Direkt neben dem Glühweinstand», wiederholte Danowski, als ginge es irgendwie darum, Zeit zu gewinnen.

«Und das Semtex ist gut. Das hab ich in Braunschweig besorgt.»

Danowski starrte geradeaus. Als könnte er damit irgendwas aufhalten, wenn er es besser verstand, fragte er: «Warum so kompliziert? Warum dieser Salzteigmist?»

«Ich hab Saltzteig schon immer gehasst», sagte Imke Billings. «Vor allem diese Familien-Namensschilder und diese ganze Welt. Und es hieß, dass es auf den Festen in der Region wegen Terrorwarnungen Kontrollen geben würde. Ich fand das einfach eine gute Verbindung. Tarnung und sich wehren in einem, so.»

Danowski ließ den Kopf sinken. Nach einer Weile spürte er etwas an seiner Hand, und bevor er zurückzucken konnte, hatte Imke Billings danach gegriffen.

«Es tut mir leid wegen Cori und Stephi», sagte sie. «Es war furchtbar, sie umzubringen. Aber sie haben nichts gespürt. Ich hab ihnen die Sachen gegeben, die Stephi für ihren Hund hatte. Ich war bei Stephi im Haus, als sie bei der Arbeit war, das war ganz einfach. Ein paarmal. Ich mochte den Hund.»

«Das Wattfest», sagte Danowski.

Sie drückte seine Hand. «Wir wissen doch gar nicht, wie spät es ist oder welchen Tag wir heute haben. Vielleicht ist das alles schon vorbei.»

Seine Mutter zog Luft durch die Nase. «Und du denkst, ich wäre verrückt gewesen», sagte sie.

Dann ließ Imke Billings seine Hand los und sagte: «Wie dem auch sei. Ich muss jetzt gehen.»

75. Kapitel

Finzi wich Metas Blick aus. Er sah, dass sie sich schuldig genug fühlte. Ludger lag in einer Arrestzelle in stabiler Seitenlage, einen Arzt neben sich auf einem Klappstuhl, und sie warteten draußen, dass er aufwachte.

«Kann man ihm nicht Adrenalin spritzen oder so was?», fragte Meta und fuhr sich durch die Haare auf der Suche nach ihrem Pferdeschwanz, vergeblich.

«Nicht ohne richterlichen Beschluss», sagte Leuken. «Und den kriegen wir nie, denn wer weiß, was Ludger wirklich sagen kann. Außerdem wacht der schon von alleine auf.»

Sandra Steckmann scharrte unschlüssig mit den Stiefeln im Parkplatzschotter, offenbar hatte sie keine Lust, zurück zur anderen Arrestzelle zu gehen, um sich mit Sven Schlohn zu unterhalten.

«Ich hab einen Vorschlag», sagte sie schließlich. «Der Ortsvorsteher hat vor einer Stunde oder so das Wattfest eröffnet. Okay, das ist nichts Tolles, und wir haben andere Sorgen, ist mir schon klar, aber im Moment können wir sowieso nichts machen, und vielleicht bringt uns das irgendwie auf andere Gedanken, da ein bisschen rumzulaufen ... Da sind auch wirklich alle Leute aus dem Ort, also die meisten, und das wäre eine gute Gelegenheit, noch mal rumzufragen nach Adam, auch Leute, mit denen wir bisher nicht geredet haben.»

Finzi rieb sich missmutig die Mundwinkel. Solche Feste reizten ihn nicht, seitdem er nicht mehr die Angewohnheit hatte, einen Glühweinstand nach dem anderen trockenzulegen.

«Nee, lass mal», sagte er. «Ich möchte lieber hier in der Nähe von Ludger Brakel bleiben, damit wir das nicht verpassen, wenn der aufwacht.»

«Der Arzt ruft uns doch an», sagte Meta unglücklich und nahm seinen Arm: Komm, das würde uns auf andere Gedanken bringen. Und vielleicht weiß ja wirklich jemand was über Adam.

Bevor er was sagen konnte, klingelte sein Telefon. Leslies Mobilnummer. Finzi straffte sich, als müsste er mit einer Witwe reden.

«Leider nichts Neues, Les. Aber wir machen Fortschritte. Wir haben einen Verdächtigen, von dem wir ziemlich sicher sind, dass er uns was über Adam ...»

«Wir sind hier, Finzi», sagte Leslie, undefinierbare Geräusche im Hintergrund, er tippte auf so was wie Kettenkarussell.

«Wo, hier?»

«Ich hab's nicht mehr ausgehalten. Die Mädchen drehen auch durch. Ich hab sie ins Auto gepackt und bin losgefahren. Ich hätte was sagen sollen, aber ... wir wollten zu euch. Also, zu Adam. Da sein, wenn ihr ihn findet.»

Finzi schluckte. Das klang so ... offen. Wenn ihr ihn findet. So oder so. «Okay. Gut. Das kann ich verstehen. Wie geht's deinem Schwiegervater?»

«Nein.»

«Du meinst ... nein, wie in: Nein, es geht ihm nicht gut, oder nein, er ist ...»

«Genau.»

Armer Adam. «Das tut mir leid.» Meta machte ein Fragezeichen nach dem anderen mit ihrem Gesicht.

«Und wo seid ihr jetzt?»

«Wir sind hier nicht durchgekommen», sagte Leslie, «wir wollten eigentlich zu Adams Hotel. Aber hier ist alles abgesperrt, der ganze Ort. Die haben uns gleich auf so einen matschigen Parkplatz umgeleitet. Wegen diesem Dingsfest hier.»

«Wattfest», sagte Finzi.

«Ja, wir sind jetzt mittendrin.» Leslie, resigniert.

«Okay.» Finzi gab auf, zumindest in Sachen Wattfest. «Wir wollten auch gerade da hin.»

«Die Mädchen fahren Kettenkarussell», sagte Leslie.

«Dann treffen wir euch da in zehn Minuten. Das ist ja sicher nicht zu übersehen.»

76. Kapitel

Danowski folgte ihr mit einem gewissen Abstand. Er würde nicht noch einmal den Fehler machen, sie am Bein festzuhalten. Aber er konnte sie auch nicht einfach gehen lassen.

Auf der Leiter hielt sie inne. Er fragte sich, ob sie Hunger hatte, sie hatte nichts gegessen, seit sie hier waren. Henkersmahlzeit, bevor sie selbst das Beil führte.

«Mit wem redest du?», fragte sie.

«Mit niemandem, wieso? Außer jetzt mit dir.»

«Nein, vorhin. Als ob du mit zwei Leuten sprichst. Mit mir und jemand anderem.»

«Ja», sagte er, denn jetzt war es ihm egal, und er war froh über die Zeit, die er gewann, wenn er auch nicht wusste, wofür er sie würde nützen können. «Mit meiner Mutter. Sie taucht manchmal auf.»

«Warum?»

«Weil ich dachte, es beruhigt mich, wenn ich an sie denke.»

«Erzähl ihr das doch nicht, das ist doch peinlich», sagte seine Mutter.

«Aber es beruhigt mich nicht. Es verwirrt mich bloß.»

Seine Mutter schnaubte: Na, schönen Dank auch!

«Deine Mutter ist tot, hast du erzählt.»

«Ja», sagte Danowski. Ihm war kalt. «Hat sich umgebracht.»

Imke Billings musterte ihn. «Ich bin froh, dass ich keine Mutter bin. Zu viel Verantwortung. Zu wenig Freiheit.

Nicht mal umbringen kann man sich dann, ohne dass einem das später jemand vorwirft.»

Danowski dachte an ihre Eltern. Die waren tot, daran erinnerte er sich. Mit einer leichten Beklommenheit dachte er: Die werden wir exhumieren müssen. Wer weiß, ob sie die nicht auch umgebracht hat.

«Der erste Gedanke, der beweist, dass du noch am Leben bist», sagte seine Mutter. «Wenigstens machst du wieder Pläne für die Zukunft.»

Er nickte ein bisschen, denn das brachte ihn auf eine Idee. Sobald genug Platz auf der Leiter war, klemmte er sich unter Imke Billings und kletterte hinter ihr hoch. Sie hielt inne.

«Was soll das?», sagte sie mit echter Aggressivität. «Bleib da unten. Du weißt, was sonst passiert.»

Es kostete ihn Überwindung, aber er wandte ihr ungeschützt das Gesicht zu. «Meine Nase ist schon kaputt», sagte er, «was willst du machen.»

«Nein», sagte sie, «diesmal wirst du wirklich rutschen. Und fallen.»

«Das macht nichts», sagte Danowski, und er sah, wie der sich langsam in der Abenddämmerung drehende Rotor der Windkraftanlage einen ganz schwachen Schatten über ihr Gesicht huschen ließ, das sie bereits fast über die Lukenöffnung gehoben hatte. Der Wind war fast wieder weg. «Wenn du springst, springe ich auch.»

77. Kapitel

Kettenkarussell mochte Finzi, theoretisch zumindest, in der Praxis wurde ihm davon schlecht. Er mochte auch Zuckerwatte oder zumindest den Geruch danach, er mochte das Zucken der Lichter in der ersten Dunkelheit, und nach einer Weile, während sie sich durch die Menge schoben, wurde er ruhiger. Was er furchtbar fand, waren diese Verkaufsstände mit Getöpfertem, Ledernem, Gebatiktem, Gehäkeltem, er konnte gar nicht hingucken. Von weiter vorne, wo sich die meisten Menschen ballten, roch es durchdringend nach Glühwein oder nach dem, was unter diesem Namen verkauft wurde um diese Jahreszeit auf solchen Festen. Da war immer am meisten los. Früher war ihm das auch eine Herzensangelegenheit gewesen, da in der ersten Reihe zu stehen, den glänzenden braunen Steingutbecher warm in der Faust.

Meta zog ihn an der Hand, mit der anderen griff er immer wieder nach seinem Telefon, ängstlich, er könnte ein Vibrieren verpassen. Steckmann und Leuken hatten sich von ihnen getrennt, um ein bisschen herumzufragen, aber Finzi und Meta wollten erst mal Leslie und die Kinder finden. Meta drückte seine Hand, zweimal: Da vorne, Kettenkarussell, da mussten sie irgendwo sein.

Es dauerte nur einen Moment, bis Finzi Leslies Haarschopf in der Menge von Eltern entdeckte, die das Karussell umringten. Bisschen mehr Grau drin, er hatte sie ein Jahr oder zwei nicht gesehen. Als sie ihn sah, zeigte sie nach oben: Da, die Mädchen, nebeneinander, den ganzen Tag streiten sie, die ganze Autofahrt, aber gib ihnen gebrannte Mandeln und häng sie an Ketten in die Luft, und sie halten einander an den Händen und kreischen vor Freude oder bei dem Versuch, nicht an ihren Vater und ihren Opa zu denken.

Vor dem Karussell war ein bisschen mehr Platz, und Meta hielt sich ein klein wenig abseits, während Finzi und Leslie sich umarmten.

«Mädchen, du bist ja nur noch Haut und Knochen», sagte er, und sie: «Und du erst», aber sie lachte nicht. «Bin froh, dich zu sehen», sagte er, und sie: «Und ich erst», und dann mussten sie beide doch so was wie lächeln, weil es zu albern war. Verlegen und unfroh, aber immerhin gelächelt. Finzi atmete tief ein. Dann winkte er den Mädchen, weil seine Augen verrückt spielten. Aber die sahen ihn nicht.

«Meta kennst du ja», sagte er, obwohl er sich da gar nicht sicher war, und Leslie wollte gerade was sagen, da vibrierte endlich sein Telefon. Steckmann. Die trieb sich doch auch hier auf dem Fest rum.

«Und?», fragte Finzi

«Ja.» Steckmann klang gut.

«Ihr habt ihn gefunden?»

Leslie packte ihn am Arm.

«Nein», sagte Steckmann. «Also, doch. Die Kollegen haben mich gerade verständigt. Ludger ist aufgewacht. Vor drei Minuten. Und vor zwei Minuten hat er gesagt, dass er Adam und Imke Billings verschleppt hat. Versteckt, sagt er. Damit die mal in Ruhe reden. Aber das klären wir später.»

«Das heißt, es geht ihnen gut?» Leslie drückte sich jetzt an sein Telefon, bis er ihre Haare im Mund hatte, und von der anderen Seite Meta.

«Wissen wir nicht. Aber es gibt keinen Grund, vom Gegenteil …»

«Sandra Steckmann, verdammt noch mal, wo sind die beiden?»

«Windkraftanlage. Offshore, leider. Jetzt kriegst du aber endlich deinen …»

Und Andreas Finzel, genannt Finzi, wusste ganz genau, dass sie als nächstes Wort Hubschrauber sagen wollte, aber wenn sie dazu noch kam, dann hörte er es nicht mehr, denn genau in diesem Moment endete die Welt mit einem Schlag. Und ging dann weiter, aber ohne Ton und viel schneller, und Finzi merkte nur, wie er in und gegen einen Haufen Leute gedrückt wurde und dass ihm das Telefon aus der Hand flog, als hätte jemand dagegengetreten.

Er fand sich auf den Knien wieder und hatte drei Gedanken zugleich. Doch noch der Terror, und ausgerechnet hier, wobei, das waren anderthalb, und zweitens: nach Meta greifen, aber die hatte er quasi immer noch im Arm, und aus einem infernalischen Rauschen, das sich rings um ihn erhob, sah er Leslie, die, sein dritter Gedanke, auf das Karussell zurannte, das sich immer noch drehte, die Kinder in ihren Kettensitzen hoch über ihrer aller Köpfe, und auch wenn er nichts hörte, sah er an ihren offenen Mündern, die wie viele schwarze Löcher in der Dämmerung waren, dass sie schrien und schrien, und immerhin das, sie schrien noch, und wer eigentlich nicht.

78. Kapitel

«Das machst du nicht.»

«Das weißt du nicht.»

«Du hast keinen Grund.»

«Und wenn doch? Dann ist alles verdorben. Dann stimmt deine Geschichte nicht mehr. Dann sind es nicht drei, sondern dann ist es erst mal der tote Polizist, und dann kommt der ganze Rest.»

«Meine Geschichte stimmt sowieso nicht mehr.»

«Eben. Dann lass es doch.»

«Das kann ich nicht.»

«Dann komme ich mit.»

Für ihn war es wie Fahrradfahren: Scheiße im Kreis labern, das verlernte er nicht. Das hatte er in endlosen Schichten im Auto mit Finzi so ausdauernd gemacht, das war einfach drin, das konnte er jederzeit reproduzieren, damit hatte er Leute in Verhören mürbe gemacht und die Kinder im Urlaub, seine Frau im Bett und Meta Jurkschat damals beim Observieren in der Hainapfel-Siedlung.

Er wusste sowieso, dass er gewonnen hatte. Wenn sie wirklich hätte springen wollen, dann wäre sie längst gesprungen. Die Tatsache, dass sie auf der Leiter blieb, den Kopf ab und zu in den Himmel hob und nach draußen sah, die meiste Zeit aber zu ihm hinunter und mit ihm redete, das allein bewies ihm, dass die Welt der Lebenden sie wiederhatte.

«Siehst du», sagte er ins Dunkle, wo er seine Mutter

vermutete, aber die hatte ja Höhenangst, das erinnerte er dunkel aus einem Schwarzwaldurlaub, «bleiben ist auch eine Alternative.» Dann lauschte er in den Raum, aber er hörte nur das dumpfe Drehen der Rotorblätter und das Arbeiten des Generators, und als er wieder aufsah, waren die Leiter und die Lukenöffnung über ihm leer.

Drei große Schritte brauchte Danowski für die Leiter, der Schmerz in seiner zertretenen Hand so greifbar wie eine zusätzliche Sprosse. Draußen, den Kopf überm Rand der Welt, sah er ihre Silhouette vor dem Abendhimmel, aber nur kurz, dann war da nichts mehr als eine fast unmerkliche Veränderung im Wind, ein Loch, eine Abwesenheit, wo eben ein Mensch gewesen war.

79. Kapitel

«Mit den Ohren alles okay? Ja? Kein Pfeifen mehr?»

Die Mädchen im Rückspiegel schüttelten den Kopf. Er bewegte die Lippen, ohne dass ein Ton herauskam, als wären sie doch vielleicht taub. Sie kicherten, und er merkte, warum. Nicht weil das besonders komisch gewesen wäre, sondern weil sie alle hier in seinem Dienstwagen saßen, Mama da, Papa da, Finzi und Meta im Wagen voraus und Friederikenburg hinter ihnen.

Nein, zur Beisetzung der endlich freigegebenen Leichen von Corinna Karlsson und Stephanie Rother wollte er nicht bleiben, auch nicht zu der von Imke Billings, am nächsten Tag, auf demselben Friedhof, was sollte die Gemeinde machen, es gab nur einen. Es hatte ihm gereicht, dass Leslie und die Kinder im Hotel «Brinkman's North Sea Haus Schröder» auf ihn gewartet hatten, im gleichen Zimmer, wo seine Mutter im Bad von der Decke gehangen hatte, während Ludger ihm und Sandra Steckmann auf dem Kommissariat die Funktionsweise des tragbaren Flaschenzugs demonstrierte, mit dem er Imke Billings und Danowski aufs Motorboot seines Vaters gehievt hatte und von dort auf die Anlegeplattform der Windkraftanlage und dann in die Fahranlage.

«Überall sonst hätte jemand sie gefunden, oder sie hätten sich befreit, bevor sie alle Antworten gefunden hatten», das war Ludgers Erklärung gewesen. «Sie hätten ja nicht die Geduld gehabt.» Eine Hand dabei immer auf seinem Flaschenzug, bis sie ihn abführten.

Als sie wieder draußen waren, hatte Sandra Steckmann ihn mit diesem ein bisschen verschlagenen, aber scheinbar gutmütigen Ich-komm-vom-hinterm-Deich-Blick angesehen und gefragt, ob er denn weiterhin an der Strafverfolgung von Ludger wegen Freiheitsberaubung und Körperverletzung festhalten wollte, der hätte es ja im Prinzip gut gemeint und vorher ja auch schon Versuche unternommen, sie auf Imke Billings aufmerksam zu machen, und wenn Danowski seine Anzeige zurückzöge, dann könnte man sicher auch mit dem Staatsanwalt …

Aber Danowski hatte Nein gesagt. Das sah er gar nicht ein. Wenn es nach ihm ging, war Ludger auch mitschuldig daran, dass auf dem Parkplatz vom Wattfest zwei Parkwächter verletzt und vierundneunzig Autos beschädigt oder total zerstört worden waren. Der Sachschaden von anderthalb Millionen war ihm völlig egal, aber bemerkenswert, die Leute hatten teure Autos hier. Wenigstens war so das Schlimmste verhindert worden. Weil einer von den Glühweinstand-Leuten sich gedacht hatte: Was soll das hier, die Bude neben uns benutzt ja gar keiner, die können wir gut gebrauchen, wir haben so einen Andrang, und dann hatten sie die Kisten mit Imke Billings' Semtex-Salzteig auf den Parkplatz geschleppt und da am Rand abgestellt, guter Gedanke: Irgendwo musste sie ihren Kram ja wieder abholen, und am besten ja wohl auf dem Parkplatz vom Wattfest.

Aber Finzis Gesicht, als der von der Explosion erzählt hatte: Das hatte ihm weh getan, und Leslie mittendrin und die Mädchen im Kettenkarussell. Nee, die Anzeige blieb.

Ihr Auto war auch zerstört, da hatten rundum kaputte Fensterscheiben und etwa drei Quadratmeter Lackschaden gereicht, um es zu einem wirtschaftlichen Totalschaden zu machen. So konnten sie wenigstens alle zusammen fahren. Leslie neben ihm hatte die Augen zu, vielleicht, weil sie schlief, vielleicht, weil sie nichts mehr sehen wollte. Er konnte beides gut verstehen.

Als sie am Ortsschild vorbeifuhren, hupte Finzi vor ihnen feierlich und erleichtert, hinter dem Kreisverkehr, wo Adam sich vor Wochen mit Finzis Dienstfahrrad auf die Fresse gelegt hatte, «Friederikenburg» rot durchgestrichen. Danowski machte es ihm nach.

Der Abschied von Steckmann und Leuken war komisch gewesen. Sie tat ihm leid, weil sie jetzt noch richtig Ärger bekommen würde. Sven Schlohn hatte ein umfangreiches Geständnis abgelegt, würde aber vermutlich mit einer Bewährungsstrafe davonkommen, weil er es tatsächlich geschafft hatte, das Geld mehr oder weniger wieder aufzutreiben. Verstoß gegen das Stiftungsgesetz in Tateinheit mit Anstiftung zur Verletzung des Bankgeheimnisses und solcher Kleinkram. Er würde vielleicht nicht Vorstand bleiben können, aber das würde seine berufliche Existenz nicht zerstören. Steckmann hingegen hatte schon die Ankündigung aus Hannover bekommen, dass ihr ein Disziplinarverfahren bevorstand. Die Leitung des Kommissariats in Friederikenburg würde sie dann schön an Reinhold Leuken abgeben können. Gut, konnte der endlich mit voller Autorität islamische Serientäter jagen. In seiner braunen Cordhose. Ob Finzi die auch aufgefallen war? So, dann brauchen wir noch eine Blut-, Stuhl- und Spermaprobe von Ihnen, sagt der Arzt zu dem alten Knacker, der sich mal richtig durchchecken lassen will. Was hat er gesagt?, fragt der Alte seine Schwiegertochter, die er extra mitgebracht hat. Wobei, das musste man schmissiger erzählen. Extra mitgebracht, was sollte das denn bedeuten.

Du sollst deine Cordhose hier lassen, schrie sie ihm jedenfalls ins Ohr. Dem Alten.

Danowski verzog das Gesicht. Das war eine Beerdigung, um die er nicht herumkam. Sein eigener Vater. Und er wehrte sich tapfer gegen das Klischee, unter all den Dingen zu leiden, die sie einander nie gesagt hatten, aber es gelang ihm nicht.

«Cordhose», sagte er halblaut, um sich abzulenken.

«Was?», rief Martha von hinten.

«Erzähl ich dir später», sagte er und suchte im Rückspiegel ihren Blick. «In zehn Jahren.»

Seine Tochter verdrehte die Augen, weil sie mit nichts anderem gerechnet hatte. Aber seine Mutter, die auf dem mittleren Platz zwischen den beiden Mädchen saß, die Hände um ihre Tasche auf dem Schoß verschränkt, verzog mit sanfter Heiterkeit die Mundwinkel und zwinkerte ihm durch den Spiegel ein wenig zu, als kennte sie alle Witze der Welt.

Nachbemerkung

Friederikenburg gibt es nicht. Vor anderthalb Jahren hatte ich eine Lesung bei «Bücher von Bestenbostel» in der Stadt Nordenham südlich der Wesermündung, und Adam Danowskis Friederikenburg ist eine etwas krude Mischung aus Nordenham, dem vorgelagerten Stadtteil Blexen, wo eine wichtige Fertigungs- und Verschiffungsanlage der Windkraftindustrie ist, und dem Ferienort Burhave, direkt hinterm Deich.

Das alles ist hier im Buch ein bisschen verschoben und stimmt nicht mit der echten Geographie überein. Zum einen brauchte ich die Insel Mellum, die ein Vogelschutzgebiet in der Wesermündung ist, bewohnter und ein Stück weiter nordwestlich, tiefer in der Nordsee, als sie wirklich ist. Sie heißt hier im Buch deshalb Kellum (Leute, ich habe auch nicht unbegrenzt Zeit, um mir Nordseeinselnamen auszudenken). Zum anderen brauchte ich Nordenham und Umgebung hässlicher und deprimierender, als sie sind. Es ist schöner da als im Buch, nach der Lesung war ich später eine Woche mit meinem Freund und Kollegen Stephan Bartels vor Ort, wir haben in dem Ferienpark gewohnt und geschrieben, in dem Sandra Steckmann ihre Affäre mit Sven Schlohn hat.

Danke allen, die mich im Großraum Nordenham über das große Ganze und einige Details der Windkraftindustrie aufgeklärt haben, insbesondere Anne von Bestenbostel für den Tipp. Außerdem ganz besonders Sven Beck von der Firma Senvion am anderen Ende Norddeutschlands, in Büdelsdorf, wo er mir ausführlich das dortige Schulungszentrum für Windkraftanlagentechnikerinnen und -techniker gezeigt hat, darunter eben auch die Komponenten einer Maschinenhausgondel. Alles, was nicht stimmt, ist wie immer von mir.

Die Gedanken von Adam Danowskis Mutter über die Bedeutung des Zuhauses für die menschliche Evolution stammen aus dem Buch «Home: How Habitat Made Us Human» von John S. Allen (New York, 2016). Die leicht verfremdeten Zitate aus dem Natur- und Technikunterricht und dem angeblichen Buch von Wulf Brakel stammen aus dem Buch «Das Watt: Reiseführer für Naturfreunde» von Horst Janus (Stuttgart, 2. Auflage 1975).

Den Witz mit dem Treckerfahren haben meine Kinder in den letzten Jahren mehrfach auf jeweils ihre Weise so erzählt, dass ich nicht aufgehört habe, über ihn zu lachen. Danke, meine großen Kinder.

Außerdem danke den Raethers, die aus manchen Lesungen Familienfeste machen. Vor allem Heide. Katharina Rottenbacher, die nicht nur Fehler findet, sondern auch Dinge, die ihr gefallen; Grusche Juncker und ihren Kolleginnen bei Rowohlt für alles. Ebenso Michael Gaeb und seinen Kolleginnen in der Agentur. York Pijahn für die Frage, welcher Schokoriegel man wäre. Thomas Koch, der mich beim Krimifestival auf Juist auf die Idee mit den Leuchtturmkindern gebracht hat. Kester Schlenz für die Cordhose. Tatjana Kruse für den Kishon.

Und der besten Ehefrau von allen.

Till Raether bei Polaris und rororo

Adam-Danowski-Reihe

Treibland

Blutapfel

Fallwind

Till Raether

Treibland

Kriminalroman

Im Hamburger Hafen läuft das Kreuzfahrtschiff «Große Freiheit» ein. An Bord: ein toter Passagier – verstorben an einem geheimnisvollen Virus. Bald herrscht Panik in der Stadt. Kriminalkommissar Adam Danowski, der eigentlich am liebsten am Schreibtisch ermittelt, wird an den Schauplatz beordert. Er kommt einem Verbrechen auf die Spur, das noch unzählige Tote zu fordern droht. Doch das unter Quarantäne gestellte «Pestschiff» darf keiner verlassen, selbst Kommissare nicht, und Danowskis Gegner sorgen mit aller Macht dafür, dass dies so bleibt ...

Der erste Fall für Adam Danowski

512 Seiten

«Ein gelungenes Debüt, atmosphärisch packend, mit lebendigen Charakteren, gekonnten Spannungsbögen.»

Hamburger Abendblatt